KB102971

간호사로 10년 후, 우리들의 솔직한 이야기

안아름 지음

원더박스

인터뷰에 응해 준

서른네 명의 간호사들을 평생 잊지 못할 겁니다.

선의를 베푼 선생님들께

진심으로 고마움을 표합니다.

이 책을 읽는 독자님들께

안녕하세요, 만나게 돼서 기쁘고 설렙니다.

저는 안아름이라고 합니다. 간호사이자 작가이며, 안安씨 가문 어느 집 딸내미입니다. 07학번으로 수원여대 간호과를 졸업했고, 그 후 벌써 10년의 세월이 흘렀네요. 그동안 수술실, 중환자실, 내시경실, 인공신장실, 알레르기내과 PA로 일했습니다. 현재는 병동 3교대로 일하며 퇴근 후 글을 쓰고 있습니다. 지금도 병원 근처 카페에서 글을 쓰고 있어요.

종이책으로는 이 책이 처음이지만, 카카오페이지에서 후르츠링이라는 필명으로 웹 소설을 쓰고 있어요.

좋아하는 일을 찾아 작가가 되다

이전부터 글 쓰는 걸 좋아했지만, 간호사로 병원에 취업한 이후에는 더 이상 쓸 수 없었습니다. 평소 일기 쓰는 걸 좋아했는데, 간호사가 되고 난 후 일기에 항상 부정적인 말만 쓰여 있었어요. 그러다 보니 나중에 그 글을 읽는 저 역시 힘들었기에 글을 쓰지 않았습니다. 하지만 영화와 책은 꾸준히 봐 왔지요.

내시경실에서 일할 때였습니다. 그 당시 제가 일하던 내시경실에 마흔 살의 전공의 1년 차 선생님이 오셨습니다. 그분이 제게 자신의 인생 이야기를 들려줬습니다. 의사가 되기 전 이야기였습니다. 공과 대학을 나와서 삼성에 취직했는데, 매일 야근하는 부장님이 좋지 않게 보였다며, 자신은 그 부장님처럼 되기 싫어서 직장을 그만두고 의대 편입 시험을 준비했다고 했습니다. 그러면서 제게 "아름 선생님은 나중에 간호부장 할 거죠? 그래서 여기 있는 거잖아요."라고 말씀하셨습니다. 그 말이 제겐 충격적이었습니다. 그때 앞으로 어떻게 살 것인지 고민을 많이 했습니다. 이렇게 사는 게 맞는 건지, 잘 가고 있는지 궁금했습니다. 그렇게 제가 좋아하는 일을 여러 차례 시도하게 됐습니다. 더는 좋아하는 일을 늦추고 싶지 않았습니다. 그 사이 미국 간호사 면허를 땄고, 독일 수의대로 가려고 준비했습니다. 그러다가 다시 일기를 쓰게 됐는데, 그 일로 오래 전부터 꿈꿔 온, 책을 쓰고 싶다는 생각이 들었습니다. 그래서 펜을 다시 잡았습니다.

행복을 찾아 34명의 간호사를 만나다

간호사로 10년 차, 스스로에게 행복한 지 묻고 있을 때였습니다. 그때, 문득 궁금해졌습니다. 나와 함께 졸업한 간호사들은 잘 지내고 있는지, 지금도 간호사로 행복하게 살고 있는지.

간호사의 행복을 찾아보고 싶었습니다. 그렇게 시작된 글이 이 책이 되었습니다. 2018년 4~6월까지 약 두 달 동안, 제 인생에서 가장 많은 간호사들을 만났습니다. 서른네 명의 간호사들께서 선의를 베풀어 도움을 주셨습니다. 간호사를 부탁한다고. 내가 이 길을 걸어왔으니, 너는 더 좋은 길로 가라고. 더 잘 되길 바란다고.

한 분 한 분을 만날 때마다, 저는 반짝이는 보석들을 만나는 듯했습니다. 매번 만남이 설렜고 감사했습니다. 그분들을 만나며 간호사가 얼마나 귀한지 알게 되었습니다. 한 명 한 명이 귀하고 소중하며, 특별한 인생이라는 걸 느꼈고, 그들의 선한 도움을 저 역시 나누고 싶었습니다. 서른네 분의 이야기를 모두 책에 실을 수는 없었지만, 모두 한마음으로 이 책과 독자 여러분의 앞날을 축복해 주셨다는 이야기만큼은 꼭 전하고 싶습니다. 선생님들, 모두 감사해요!

그리고 드디어, 1년 조금 넘게 정리 및 집필 시간을 거쳐 책으로 만나게 됐습니다.

간호사를 도우려는 간호사들이 많았습니다

사실, 시작은 막막했습니다. 출판사 담당자님에게 간호사 인터뷰 걱정하지 말라며 호언장담했지만, 막상 연락처를 보고 놀랐습니다. 작가를 하는 2년 동안, 작가들 번호만 잔뜩 했고 간호사들 연락처가 없었기 때문입니다. 병원 간호과에 문의도 해 봤지만 개인적인 일은 도울 수 없다며 거절했고, 지인들도 부담스럽다며 거절했습니다. 특히 특수 파트에 있는 분들은 만나기가 힘들어 병원 정문에서 피켓이라도 들고 있어야 하나 싶었습니다. 게다가 해외에 계신 분들을 어떡해야 하나 싶었습니다. 참으로 막막했습니다. 그러나 일을 시작하려 뛰어들자, 도와주시는 분들이 생겼습니다. 점점 소개가 이어졌고, 그렇게 인연이 닿아 국내는 물론, 해외의 간호사분들까지 많은 분들이 도와주셨습니다. 인터뷰는 한 분당 길게는 12시간, 짧게는 5시간이 걸렸습니다. 해외에 계신 분들은 바쁜 일상 속에서도 잊지 않고 메일로 연락을 주셨습니다. 저는 정말 기뻤습니다. 아직 간호사를 도우려는 간호사들이 있구나 싶었습니다. 세상에는 저를 포함한 여러분들을 도우려는 간호사들이 많았습니다!

가깝게는 임상의 간호사부터 멀리는 스웨덴, 독일, 아프리카 간호사까지! 또한 임상 외에 다른 길을 걷는 간호사 분들도 만났습니다. 그분들은 이제 임상에 계시지 않음에도 간호사라는 이유만으로 도움을 주셨습니다!

10년이 지난 지금도 여전히 뉴스에서 간호사들의 태움, 자살 이야기가 나오고 있습니다. 열악한 환경에서 일하는 간호사들을 보면서 마음이 무겁고 책임감을 느낍니다.

저는 특별한 능력이 있는 간호사가 아닙니다. 제가 간호사분들을 위해 도울 수 있는 일은 오직 펜을 드는 일뿐이었습니다. 모든 일은 선의를 베푸신 간호사분들 덕분에 가능했습니다.

좋아하는 일에 용기를 내세요

간호사는 더 잘 됐으면 좋겠습니다. 간호사는 더 돈을 많이 받았으면 좋겠고, 더 건강했으면 좋겠습니다. 더 많이 웃으며 일하는 날이 왔으면 좋겠습니다. 우리는 하늘 아래 가장 떳떳하고 고귀한 직업을 가진 사람들입니다.

인터뷰를 하다 보니 선생님들의 공통점이 있었습니다. 사랑이었습니다. 마음 깊은 곳에 타인에 대한 사랑과 선의가 있었습니다. 각자의 자리에서 많은 분들에게 도움과 사랑을 전하고 있었습니다. 그분들의 이야기를 여러분들께 전할 수 있어서 정말 기쁩니다. 인터뷰를 하고, 원고를 마무리할 때마다 자기 전 기도했습니다. '하나님, 이 책이 마무리될 때까지 저를 잘 이끌어 주세요. 부디 아무 탈 없이 원고를 완성해서 많은 분들께 도움이 될 수 있게 도와주세요.'

간호사의 길은 많습니다. 꼭 임상뿐 아니라, 임상 외에서도 역할이 많다고 생각합니다. 어디든지 나가서 살 수도 있어요! 한국 간호사의 야무진 마음과 성격이라면 뭐든 할 수 있어요. 수많은 기회가 있는 게 간호사입니다. 대한민국의 모든 간호사들이 자부심을 갖고 언제나 당당히 살았으면 좋겠습니다.

작가는 제 천직입니다. 제가 좋아하는 일을 찾고, 인정하느라 10년이 걸렸습니다. 그사이 제 동기들은 이미 해외에 많이 나가 있더라고요. 그래도 후회는 없습니다. 간호사 일을 하면서 계속 글을 쓸 거니까요. 글을 쓸 때 제가 가장 살아있다는 걸 느끼거든요.

여러분도 좋아하는 일에 용기를 내세요. 이 책이 여러분의 용기에 힘이 된다면 좋겠습니다.

2019년 8월
긍정과 사랑을 담아서
아름 간호사 드림

차례

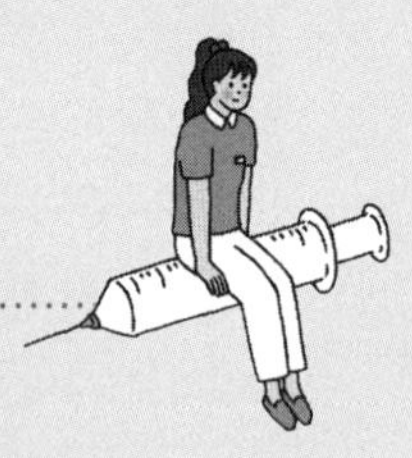

PART 1 병원 안의 간호사들

34 "인공지능 로봇이 와도 정서적인 간호는 우리가 더 잘할 거야."
• 요양 병원 간호사 김금옥 선생님

51 "하루를 일해도 즐겁게 일하는 곳으로 만들고 싶어."
• 내시경실 간호사 김영례 선생님

63 "수술장에 온 순간, 그 아이들 부모는 나예요. 내가 끝까지 책임질 거예요."
• 수술실 간호사 이해인 선생님

80 "일은 하면서 배우면 되니까요. 지금 이 순간을 즐겼으면 좋겠어요."
• 중환자실 간호사 오정화 선생님

89 "간호사는 사람의 생명을 다루기에 책임감이 있어야 해요."
• 외래 간호사 이슬기 선생님

101 "아기를 좋아한다면 일하는 것이 훨씬 즐겁겠지요?"
• 신생아실 간호사 김미혜 선생님

118 "환자들의 아픔에 공감해 주는 간호사였으면 좋겠어요."
• 인공신장실 간호사 마리아 수녀님

130 "어떻게 하면 환자가 퇴원해서도 잘 지낼 수 있을지 고민해요."
• 정신과 간호사 권경옥 선생님

140 "간호사는 할 수 있는 일이 많아요. 넓은 시야를 가지세요."
• 연구 간호사 신현정 선생님

151 "무조건 서울의 대형 병원만을 목표로 학생 시절을 보내진 마세요."
• 응급실 간호사 신현식 선생님

97 Special page 합법과 불법 사이, PA 간호사

166 Special page 2010년 신규 간호사, 2018년 신규 간호사를 만나다

4 이 책을 읽는 독자님들께
12 들어가기에 앞서 : 간호사의 31가지 그림자
382 서른네 명의 보석들을 만난 후

PART2 병원 밖의 간호사들

176 "지금이 좋아. 병동은 다시 가고 싶지 않아."
• **구급 대원이 된 간호사 진유리 선생님**

190 "학교에 보건 교사가 한 명뿐인데, 제가 자리에 없으면 누가 아이들을 돌보죠?"
• **보건 교사가 된 간호사 최정은 선생님**

200 "하지 않고 후회하는 것보다 최선을 다해서 해 보고 후회하는 게 나아요."
• **변호사가 된 간호사 이경희 선생님**

225 "죽음은 끝이 아니에요, 생명의 연장선상이에요."
• **검시관이 된 간호사 유소망 선생님**

248 "간호사 연봉은 널리 오픈돼야 합니다. 역기능보다 순기능이 많아요."
• **미군 병원 간호사 박지만 선생님**

267 "더 늦기 전에 도전하세요."
• **웹 소설 작가가 된 간호사 안아름 선생님**

216 잠깐 인터뷰 ❶ **보험 회사 언더라이터가 된 간호사 홍지은 선생님**
219 잠깐 인터뷰 ❷ **산업 간호사 이슬비 선생님**
222 잠깐 인터뷰 ❸ **교도관이 된 간호사 장인우 선생님**
264 Special page **간호사 부부의 로맨스**

PART 3 한국 밖의 간호사들

282 "순한 양이 되지 마세요."

• 호주 간호사 김태룡 선생님

298 "내 힘이 닿는 한, 사람들을 간호하고 싶어요."

• 뉴질랜드 간호사 장예지 선생님

307 "학교 다니면서 최대한 여러 일을 해 보세요."

• 캐나다 간호사 박도연 선생님

323 "미국에 대한 환상이 너무 크지 않았으면 해요."

• 미국 간호사 김지혜 선생님

343 "배우고, 경험하고, 도전하세요!"

• 영국 & 두바이 간호사 차미나 선생님

354 "스웨덴의 근무 환경이나 복지는 정말 좋아요."

• 스웨덴 보조 간호사 유진희 선생님

364 "확인하고 싶었어요. 내 생각이 잘못된 것인지, 아닌지."

• 아프리카로 떠난 간호사 황석환 선생님

335 Special page 나의 미국 간호사 도전기

374 Special page 유럽 간호사가 되려면 어떻게 해야 할까?

일러두기

- 이 책을 진행하는 과정에서 총 34명의 간호사분들과 인터뷰했습니다. 하지만 편집 과정에서 책에 싣지 못한 분들이 계심을 알려 드립니다.
- 책에 나오는 선생님 중 일부의 경우, 개인 정보 보호를 위해 가명을 사용했음을 밝힙니다.

간호사의 31가지 그림자

찾아보면 다 나오지만 간단하게라도 말해 주고 싶은, 간호사 관련 질문들

*

독자분들 중에 간호사가 아니지만, 간호사를 궁금해할 분들이 있을 듯해요. 그래서 본격적으로 간호사 이야기를 하기 전에, 간호사 사회를 이해하기 좋도록 간단히 써 봤어요. 맛있는 에피타이저처럼 가볍게 읽어 주시길 바라요.

1. 간호사의 급여는? 연봉이 궁금해요!

근무 형태가 다양한 만큼 같은 간호사라도 급여가 다릅니다. 병원의 규모, 일하는 부서, 나라 등에 따라 다 다르지요. 특수 파트인 중환자실, 응급실, 수술실 등에서 일하면 특수 부서 수당 혹은 위험 수당 등을 더 받기도 합니다. 병동 인원이 부족하여 연차를 못 쓸 경우, 연차를 수당으로 주기도 합니다. 병원마다 복지와 수당이 다르며, 근무 시간도 다릅니다.
보건복지부가 발표한 국민보건의료실태조사 결과 보고서★에 따르면 2016년 간호사 월평균 임금 추정액은 약 317만 원이며, 연령을 30대로 한정하였을 경우 약 323만 원입니다. 연령을 30대로 한정하고 의료 기관 종별 평균 임금을 비교해 보면, 상급 종합 병원이 약 424만 원으로 가장 높았고,

★ 보건복지부는 5년 주기로 보건 의료 실태를 조사하며 국민보건의료실태조사 결과 보고서를 발표합니다.

100병상 미만 요양 병원이 약 219만 원으로 가장 낮았습니다.

국민보건의료실태조사 지표 산출에서는 연도별로 간호사의 임금이 증가하는 추세입니다. 간호사 전체 평균 임금은 2011년 약 264만 원, 2012년 약 275만 원, 2013년 약 287만 원, 2014년 약 295만 원, 2015년 약 302만 원, 2016년 약 317만 원으로 증가하고 있습니다.

병원 관계자가 병원 설명회에서 밝힌 2018년 A 대학 병원 신규 간호사 연봉은 4,000만 원대 초반이었다고 합니다. 대학 병원에 오래 근무하신 선생님은 당연히 그 이상 받겠지요?

간호사 구직 사이트에 올라온 공고를 볼까요? 경기도 G 종합 병원 신규 간호사는 연봉 3,800만 원, 어느 요양 병원(2차 병원★) 신규 간호사는 연봉 2,850만 원이었습니다.

채용 공고는 병원 홈페이지, 너스케입, 널스스토리, 메디잡, 널스잡 등의 웹사이트에서 볼 수 있습니다. 또한 병원마다 대학을 돌며 간호 학생을 대상으로 병원 설명회를 하기도 합니다.

참고로 다음 쪽에 2010년의 제 급여 명세서를 공개합니다. 당시 경기도 2차 병원 수술실에 근무했고, 급여 명세서는 이메일로 받았습니다.

★ 우리나라의 경우 병원을 1차, 2차, 3차 의료 기관으로 나누어 운영한다. 3차 병원은 중증 질환에 대한 치료 등 난이도가 높은 의료 행위를 전문적으로 행하는 상급 종합 병원으로, 대학 병원 같은 큰 병원이다. 우리가 동네에서 흔히 볼 수 있는 의원이 1차 병원이다. 2차 병원은 의료법에 따라 100개 이상의 병상病床과 7개 또는 9개 이상의 진료 과목, 각 진료 과목에 전속하는 전문의를 갖춘 제2차 의료 급여 기관을 말하는데, 일반적인 종합 병원이 여기에 속한다.

2010년 05월 급여(상여) 지급 명세서

소속: 간호팀 / 직번: ###### / 성명: 안아름

수당	금액	공제	금액
기본급	852,870	국민연금	79,200
보직 수당	100,000	건강보험	27,310
교통 보조비	70,000	고용보험	9,730
급식 보조비	50,000	회비	10,000
가족 수당	20,000	요양보험	17,800
면허 수당	30,000		
상여금	604,100	공제 총액	128,020
시간 외 수당	306,230		
연차 수당	128,940		
수당 총액	2,162,150		
실지급액	2,034,130		

실제 공고를 몇 개 살펴볼까요? 다음은 경기 지역 2차 병원(1,000병상) 모집 공고입니다.(출처: 해당 병원 홈페이지, 2018년 공고)

간호부 경력(정규직) 간호사 모집

• 모집 부분 및 지원 자격

(1) 공통 사항

- 남자의 경우 군필 또는 면제자
- 간호 대학 간호학과 졸업자로 간호 면허 소지자

(2) 세부 사항

모집 분야	병동 간호사 OO명
급여 조건	3,000~3,500만 원(신규)
경력 부분	2년 이상
지원 자격	간호 면허 소지

(3) 복리 후생 및 기타

- 교직원 사학 연금 가입
- 육아 시설 운영 및 보육료 지원
- 직원 식당 운영
- 기숙사 운영
- 정규 교직원 자녀 학자금 전액 지원
- 친절 직원 포상
- 본원 진료비 지원
- 명절 수당 및 선물 지급

• **지원 방법:** 온라인

• **지원 절차:** 원서 접수-면접-신체 검사

다음은 경기도 300병상의 종합 병원 공고입니다.(출처: 너스케입, 2018년 공고)

모집 분야	병동 경력 및 신규 간호사 OO명
급여 조건	3,800만 원(신규/퇴직금 포함)
지원 자격	간호 면허 소지

• **복리 후생**

- 1년 만근 시 3교대직 특별 휴가 5일 지원(D/E/N keep, 신장실, 수술실, 상근직 제외) / (중도 입사자 월할 계산)

- 진료비 지원(본인 50% / 직계 가족 30%)
- 1년 근속 시 연차 15일 발생
- 각 병동 도우미 및 이송 직원 상주
- 직원 상조회 운영
- 경조 휴가 및 경조금 지원
- 기숙사 제공(2인 1실)
- 동호회 운영 지원
- 야식비 지원

• 근무 조건

- 3교대 부서: 토요일 + 일요일 + 공휴일 off
- 주간 부서: 월~금(08시 30분~17시 30분), 토요일(08시 30분~13시) 격주 휴무
- 동호회 운영 지원
- 야식비 지원

○○명이라고 하면, 병원에 필요에 따라 두 자릿수로 뽑는다는 겁니다. 10명이 될 수도 있고, 99명이 될 수도 있지요. 상급 종합 병원일수록 간호사의 복지나 근무 환경 등이 좋은 곳이 많습니다.

D/E/N keep은 데이킵, 이브닝킵, 나이트킵을 뜻하는데요, 이 역시 곧 설명하겠습니다.

그럼 외국 간호사는 얼마나 받을까요?

물론 나라마다, 병원마다 다릅니다.

다음은 두바이 간호사 사이트에 올라온 공고입니다.(출처: 프론티어 간호사 에이전시)

• **근무 조건**

- 급여: 15,000SAR(사우디리얄)(약 485만 원)/월
- 직무 수당 포함, 잔여 수당 미포함
- 주 48시간 2교대 근무
- 잔업 수당 1.5배/시간
- 중환자실의 경우 간호사 1명당 맡는 환자의 수 1:1 / 수술실 혹은 일반 병동일 경우 1:4에서 최대 1:5

• **복지**

- 단일 상태 계약(가족 동반 불가)
- 30일 유급 휴가 + 공휴일
- 무료 항공편
- 자국 휴가 왕복 항공권(최초 계약 1년 후)
- 무료 풀 옵션 숙소
- 우수한 직원 편의 시설
- 무료 의료(응급)
- 직무 능력 향상 프로그램
- 쇼핑 여행을 위한 무료 교통 수단(주 2회)

• **자격 요건**

- 학사 이상의 학력
- 3년 이상 임상 경력 소지자
- 기초적인 영어 실력 소지자
- 간호사 면허/자격증

독일 간호사의 급여는 어떻게 될까요?

한국과 비슷하거나 적습니다. 독일 에이전시(Capitalent-Medical)의 말에 따

르면 한화 약 월 300만 원 정도 받으나, 세금을 많이 뗀다고 합니다. 구글링해 보니, 신규 간호사 월급은 약 2,500유로(약 335만 원)★이군요. 여기서 세금을 더 뗀다고 보면 될 듯합니다.

스웨덴 간호사의 급여는 어떨까요?

스웨덴 간호사 에이전시(Medicarrer)에서는 신규 간호사 월급이 20,000 SEK(스웨덴크로나)~30,000SEK 사이라고 합니다. 스웨덴 관련 사이트(Lostinstockholm)에서는 스웨덴 간호사 평균 월급이 27,800SEK(2010년)이라고 합니다. 한화로 한다면 약 348만 원이지만, 스웨덴 역시 세금이 높습니다. 3부에서 나올 스웨덴 병원의 선생님 말씀으로는 스웨덴 일반 간호사 월급의 경우 평균적으로 30,500SEK 정도(한화 약 382만 원)이며, 20년의 경력이 있는 간호사는 43,000SEK 정도(한화 약 538만 원) 받는다고 합니다.

영국 간호사 월급은?(출처: 영국 간호사가 되자 – 차미나 선생님 블로그)

영국은 해외 간호사로 취업하여 OSCE(실기시험)를 치르기 전에는 밴드 3 또는 밴드 4(간호사의 어시스턴트 급)로 일을 하고 급여도 그 정도 수준으로 받게 됩니다.

예시 밴드 3 간호사 급여(런던 존2): 연봉 16,968파운드(약 2,513만 원) + 보조금(high cost area supplement) 4,200파운드(약 622만 원)

OSCE를 성공적으로 치르면 밴드 5 간호사(RN, registered nurse)의 급여

★ 이 책에서 외화를 원으로 환산할 때 2019년 8월 23일 환율을 기준으로 했음을 밝힙니다. 또한 급여 관련해서 특별한 언급이 없다면, 세전 수입입니다.

로 받을 수 있습니다.

예시 밴드 5 간호사 급여: 연봉 22,128~28,746파운드(약 3,277~4,257만 원) + 보조금

자세한 사항은 3부 '영국 & 두바이 간호사' 편을 참고하세요.

미국 간호사 월급은 어떨까요?

병원마다, 주state마다, 직장마다 다릅니다. 대개 2주에 한 번 급여를 받고, 주말이나 공휴일에 일할 경우 더 받습니다. 어느 주는 시간당 33~55달러를 받는다고 합니다. 병원마다 제공하는 복지도 다릅니다. 간호사마다 다르지만, 아는 지인은 한화 연봉 8,000만 원 정도를 받고 일한다고 합니다. 미국 간호사 에이전시(Conexusmedstaff)에서 밝힌 미국 간호사의 평균 연봉은 7만 달러(약 8,478만 원)였습니다. 그러나 미국도 세금이 있다는 점! 잊지 마세요!

미국의 어느 병원 채용 공고를 볼까요?

- 풀 타임 직원은 일한 지 2~3달 후부터 복지 혜택을 제공받습니다.
- 2년 근무 계약 기간
- 다양한 의료 보험 혜택: 의료 보험(고용주 75% 커버), 치과 및 안과 보험, 생명 보험(병원이 지불함)
- 401 은퇴 연금 보험
- 유급 휴가
- 도착 시 90일 무료 숙소 제공
- 이민 수속 비용 지원

어느 정도 감이 오나요?
모든 연봉이나 월급이 정확할 순 없습니다. 나라별로, 간호사 케이스별로 다르니까요. 그래도 도움이 되었길 바랍니다.
첫 질문인데, 지나치게 친절했군요! 좀 더 속도를 내서 답해 볼까요? 아! 모든 질문의 답은 무조건 옳은, 절대적인 답이 아님을 미리 알려 드립니다. 하지만 일반적인 궁금증에 도움이 될 거예요!

2. 간호사도 전공한 부서나 과목이 있나요?
간호사라고 말하면 간혹 대학교 때 뭘 전공했냐고 물어봅니다. 정형외과 전공이냐 피부과 전공이냐 묻곤 하는데, 간호사는 전공하는 과가 없습니다. 모든 과를 포괄적으로 다양하게 배우니까요. 모성 간호, 정신 간호, 성인 간호 등 모든 과에 적응하도록 배웁니다. 폭넓게 배우는 게 장점!
병원에 입사할 때 원하는 부서를 지원하게 됩니다. 대개 1지망, 2지망, 3지망으로 원하는 부서를 적어 내는데, 원한다고 다 되는 건 아닙니다. 본인이 원해도 병원의 상황에 따라 들어가는 부서나 과가 달라질 수 있죠. 또한 근무하다가 다른 부서로 로테이션을 하기도 합니다. 그러니 바로 원하는 과로 들어가지 못한다고 실망하지 말길 바랍니다.

3. 수간호사가 되려면 어떻게 해야 하나요?
요즘은 오래 일했다고 수간호사가 되진 않습니다. 간호학 석사 및 박사 학위가 요구되는 추세이며, 두드러진 성과가 있다면 더욱 좋겠지요. 대형 병원의 경우 보직자 승진 시험을 통해 수간호사가 된다고 알고 있습니다.
작은 병원의 경우, 그 병원에서 오래 근무한 간호사가 수간호사가 되기도 하고, 병원에서 수간호사 채용 공고를 내기도 합니다. 보통 그분야의 경험이 많고 경력이 많은 간호사가 수간호사가 됩니다. 수간호사가 됐다고 끝이 아닙니다. 간호과장, 간호부장 등이 있습니다.

4. 근무 형태는 어떻게 되나요?

병동의 근무는 주로 3교대를 합니다. 근무 형태는 데이(D), 이브닝(E), 나이트(N) 근무로 나뉩니다.(아래 근무표 참고) 병원마다 근무 시간이 다릅니다. 제가 있던 곳은 데이 근무는 오전 7시 반부터 3시 반까지, 이브닝 근무는 3시 반부터 10시 반까지, 나이트 근무는 오후 10시 반부터 오전 7시 반까지였습니다. MD(미드데이) 근무도 있는데, 오전 9시부터 오후 6시까지 근무하는 형태입니다.

요즘은 데이킵, 이브닝킵(혹은 이브킵이라고도 부릅니다), 나이트킵도 있습니다. 데이킵은 말 그대로 오전 근무만 하는 것입니다. 예를 들면 오전 7시 반부터 오후 3시 반까지의 근무를 고정으로 하는 것입니다. 이브닝킵, 나이트킵도 마찬가지입니다. 나이트킵의 경우 한 달에 15~16번 근무한다고 들었습니다.

2019년 2월 간호과 근무표

	1	2	3	4	5	6	7	8	9	10	11	12	13	14	15	16	17	18	19	20	21	22	23	24	25	26	27	28
	금	토	일	월	화	수	목	금	토	일	월	화	수	목	금	토	일	월	화	수	목	금	토	일	월	화	수	목
김**	MD	연차	off	off	off	off	MD	MD	off	off	MD	MD	MD	MD	MD	off	off	MD	MD	MD	MD	MD	off	off	MD	MD	MD	MD
윤**	D	D	연차	off	off	E	E	off	off	D	D	off	off	off	off	D	D	교육	교육	교육	교육	교육	D	D	D	D	off	off
이**	E	연차	off	off	D	D	D	D	off	off	D	D	D	D	off	off	off	D	D	D	D	off	E	E	E	E	off	off
김**	E	E	E	off	D	D	연차	off	off	N	N	off	off	D	D	D	D	off	off	D	D	off	D	D	off	off	D	D
한**	off	off	연차	E	E	E	E	E	off	off	off	E	E	E	E	E	off	off	E	E	E	E	off	E	E	E	N	N
안**	D	off	N	M	off	연차	D	D	D	D	off	E	E	off	D	D	off	D	D	off	off	D	D	off	off	off	D	D
강**	off	E	E	E	E	off	E	E	E	E	E	연차	off	E	N	N	off	off	E	E	E	E	E	off	off	off	E	E
양**	off	D	D	D	연차	off	D	D	D	off	D	D	D	D	off	off	E	E	N	N	off	off	off	D	D	D	off	off
강**	off	off	D	D	N	N	off	연차	E	E	E	off	off	off	E	E	E	E	off	off	D	D	N	N	off	off	E	E
황**	N	N	연차	off	off	off	N	N	N	off	off	N	N	N	off	off	N	N	off	off	N	N	off	off	N	N	off	off

*병원과 부서에 따라 오프 수 등이 다를 수 있습니다.

드물지만, 2교대 근무도 있습니다. 예를 들면 오전 8시부터 오후 8시까지 근무하는 형태입니다. 물론 데이/이브 킵도 있는데, 데이와 이브닝 근무 시간만으로 교대 근무하는 경우입니다.

물론 간호사 근무 형태에서도 상근직(오전 8~9시에 시작하여 오후 6~7시에 끝나는 근무 형태)도 있습니다. 예를 들면 보건 교사, 대학 병원 외래 간호사, 내시경실 간호사, 수술실 간호사 등이 있겠습니다.

5. 간호대에 가면 뭘 배우나요? 간호 학생의 일과가 궁금해요.

간호학과에서는 생리학, 성인 간호, 모성 간호, 정신 간호, 아동 간호 등을 배웁니다. 배우는 과목은 각 학년마다 다릅니다. 3학년(3년제) 혹은 4학년 때 병원으로 실습을 나가지요.

다음은 어느 간호 대학의 2019년 1학기 시간표입니다. 학년이 올라갈수록 전공과목도 늘고, 바빠지지요.

	월	화	수	목	금
1교시 09:10~10:00	지역사회간호학 I		아동간호학 II		
2교시 10:10~11:00	지역사회간호학 I	아동간호학 실습 I	아동간호학 II		
3교시 11:10~12:00	정신간호학 I	아동간호학 실습 I		모성간호학 II	성인간호학 IV
4교시 12:10~13:00	정신간호학 I			모성간호학 II	성인간호학 IV
5교시 13:10~14:00			성인간호학 실습 I	아동간호학 실습 I	
6교시 14:10~15:00		성인간호학 실습 I	성인간호학 실습 I		간호윤리
7교시 15:10~16:00		모성간호학 실습 I		모성간호학 실습 I	간호윤리
8교시 16:10~17:00				모성간호학 실습 I	

*시간표는 학교와 학기에 따라 다를 수 있습니다.

6. 병원 실습은 어디로 나가나요?

학교와 연계된 병원으로 나갑니다. 내과, 외과, 응급실, 수술실 등 각 부서 및 파트 별로 실습을 하게 됩니다. 주로 상급 종합 병원으로 실습을 나갑니다. 저의 경우 순천향대학교 병원, 경기도의료원 등으로 실습을 나갔습니다. 실습지가 서울이 될 수도 있고, 부천이 될 수도 있고, 사는 곳과 먼 병원에서 실습을 할 수도 있습니다. 서울에 있는 병원에서 실습할 때는 근처 친척 집에서 자거나, 고시원 생활을 할 때도 있었습니다.

7. 태움이 진짜 있나요? 심한가요? 누가 어떻게 태우나요?

네, 태움은 있습니다. 태움이란 간호사들이 간호사를 괴롭힐 때 쓰는 은어입니다. 주로 윗연차가 아랫연차를 괴롭힐 때 씁니다. 동기들 중 왕따를 당하는 경우도 있습니다. 사라져야 할 문화입니다. 같은 병원이라도 태움이 심한 부서가 있고, 그렇지 않은 부서도 있습니다. 병원 규모에 상관없이 그 부서의 분위기나 구성원에 따라 다르다고 할 수 있습니다.

간호사 태움은 복합적인 문제입니다. 이것은 개인의 문제뿐 아니라 사회적인 문제와도 관련되어 있습니다. 간호 인력을 늘리는 것 뿐만 아니라 간호사의 인권 및 복지, 근무 환경 등이 개선되어야 태움이 줄어들 것이라고 봅니다.

8. 간호사와 간호조무사는 어떻게 다른가요?

간호사는 간호 대학 졸업 후, 간호사 국가시험을 합격해 간호사 면허를 취득한 사람이며 '의료인'입니다. 간호조무사는 간호 학원 1년 수료 후 간호조무사 자격증을 발급받은 사람이며 의료인이 아닙니다. 간호조무사의 업무는 의사의 지시감독하에 간호 보조 및 진료 보조 업무를 돕는 것입니다. 그러나 간호 인력 부족으로 간호조무사들이 병원에서 간호사처럼 일하는 병원도 많이 있습니다.

9. 3년제 출신 간호사와 4년제 출신 간호사, 업무나 대우에 차이가 있나요?

업무는 차이가 나지 않으나, 급여에서는 차이가 날 수 있습니다. 3년제와 4년제의 급여를 동일하게 주지 않는 곳도 있습니다. 일하는 건 동일하며, 지금까지 일하며 3년제 졸업했다고 차별받은 적은 없었습니다.

10. 간호사 국가시험은 많이 어려운가요?

합격률은 대개 90% 이상입니다. 간호 대학을 잘 다녔고, 열심히 준비한다면 떨어지는 일은 없다고 봅니다.

11. 간호사는 구체적으로 어떤 일을 하나요?

각 진료과별로 하는 일도, 맡은 환자도 다릅니다. 어느 파트에서 일하느냐에 따라 하는 일이 다릅니다. 각 파트별로 어떤 일들을 하는지는 이 책에 등장하는 선생님들의 이야기를 참고해 주세요.

12. 간호사 취업률이 궁금합니다.

간호 인력은 항상 부족하기에 취업은 잘 됩니다. 많은 간호사들이 선호하는 유명 대학 병원이나 대형 병원 같은 경우는 경쟁률이 높은 편이긴 합니다. 하지만 중소 병원의 경우 간호 인력이 부족한 곳이 많기에 간호사 전체적인 취업률로 봤을 때, 비교적 취업률이 높은 편이라고 할 수 있습니다. 학생 때부터 미리 자신의 미래를 설계해서 간호사 커리어를 계획하길 바랍니다. 예를 들어 '나는 미국 간호사를 하고 싶은데, 미국 가서 중환자실에서 근무하고 싶어.'라고 설계해 봅시다. 그렇다면 한국에서 중환자실 경력을 쌓아 미국 간호사에 도전할 수도 있을 겁니다.

13. 간호사의 정년은 언제인가요?

각 병원마다 혹은 나라마다 다릅니다. 그러나 병동에서 정년을 채우고 퇴직하는 간호사는 많지 않습니다. 병동 일이 대부분 3교대이며 육체적으로 힘들기 때문입니다. 특수 파트의 경우, 정년을 채우고 퇴직하는 분도 많습니다. 간호사로서 체력이 닿는 한, 일은 가능하다고 봅니다. 간호 인력이 부족한 만큼, 60대 간호사 분들도 열정적으로 현장에서 일하는 경우를 봐 왔습니다.

14. 간호사의 이직률이 높다던데, 맞나요?

네. 임상에서 일해 본 간호사라면 누구나 한 번쯤은, 하루 일하고 그만둔 간호사 혹은 갑자기 안 나오는 간호사 이야기를 들었을 수 있습니다. 간호사들이 병원을 그만두는 이유는 다양합니다. 3교대가 힘들기도 하고, 사람 관계 때문에 그만두기도 합니다. 이외에도 그만두는 이유는 연봉, 근무 조건, 환경 등 다양합니다.

간호 인력은 항상 부족하기에 간호사로서 새 직장을 구하는 일이 상대적으로 쉬운 측면도 있습니다.

15. 간호사들은 서로 어떻게 부르나요?

주로 'OOO 선생님'이라고 부릅니다. 서로 존중하거나 높여 부르는 말이기도 합니다.

16. 남자도 간호사가 될 수 있습니까?

당연하지요. 간호사에는 성별 구분이 없답니다! 남자 간호사도 수간호사가 될 수 있어요!

17. 이전에는 간호사들이 머리에 하얀색 캡을 썼어요. 그런데 왜 지금은 캡을 쓰지 않나요?

캡을 쓰면 일할 때 매우 거슬립니다. 안 쓰는 게 실용적이죠. 예전에 캡 쓰고 일하신 분들의 말씀으로는 수액을 거는 폴대에도 캡이 걸리고, 캡이 간혹 머리에서 흘러내려 일할 때 불편했다고 합니다.
여자 간호사들이 치마 대신 바지를 입는 것 역시 같은 맥락입니다. 치마 입으면 일할 때 불편해요. 물론 간호과장님이나 간호부장님은 치마를 입기도 합니다. 대개 병원들은 바지 유니폼을 줍니다. 바지가 일할 때 편하고 활동적이니까요.

18. 간호원, 간호사는 뭐가 다른가요?

옛날에는 간호원이라고 불렀는데, 지금은 간호사라고 하지요. 옛날에 일본 문화의 영향으로 간호원으로 격하되어 불렸으나, 1987년 의료법을 개정하면서 간호사로 명칭이 바뀌었습니다. 의사, 변호사처럼 '-사'로 끝나는 전문직 직종에 걸맞는 이름으로 변경되었지요.

19. 간호사들은 의료인과 결혼을 많이 하나요?

간호사와 간호사 커플도 있고, 간호사와 원무과 직원 커플, 의사-간호사 커플, 환자-간호사 커플도 있습니다. 내가 사랑하는 사람이 무슨 직업을 가져서 사랑하는 게 아니라, 사랑하는 사람이 그 직업을 가진 것일 뿐이라고 하더군요. 사랑에는 국경도, 직업의 경계도 존재하지 않는 듯합니다. 의료인이다 보니, 병원에 있는 사람과 서로 마주칠 일은 많겠지요.

20. 간호사의 전망은 밝나요?

간호사를 베이스로 뻗어 나갈 길은 무궁무진합니다. 힘든 일이지만, 보람 있는 일입니다. 향후 수많은 일들이 AI로 대체 가능하지만, 간호사를 AI가 대체하는 건 매우 힘들 거라고 생각합니다.
간호사가 되면 취업률도 좋고, 원하는 나라에 이민 가기도 좋고, 사랑하는 가족이 아플 때 도움을 줄 수도 있습니다.

21. 신규 간호사 1년 동안은 울고 다닌다는데, 정말인가요?

저는 울고 다녔는데, 안 울지도 모릅니다. 사람마다 다르니까요. 하지만 제 주변 대부분의 간호사들은 신규 간호사 시절 정말 힘들고 우울하고 고통스러웠던 기억을 갖고 있더군요. 처음 병원에 입사한 순간부터 완벽함을 요구받으니까요. 우리의 간호 행위가 생명에 직접적인 영향을 미치기에 당연한 것이지만, 모든 게 서툰 신규 간호사는 이 모든 것들이 벅차고 힘들지요. 제때 밥 먹기도 힘들고, 화장실 가기도 힘들고, 제때 퇴근하기도 힘든 날이 올 수 있습니다. 첫 병원에 들어가기 전까지 열심히 노세요. 그리고 입사하면 마음 단단히 먹으세요. 울고 다닐 수 있습니다. 힘든 건 힘든 거니까요. 그래도 신규 시절을 버티고, 그 순간이 지나면 좀 더 성장한 자신을 발견할 수 있어요.

22. 신규 간호사입니다. 병원일이 힘들어서 그만두고 싶어요. 사직서는 언제 내야 하나요?

개인의 사정마다 다르지만, 병원과 부서의 사정에 따라서도 다른 듯해요. 보통 2주 전 혹은 한 달 전에 내기도 합니다. 2~3달 전에 미리 내는 분도 있고요. 하지만 상식을 벗어나는 병원도 있더군요. 예를 들어 어느 간호사 선생님이 다닌 병원은 간호사가 환자 바늘에 찔려 질환에 감염돼도 아무런 대처조차 해 주지 않았다고 합니다. 게다가 수당을 챙겨 주지 않는 오버타임은 늘 있었고, 간호사들을 언제든 대체 가능한 부속품으로 여겼다고 해요. 그런 병원은 박차고 나오세요. 하루 만에 나와도 박수쳐 줄게요. 그리고 기억하세요. 병원은 당신이 없어도 잘 돌아간다고요. 간호사로 10년을 겪어 보니, 한 명 사라진다고 해도 어떻게든 굴러가는 게 병원이더군요. 자신의 위치는 자신이 정하는 겁니다. 간호사 역시 간호사 이전에 사람입니다.

23. 간호사들은 밤 근무도 해야 하고, 주말에도 쉴 수 없더라고요. 다른 회

사원들처럼 공휴일이나 주말에도 쉴 수 있는 간호사는 없나요?

의료직 공무원을 준비해 보세요. 보건 교사, 교정직 간호사, 심평원(건강보험심사평가원) 간호사, 보건소에서 일하는 간호 공무원, 소방 공무원, 산업 간호사 등이 있어요. 혹은 건강 검진 센터, 인공신장실도 일요일에는 근무하지 않는 곳이 많습니다.

제약 회사, 보험 회사에서 간호사로 근무할 수 있고요. 대학 병원에서도 9시~6시 근무하는 상근직 부서로 갈 수 있어요.

일반 종합 병원에서도 상근직으로 근무할 수 있습니다. 예를 들면 데이킵이나 이브킵 간호사로 근무할 수 있어요.

24. 간호사로 투잡을 뛸 수 있나요?

물론 공무원은 투잡이 안 되겠죠. 특별히 근로계약서에 문제가 없는 이상, 가능합니다. 제 주변에도 투잡을 뛰는 선생님들이 꽤 있어요. 간호사 하면서 강사 일을 한다든지, 간호사 하면서 웹툰 작가를 한다든지 등등이요. 병원을 두 군데 다니는 분도 있었는데, 한 병원에서는 정규직이었고 다른 병원은 아르바이트로 근무하는 분이었어요. 자기 시간과 근무 일수를 조절한다면 충분히 가능합니다!

25. 외국 간호사가 한국에서 간호사로 일할 수 있나요?

한국에서 간호사로 일하려면 한국 간호사 면허가 있어야 합니다.

26. 미국 간호사를 준비하고 싶어요. 어떡해야 하나요?

한국에서 준비하신다면, 한국에 있는 간호 대학을 졸업하는 게 첫 번째겠죠? 간호 대학을 졸업하고 면허 취득 후, 바로 준비 가능합니다. 미국 간호사 면허(NCLEX)를 준비하는 학원이 있어서, 상담을 들으러 가도 좋습니다. 강동학원, 이화엔클렉스 등 미국 간호사 학원이 있으니 참고하셔요. 이미 미국 간호사가 되신 분들의 책을 읽는 것도 좋은 방법입니다. 보다 자세한 내용은 이 책 3부 '나의 미국 간호사 도전기'를 참고하세요.

27. 전문 간호사가 있다던데 어떻게 되나요? 분야를 알려 주세요.

전문 간호사로는 가정, 감염, 노인, 마취, 보건, 산업, 응급, 정신, 종양, 중환자, 호스피스, 아동, 임상 전문 간호사가 있습니다. 간호 대학 졸업 후 해당 분야에서 3년 이상 실무 경력을 쌓으세요. 최근 10년 이내에 해당 분야에서 3년 이상 간호사로 근무한 경험이 있어야 간호 대학원의 전문 간호사 교육 과정을 신청할 수 있습니다.

28. 간호사로 요양원 설립이 가능한가요?

네, 가능합니다. 요양원의 시설장은 사회복지사업법에 따른 사회복지사나 의료법 제2조에 따른 의료인이어야 합니다. 간호사는 의료인이기에 가능합니다.

29. 간호사로 어린이집 설립이 가능한가요?

2014년 3월 1일 이후 시행된 자격 기준으로 "어린이집 일반 원장 자격 기준 중 의료법에 의한 간호사 면허를 취득한 후 7년 이상의 보육 등 아동 복지 업무 경력이 있는 사람", "영아 전담 어린이집 원장 자격 기준 중 간호사 면허를 취득한 후 5년 이상의 아동 간호 업무 경력이 있는 사람"이라고 나와 있습니다. 이 기준에 해당하는 사람으로 보건복지부령으로 정하는 원장 사전 직무 교육을 이수하고 원장 자격을 취득할 수 있어요. 더 자세한 내용은 보건복지부 콜센터(국번 없이 129)로 상담해 보세요.

30. 병원에 다니면 어떤 혜택을 받나요?

병원마다 다른데, 의료비에서 가족 할인이 되는 경우가 있지요. 예를 들어

본인 100% 직원 가족 50% 할인되는 경우도 있고, 본인 50% 직원 가족 30% 할인되는 경우도 있어요. 자신이 다니는 병원에서 건강 검진을 할 경우, 가족 할인이 되는 경우도 있어요. 병원의 부속 어린이집이 있는 경우도 있고요. 병원마다 복지 혜택은 다릅니다.

31. 간호사 온라인 카페 및 간호사에게 유용한 사이트를 알려 주세요.

대표적인 몇 가지 사이트 알려 드립니다.

- 너스케입 https://www.nurscape.net/
- 네이버 카페 "Mindy's Nursing Story" https://cafe.naver.com/nurseworld
- KINLA "나는 국제 간호사다" https://blog.naver.com/nyunursepractitioner
- 널스스토리 https://www.nursestory.co.kr/

PART 1

병원 안의 간호사들

“인공지능 로봇이 와도
정서적인 간호는 우리가 더 잘할 거야.”

*

우리들의 64살 왕언니,
요양 병원 간호사
김금옥 선생님

우리 학교에는 유독 나이가 많은 분이 계셨다. 2007년, 간호 대학 1학년 나이가 무려 52세! 수원여대 개교 이래 최고령 학생이었다!

그분을 볼 때마다 정말 나와 같은 학번이 맞는지, 다시 봤다. 호칭조차 어떻게 불러야 할지 막막했지만, "언니라고 불러! 같은 동기인데!"라며 호탕하게 웃던 우리들의 왕언니.

당시 내게 핸드폰을 보여 주며 나랑 나이가 비슷한 딸이 미국에서 대학을 다닌다고 자랑하셨다. 우리 학교는 매년 간호학과 학생을 대상으로 미스 나이팅게일 대회를 하는데, 나는 그때 끄적거리던 피아노 자작곡을 쳐서 2등을 했다. 그때 언니가 다가와 "아름아, 피아노 치는 재능이 있는 줄 몰랐어."라며 칭찬해 줘서 더 기억에 남았다.

그러나 나이 불문하고 누구에게나 혹독하고 매서운 시험은 찾아온다. 중간고사, 쪽지 시험, 실기시험, 기말고사 그리고 국가시험까지.

'잘하실 수 있을까? 괜찮을까?'

모든 이의 우려 속에도 언니는 당당히 졸업했고, 여러 간호 학생들을 제치고 졸업식 날 상까지 받았다.

그 후 언니는 어떻게 지냈을까? 취업은 잘 되었을지, 어떻게 살고 계실지 궁금하던 찰나였다.

졸업한 동기를 찾으려 학교에 방문했는데, 당시 담당 교수님께서 언니의 전화번호를 알고 계셨다. 간절한 마음으로 문자를 넣었다. 정말 다행히도 번호가 그대로라, 언니에게 바로 연락이 왔다.

"이른 아침인데, 괜찮아?"

"네! 좋습니다!"

오전 8시, 자다가 전화를 받은 나는 벌떡 일어나 부랴부랴 옷만 입고 맥도날드로 뛰어갔다.

"우리가 벌써 10년만인가? 나 올해 64살이야."

"허억!"

놀란 나와 달리 언니는 깔깔 웃었다.

"2010년, 그러니까 55세로 학교 졸업하고 계속 병원 다녔어. 지금은 G 요양 병원에서 정규 간호사로 근무하고 있어. 있잖아. 글쎄, 내가 같이 일하던 조무사 8명을 간호대로 보냈잖아? 후훗!"

"간호조무사를 간호대로요?"

그렇다. 언니는 같이 일하던 간호조무사 8명을 간호 대학으로 보냈고, 그중 3명은 이미 간호사가 됐다고.

"응! 도전하라고 했지! 나도 할 수 있는데, 걔들은 왜 못해? 나보다 나이도 젊고. 할 수 있어! 얼마나 청춘인데!"

"하하하, 간호사 전도사네요!"

당당하고 자신감 있는 언니의 모습이 보기 좋았다.

언니는 그간의 이야기를 전했다. 그렇게 우리는 수다를 떨었다. 언니의 드라마 같은 인생 이야기에 어느덧 훌쩍 시간이 흘렀다.

» 졸업 이후 지금까지 어떻게 지내셨어요?

졸업과 동시에 요양 병원에서 근무했어. 간호사로 첫 1년은 3교대를 했고, 그 후 지금까지 나이트 근무를 하고 있어. 요양 병원 근무 3년하고, 정신과에서 4년 근무했어. 그 사이 남편이 다치는 바람에 잠깐 간호사를 쉬었어. 그 후 다시 정신과로 복귀하려 했는데, 월급이나 시간 같은 게 안 맞더라고. 결국 지금의 요양 병원으로 옮겼지. 나름 만족하고 있어.

요양 병원에 근무하다 보면 내 나이 사람들을 보게 되는데, 대부분 직업도 없고 신체적으로 노화가 진행돼서 병원에 온 사람들이야. 주로 알츠하이머, 치매, 뇌 질환 환자들이지. 이런 사람들 보면서 내가 아직 건강하고 그들을 돌볼 수 있다는 사실에 만족해. 간호사가 아니었다면 이 나이에 어디 가서 취업했겠어. 건강이 허락하는 한 주변에 어려운 사람들이나 약한 사람들을 돌보고 싶어.

» **요양 병원의 하루 일과는 어떤가요?**

나는 나이트킵으로 근무하고 있어. 저녁 9시 반에 출근해서 10시까지 인계를 받아. 그날 입원 환자나 전원(다른 병원으로 옮기는 것) 환자가 있으면 인계가 길어지겠지. 10시 20분까지 병실 라운딩을 해. 인계받은 대로 수액이 있는지, 환자가 산소는 몇 리터 하고 있는지 등 확인해. 그 후에 간호 기록을 해. 내가 본 것들, 약 들어가는 거, 환자들 문제 등을 기록하고, 의사에게 노티(환자에게 특별한 증상이 나타날 경우, 의사에게 추가적인 오더를 받으려 환자의 증상 및 상황을 말하는 것)할 문제인지 판단해. 그리고 그날 종일 썼던 물품, 수액, 약들을 채워. 다음 날 수술할 환자 체크하고 전원할 환자, 퇴원 환자 등을 체크해. 다음 날 해야 할 환자 검사가 있는지도 확인하고, 준비물들을 챙기지.

12시에는 이브닝 근무로부터 인계받은 약 챙기거나, 환자들의 약이 잘 들어가 있는지 리뷰해. 약 다 챙기고 나면 보통 1시쯤이야. 약을 챙기는 중간에도 환자들이 이벤트(환자의 상태가 변하는 것을 말함)가 있으면 적절히 체크하고 의사에게 노티도 해. 가래가 많이 있는 사람은, 1시쯤 다시 돌아봐. 석션(가래를 빼주는 일)도 해 주고, 수액이 잘 들어가는지 확인하지. 그러고 나서 휴식 시간을 가져.

5시에 환자 피 검사 있으면 검사 보내고, 혈당 체크하고, 인슐린 처치하고 기록해. 그러다 보면 6시가 돼. 인계 준비를 하지.
노인 병원이니까, 매일 체위 변경을 하거나 욕창 위험도 체크하고, 일주일에 한 번은 교육 시설, 낙상 점검, 당뇨 페이퍼 작업을 확인하고 평가해.
오전 7시면 데이 근무 간호사들이 출근해서 8시쯤 퇴근하는 편이야. 인계 후에 선생님들끼리 모여서 차도 한잔 해.
나는 병원에 갈 때 허겁지겁 가지 않아. 차 한잔 마시고, 음악 듣는 걸 좋아해서 여유롭게 출발해. 출근 전에 드러그인포(www.druginfo.co.kr, 의약품 검색 사이트)에 들어가서 모르는 걸 찾거나, 책을 찾아보는 편이야. 항상 책을 갖고 다녀.

» **7년간 나이트킵을 하셨다고 들었어요. 아무래도 나이트 근무가 힘들 듯 한데, 나이트 근무를 쭉 하게 된 특별한 이유가 있으세요?**
병원 근무가 많이 힘들진 않았어. 늦게 공부한 만큼 재밌게 했어. 그런데 그때 느낀 게 3교대가 일정한 시간이 없잖아. 헬스를 하든, 수영을 하든 같은 시간에 못하잖아. 개인적인 시간은 많지만 누구랑 같이 할 시간이 없고. 공부할 시간이 안 되는 거야. 내가 방송통신대를 갔잖아. 스터디 모임을 해야 해서 나이트 근무를 시작했어. 그때 시작한 게 지금껏 이어진 거야. 결국 방송통신대 RN-BSN(간호 학사 편입학. 3년제 간호 대학을 나온 간호사 중 다수가 4년제 학사 자격 취득을 위해 RN-BSN 과정을 이수한다) 다니면서 학사를 졸업했어. 나이트 근무가 개인 시간을 많이 낼 수 있고 좋은데, 안 좋은 점은 의료진간 라포(신뢰 관계 또는 상대방과 형성되는 친밀감) 형성이 잘 되기 어려워. 보통 데이나 이브닝 때 협력하는 약사, 의사를 만나잖아. 그 교류 속에서 라포 형성이 잘 되고, 병원의 전반적인 걸 더 잘 알 수 있는데, 나이트를 하면 낮 경험들을 못하잖아. 그런 게 아쉽지. 지금은 시간 여유가 좀 있으니까. 데이나 이브닝 때 사정 있는 사람들 대신 근무를 해 주곤 해.

나이트 근무가 수당은 많아. 나이트킵은 거의 계약직이야. 한 달이 30일일 경우 나이트 근무가 15일이고, 31일일 경우는 한 달에 16일 근무해. 병원마다 다르겠지만, 나이트킵 연봉은 보통 3,500만 원쯤 하더라고.

» 일하면서 힘든 적은 없으셨나요?

노인 병원에서 일하다 보면 보호자들과 충돌하는 경우도 있어. 보호자들은 환자의 임종을 보고 싶어 해. 그런데 말이야, 나는 임종을 보는 것보다 중요한 게 평소에 환자 곁을 지키는 거라고 생각해. 그런데 어떤 보호자들은 곁을 지키지는 않고, 꼭 돌아가실 때만 말해 달래. 그런데 언제 돌아가시는지, 그걸 의사가 맞출 순 없잖아.

이런 적이 있었어. 평소에 오지도 않는 보호자였어. 그 보호자는 할머니가 돌아가실 거 같으면 연락달래. 돌아가실 듯해서 보호자를 불렀는데 보호자가 와서 할머니를 보면 또 상태가 괜찮은 거야. 그러면 보호자들이 화내. 할머니가 정말 돌아가실 때 연락하라고. 그런데 그걸 어떻게 맞춰? 또 할머니 돌아가실 것 같다고 해서 연락하면 보호자들이 와. 그런데 할머니가 보호자들만 보면 괜찮은 거야. 보호자들은 역정을 내지.

그래서 우리가 할머니를 간호하다가 여쭤봤어. "할머니, 마지막으로 보고 싶은 사람이 있어요? 아님 그동안 자식들이 보고 싶으셨던 거예요?" 할머니는 그날을 넘기기 힘들 듯했다가도 다시 살고, 또 며칠 가고. 이런 날이 반복됐어. 그러던 어느 날, 새벽 3~4시에 할머니가 돌아가셨어. 돌아가시기 직전에 서둘러서 보호자에게 연락했지. 결국 보호자들은 할머니가 돌아가신 후에 도착했지. 임종을 보고 싶은데 너희가 미리 연락 안 했다고 하더라. 그걸 빌미 삼아서 밀린 병원비를 깎으려고도 했어.

여기 오는 환자들은 더 할 수 있는 게 없어서 온 사람들이 많아. 자발적 호흡이 안 되니까, 인공호흡기 달고 있고. 몇몇 보호자들은 여기서 돌아가시면 좋겠다고 말해. 계속 대학 병원에 모실 순 없으니까 로컬 병원으로 모셔 온 거지. 연명 치료를 거부하기도 해. 그래서 DNR(심폐 소생술 금지) 동의는 무조건 받아 두는 편이야.

» **많이 힘들겠어요. 죽음을 가까이서 보시겠군요.**

응, 어떻게 보면 우린… 환자들의 마지막을 배웅하는 듯해. 환자가 죽으면 의사가 사망 선고를 하잖아. 가족들과 죽은 환자가 작별 시간 갖고 난 후, 우리는 그 뒤를 정리해. 가족이 나가면, 환자 링겔 떼고 지혈하고 사후 강직된 손발 펴고 똥오줌 닦고 기저귀 빼서 닦아줘. 머리 빗기고 깨끗하게 시신 다 닦고 환의랑 침대보도 바꿔서 영안실이나 장례식장으로 보내지. 대부분 죽을 때 난리치고 죽잖아. 보호자 입장에서는 곱게 죽은 걸로 알지. 사실은 그게 아닌데.

신규 때 첫 병원 와서 일하는데 환자가 죽었어. 다 처리하고 난 후, 어느 간호사 선생님이 "피자 좀 시켜줘요."라고 말하더라고. 나는 그게 너무 충격적이고, 어이가 없었어. '한 사람이 죽었는데, 어떻게 피자가 목으로 넘어가?' 하고 생각했어. 처음엔 이해를 못했어. 너무나 안 좋게 보이더라고.

몇몇 간호사들은 "아우, 저 환자 내 듀티(근무) 때 죽으면 안 되는데…." 이러는 거야. 그게 너무 싫었어. 그 사람이 역사의 한 페이지에서 사라지는 건데, 품위 있게 죽을 순 없는지 함께 고민하지는 못할 망정… 한 사람 사라져도 세상은 잘 돌아가는구나 싶었어.

누구나 죽고, 나도 죽는 건데…. 자기 부모, 자기 일 아니라고 그래도 되나 싶을 정도로 회의감이 들었어.

그런데 말이야, 지금은 이해가 돼. 데이 근무 때 환자가 죽잖아, 그럼 점심도 못 먹고 보호자 데리고 있어야 하고, 하루 종일 파김치가 돼. 나이트 근무할 때는 다음 날 오후에 퇴근하기도 했어. 12시간 이상 근무한 셈이지. 너무 힘들더라.

사람이 죽는 건 여전히 마음이 좋지 않아. 그럴 때 환자와 나를 위해 기도를 해. 지켜보는 나 역시 너무 힘드니까 말이야.

» **맞아요, 죽음을 가까이 보면서 일하면 정말 많은 생각을 하게 되더라고요. 인생을 다시 한 번 생각하게 되고, 심적으로 힘들기도 하고요. 병원에서 일하며 많은 걸 느끼셨을 듯해요.**

병원에서 많이 느낀 건… 기분에 살고 기분에 죽는다? 왜 그런 말도 있잖아. 그게 정답이었어. 똑같은 수술을 하고 난 후, 회복실에 있어도 기분 좋은 사람하고 우울한 사람하고는 회복 속도가 다르더라고. 우울할수록 회복 속도가 더딘 듯해. 비슷한 질환을 앓아도 긍정적인 마인드를 가진 환자는 통증 호소가 덜해. 부정적인 환자는 회복이 더디더라고. 정서적 케어가 참 중요하다는 걸 일하면서 많이 느꼈어.

》요양 병원 간호사를 꿈꾸거나 이직을 원하는 이들에게 해 주고 싶은 말씀이 있으신가요?

요양 병원은 나이든 사람들이 와. 장기 입원이 많기에 감정 케어가 중요해. 그래서 인성이 좋아야 해. 사랑이 넘치는 사람이면 좋겠지. 호스피스 병동에 있다 보면 환자가 죽는 걸 많이 봐. 환자들 대부분이 연세 있는 분들이고, 암 환자들의 경우 우울하신 분도 많아. 그래서 요양 병원에 오고 싶다면 임종을 앞둔 사람에게 좋은 추억을 심어 주고, 그 마지막 순간을 함께해 주는 걸 보람으로 아는 사람이 와야 할 듯해.

간호 학생들이나 간호사를 꿈꾸는 사람들에게도 말해 주고 싶어. 간호사는 추천할 만한 직업이야. 앞으로는 로봇이랑 인공지능이 일자리를 많이 맡겠지만, 인간의 마음을 다루는 건 로봇이 하기 힘들잖아. 기술적인 건 하겠지만, 정서적인 간호는 못 할 거야. 간호사는 취업도 잘 되고, 죽을 때까지 할 수 있어. 평생 직업으로 손색이 없지. 자기 몸을 돌볼 수 있고, 주변 사람들을 돌볼 수 있어 좋아.

》우리 학창 시절 이야기를 해 볼까요? 언니는 52세 때 간호 대학에 들어왔잖아요. 그 전에는 어떤 일을 하셨는지도 궁금하고요.

그 이야기를 다 하려면 밤이 새도 모자를걸? 하하하.

나는 원래 도서관학과 출신이야. 지금은 문헌정보학과로 바뀌었더라고. 중고등학교 때 책을 좋아했고, 도서관 사서가 되면 책을 엄청 많이 읽을 줄 알았지. 그런데 막상 사서가 되니, 생각한 거랑 다르더라고. 맨날 목록 카드 만드는 게 일이었다니까.

그러다 결혼하고 애 낳고 육아하고…. 그런데 육아에 대해 모르니까 너무 답답하더라고. 주변에 물어봐도 답이 다 다르고. 그래서 방송통신대 유아교육과에 들어갔지. 뭘 하고 싶다면 배우면 돼. 요리가 하고 싶은데 잘 모르겠으면 요리 학원 가면 되고. 그렇게 유아 교육 공부하면서 애들 키웠지. 그때 같이 공부한 친구들 지금 다 유치원 원장이야, 나만 빼고. 하하.

애들을 미국으로 유학 보냈는데, 그러다 보니 몇 달에 한 번씩 미국엘 오고 가게 되더라고. 그러다 우연히 미국에 있는 한국 간호사들 모임에 가게 됐는데, 그때 미국 간호사를 추천받았어. 나중에 애들하고 미국에 살 수도 있으니까, 그때 간호사로 오면 좋겠다고 추천해 줬어. 《내몸 사용설명서YOU: The Owner's Manual》라는 책을 읽은 것도 계기가 됐지. 그 당시 아직 국내에 출간되지 않은 상태였는데, 우리 딸이 번역해 줘서 읽게 됐어. 예를 들어, 커피 머신을 사더라도 사용 설명서를 읽고 쓰잖아. 그런데 아이러니하게도 우리는 우리 몸 사용 설명서는 제대로 안 읽잖아. 책을 보면서 더 궁금해지더라고. 내 몸이 어떻게 돌아가는지, 어떤 원리로 이루어져 있는지 말이야. 그래서 간호학과에 도전하게 된 거지.

당시에는 빨리 졸업하는 게 급선무였어. 3년제인 수원여대를 선택한 것도 그 때문이지. 그때 유치원장 하던 친구들이 내가 간호대 간다니까 걱정을 많이 하더라고. 늦은 나이에 어떻게 다시 공부하냐며.

» **정말 대단하신 것 같아요! 52세에 신입생이 되셨군요! 친구들 말대로 늦은 나이에 학교 생활하는 게 어렵진 않으셨어요?**

교수들이 맨날 불렀어. 그 전엔 스님이랑 수녀님도 입학했다가 적응 못해서 관둔 적이 있대. 간호과에서 나이 가장 많은 사람이 나였어. 그 다음엔 나보다 열다섯 살 적은 애들이 있었고. 교수님이 걱정하시는 거야, 할 수 있겠냐고.
그래서 내가 교수님께 물어봤어. 그렇게 걱정이 되면 왜 뽑았냐고. 자격상으로는 문제가 없어서 뽑았는데, 뽑고 나니까 걱정이 된 거지. 그래서 그럼 나이 많은 애들은 몽땅 같은 반에 넣어 달라고 했어. 그래서 다 A반으로 간 거야. 나이가 많으니까 서로 더 의지하고 똘똘 뭉쳤지. 교수님들이 배려해 주신 덕분이야.
성적은 중간은 했어. 열심히 한 게 중간인 거야. 젊은 애들은 한참 놀다가 벼락치기해도 성적이 나오겠지만 말이야. 간호학을 배우다 보니 흥미진진했고, 좋아서 더 열심히 했어. 학교 와서 모든 게 새롭고 재밌었어. 알면 알수록 나 자신도 좋고 주변에 도움도 되고 해서 좋았지. 학교 공부는 재밌게 했어.

》 **그렇게 55세에 신규 간호사가 됐어요! 왕언니의 신규 시절은 어땠는지 궁금해요. 같이 일하는 분들이 어려워 하거나 혹시 태움이 있진 않았나요?**
다른 사람은 많이 태웠는데, 나는 나이가 있다 보니까…. 그 나이에 어떻게 공부했냐고 궁금해 하는 사람들이 많고, 도와주려는 사람도 많았어. 수간호사는 많이 도와주고 그랬는데, 같이 근무하는 어린 간호사는 반말도 하고 무시했어. "말귀를 못 알아들어요?", "공부 좀 하세요!", "빨리 움직이셔야 해요!" 이 세 가지 말을 많이 들었어. 내가 물론 스킬은 젊은 사람들에겐 뒤지지만, 나름의 장점도 있어. 나이가 주는 안정감도 있고 감정 케어를 더 잘 할 수 있으니까. 해봐서 알겠지만, 간호사는 스킬뿐 아니라 사회성도 필요해. 주사 놓고 홱 가버릴 수도 있지만, 나는 한마디 말이라도 더 따뜻하게 하려고 해. “빨리 나았으면 좋겠어요.” 이런 식으로. 이런 대화가 상대적으로 안정감을 주지. 병원 간호가 숙련된 스킬만 중요하지 않아. 인간적인 케어, 정서적인 케어가 물리적인 케어 못지않게 중요해.

》 병원 생활할 땐 어떠셨어요? 어려운 일도 있었을 텐데, 어떻게 극복하셨나요?

나는 간호 실습하거나 간호사로 일할 땐 모든 걸 내려놨지. 나이가 많아도 숙이는 거지. 자존심이 안 상해, 이미 늙어서. 배우려는 자세로 납작 엎드리니까 오히려 그 사람들이 나이 많은 내게 이것저것 시키는 걸 미안해 하더라고. 나는 오히려 수선생님이 불편해 하기 전에 차 한 잔 타 주고, 인사드리고 그랬어. 이러지 않아도 되는데 하면서 겸연쩍어 하더라고. 상대방이 미안해 할 정도로 엎드렸지. 배우려면 알 때까진 엎드릴 수밖에 없어. 처음엔 모르니까 시키는 대로 하지만, 뭘 하라고 했을 땐 찾아봐야지. 왜 그렇게 지시했는지 알아야 거를 수도 있는 거니까.

예컨대 의사가 “DW 수액(포도당 수액; 탈수 등에 쓰는 수액으로 고혈당 환자에게는 쓰지 않는다) 달아 주세요.”라고 하면, 내가 “선생님, 저 환자 당뇨 환자이고 고혈당인데요?”라고 말할 수 밖에 없어. 간호사는 의료인이니까 더 책임 있는 행동을 해야지. 그러려면 더 알아야 하고. 환자에게 처치되기 전에 ‘나’라는 필터도 있는 거니까.

그런 마음으로 근무하고, 조금씩 알아 갔어. 조무사들이 많이 따르는 게 내가 많이 가르쳐 줘서이기도 해. 내가 아는 범위 안에서 조무사들에게 많이 알려줘.

» 역시 멋져요! 아참, 간호조무사 8명을 간호대로 보내셨다면서요? 간호사 전도사네요, 하하하!

병원에서 만난 간호조무사들인데, 모두 40~50대야. 8명이 간호대를 갔지. 두원공과대, 수원대학교, 포항 선린대학 등으로 갔어. 거기서 3명은 이미 졸업해서 간호사로 병원에 다녀. 다 요양 병원에서 일해. 나머지는 아직 학생들이야. 나한테 항상 고맙다고 해. 첫 월급 타고 밥 사 준다고 해서 만난 적도 있어. 가끔 전화가 와. 실습할 때 어떤 걸 조심해야 하는지 내 경험을 물어봐. 학교 수업 받는 친구들은 어떻게 하면 리포트를 잘 쓰는지, 교수와의 관계는 어떻게 맺어야 하는지 물어보기도 하고. 그러면 내 경험담을 얘기해 주기도 해. 나는 나이가 많다 보니까 "병원 경력 몇 년 차냐, 그전에 어떤 경험을 했냐?" 이런 말을 많이 들어. 그럼 솔직하게 말해. 나는 52살에 간호 대학에 들어갔다고. 그럼 다들 놀라. "어머, 그 나이에 대학을 갈 수 있어요? 어떻게 갔어요?" 궁금해 하지. 요양 병원은 AN(Nurse Assistant, 간호조무사)을 많이 쓰는데, 간호조무사들은 병원에서 많은 서러움을 당해. 간호회의 할 때도 함께하는 경우가 드물고, 아무리 경력이 많아도 간호사 신규보다 월급이 작아. 그래서 그들도 그들 나름대로 불만이 많아.

그런데 사실 간호사랑 간호조무사는 공부 기간이 다르잖아. 예를 들어볼게. 엄마가 밥 잘하냐 네가 밥을 잘하냐고 물으면, 사실 엄마가 너보다 이론은 몰라도 밥은 잘하잖아. 그런데 이론은 네가 더 빠삭하지. 예를 들면 밥에 탄수화물, 식이섬유 등의 어떤 영양소가 들어가 있는지 잘 알잖아. 마찬가지야.

직업의 상하가 아니라 역할이 다르다고 생각해. 의사, 약사처럼 말이야. 그리고 늘 말해. 월급 많고 적든 간에 간호사든, 간호조무사든, 의사든 계속 공부해야 한다고. 간호조무사들은 “그러면 간호대를 어떻게 갔느냐?”라고 물어. 그러면 팁을 주지. 그렇게 간호대 간 애들이 8명이야.

어느 날 간호부장님이 물어봤어. 자기도 간호조무사들에게 비슷한 답을 줬는데, 아무도 움직이지 않더래. 그런데 이상하게도 내 얘기를 듣고 나서, 조무사들이 간호사가 되려고 한다고. 어떤 철학자가 한 말인데 “남의 가슴에 불을 붙이려면, 내 가슴에 불이 붙어야 한다.”고 해. 나는 내 가슴이 뜨거워서 금방 사람들에게 불을 지를 수 있었어. ‘너도 할 수 있어! 간호사 하면 돈도 지금보다 많이 벌 수 있어.’라는 걸 이론적으로 모르는 사람이 없잖아. 다들 ‘간호대 가면 좋은데….’ 하고 안 했지. 그런데 어느 날 자신을 변화시키기로 마음먹은 거야. 내가 그 뜨거운 마음에 도화선이 된 거지.

》 그런데 혹시 간호사 생활하시면서 위기의 순간도 있었나요?

응급 상황이 닥쳤을 때, 간호사들 개인차가 많이 나. 지금은 안 그러는데, 신규 3년까진 늘 위기가 온 듯해. 나는 자질이 없는 게 아닌가 하는. 그런데 그건 경험이 있어야 해결되는 문제들이야. 신규 3년 차 때 일어난 건데, 예를 들어 코드 블루가 떴어. 뭐부터 할지 모르는데, 우왕좌왕하잖아. 응급 상황 경력이 있는 간호사는 확연히 다르더라고. 응급 키트 가져오고, 주사 혈관 확보하고, SpO2(경피적 산소 포화도) 재고, 마우스피스, 스타일렛(기관 내 삽관 시 기관 튜브 속에 넣고 조작해 튜브가 원하는 모양으로 유지되도록 돕는 기구) 가져오고 등등. 그 간호사 하나가 몇 사람 몫을 하더라고. 의사랑 손발이 맞아서 척척하는데, 이럴 때 정말 경력과 실력의 중요성이 드러나는 구나 싶었어. 응급 상황 시 빠르게 나서서 할 수 있는 사람이 필요해. 숙련된 사람이 몇 있는지도 중요하지. 그 사건 이후로 응급 키트를 수시로 열어 봐. 후두경(후두를 시진하는 기구), 앰부백(수동 인공호흡기), 응급 약물 있는지 등등 항상 세트를 챙겨서 봐. 언제라도 탁 열어서 쓸 수 있게 말이야. 간호사도 의사 못지않게 알아야 해.

》 간호사로 일하다 보면 여러모로 스트레스를 받을 때가 있지요. 언니는 스트레스를 어떻게 푸셨어요?

간호사는 다른 직업에 비해서 고되긴 하지만, 오프가 많잖아. 쉬는 날에 스트레스 관리해야지. 나는 책 읽는 걸 좋아해. 베르나르 베르베르 작가를 좋아하지. 《나무》라는 책에 "노인이 하나 죽는다는 것은 박물관 하나가 불타 없어지는 것이다."라는 말이 있어. 노인이라는 건 개인 박물관이잖아. 내 평생의 업적이고, '나'라는 박물관이 없어지는 거잖아. 책이 스승인 거 같아. 글도 써 보고 싶은 마음이 있어. 심심하면 교보문고를 가는데 항상 플래카드가 걸려 있어. 멋있더라고. "한 사람을 만난다는 것은 그 사람의 운명과 만난다는 것이다." "낙엽이 아름다운 것은 맨 밑바닥에 있기 때문이다." 너무 멋졌어. 볼 때마다 "어머, 저거야, 저거!" 이랬지.

》 병원 생활하면서 도움이 됐던 말이 있나요?

학교 다닐 때 교수님이 그랬어. 병원에 가면 이상한 사람들도 많고, 간호사들이 환자와 다투고 그런다고. 그런데 싸움은 체급이 맞을 때

하는 거라고 했어. 라이트급은 라이트, 헤비급은 헤비랑 하는 거지. 그래서 급수를 정하는 거고.

병원에 있는 사람은 약자잖아. 그래서 간호사가 환자하고 싸우는 건 아니라고 말해 주시더라고. 그 말이 병원 생활할 때 도움이 됐어. 환자 편에서 이해하려 노력하는 편이야.

» **마지막으로, 간호 사회를 위해 하고 싶은 말씀은 없나요?**

간호사들이 병원에 있기 싫어하는 이유가 불필요한 일들을 계속 반복해서 그런 것도 있어. 보여 주기 식의 것들을 많이 하잖아. 예컨대 낙상 예방이 있지. 그런데 '낙상' 관련해서도 이미 여러 가지가 환자 머리맡에 있고, 병원 전체에 넘치도록 있어. 그럼에도 계속 낙상 관련 보여 주기 식 행정을 많이 해.

만약 어떤 일이 생겨서 밤에 약을 받으면 간호 기록하고, 카덱스(간호 계획을 실시하기 쉽도록 기록한 계획표)에 적고, 전체 인계장에 적고, 수선생님에게 알려 줄 특이 환자 몇 명 적고 그래. 같은 내용을 여러 곳에 5~6개는 써야 하니까, 불필요한 행정이 많아.

병원이라는 게 상하 조직이잖아. 의사소통이 위에서 아래로만 되니까. 개선하고 싶은 게 있어도 윗선에서 해결하는 편이 많아서 안타까워. 간호사의 의견이 반영되지 않을 때가 많거든. 그런 점에서는 아직 멀었다고 생각해.

"다음엔 찜질방에서 얘기하자고! 후후."

나는 피식 웃음이 났다. 오전 8시부터 오후 8시까지 장장 12시간의 수다가 있었음에도 여자들은 역시! 만나면 서로 할 말이 매우 많다. 한

바탕 웃기도 하고, 진지하게 미래를 얘기하기도 했다.

이야기 내내, 언니의 눈빛은 초롱초롱했다. 나이가 믿겨지지 않을 만큼, 당차고 아름다웠다. 정말 멋졌다! 언니 덕분에 간호사의 길을 걷게 된 8명. 언니가 바꾼 건 그들의 운명이었다! 그 누가 예상이나 했을까? 64세 간호사가 간호조무사들의 운명을 바꿨을 거라고. 나는 언니가 그들에게 행복을 가져다 줬다고 믿는다. 내가 가 본 이 길이 더 좋았으니, 그 길로 가라고. 그들을 진심으로 응원해 줬기에 그들이 언니를 믿고 간호사의 길을 택한 게 아닐까? 언니의 인생관, 철학이 참 멋있었다. 늘 배우고, 도전하는 모습이 보기 좋았다.

나는 쉰 살이 넘어도 도전할 수 있을까? 아직 30대임에도 이렇게 두려운데….

삶에 도전하며 늘 배우려는 언니를 보며, 나는 그날 많은 생각이 들었다. 그날, 나는 내 인생의 궤도가 뭔가 잘못되고 있다는 걸 느꼈다. 스무 살 내가 꿈꿨던 나의 모습과 다르게 가고 있다는 걸. 그리고 이를 바로잡기 위해선 무엇을 해야 할지, 눈에 그려졌다.

내게 남긴 언니의 문자가 기억에 남는다.

[네가 어디서 무엇을 하든, 잘 되길 바라.]

“하루를 일해도 즐겁게
일하는 곳으로 만들고 싶어.”

*

병원과 함께 성장한,
내시경실 간호사
김영례 선생님

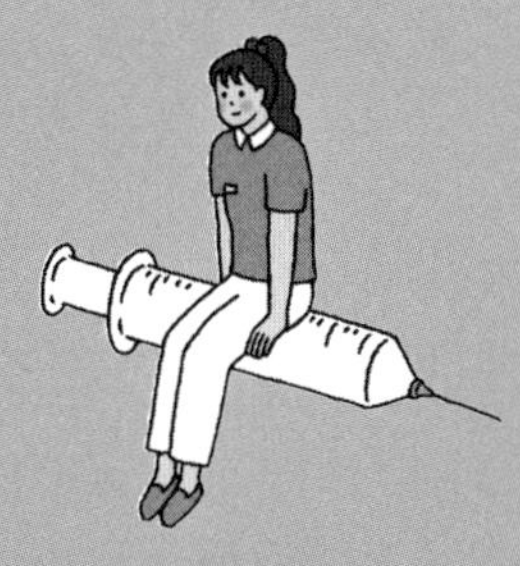

내게도 지치고 힘들던 신규 시절이 있었다. 일 끝나면 축 늘어지기 바빴고, 마음도 힘들었다. 입사 동기도 없었거니와 타지에서 올라와 주변에 가족도, 친척도 없었기 때문이다. 나는 늘 병원 식당에서 혼자 저녁을 먹거나, 텅 빈 기숙사에서 치킨을 시켜 먹기 일쑤였다. 그때마다 나를 불러내신 선생님이 있다.

"저녁 안 먹었지? 밥 사줄게. 맛집 가자."

그때는 그게 정말 고마웠다. 병원에서 가장 힘이 없고 작은 내게, 따뜻한 관심을 주는 선생님이 있는 게 좋았다. 든든하고, 기뻤다. 선생님 덕분에 병원에서 오래 버틸 수 있었다.

그분은 바로, 수선생님이었다. 선생님의 배려 덕분일까? 나는 선생님과 일하면 가장 재밌었고, 선생님처럼 일을 잘하고 싶었다. 이번 책에 누굴 실을까 생각했을 때도, 나는 망설임 없이 선생님을 떠올렸다. 그만큼 내게 선생님은 고마운 분이다.

처음에 내가 작가를 한다고 말씀드렸을 때, 선생님은 못 믿겠다며 유쾌하게 놀렸다. 그러나 막상 인터뷰하려 노트북을 꺼내자, 선생님은 잠시 멈칫하더니 이내 쾌활히 웃으며 말했다.

"아름 선생님은 작가니까, 알아서 재밌게 잘 쓰겠지? 작가의 능력 아니겠어? 하하하! 믿고 편하게 얘기할게."

역시나 선생님과의 인터뷰는 최고였다! 나중에 나 역시 훗날 누군가의 프리셉터(신규 간호사 교육에 투입되는 지도 간호사) 혹은 관리자가 된다면 선생님처럼 되고 싶다. 선생님의 지혜를 나눌 수 있어 기쁘다.

» 신규 때부터 지금까지 쭉 같은 병원에서 일하신 걸로 알아요.

하하하! 보기 드문 케이스지. 이 병원은 내 삶의 한 부분이야. 여기서 첫 입사를 했고, 신랑도 만났고, 아이도 낳았어. 이 병원에서 우리 엄마가 아팠고, 엄마를 보냈고, 할아버지도 여기서 보내드렸어. 지금 우리 할머니도 이 병원에 다니셔.
우리 아빠도, 나도 여기서 진료 받았고, 우리 딸 기록도 여기 다 있어. 첫 입사와 동시에 지금까지 많은 도움을 받고 있고, 내 삶의 한 부분을 차지하고 있어. 그래서 이 병원에 대해선 애틋한 마음이 크지. 여기에 나의 모든 기록이 있으니까. 나를 많이 성장시킨 것도 이 병원이야. 만약 내가 큰 대학 병원에 있었다면 이 자리까지 못 왔을 거야. 처음엔 작은 병원이었지만, 나와 함께 발전하고 커 갔어. 그사이 QI(병원의 의료 및 서비스 질 향상을 위해 병원마다 주기적으로 실시하는 품질 개선 활동) 발표도 하고, 경기도 간호사회에 가서 발표도 했어. 병원을 알리는 계기도 되고, 병원에서 나를 인정하는 계기도 됐지. 병원이 커지면서 복지도 좋아지고, 환경도 좋아졌어. 병원과 함께 성장하는 느낌이 너무 좋았어. 내 직장이 좋아지는 거니까, 나도 발전하는 느낌이야. 가끔 병원이 폐업해서 이직하려는 사람도 있잖아. 나라면 너무 슬플 거 같아. 그래서 지금이 너무 좋아.

» 지금 일하고 계신 내시경실의 일과를 알려 주세요.

출근하면 근무복으로 갈아입고, 내시경실을 한 바퀴 돌아. 각층, 각 방마다 살펴봐. 불도 켜고, 에어컨도 켜고 일할 준비가 되어 있는지 점검해. 도중에 만나는 직원들마다 인사하지. 세세하게 보는 건 관리자의 몫인 거 같아.
오늘 환자가 얼마나 예약이 되어 있는지, 내시경 건수도 확인하지. 오전에는 정신없어. 내시경 진행하고, 검사 준비 도와주고, 끝난 사람 안내해 주고, 중간 중간에 문의 사항 응대하고 수검자 안내하고, 민원 발생하면 응대하고.

간단한 용종 절제술도 하는데, 더 큰 용종이나 치료가 필요한 부분은 치료 내시경실에서 해. 보통 용종 절제술은 스네어라는 올가미처럼 생긴 도구로 용종을 잡고 절제하지. 하루 내시경 건수가 오전에만 100건 내외야. 대장 내시경은 하루에 서른 명쯤 해.

오후에는 직원 관리 및 교육을 하고, 업무 매뉴얼 수시로 보완해. 매뉴얼은 수시로 늘 업데이트해야 해. 언제든지 직원들이 보고 사용할 수 있게 말이야.

》 **내시경실의 장단점이라면 어떤 게 있을까요?**

내시경실은 깔끔한 게 있어. 병동에 근무할 땐 환자가 안 좋아지는 걸 지켜봐야 해서 참 힘들었어. 물론 회복돼서 나가기도 하지만, 회복되지 않는 장기전으로 가면 힘들잖아. 결말이 보이는 장기전, 죽음이 있었어. 임종의 순간이 있으니까. 그 마지막을 지켜 주기가 참 힘들거든. 반면에 내시경실은 깔끔하게 하루가 마무리되는 게 좋았어. 가장 좋은 건, 늘 새로운 사람을 만난다는 거야. 그리고 검진 내시경은 아파서 오는 사람이 거의 없잖아. 내시경실도 응급 상황은 있지만, 중환자실이나 응급실처럼 극한 상황이 계속 있는 건 아니니까 좋아. 나는 삶과 죽음의, 그 연장선에서 일하는 게 너무 힘들었어. 그래서 그쪽 분야에서 일하는 사람들이 존경스러워. 생명의 갈림길에서 일하는 중환자실, 응급실 선생님들이 정말 대단하고 존경스럽지. 나는 그럴 자신이 없어.

지금은 건강 검진이 서비스업이 됐고, 환자가 병원을 고르는 입장이잖아. 그런 것들이 힘든 점이 있지. 갑질 아닌 갑질이 있기도 하니까. 예기치 않은 민원, 의도치 않은 상황이 일어날 수 있어. 예를 들어 신규 간호사가 혈관을 잘 못 찾아서 혈관 주사를 실패했어. 일부러 그런 게 아닌데, 환자 측에서 너무 몰아칠 때가 있었어. 의도된 실수도 아니었는데…. 무섭게 몰아칠 땐 속상하지.

또 다른 단점이라면 내시경실은 긴장의 연속이라 그게 스트레스야. 늘 인위적으로 사람을 재우고, 늘 응급 상황이 있다는 전제하에 있지. 항상 긴장해야 하고, 할 때마다 사고가 나지 않을까 하는 두려움이 있어.

» 선생님은 처음부터 간호사가 꿈이셨어요?

원래 간호사가 꿈은 아니었어. 여행을 좋아해서 관광 가이드가 꿈이었지. 그런데 관광 가이드 관련 대학 진학이 좌절되면서 재수를 해야 하나, 어떡해야 하나 고민하게 됐어. 그때 집에서 간호학과를 권유했어. 마침, 그때가 1998년도 IMF 시절이었지. 언니가 "간호과가 취직 잘된다고 하니, 간호과 가는 게 어떻겠니?" 하고 권했어. 아무 생각 없이 간호과를 가게 됐지.

대학교 때도 여전했어. 간호에 대한 관심보다는 '면허증만 따자!' 이랬지. 마침 학교에 여행 동아리가 있어서, 여행 동아리 활동에 주력했어. 남들은 도서관, 집, 학교 다닐 때 나는 여행을 했어. 주말마다 여행 다니고, 사람들 많이 만나고 그랬어. 그때 처음으로 주량이 늘었다니깐, 하하하!

그런데 말이야, 난 그때 이렇게 생각했어. 공부만 해서 되는 건 아니라고. 간호사는 사람 상대하는 일이고, 혼자 하는 일이 아니잖아. 지식도 중요하지만, 사람을 케어하는 일인데…. 사회생활을 미리 경험한다고 생각했어. 그래서 난 늘 간호과 동기들에게 말했지. "나는 동아리 생활하면서 너희들이 하지 못한, 어디서도 돈 주고 살 수 없는 경험들을 많이 했다!"라고. 물론, 간호과의 고3 같은 분위기가 너무 싫기도 했고. 그래도 공부는 바닥은 아니었어. 공부도 그럭저럭 잘했고, 면허도 잘 받았지.

》 **학생 때 병원 실습은 어땠어요?**

실습 땐 참하게, 열심히 하는 스타일이었어. 실습은 고대안산병원, 분당재생병원, 용인정신병원 등으로 갔어.

한번은 내과 실습하는데 식도 정맥류 환자가 피 토하는 걸 봤어. 식도 정맥류는 출혈양이 어마어마해. 환자가 토하는데 세숫대야를 댈 정도였어. 그때 깜짝 놀랐어. 그냥 앉아 있던 환자가 피를 왈칵 토하는 걸 직접 봤으니까. 그게 가장 기억에 남아. 나중에 그 환자 지혈을 내시경실에서 하더라고.

또 중환자실 실습 때 경험한 건데, 임종 직전인 환자가 있었어. 50대 아빠 환자였는데, 애들이 들어와서 엄마랑 엄청 울었어. 사고로 거의 임종 직전이었거든. 나도 같이 울었어. 그때 간호사 선생님이 엄청 혼냈어. 간호사로서 마음이 슬프겠지만, 그걸 표현해서는 안 된다고. 그때는 감정 표현을 억누르는 게 이해되지 않았어. 지금은 그 선생님 말이 이해가 가. 간호에는 사적인 감정이 들어가면 안 돼. 누구에게나 공평한 간호를 해야 하고, 어느 상황에서든 침착하게 대응할 줄 알아야 해.

》 신규 때부터 지금까지 여러 일을 겪었을 텐데, 지금까지 오래 일할 수 있는 비결이 있나요?

나는 내가 있는 곳은 좋아야 한다고 생각했어. 내가 있는 곳은 일하기 좋은 곳이어야 하고, 분위기도 좋아야 한다고 말이야. '우리 부서가 최고야!'라는 마음으로 병원을 다녔어. 비록 내가 수간호사는 아니지만, 1년 차도 그렇게 느끼게끔 하고 싶었어. 그래서 신규들이 오면 신규들 데리고 놀러 다니고 그랬지. 뭐 사 먹이고, 재밌게 지냈어. 지금도 다들 그래. 그때가 좋았다고.

나는 그만큼 자기 일하는 곳을 재밌게 만들어야 한다고 봐. 안 그러면 너무 괴롭지. 하루에 몇 시간동안 같이 있어야 하는데…. 하루를 일해도 다들 즐겁게 일해야 해.

나는 상대방을 위해 조금 더 일을 하는 편이야. 그 사람의 스타일에 맞춰서 일을 같이 해줘. 상대방이 일을 잘하고 순환이 빠르면 일의 속도도 맞춰서 빠르게 해. 반대로 상대방이 놀면, 내가 일을 좀 더 해. 일할 때는 이왕 하는 거 내가 좀 더 하지 뭐, 다이어트하듯 열심히 일하자, 라고 생각하거든. 이런 마음으로 일하면 속이 편해. '쟤는 왜 일 안 하고 놀아?' 이러면 힘들어. 가능한 한 함께 일하는 사람에게 맞춰 주려고 해. 그 사람도 나와 일하면 즐겁고, 나랑 짝꿍이 되면 좋고, 같이 일하면 편하다는 느낌이 들게끔 말이야.

그렇게 신경과 병동에서 4년간 일했는데, 결혼하면서 더는 3교대를 할 수 없겠더라고. 아이를 봐줄 사람도 없어서 병원을 그만둬야겠다고 생각했어. 그런데 병원에서 상근직으로 가도록 배려해 줬어. 그때부터 상근직인 내시경실로 가게 됐지. 그리고 지금까지 내시경실에서 일하고 있어. 검진 내시경과 치료 내시경, 둘 다 경험했어.

» 내시경실 간호사의 전망을 말씀해 주신다면요?

내시경실은 상근직이고, 발전 가능성이 많아. 내시경 기술도 많이 발전했고. 특히 위/대장 내시경은 기본적으로 생활 질환하고 밀접하게 연관되어 있어. 가족들을 도와주거나 챙길 수도 있고. 엄청난 전망까진 아니지만, 메리트가 있어.

분야도 다양하고 재밌어. 검진 내시경은 제한이 있을 수 있지만, 치료 내시경실은 달라. 치료 내시경실에서 ERCP(내시경 역행 췌담관 조영술)해서 담석을 잘 꺼내서 제거하고, 환자 증상 좋아지는 거 보면 좋지. 담석들을 싹 꺼낼 때! 희열감이 있고 뿌듯하기도 해!

» 내시경실 혹은 타 부서 사이에서 고민하는 간호사가 있다면 어떤 이야기를 해 주고 싶으세요?

과에 대한 자질은 특별히 없어. 사람은 다 적응하게 돼 있어. 습득하게 돼 있고. 시간상의 문제고, 디테일의 차이일 뿐이야. 굳이 과를 따질 필요는 없어. 물론 특수 파트도 있긴 하지만, 간호사로서 처음부터 원하는 과를 가지 못한다고 방황할 필요는 없어. 로테이션의 기회는 얼마든지 있거든. 처음 단계에서 단정 짓는 건 좋지 않아. 막상 원하던 곳에 와서 해 보면 나와 맞지 않다고 느낄 수도 있고, 원하지 않던 곳에서 맞는 걸 찾을 수도 있어.

처음 부서를 결정할 때 자신의 신체적인 조건을 고려해 보길 바라. 기본적인 3교대를 할 수 있겠는지, 혹은 상근직을 할 수 있겠는지 생각해 봐야 해. 부서에 대한 색안경을 끼지 말고. 꼭 그 길로만 가는 게 답은 아니잖아? 지금은 부서가 얼마나 세분화되어 있는데…. 감염관리실도 있고, 적정진료팀도 있고, 행정관리팀도 있잖아. 갈 수 있는 곳이 하나뿐이라고 하지 생각하지 말길 바라.

» 간호 관리자로서 신입 간호사들에게 전하고 싶은 이야기가 있다면 한 말씀 부탁드려요.

나는 새로 들어오는 사람들에게 얘기해. 일 욕심, 관계 욕심을 가지라고. 예를 들어 내시경 수검자가 내시경 받으러 왔을 때 그날이 제일 편한 날이 되고, 모든 사람들이 선생님이랑 같이 일하고 싶어 하게끔, 욕심을 가지라고 말해. 일은 항상 유기적으로 돌아가고, 합이 맞아야 일이 돌아가니까. 으쌰으쌰 하는 분위기가 있어야 해. '나는 내 할 일만 할게요.' 이러면 개인 사업하라고 해. 간호사들 중에서도 개인 사업하는 사람 많아.

이미지 메이킹도 하라고 해. 어차피 사람은 평가를 받게 돼 있고. 누구든 남 얘기를 좋아하잖아. 남 얘길 안 할 수가 없어. 스스로 이미지 메이킹을 하라고 해. 잘 웃고 인사 잘하면 그것만으로도 집단 안에서 좋은 이미지가 되니까.

이왕 일하는 거, 나를 알리라고 말해. 몇 백 명 중에서 나를 알릴 수 있게끔, 일 하라고 해. 그럼 사람들이 '쟤 괜찮은데?'라고 같이 일하고 싶어 하겠지. 부서에서 타부서로 보내기 싫은 사람, 계속 같이 일하고 싶은 사람이 되어야 해.

사실 이것도 내 욕심이야. 부서원들에 대한 내 욕심. 데리고 있는 직원들 잘 가르쳐서 끝까지 함께하고 싶은 욕심이 있어.

» 간호 학생들에게도 한 말씀 부탁드려요.

간호 학생들은 너무 예뻐. 그 자체만으로도 예쁘고, 풋풋하고 열심히 하려는 마음이 보기 좋아. 그 마음이 변치 않았으면 좋겠어. 자기 메모를 많이 해서 초심을 변치 않길 바라. 나도 다이어리 많이 쓰는데, 많이 적어놨다가 다시 보면 심기일전할 때 좋더라고.

간호 학생은 아직 학생이고 사회에 막 발을 디디려는 거잖아. 아직 무無인 상태고, 거기에 뭘 잘 심어야 하는데, 그러려면 좋은 선배도 필요하다고 생각해. 어떤 프리셉터를 만나느냐에 따라 미래가 달라질 수 있거든.

나는 수선생님이 너무 좋았어. 나도 일을 많이 하는 편이잖아. 그런데 수선생님 역시 앞장서서 일도 많이 하시고 정말 좋은 분이었어. 함께 놀러 다니고, 롤러스케이트도 타고, 친분도 쌓았어. 그때부터 '나도 윗사람이 되면 선생님처럼 잘 해 줘야지.' 이런 마음이 생긴 듯해. 수선생님이 까칠하지 않고 잘 보듬어 주셔서 그 성향을 따라가는 거 같아. 첫 프리셉터가 정말 중요해. 새로운 새싹을 어떻게 피어나게 할 것이냐는 프리셉터의 몫이야.

간호사 환경 자체가 일 시키기 급급하잖아. 관계 형성에 더 주력하고, 일의 속도를 조금 늦출 필요가 있어. 신규 간호사들에게 조금 여유를 주는 게 낫지 않을까?

프리셉터 마인드도 바뀌었으면 좋겠어. 퇴사하는 그날까지 '내가 이 아이의 프리셉터가 되겠다'는 마음이길 바라. 요새 프리셉터들은 자기 담당이 아니면 끝까지 신입 간호사를 데리고 가는 사람이 별로 없지. 만약 프리셉터 기간이 8주면 8주, 끝! 이러잖아. 프리셉터들의 마음가짐이 바뀌었으면 좋겠어. 물론 신규들이랑 친해지고, 같이 가려면 돈을 써야 하겠지만. 하하하하.

나는 그동안 선생님과 함께 근무하면서 선생님이 부서의 균형을 잡는 걸 봐 왔다. 내가 본 선생님은 현명하고 사려 깊은 간호사이자 리더였다.

물이 흐려지면 강단 있게 다잡았고, 뒤처지는 신입 간호사들을 이끌고 함께 가자 응원했다. 그래서 선생님께 묻고 싶었다. 만약 우리 함께 가려면 어떡해야 할까요?

각자 개별적인 걸 다 인정해야 해. '우리는 이런 모양인데, 잰 다르네?' 하면서 조금 지켜봤다가 나하고 모양이 다른 사람들을 밀어내잖아. 이 세상에 동그라미도 있고 세모도 있고, 그렇게 다양한데…. 우리가 서로 다름을 인정하고 같이 가다 보면, 어떤 모양이 들어와도 다 그 안에서 흡수돼서 잘 돌아가. 그게 관리자의 몫이야. 그렇지 않으면 다른 사람들은 모두 튕겨 나가지. 그 모양 그대로를 인정해야 해. 조직에는 여러 모양의 친구들이 필요한 건데, 너무 한 방향만 봐서는 안 돼.

우리는 이미 조직을 만들어 놓고, 새로운 사람들을 처음부터 내치려는 거지. 그러니까 따돌림도 생기는 거고, 이직도 많고, 적응도 못하고. 조금 더 지켜봐야 하는데… 그걸 잘 못하지. 분위기와 관리자의 마인드가 정말 중요해. 물론 인력이 부족한 문제도 있는데, 그건 정말 크게 손봐야 할 문제라 국회에서 해야 하는 거고….

그렇지! 통쾌한 해답에 무릎을 탁 쳤다! 나는 절로 웃으며 "선생님을 국회로!"라고 외쳤고, 선생님은 푸하하 웃으며 손사래 쳤다. 나도 나중에 수선생님이 된다면 선생님처럼 유쾌하고 마음이 넓었으면 좋겠다!

"난 내가 간호사인데, 간호사들이 3D처럼 힘든 직업으로만 비쳐서 속상해. 힘든 거 사실이지. 힘들게 일하는 게 속상할 때도 있어. 하지만 간호사도 메리트 있고 괜찮다는 걸 어필하고 싶어. 아무리 기술이 발달해도 간호사의 일을 로봇이 대체하기엔 힘들잖아."

인터뷰 동안, 선생님은 여러 생각에 잠겨 있는 듯했다. 그동안의 기억들이 스쳐 지나가서일까?

나 역시 옛 기억이 스쳤다. 선생님과 근무하는 동안, 선생님이 근무 분위기를 좋게 만들려 노력하는 걸 곁에서 지켜봐 왔다. 그땐 그냥 좋은 분 같았는데, 이렇게 깊은 생각을 갖고 계실 줄은 몰랐다.

서로 다름을 인정하고, 기다려 준다면 어떨까? 우리도 사람인데…. 우리는 가끔 환자보다 더 환자가 되어 일하는 걸 느낀다. 대개 오버타임은 기본이고, 밥을 제때 먹기 힘든 적도 많다. 한번은 생리대 갈 시간도 없어 바지에 묻은 선생님도 봤다. 출근길에 차에 치이고 싶다고 고백한 간호사도 있었다.

환자의 아픔을 끌어안는 우리의 아픔은 누가 안아 주는 걸까? 일보다 사람이 우선이었으면 좋겠다. 선생님을 만나고 돌아가는 밤, 기차 안에서 수많은 생각이 들었다. 깊은 밤을 감싸는 밝은 달처럼 이 땅의 모든 간호사들을 토닥이고 싶다.

어디서 무엇을 하든, 당신을 응원하고 있다고.

괜찮다고, 잘되고 있고 잘될 거라고.

매번 외우던 나의 주문을 당신에게도 걸어 주고 싶다.

"수술장에 온 순간,
그 아이들 부모는 나예요.
내가 끝까지 책임질 거예요."

*

부모의 마음으로 함께하는,
수술실 간호사
이해인 선생님

유독 비오는 날 인터뷰가 많다. 그날도 비가 왔다.

"안아름 선생님?"

전철 입구를 나가자 선생님이 계셨다. 온화하고 인자한 미소의 선생님이었다. 선생님을 따라 카페로 향했다. 카페 이름은 '첫만남'이었다. 진짜 첫 만남이었다. 설레는 마음도 있었지만, 동시에 지인의 추천으로 어렵게 만난 선생님이라 조심스럽기도 했다.

"먼 길 왔어요. 내가 도움이 돼야 할 텐데…. 뭐 좋아해요?"

나보다 한참 윗연차에 높은 분이라 잔뜩 긴장했는데, 오히려 편견을 갖고 있던 내가 미안해질 정도로 생각이 깊고 훌륭한 분이었다. 그때 문득 '아, 내가 처음부터 이분 밑에서 배웠다면 얼마나 좋았을까' 하는 생각이 들었다.

"타르트 뭐 먹을래요? 우리 종류별로 다 먹을까요?"

유리 너머 먹음직한 타르트들을 보던 선생님은 아이처럼 신나 보였다. 그러고는 계산하겠다는 나를 극구 말리며 자리에 앉았다. 노트북을 펴고 인터뷰 준비를 하는 날 보면서 선생님은 싱긋 웃었다.

타르트의 달콤함 때문일까? 아님 반짝이는 눈빛 때문일까? 선생님과의 대화는 즐거웠고, 밤늦게까지 이어졌다.

》 선생님이 근무하시는 수술실을 소개해 주세요.

1986년부터 소아 정형외과와 신경외과 병동에서 근무했고, 1988년부터 지금까지 수술실에서 근무하고 있어요. 현재 제가 근무하는 수술실의 간호사는 50명 정도예요. 그 외에 일을 도와주는 운영 기능직이나 청소해 주시는 분들도 있죠. 수술방은 10개예요. 마취 준비실에는 간호사 5명이 있고, 회복실도 있어요. '당일 수술 센터'라고 입원부터 수술, 회복, 퇴원까지 하루에 하는 곳도 있고요.

수술실 방은 정형외과, 흉부외과, 신경외과, 외과, 비뇨의학과, 이비인후과, 안과, 성형외과 등 과별로 정해져 있어요. 하나의 방에는 한 명의 책임 간호사와 2~3명의 간호사가 있지요.

근무 시간은 데이, 이브닝, 나이트로 나뉘어요. 데이에는 35명, 이브닝은 2~3명, 나이트 땐 2명이 근무해요.

하루 일과는 아침 7시 반 출근 4시 반 퇴근이에요. 총 9시간인데 한 시간은 점심시간이고요. 7시 반 출근이지만, 10~20분 정도는 일찍 출근해요. 8시부터 수술 시작이니까, 출근 후에 30분 정도 여유가 있죠. 그 30분 동안 물품 준비, 장비 체크, 첫 수술 환자 확인하고 8시부터 수술을 시작해요.

11시부터 2시까지 점심시간인데, 수술은 계속 진행하면서 점심을 교대로 먹어요. 수술 끝나면 청소하고, 다음 날 수술 준비도 해요.

》 현재 일하고 계신 곳이 수술실 중에서도 소아 수술실이라고 들었어요.

맞아요. 소아 수술실에서는 18세까지 소아 환자로 받지만 대개는 신생아부터 어린이예요. 소아 수술실에는 선천성 기형 환자도 많아요. 그래서인지 더 마음이 가요. 수술실에는 보호자 없이 들어와야 해요. 어른도 불안한데, 애들은 더 불안하죠. 아이를 수술실에 보내는 할머니, 할아버지는 더 안타까워하시고요.

저는 출산 전후로 환자를 보는 시각이 많이 달라졌어요. 분만 휴가 끝나고 다시 일을 시작할 때였어요. 수술실에 들어가는 아이를 봤는데, 내 아이처럼 마음이 아팠어요. 이게 엄마들의 마음이구나 싶었어요. 물론 그전에도 많이 봤지만, 내가 애를 낳아 보니까 그 다음부터 환아를 대하는 생각이 달라지더라고요.
'아, 이 아이를 내 아이처럼 생각해야겠구나.' 책임감이 강하게 들었어요. 아이가 수술실에 들어온 순간부터 내가 '그 아이의 보호자'가 되는 거예요. 그 순간만큼은 내가 그 아이의 부모가 되어 아이를 책임지는 거죠. 그 아이가 안전하게 수술을 마치고 나갈 때까지, 수술이 무사히 잘 끝나서 회복실로 안전하게 갈 때까지 말이에요.

» **수술실 안에서는 어떤 일들을 주로 하시나요?**
수술실 입구에 간호사가 있어요. 입구에서 간호사, 마취과 의사, 주치의 그리고 보호자가 함께 환자 확인을 해요. 금식, 치아 상태, 약물이나 반창고 알레르기 유무 등의 기본 체크 리스트와 수술 부위, 수술명, 집도의 등도 확인하지요.
어른 같으면 환자 이송하는 분이 방까지 데려다주는데, 아이들은 저희가 직접 해요. 분리 불안이 있어서 부모와 떨어지는 걸 무서워하거든요. 혹은 반대로 부모님들이 불안해 할 수도 있고요. 큰 애들도 무서워할 수 있는데, 아이가 많이 무서워하면 입구에서 살짝 재워서 방으로 데려가요.
제가 요즘 들어서 더 하고 싶은 것 중 하나가 이모셔널 케어(환자의 감정을 간호하는 것)예요. 수술실에서부턴 '내가 보호자다' 하는 마음으로 입구에 나가서 내가 책임 간호사라고 말하고 이모셔널 케어를 하는 거죠. 수술은 안전하게 최선을 다해서 진행되니 안심하고 기다리라고, 기다리고 계시면 수술 끝나고 회복실로 갈 거라고 말해 주죠. 책임 간호사로서 그런 말 한 마디라도 더 해 주고 싶어요.

마취가 시작되면 아이가 발버둥치기도 하고 몹시 움직이기도 해서 낙상 위험이 클 때가 많아요. 그래서 마취 끝나고 아이가 안정될 때까지 대부분 옆에서 지키고 있어요. 환자 안전을 위해 환자, 수술명, 수술 부위 등 타임아웃(잠깐 하던 걸 멈추고 환자를 확인하는 일)을 한 번 더 하고 수술 준비해요.

수술실에는 소독 간호사(오퍼레이터에게 기구를 주며 직접 옆에서 도와주는 간호사)가 있고, 순회 간호사가 있어요. 순회 간호사는 수술이 잘 되도록 수술 영역 밖에서 필요한 물품을 가져다주고 다른 일들을 해요. 예를 들면 수술 간호 기록도 하고, 장비 연결 등 수술이 원만하게 진행되도록 도와줘요.

'계수 확인'이라고, 수술 기구, 거즈 등의 수술 도구의 수술 전후 개수가 정확히 맞는지 확인하고, 수술 후에도 도구들이 원상태로 보존되어 있는지를 체크하지요. 계수 확인은 수술 전, 봉합 전, 봉합 후 3번을 하게 돼요. 작은 것 하나라도 환자 몸에 남기지 않으려는 노력이죠.

이니셜 카운트도 중요해요. 이니셜 카운트는 소독 간호사와 순회 간호사가 수술 전에 수술 기구, 거즈 등을 세는 걸 말해요. 또 검체 타임아웃도 하는데 집도의, 간호사, 전달자가 검체 수, 검체 부위를 확인하고 사인해요. 환자한테는 치료 지표로 매우 중요한 일이에요.

» 최근에 수술 위치를 잘못 파악해서 생긴 의료 사고 뉴스가 있었는데요.

있어서는 안 되지만, 있을 수 있는 일이에요. 의료 사고를 줄이려면 타임아웃을 중요하게 생각해야 해요. 확인은 정말 중요한 거예요. 수술 중 타임아웃 몇 회, 이렇게 횟수를 정한다고 해결되는 문제가 아니에요.

집도의가 수술 계획을 공유해야 사고를 줄일 수 있어요. 예를 들어 "제가 이 부분을 이렇게 하겠습니다." 하고 미리 계획을 공유하면 누구라도 그 실수를 막을 수 있었을 텐데, 그때 그 의료 사고가 난 병원에서는 이런 게 제대로 공유되거나 확인이 안 된 거죠. 환자는 마취 상태라 말을 못 하잖아요. 깨어있는 사람이면 "그거 아니에요. 나 갑상선 수술하러 왔다고요. 유방 수술 말고."라고 얘기할 텐데, 환자는 얘기할 수 없는 상황이니까요. 의료진이 정신을 바짝 차려야 해요. 그렇지 않으면 의료 사고가 생길 수 있어요.

"왼쪽 수술이야." 이야기 듣고 오른쪽 수술을 준비하는 경우도 있을 수 있어요. 누워 있는 사람과 서 있는 사람의 방향이 달라서 착각할 수도 있잖아요. 그래서 꼭 확인해야 해요. 확인은 아무리 강조해도 또 강조하고 싶어요. 경력자들은 흔히 촉이라고 말하는 느낌이 있어요. 그 느낌으로 많은 사고를 방지해요.

》 **수술실 거즈가 문제된 경우도 있었어요.**

기구는 방사선 촬영으로 쉽게 찾을 수 있는데, 일반 거즈는 찾기 어려울 수 있어요. 아이들은 수술 부위가 작아서 거즈를 잘라서 쓰기도 하는데, 거즈는 안에 들어가면 손톱만큼 작아져요. 그렇게 이물질이 될 수 있어요. 그래서 거즈 카운트를 해요. 거즈 카운트란 소독 간호사와 순회 간호사가 수술 전, 중, 후로 거즈를 한 장씩 세는 거예요. 요즘은 소아들을 위한 작은 거즈도 있어요. 그리고 수술할 때 방사선에 감지되는 거즈를 주로 사용해요. 환자의 안전을 위해 환자 확인과 계수 타임아웃, 검체 타임아웃 등을 많이 하려고 하죠. 어떻게 하면 사람의 실수를 줄일 수 있을까 여러 번 확인하고 서로 최선을 다하고 있어요.

» 기억에 남는 수술실 에피소드가 있으면 말씀해주세요.

분만 휴가 후 첫 환자가 탈장 환자였어요. 이 경우, 수술이 10분이면 끝나요. 그런데 보호자들은 아이를 수술실로 보내면서 울어요. 처음엔 '에이 뭘, 저런 수술 가지고….' 그랬어요. 왜냐하면 일찍 끝나는 수술이고, 리스크가 크지 않으니까요. 예전엔 이런 게 이해가 안 됐어요. 그런데 첫 아이 낳고 일하러 나와 보니, 그때 내가 가졌던 생각이 너무 미안한 거예요.

아이들은 어른이 잘못해서 오게 되는 경우가 많아요. 과자나 땅콩을 먹을 때 울거나 웃어서 기관지로 들어가는 경우도 있어요. 예전에 이비인후과 수술을 할 때였는데, 식도에 농양이 있는 환자였어요. 다른 병원에서 여러 번 수술을 해도 자꾸 농양이 재발해서 온 환자였어요. 교수님이 내시경으로 보더니 "에이, 가시 박혔네." 이러는 거예요. 그때 그 교수님 정말 멋있었어요. 진짜 귀신이구나, 저게 바로 연륜이구나 싶었어요. 같이 일하면서 존경스러웠죠. 그때 정말 뿌듯했고, 자랑스러웠어요.

» 수술실 간호사의 장단점이 있다면 어떤 걸까요?

일단, 미국 간호사로 갈 때 좋아요. 수술실은 언어가 유창하지 않아도 갈 수 있어요. 하하.

그리고 수술은 대부분 월~금이라서 남들처럼 휴일에 쉴 수 있어요.

쉬는 날 쉴 수 있는 게 좋아요.

병동의 경우, 환자가 입원해 있는 동안 계속 문제가 남아 있어요. 그 다음 근무자에게 그 문제를 넘기는 기분이에요. 환자가 있으면 계속 문제를 가지고 있고, 그게 없어질 때까지 같이 있으니까…. 내가 해결하지 못하는 느낌이 있어요. 그런데 수술실은 그날 끝나는 거예요. 남은 문제가 있거나 해결하지 못한 환자가 있다는 스트레스가 덜해요. 수술실은 수술이 끝나면 끝나는 거니까요. 시작과 끝이 있어요. 끝맺음이 확실해요.

단점이라면 교수와 직접 상대해야 한다는 점이죠. 똑같은 수술이어도 교수마다 수술 집도 방법, 사용하는 수술 기구 등이 달라요. 수술의 원리는 같아요. 그런데 집도의 마다 쓰는 기구나 봉합사(실)가 각각 달라요. 오인 오색이면 거기에 다 맞춰야 해요. 수술 순서, 과정, 방법이 다 다르죠. 같은 수술이어도 변수가 있을 수 있어요. 근육이나 혈관의 위치가 환자에 따라 다를 수 있거든요. 긴장감이 감돌 수밖에 없죠.

그 외의 단점이라면 하루 종일 서 있다는 거죠. 그래서 수술실 간호사의 직업병 중에 하지 정맥류가 많아요. 돌아다니는 거보다 서 있는 게 더 힘들어요.

》 수술실 간호사에게 중요한 게 있다면요?

제일 중요한 게 정직이라고 생각해요. 무언가 오염된 경우, 바로 교체할 수 있게 해야 해요. 누군가는 그걸로 인해서 감염될 수 있으니까요. 그래서 정직을 강조해요.

수술실에서는 소독과 멸균이 중요해요. 병원 전체에서도 중요하지만, 수술실이 가장 중요해요. 요즘 감염환자들이 많잖아요. 크로스 감염이 될 수 있단 말이에요.

》 **수술실 간호사는 어떻게 뽑나요? 마취과 간호사 선생님은 어떻게 되는지도 궁금해요.**

첫 입사할 때 희망 부서로 수술실을 적으면 대부분 수술실로 오겠지요. 물론 근무 중에도 이동 희망 부서 의견을 수렴하죠. 수술실에 와서 마취과 간호사 혹은 수술실 간호사로 나뉘게 돼요. 마취과 간호사는 원해서 가는 경우도 있고, 병원에서 마취과 PA(PA 간호사 관련해서는 97쪽 참고)를 따로 뽑는 경우도 있어요.

》 **마취과와 회복실 이야기도 부탁드려요.**

마취과 간호사는 마취할 때 필요한 물품을 챙겨야 해요. 마취과 의사보다도 마취기를 더 많이 알아야 할 거예요. 예방적 항생제 등을 투약하는 일도 하고요.

보통 마취할 때랑 마취 깨울 때 이벤트가 많아요. 만약 그 시간에 다른 걸 해야 해도, 꼭 한 사람은 환자 곁에 있으라고 해요. 환자를 잘 봐야 해요. 깨울 때 경련도 와요. 익스튜베이션(기관지에 삽관된 튜브를 제거하는 것)을 해서 경련이 오면 애기가 숨을 못 쉬잖아요. 그럴 때 빨리 대처해야 해요. 그래서 마취를 시작하거나 마취에서 깨울 때는 꼭 환자 곁에 있어야 해요.

수술 도중에 방송을 해서 다른 의사를 불러야 하는 경우도 있어요. 그 부분은 마취과가 담당을 해요. 마취과가 방송을 할 때는 Q, P, A가 있어요. Q는 퀘스천으로 "질문이 있어요!"이고, P는 프라블럼으로 "문제가 있어요!"로 어레스트(심정지) 오기 전 단계예요, A는 어레스트 온 상태로 모두 함께 도와달라는 방송이에요. 인터폰이 모든 방에 설치되어 있고, 수술실 어느 방에 있다가도 뛰어올 수 있는 시스템과 인력이 있어요.

회복실에서는 마취가 완전히 깰 때까지 환자를 모니터링하면서 낙상 사고 등이 일어나지 않도록 봐 줘요. 회복실 스코어가 있어서 체크해서 의식이 돌아왔다고 판단되면 병동이나 당일 센터 간호사에게 환자 상태를 인계하고, 이송원이 보호자랑 같이 환자를 병실로 데려가죠.

» 수술실의 신규 간호사 트레이닝에 대해서도 궁금합니다.

아참, 요새는 신규 간호사라기보다는 '신입' 간호사라고 불러요. 저도 신입 간호사라는 말이 더 좋을 것 같아요.

우리는 8주에서 10주 정도가 트레이닝 기간이에요.

저는 신입 간호사 트레이닝 시킬 때, '내가 처음 신입이었을 때 든 생각이 뭐였지?' '아, 내가 신입 간호사였을 땐 이런 걸 느꼈었지' 하면서 되짚어 봐요. 지금도 신입 간호사랑 같이 근무하는데, 신입 간호사들은 의욕이 넘치잖아요. 신입 간호사들은 대부분 '어떻게 하면 잘할 수 있을까? 나는 어떤 존재지? 언제쯤 잘할까' 이런 걸 많이 느끼잖아요. 그래서 말해 줘요. 뛰기 위해서는 걷기, 서기부터 해야 한다고. 어떤 사람도 뛰기부터 할 수 없다고. 그러니 너무 서두르지 말고 하나씩 하다 보면 분명히 할 수 있다고 말이죠.

우리는 프리셉터 제도로 신입 간호사들을 가르쳐 줘요. 프리셉터가 외과적 손씻기부터 가르치고 수술복 입기, 장갑 착용과 같은 첫걸음을 함께 떼 줘요. 같이 수술을 들어가서 소독 간호사의 일을 익히죠. 프리셉터 선생님들은 자기 일도 하면서 신입 간호사도 가르쳐야 하니까 아무래도 더 힘들 거예요. 신입 간호사에게 하나부터 열까지 가르쳐줘야 하니까요. 가끔은 일하다가 화도 나지만, 나를 돌아보는 기회가 돼요. 잠깐 쉬어가며 나를 돌아보는 기회죠. 나도 신입 때는 당연히 일을 잘 못했을 테니까요.

신입 선생님들 행동 중에 재밌는 일이 하나 생각나네요. 신입 선생님들이 집도의한테 수술 기구를 주는데, 어른이니까 한 손으로 못 주고 두 손으로 아주 공손히 주는 거예요. 기구를 빨리 건네주려면, 양손을 각각 써야 하는데 말이죠. 그런 신입 간호사들을 이해하고 귀여워해 주는 교수님도 있고, 화를 내는 분도 있어요. 수술이 빨리 진행이 안 되니까요. 그렇지만 처음부터 잘하는 사람이 있나요? 다 그렇게 트레이닝 받아서 숙련된 간호사가 되는 거잖아요.

신입 때는 처음에 '이게 맞나?' 싶은 게 많아요. 수술 과정을 외우고 수술에 들어가도 막상 들어가면 머리가 하얘져요. 수술 과정이 정해져 있는데, 그렇다고 모든 수술이 정해진 대로 가는 게 아니니까요. 중간에 한 템포 늦춰진다든가, 생략된다든가 그러면 갑자기 머리가 하얘지는 거죠. 하나도 기억이 안 나고. 그럼 또 얼마나 스트레스인지…. 대부분의 신입 간호사들이 '나는 정말 잘하고 싶은데, 잘 안 돼서….' 답답해 하죠. 수술에 익숙해지려면 시간이 걸려요. 그래서 저는 신입 선생님들에게 말해요. 집에 가서도 자꾸 생각을 하고, 머릿속으로 시뮬레이션을 하라고. '이땐 이렇게 했지.' 하면서 수술 장면을 떠올리며 시뮬레이션을 해 보라고 말해요. 요즘은 사진을 찍더라고요. 우리는 다 그렸어요. 기구도, 수술 과정도 그림으로 그려서 배웠어요.

선배 선생님들이 하는 모습을 머릿속에 사진 찍듯 기억하는 거예요. 저는 수첩 갖고 다니지 말라고 해요. 적느라고 놓치는 과정들도 많고, 잘못 적는 경우도 있거든요.

우리는 독립한(경력 간호사에게 배우다가 환자를 개별적으로 돌볼 수 있게 된) 신입 간호사한테 프리셉터가 편지를 쓰고 축하해 주는 인디펜던스 데이가 있어요. 신입 간호사들 독립 기념 행사지요. 프리셉터가 그동안 가르친 신입 간호사에게 격려 편지를 써 줘요. 신입 간호사로 트레이닝 받는 모습이나 혼자 어시스트하는 장면을 찍어서 사진도 넣고 편지를 써요. 프리셉터 선생님들은 신입 선생님들에게 어떤 말을 써야 하나 고민도 하지요. 하지만 편지를 쓰면서 '나도 처음에는 이랬다.' 이러면서 자신의 신입 시절 이야기도 하고, 훌륭한 간호사가 되길 바라는 소망도 담아요.

프리셉터 선생님들이 편지를 울면서 읽더라고요. 더 가르쳐 주고 싶은데, 나도 너무 바빠서 화를 냈다고. 저는 신입 선생님도, 프리셉터 선생님들도 모두 이해가 됐어요. 언젠가 교육만 전담하는 온전한 프리셉터 제도가 빨리 만들어졌으면 좋겠어요. 일하면서 교육하는 힘든 일이 없으면 좋겠다는 소망을 가져봅니다.

» 수술실 간호사로는 어떤 사람이 오면 좋을까요?

수술실은 인간관계가 중요해요. 다른 사람들과 같이 일하는 거니까요. 서로 신뢰감을 가져야 하고 협동적이어야 해요. 활동적이고 체력적으로 건강한 사람이 오면 좋아요. 오래 수술하면 힘들거든요. 어떻게 보면 수술장이 오히려 트레이닝 받기가 좋아요. 만약 누군가 실수할 상황이 생기면 수술방의 다른 누군가가 보고 짚어 줄 수 있거든요.

» 선생님은 어떤 계기로 수술실 간호사가 되셨나요?

신입 시절, 병원 웨이팅 기간 중에 연락이 왔어요. 3개월간 수술실에서 일할 사람을 찾았어요. 제가 간호 실습 때 수술실 경험을 못 했거든요. 그래서 수술실이 궁금했어요. 그리고 수술실 경험이 있으면 나중에 병동에서 환자들에게 수술 과정을 설명할 때 좋을 듯해서 지원했어요. 그런데 막상 가 보니까 병동하고 또 다르더라고요. 거기서 학교 선배도 만났어요! 선배님들 중 한 명이 '너는 수술실 간호사로서 센스가 있다.'며 수술실 근무를 권유했어요. 하지만 병실에서 직접 환자를 간호하고 싶어서 정중히 거절했지요.

3개월의 수술실 수습 근무가 끝난 후, 원하는 대로 병동에서 근무했죠. 2년 동안 소아 신경외과와 정형외과 병동에서 근무했어요. 근무하면서 재밌었어요. 밤새 환자를 돌볼 수 있고, 할 일도 많았어요. 수술실 경력이 있다 보니, 보호자에게 설명할 때도 좋았어요. 그런데 2년 차일 때 간호과장님께서 전화한 거예요. '어? 무슨 일이지?' 이랬는데, 알고 보니, 수술실로 가라는 거예요. 급하게 사람이 필요하다고, 그래도 한번 일해 본 사람이 낫지 않겠냐며 연락하신 거죠.

솔직히 가고 싶지 않았어요. 2년이 지나서 다 잊어버렸는데… 다시 배워야 하는데… 두렵기도 했어요. 본인이 싫다고 해도, 그게 마음대로 안 되잖아요. 그래서 결국 수술실에 갔죠. 수술실에서 근무를 시작했는데, '내가 정말 필요한 사람인가? 이전에 내가 수술실에서 배웠던 사람인가?' 의문이 들고, 어려웠어요.

» 다시 신입 간호사부터 시작해야 한다니! 힘든 시절이었을 텐데 어떻게 극복하셨어요?

한 선배가 "너는 잘해. 잘할 수 있어. 넌 잘했던 사람이야." 이렇게 말해 줬어요. 그게 가장 위로가 됐어요. 힘들 때면 '나는 선배한테 칭찬받았던 사람이야'라고 떠올렸고 그게 큰 도움이 됐어요.

수술실 중에 일반외과 수술을 하는 방이 있어요. 그곳이 가장 일반적인 수술을 하니까, 거기서 트레이닝을 받게 됐어요. 정말 좋은 선생님을 만났어요. 본인이 가지고 있는 거 다 가르쳐 주는 선생님을 만났고, 그분이 제게 친절히 잘 알려 주셨어요. 그런데 그분은 사실 선배 중에 가장 무서운 사람이었어요. 다른 사람보다 유독 제게 잘해 주셨어요. 그 선생님은 나중에 타 병원으로 이직하면서 제게 같은 병원으로 오라고 권유할 정도로 잘해 주셨어요. 그때 참 많이 고민하다가 결국 이 병원에 남아 30년 넘게 일하고 있지만, 고마운 분이에요.

동기들도 큰 힘이 되었죠. 지금까지 같이 일하고 있는 친구가 있어서 얼마나 든든한지 몰라요. 늘 서로 의지하고 감사하고 있어요.

》 수술실 간호사를 꿈꾸는 이들에게 해 주고 싶은 말이 있나요?

저는 수술실을 권해요. 수술실은 함께 일해요. 그래서 혼자서 책임지게 하지 않아요. 프리셉터도 있고, 도와주는 선생님도 있어요. 함께여서 실수를 줄일 수 있는 곳이에요. 병동에 있으면 담당 환자를 혼자 책임져야 하는데, 수술실은 협업이잖아요. 내가 못해도 커버해 줄 수 있는 부분도 있어서 신입 간호사에게는 스트레스가 덜할 수 있어요.

병동에 있었으면 지금처럼 오래 일할 수 있을까? 가끔씩 그런 생각해요. 병동과 달리 수술실은 데이가 많잖아요. 규칙적인 생활 패턴, 이런 게 좋죠.

다른 간호사들도 가끔 물어봐요. 어떻게 그렇게 오랫동안 간호사를 하냐고. 뭔가가 특별한 게 있었던 건 아니에요. 일을 하다 보니까, 내가 필요한 사람이라고 느꼈어요. '나는 필요한 존재야. 그래, 나는 있어야 해. 나는 여기에 필요한 사람이고, 내가 일을 해야 해.'라고 생각했던 게 오랫동안 간호사를 할 수 있었던 힘이에요.

꼭 하고 싶은 얘기가 있어요. 사실 어린이 병원은 적자 운영이에요. 의료 수가도 낮고요. 요즘은 정부가 많이 보전하려 노력하지만 여전히 적자예요. 경제적으로 부족한 부모도 많고요. 경영자 입장에서 보면 적자인 어린이 병원이 꼭 있어야 하나 싶겠죠.

그래도 어린이 병원은 꼭 있어야 한다고 생각해요. 어린이는 우리의 미래잖아요. 특히 소아 병원에는 노련한 의사와 간호사가 있어야 한다고 생각해요. 수술뿐 아니라 아이들을 돌보는 것도 좀 더 노련한 사람들이 하는 게 맞다고 봐요. 어린이 병원을 후원하는 기업도 많아졌으면 좋겠어요.

선생님과 이야기하다 보니, 난생 처음 수술실 실습했을 때가 생각났다. 갑상선 수술을 하는데, 수술실에 원더걸스 <Tell me>를 틀어 놨다. 굉장히 놀랐고, 이질적인 순간이었다. 가벼운 노래가 깔린 수술실 테이블에는 갑상선을 절개한 환자의 모습이 보였으니까. '수술실에 이런 노래를 틀어 놔도 되는 거야?' 싶었다.

그러다 나중에 내가 정작 간호사가 되고 나서 알았다. 아, 그건 노동요였구나. 노래는 중요하구나. 노래라도 있어야 살 것 같다, 싶었다. 매일 피를 보며 수술해야 하는 의료진 입장에서는 노래가 오히려 효율을 높일 수 있다는 걸 느꼈다. 긴장을 완화하고, 일을 신나게 만드는 장치였다. 피 튀기는 현장이라고 해서 매일 인상 쓰고 심각하게 있을 필요는 없지 않나?

선생님께 은근히 물어봤다. 요새도 수술실에서 음악을 듣나요?

"수술실에서 음악이요? 음, 환자들 입장에서는 그런 느낌일 수도 있어요. '나는 어렵게 수술을 받으러 왔는데, 여기는 노래를 틀어 놨네?' 이런 느낌일 수 있죠. 소아 수술실에서는 부분 마취로 환자를 깨워서 수술하는 경우가 꽤 있어요. 그러면 '너는 좋아하는 가수가 누구니? 어떤 노래 좋아하니?'라고 물어봐요. 그리고 아이가 좋아하는 노래를 틀어 주기도 해요. 음악은 수술 중에 깨어 있는 아이들에게 긴장감을 덜어주죠, 하하."

늦은 저녁까지 계속된 이야기는 따뜻한 멸치국수 한 그릇씩 먹고 난 후에야 끝이 났다. 먼 길 조심히 가라며 이것저것 챙겨 주신 선생님. 따뜻한 배려에 마음이 뜨거웠다. 한편으로는 이야기하며 느꼈던 선생님의 아이를 사랑하는 마음을 어떻게 하면 글로 다 전할 수 있을지, 깊은 고민이 들었다.

여러 선생님들을 만나 봤는데, 내가 닮고 싶은 선생님들의 공통점이 있다. 항상 자신보다 아랫사람을 더 많이 배려하고 살핀다는 점, 그리고 후배 선생님들의 사랑을 듬뿍 받는다는 점이다. 내시경실 수선생님도, 수술실 선생님도 한없이 따뜻하고 자상한 분이었다.

나도 언젠가 수선생님이 된다면 선생님처럼 한없이 낮아지고 싶다. 내가 만난 선생님들처럼 후배들에게 기쁘게 어깨를 내어 주고, 먼저 올라가라고, 길을 열어 주는 멋진 수선생님이 되고 싶다. 내시경실 선생님도 내 은인이었는데, 선생님도 소중한 인연으로 내 은인이 되어 기쁘다. 두둑한 배만큼, 인생의 지혜를 얻어서 뿌듯한 밤이었다.

간호사들은 간혹 일이 너무 힘들고, 관계도 힘들어서 우울해지고 힘들어질 때가 있다. 그때마다 기억했으면 좋겠다. 당신은 필요한 사람이라고, 이 세상에 하나뿐인 소중하고 특별한 사람이라고.

“일은 하면서 배우면 되니까요.
지금 이 순간을 즐겼으면 좋겠어요.”

*

삶과 죽음을 가깝게 보던,
중환자실 간호사
오정화 선생님

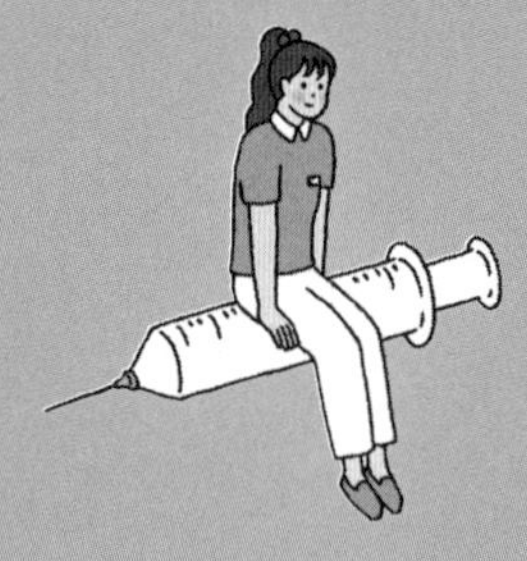

"연락이 늦었죠? 미안해요. 그동안 참 많이 바빴어요."

카페에 앉자마자, 선생님은 내게 미안해하셨다.

"아니에요. 바쁘실 텐데, 시간 내 주셔서 제가 더 감사해요."

나는 선생님을 처음 뵈었지만, 반갑고 친근했다. 일전에 지인에게 고민 상담을 한 적 있다.

"선생님, 도대체 특수 부서 선생님들은 어디서 만나야 할지 모르겠어요. 중환자실, 응급실 등 병원 안쪽에 있는 분들을 만날 방법이 없어요. 병원 앞에서 도와달라고 피켓이라도 들어야 할 판이에요."

내 푸념에, 그 지인분은 크게 웃으며 말했다.

"친구가 중환자실 간호사야! 내가 한번 말해 볼게!"

이 얼마나 감사한 인연이던지! 그 지인을 한 번 더 만나는 기분이 들어 반가웠다. 중환자실 업무만으로도 벅찰 텐데, 세 아이까지 알뜰히 키우신다니! 어쩌면 아이들과 함께했을 소중한 시간을 나와 함께해 주셔서 미안하고 감사한 마음이 컸다. 인터뷰 이후에도 병원에서 하는 교육을 들으러 가야 한다는 선생님. 일에도, 가족에도 열심히인 모습이 멋졌다!

》 **간단한 자기소개 부탁드릴게요.**

안녕하세요. 저는 ICU(중환자실) 간호사예요. 처음엔 내과계 중환자실에서 1년 근무하고, 그 후 외과계 중환자실과 심혈관계 중환자실에서 근무했어요.

》 **중환자실에서 중환자실로 이동하셨네요, 하하하. 중환자실을 소개해 주실래요?**

저희는 ICU가 종류별로 가깝게 붙어 있어요. 예를 들면 SICU(외과계 중환자실) 옆에 CCU(심혈관계 중환자실), CCU 옆에 MICU(내과계 중환자실) 이런 식으로요.

제가 일하는 곳은 다른 중환자실과는 다르게 각각 방으로 되어 있어요. 각방마다 1개의 베드가 있는데, 환자의 프라이버시도 지켜져서 좋고, 각방마다 MOD라는 장비로 TV 시청이 가능해서 환자분들의 만족도도 커요.

저희 병원은 간호 1등급이 되면서 한 듀티당 3명이 일해요. 시니어는 환자 1명을 보고, 중간 연차가 환자 3명을 보고, 신입 간호사가 3명의 환자를 봐요. 중증도가 높은 환자는 시니어 간호사가 봐요.

중환자실에서 일하는 분 중엔 의사와 간호사뿐 아니라 환자 이송이나 검체 이송을 도와주는 분들도 계세요. 중환자실이라고 하면 엄청 많은 장비와 기계를 단 환자가 의식 없이 누워만 있는 모습을 떠올리는 분들이 많을 텐데요, 물론 그러한 환자들도 있지만 의식도 있고 앉아서 식사도 하고 TV도 보는 환자분들도 있어요.

저희는 자기 환자가 아니더라도, 다른 환자가 검사를 간다고 하면 다 같이 도와줘요. 베드 옮겨 주고, 바이탈(vital sign; 활력 징후. 생명징후로, 일반적으로는 체온, 맥박, 호흡과 혈압을 가리킨다. 정확한 표기는 '바이털 사인'이고, '바이털 사인을 체크하다'의 뜻으로 주로 사용되지만, 현장에서는 '바이탈(하다)'로 통용되기에, 이 책에서도 현장의 표현을 따른다.)도 돕고, 주사 라인 정리도 도와줘요. 다시 환자가 올 경우, 각자 자기 일하다가 다시 딱 모여서, 함께 도와줘요. 그 후, 확 흩어져서 자기 환자를 봐요. 환자 받을 때나 옮길 때도 다 같이 도와요. 힘든 일이 있으면 함께 모여서 돕고, 다시 각자 할 일하러 확 흩어졌다가 다시 모이고 그래요.

» **팀워크가 좋군요! 중환자실 하루 일과는 어떻게 되나요?**

저희는 데이 근무가 아침 7시부터 오후 2시 반까지예요. 출근 전에 미리 물품 카운트도 하고 환자 파악을 한 후, 10분 정도 티타임을 가져요. 환자 파악한 후, 7시부터 인계를 받고 하루 일과가 시작돼요. 오더 확인하고, 환자 상태나 수액과 장비도 확인하고, 중간중간 추가되는 처방을 받아 시행해요. 인젝트 타임이라고 주사 처치하는 시간이 따로 있어요. 그 후 2시 반에 인계를 하고, 그 다음 듀티 근무자들이랑 환자 피부를 확인하면서 환자의 체위 변경을 같이해요. 그러다 보면 3시쯤에 일이 끝나요. 이브닝은 오후 2시 반부터 밤 10시까지, 나이트는 밤 10시부터 아침 7시까지예요.

환자분들이 중환자이다 보니, 의식 없는 분들도 있고 혼자서는 움직이지 못하는 분들도 있어요. 그런 분들은 욕창 예방을 위해 두 시간마다 체위 변경도 해야 하고 영양 간호도 해야 해요.

응급실에서 올라오는 환자도 받고 퇴원도 시키고 일반 병동으로 전동도 시키죠. 이게 기본 일과라고 생각하면 될 것 같아요. 그 외에도 갑작스럽게 발생하는 상황에도 대처해야 하고요.

간혹 일이 끝나고 난 후, 교육을 들으러 가야 할 때도 있어요. 간호사는 사람의 생명을 다루는 직업이다 보니, 지속적인 교육이 필요하거든요. 힘들어도 들을 수밖에 없어요, 하하하.

» **보통 중환자실이랑 심혈관계 중환자실은 다를 듯해요. 심혈관계 중환자실에는 어떤 환자들이 있나요?**

'심장 질환을 가진 중환자들이 있는 병동'이라고 생각하면 돼요. 보통 중환자실은 퇴원이 없고 병동으로 가는데, 저희는 퇴원도 해요. 다른 중환자실에서 보면 "어? 여기는 퇴원도 하는 중환자실이네?" 라고 할 수 있어요.

다른 ICU와는 다르게 일일 입원실을 통해 입원하는데, 관상동맥 조영술 시술 후 집중적인 모니터를 위해 1박 2일 정도 있다가 퇴원하거나 일반 병동으로 가는 경우가 있어요. 이런 분들의 경우 의식도 있고 혼자 식사도 하시고 일상적인 대화가 가능하죠. 다른 중환자실에서의 퇴원은 다른 병원으로의 전원이지만 심혈관계 중환자실에서는 집으로도 보내드립니다, 하하하!

주로 관상 동맥 질환(급성 심근경색, 협심증 등), 부정맥, 심근병, 급성 울혈성 폐 질환 환자들이 많고요. 심장 수술 후 관리를 위해 외과 중환자실에서 전동 오는 환자도 있어요. 물론 인공호흡기와 심폐 보조 장치, CRRT(지속적 신대체 요법 투석기)와 같은 장비를 달고 생사의 고비에 계시는 분들도 있고요.

아무래도 심장 쪽이다 보니, 환자가 갑자기 심정지가 나는 경우가 있어요. 심실빈맥같은 치명적인 부정맥이 보이면, E-CART(Emergency cart, 응급 상황 시 쓰는 카트; 카트 안에 응급 시 쓰는 약물 및 물품들이 들어 있다)를 끌어서 CPR(심폐 소생술)을 준비하죠. 간호사가 직접 제세동을 하기도 합니다.

» 중환자실 간호사의 장점과 단점이 뭘까요?

장점은 환자를 적게 본다는 거예요. 질환을 깊게 공부하니까, 많이 알게 돼요. 환자의 생명을 다루는 직업이고 생사의 갈림길에 있는 분들을 돌보기 때문에 실수하지 않으려 최선을 다하게 돼요. 그러려면 공부도 많이 해야 하기에, 중환자실 간호사라는 자부심이 생기는 것 같아요.

단점으로는 체력 소모가 커요. 환자의 체위 변경도 해야 하고, 중환자이다 보니 일이 힘들지요. 또한 환자의 보호자나 의료진과의 라포 형성이 필요해요. 환자 보호자가 간호사를 못 믿는 경우도 있어요. 그럴 땐 간호사가 어떻게 하느냐에 따라 신뢰감을 줄 수 있어요. 그런 관계 형성에도 신경을 써야 해요.

» 중환자실 신규 간호사는 트레이닝을 어떻게 받나요?

저희는 신규 트레이닝을 6주 해요. 신규 간호사를 집중적으로 맡아 가르치는 사람을 프리셉터라고 하는데 한 명의 프리셉터가 한 명의 프리셉티(신규 간호사)를 만나요. 4주 동안 프리셉터에게 하드 트레이닝을 받고, 나머지 2주는 프리셉터를 떠나 환자를 봐요. 하지만 프리셉터가 신규 간호사들이 잘하는지 뒤에서 지켜봐 주는 식이에요. 또 병원 자체적으로 신규 간호사들을 모아 따로 교육도 시키고 있어요. 신규 간호사가 일이 익숙해지려면 얼마나 걸리냐고요? 음, 아마 독립 후 6개월은 지나야 일이 익숙해질 거예요, 하하.

» 대부분의 신규 간호사들이 바라는 걸 텐데요. 병원 생활을 잘하면서 선배들에게 예쁨을 받으려면 어떻게 해야 할까요?

밝은 모습과 적극적인 태도를 보이는 신규 선생님들이 참 예뻐 보이더라고요. 센스가 있으면 더 좋고요. 만약 환자 체위 변경할 때 제가 환자를 올리면 그 사이로 알아서 척척 베개를 넣어주는 센스가 필요해요, 하하!

》 **중환자실 신규 간호사들에게 하고 싶은 말씀이 있을까요?**

ICU가 사직률이 높아요. 옛날에는 이렇게 높지 않았는데, 요즘에는 사직률이 더 높고 잘 못 견뎌요. 해 보고 힘들면 바로 관두는 거죠. ICU로 오면 마음가짐을 다잡고 와야 해요. 솔직히 많이 힘들어요. 체력적으로나 심적으로 힘들 수 있어요. 하지만 힘든 만큼 보람도 큰 곳이 중환자실이라고 생각해요.

그래도 신규일 때가 가장 행복해요. 실수를 해도 신규니까 그럴 수 있다고 생각할 수 있지만, 연차가 있으면 '너 지금 몇 년 차인데, 실수해?' 이런 게 있어요.

그리고 실수했다고 너무 움츠러들지 마요. 신규 때 실수 안 한 사람이 누가 있어요. 다 배워 가는 거고, 성장하는 과정이니까요. 일은 다 힘들지만, 마음은 즐겁게 생활했으면 좋겠어요. 어차피 혼자 일하는 게 아니잖아요. 물어볼 수도 있는 거고요. 내가 모른다고 해서, 내가 어떻게 일을 하지? 이런 걱정은 안 해도 돼요. 일은 하면서 배우면 되니까요. 즐겁게 공부했으면 좋겠어요.

재밌는 게, 제가 봤던 신규 간호사가 지금은 5년 차가 됐는데, 5년 차 쯤 되면 표정이 달라져요. '나도 연차 있다'는 포스가 나요. 신규 때는 '네네' 하면서 기죽어 있던 간호사도 5년 차가 된 지금은 '어? 선생님!' 하면서 자신감이 넘쳐요. 모든 걸 시간이 해결해주는 건 아니지만, 시간이 지나면 '나도 저럴 때가 있었지.' 라고 생각하게 되니까요. 이 순간을 즐겼으면 좋겠어요.

» 선생님은 처음부터 중환자실에서 일하고 싶으셨어요?

저는 처음부터 중환자실에서 근무하고 싶었어요. 병원 처음 입사할 때, 원하는 부서를 적으라고 하잖아요. 저는 중환자실, 응급실, 수술실 썼어요. 전부 특수 부서였어요. 그때는 많이 배우고 싶었고, 이곳이 멋있어 보였어요.

처음에는 아무것도 모르는 신입 간호사라 힘들었어요. 신규들 마음은 다 그렇죠. 잘해야 하고, 병동에 내가 보탬이 돼야 하는데, 맨날 실수하고 혼나고, 힘들었죠. 그렇게 1년 정도를 보냈어요. 기억에 남는 건 내가 맡은 첫 환자가 사망했을 때예요. 보호자에게 설명해야 하는데, 자꾸 눈물이 났어요. 보호자들이 우니까 감정이 북받쳐서 더 울었어요.

» 중환자실 간호사를 꿈꾸는 학생들에게 하고 싶은 말씀이 있나요?

중환자실 간호사를 꿈꾸는 학생들이 있다면 그야말로 박수를 쳐 드리고 싶어요! 어서 오세요, 환영합니다! 하하하! 하고자 하는 의지가 있다면 어떤 상황에서든 잘하실 거예요.

처음부터 마음 졸이지 마세요. 입사 전에 그동안 공부하면서 못 해봤던 일들 많이 하고, 여행도 하면서 좋은 추억을 많이 남기는 것도 좋을 듯해요. 일을 시작하면 대부분 여행 갈 엄두를 못 내거든요. 일도 많이 힘들고 배울 것도 많아서 여유가 없을 거예요. 신규 선생님의 경우 오프를 길게 쓰기도 힘들고요. 물론 어느 정도 연차가 되면 여유도 생기고 시간도 되고 하지만요.

체력도 좋아야 해요. 자기 몸 관리가 중요해요. 환자들이 거의 못 움직이니까, 포지션 체인지 한번 돌면 허리도 많이 아플 수 있거든요.

주변에서 자기는 일을 더 하고 싶은데, 체력이 안 돼서 결국 그만두게 된 분도 있었어요. 체력 관리도 잘하고, 입사 전까지 열심히 놀다가 오세요!

"우리 아이들 예쁘죠? 하하."

사진을 보여 주며, 퇴근 후 잠든 아이들 얼굴을 볼 때가 제일 행복하다는 선생님. 그 말을 듣고, 마음이 짠했다.

3교대 간호사 엄마들의 고민처럼, 선생님 역시 아이들을 잘 키우면서 나만의 취미 생활을 갖고 싶다고. 인터뷰하다 보면 간호사 엄마들은 정말 슈퍼맘이 많다. 아니, 만들어지는 걸지도 모른다. 일도 하면서 아이들도 잘 챙기고. 바쁜 시간을 열심히 쪼개 모든 일에 최선을 다한다.

아직 결혼 안 한 내가 보기엔 정말 대단하면서도 안타까운 마음이 든다. 선생님도 엄마, 간호사 이전에 자기 자신만의 삶이 있었을 텐데….

선생님의 바람처럼 자신을 돌보는 시간을 가지고 힘차게 충전되시길!

슈퍼맘 선생님, 오늘도 파이팅!

"간호사는 사람의 생명을 다루기에
책임감이 있어야 해요."

*

어느덧 20년 차,
외래 간호사 이슬기 선생님

“선생님! 드디어 인터뷰를 하는군요! 우선 인터뷰에 응해 주셔서 감사해요!”

사실 이 인터뷰가 가장 쉬울 줄 알았다. 왜냐면 우리는 같은 공간에 있으니까. 눈이 오나 비가 오나, 매일같이 지나다니던 ‘외래’다!

그러나 오히려 인터뷰는 쉽지 않았다. 왜, 거리가 가까울수록 학교나 교회에 지각하지 않던가? 아슬아슬하게 인터뷰를 잡았는데, 실수로 약속이 겹쳐 날아간 적도 있었다.

“안녕하세요, 저는 이슬기 간호사입니다.”

인터뷰를 시작하자, 선생님은 긴장한 듯했다.

“하하하, 편하게 하셔도 돼요. 자기소개를 부탁드려도 될까요?”

“저는 벌써 20년째 간호사로 일하고 있어요. 이렇게 오랫동안 간호사 일을 할 줄은 꿈에도 생각 못 했어요. 3년만 하고 그만둬야지, 생각했는데…. 제가 일할 때만 해도 간호사들이 결혼과 동시에 그만두거나, 애기가 생기면 그만두는 일이 비일비재했거든요. 그 후로 시간이 참 많이 흘렀네요. 저는 이 병원이 첫 직장이고 약 20년간 다녔어요. 저는 실습도 여기서 했는데, 실습한 학생들 위주로 병원에서 선발했어요. 첫 근무 부서는 9층 동병동이었는데, 제가 입사할 때만 해도 재활의학과, 신경과, 비뇨기과가 같이 있었어요. 지금은 신경과와 재활의학과만 있어요. 내과계 병동이죠. 거기서 1998년도에 입사해서 2007년쯤까지니까, 10년 정도 있었네요. 그 후 첫 아이를 낳고 육아 휴직 했어요. 그 후에는 VIP 병동에서 근무했고, 외과계 병동에서 1년 있다가 2016년도에 외래로 왔어요.”

VIP 병동이라니!

아는 사람만 아는, 병원 속 숨겨진 호텔, VIP 병동!

내가 일하는 병원에도 VIP 병동이 있을 줄이야. 일전에 간호 학생 때 딱 한 번, 어느 대학 병원의 VIP 병동을 엿본 적 있다. 당시 산부인과 VIP 병동이었는데, 하룻밤 입원료가 70만 원이었다! VIP 병동, 그 안은 정말 가정집이었다. 거실, 부엌은 물론 침실까지 따로 있다! 그야말로 좋은 집 한 채가 병원 안에 들어가 있는 셈! 이런저런 이야기를 나누다 보니 선생님의 이야기가 더욱 궁금해졌다.

》 우선, 외래 간호사의 일과를 소개해 주세요.

일단 오전에는 출근하자마자 환경 정리 먼저 하고, 그날 진료 예정인 환자분들 관리를 하죠. 환자별 검사들이 누락됐는지 차트를 리뷰해요. 그 후 교수님들과 예약된 환자들 일정 관리를 해요. 환자가 너무 많으면 그날 외래 때 다 볼 수가 없으니까요. 진료가 시작되면 진료 전 접수, 진료 후 안내를 도와요.

오후도 똑같은데, 그 와중에 틈틈이 전화 상담도 하고, 진료 후 안내할 때 환자들에게 설명을 해 줘요. 교수님들이 안에서 많이 설명하시지만, 진료 끝난 후에도 환자분들이 궁금해 하는 부분들이 있거든요. 특히 저희 과는 다른 외래랑 달라요. 특수하게도 간이 병동이 있고, 주사 업무도 같이 있어요. 외래 업무에 주사실, 낮 병동 업무까지 3중으로 처리해야 하지요. 그래서 저도 여기 처음 왔을 때는 사실 벅찼어요. 외래 업무도 벅찬데, 면역 주사실 업무도 있고, 특수 면역 주사실 입원 업무까지 있으니까요. 적응하는 데 시간이 걸렸어요.

》 외래 업무가 일반 병동 업무와 다른 점은 어떤 게 있을까요?

직접 간호 업무가 적어요. 대신 외래에는 설명이나 환자 교육 업무가 많아요. 환자들에게 설명을 많이 해 주고 싶은데, 환자가 너무 많아서… 시간이 한정적인 게 안타까워요. 물론 병동도 많이 바쁘지만, 그래도 내가 마음만 먹으면, 틈틈이 환자에게 가서 차근차근 설명할 수 있거든요.

》 외래 간호사가 되려면 어떤 준비를 해야 하나요?

사실 외래 간호사를 목표로 따로 준비할 수 있는 건 없어요. 오랫동안 병원에서 근무한 경력자를 대상으로 로테이션해서 오거든요. 과 배정도 로테이션이에요. 저 역시 배정받은 과를 여기 와서 알았어요. 외래 간호사는 상담 능력이 필요해요. 외래에서는 병동보다 환자들을 많이 보잖아요. 의사소통 능력이 좋고, 친절한 간호사가 외래 간호사에 맞다고 봐요. 말도 잘하면 더 좋고요. 저는 그런 점에서 좀 부족한 면이 있는 것 같아요.

외래에 와서 알았는데, 저는 일단 말을 많이 하면 목소리가 잠기더라고요. 목이 더 튼튼했으면 좋겠어요. 그만큼 환자에게 많이 얘기하고 싶거든요. 목소리가 크고, 사회적인 교류를 즐기는 사람, 설명하는 걸 좋아하는 사람, 친절한 사람이 외래 간호사와 맞는 듯해요. 물론 지식은 기본이고요. 사람 상대하는 걸 어려워하는 사람들은 외래 간호사가 힘들 거예요.

사실 대학 병원 외래 간호사들은 대부분 계약직으로 뽑는다. 대부분의 계약 기간은 1년 혹은 2년이다. 그래서 짧게 머물다 가는 간호사가 많다. 나 역시 오랜 기간 PA(관련해서는 다음 글에서 설명)를 하면서 많은 외래 간호사 선생님들이 바뀐 걸 봐 왔다. 내가 본 외래 계약직 간호사 선생님들은 대개 3교대 임상보다는 상근직을 원해서 오신 분들이 많았다. 상근직인 메리트를 이용해 대학원 공부를 준비한다거나 다른 진로를 준비하는 분도 계셨다.

대학 병원 내에서 자체적으로 정규직 외래 간호사를 뽑는 경우도 있지만, 드물다. 어느 대학 병원에서는 본원에서 오랫동안 근무한, 임상 경력이 있는 사람을 외래 간호사로 로테이션 시켜서 보내기도 한다. 이 경우, 본인 선택과 관계없이 병원에서 정해 주는 부서로 오는 경우가 많고, 정규직 외래 간호사로 일하게 된다. 물론, 대학 병원이 아닌 2차 병원, 1차 병원에서는 처음 공고낼 때부터 정규직으로 외래 간호사를 뽑는 경우도 많이 있다.

》 선생님은 어떻게 간호사가 되셨어요?

사실은 선생님이 되고 싶었는데, 지원했던 대학교에 떨어지고 간호대에 붙어서 간호사가 됐어요. 친척 중 사촌 언니가 간호사였어요. 언니에게 간호사 얘기도 많이 들었죠. 간호사란 직업이 일도 하고 돈도 벌고 봉사하는 직업이기에 택했고요.

》 간호 대학 시절은 재미있었어요?

재밌었는데, 고등학생의 연장 같았어요. 간호학과가 수업이랑 실습으로 빡빡하잖아요. 대학생으로서의 여유로움이 없었어요. 대학생 되면 부모님을 도와야 한다는 생각을 해서 아르바이트도 하고 그랬어요. 그런데 지금 와서 생각하면 괜히 했다 싶어요. 그때 더 놀 걸…. 게다가 동아리 활동까지 해서 더 시간이 없었어요. 봉사 동아리 회장까지 했거든요. 원랜 부회장이었는데, 회장이 갑자기 군대를 가는 바람에… 하하하. 아무튼 그때 당시는 너무 빡빡했어요. 실습하고 보고서 쓰고 동아리 활동하고 옷 가게랑 피자집 아르바이트까지 했어요.

나는 이 부분에서 신나게 맞장구쳤다. 나 역시 간호 대학 시절을 돌아보면, 고등학교 4학년을 다니고 있는 듯했다. 당시 일기장에도 적혀있다! 아침 9시부터 저녁 6시까지 수업을 들었고, 끝나면 복습해야 했다. 안 그러면 못 따라갔으니까. 학습량은 또 얼마나 많은지!

매일 헉헉 대는 우릴 보며 매점 아주머니가 하던 말씀이 떠오른다.

"그렇게 고생할 거면 더 열심히 해서 의대 가지 그랬어?"

» 외래에서 일하면서 기억에 남았던 일이 있나요?

요즘은 환자분들이 면역 주사 맞고 난 후 증상이 좋아졌다고 말할 때 보람 있어요. 면역 치료 설명하고 권유해서 하신 환자분이 좋아져서 얼굴색이 환해질 때 보람이 있더라고요.

아! 매번 치료받던 어르신이 안 오셔서 연락드렸더니, 돌아가셨다고 했을 때… 속상했어요.

인터뷰 할 때마다 느끼는 건데, 간호사들은 죽음을 가까이서 볼 일이 정말 많다. 선생님도 얼마나 가슴이 철렁 내려앉았을까. 간호사는 어쩌면 '죽음의 관찰자'일지도 모른다. 혹은 죽음의 신이 가장 미워하는 사람일지도. 매번 환자를 살리려 노력하니까 말이다.

» 후배 간호사들에게 해 주고 싶은 말이 있나요?

간호사는 사람의 생명을 다루기에 자기가 하는 일에 있어서 책임감이 있어야 해요. 일은 엄청 잘하는데 버릇없고 잘난 척하는 사람들은 안 돼요. 이건 간호사든 다른 직장이든 모두 마찬가지예요. 겸손한 게 가장 어려워요.

특히 간호사로 가장 중요한 건 정직이라고 생각해요. 윤리적인 의료인이 중요하다고 생각하거든요. 정직하지 못하고 자기 일을 다른 사람에게 미루면 같이 일하기 힘들겠죠. 아무래도 신규가 되면 힘든 일이 많을 거예요. 그래도 어느 정도 힘든 시기를 넘기려면 근성이 필요해요. 사회성도 중요해요. 일을 찾아서 주도적으로 하면 더 좋죠, 후훗. 그러면 모든 사람들이 다 예뻐하고 사랑받는 간호사가 될 거예요.

» 간호사가 되고 싶은 사람들에게도 한 말씀 부탁드릴게요.

간호사가 사실 간호사 일만 하진 않아요. 간호 일 외에도 다방면의 일을 엄청 많이 해요. 예를 들면 물품 청구, 의료 수가 확인, 의사 업무 확인, 환경 관리 등등. 신규 간호사들이 와서 간호사 일에 실망할 수 있어요. 나는 간호 업무만 해야지, 라고 생각할 수도 있지요. 하지만 막상 임상에 오면 달라요. 학교에서는 이상적인 걸 말하잖아요. 개인적으로는 '학교에서 좀더 현실적인 교육을 하면 좋을 걸' 하는 아쉬움도 있어요.

간호사를 하고 싶다고 생각할 때, 다방면으로 넓게 봤으면 좋겠어요. 보험 쪽도 있고, 보건소 간호사도 있고, 지역 간호사도 있고, 보건 교사도 있고… 알아보면 무한하거든요. 그리고 언어만 된다면 해외 간호사로 갈 수 있잖아요. 한쪽만 보지 말아요.

학교 다닐 때부터 진로를 정했으면 좋겠어요. 우리 때는 꼭 취업해야 한다고 생각했어요. 그런데 취업해서 보니까, 병원 간호사만 전부가 아니거든요. 세계를 무대로 넓게 보고 나갔으면 좋겠어요.

제가 만약 신입 간호사가 된다면 영어 공부할 거예요. 그래서 해외 취업 쪽으로도 적극적으로 생각해 봤을 거 같아요. 인생이 바뀌는 거니까. 간호사로서 비전은 밝아요. 자신이 어떻게 하는지에 따라 여러 방면으로 진출할 수 있어요. 요즘처럼 취업하기 어려운 시대에 좋죠.

» **마지막 질문입니다. 만약 고등학교 3학년으로 돌아간다면 다시 간호사 하실래요?"**

아니요, 그렇다면 전 선생님 먼저….

» **푸하하하! 1초의 망설임도 느껴지지 않았어요!**

하하하! 간호사도 좋았지만 교사도 한번 도전해 보고 싶어요. 간호사가 환자에게 설명하는 게 어떻게 보면 선생님이 학생에게 설명하는 거랑 닮았잖아요.

"도움이 됐으면 좋겠어요."

수줍게 웃으며 말씀하시는 선생님.

책임감이 강하고 맡은 일에 최선을 다하는 모습이 감명 깊었다. 그렇기에 높은 자리까지 올라가신 게 아닐까? 지금도 외래 근무 시간이 끝났지만, 끝까지 남아서 내일 올 환자 차트를 리뷰하고 계셨다. 주말에 병원 헬스장 왔다가, 선생님이 외래에 나와 일하시는 걸 본 적이 있는데… 항상 밝은 미소로 환자를 대하는 선생님의 선한 모습이 기억난다.

몸도 챙겨가며 일하시길.

오늘도 외래를 부탁해요!

Special page

합법과 불법의 사이, PA 간호사

*

PA 간호사? 그게 뭐지? 혹시 궁금해하는 사람이 있을까 봐 글을 적는다.
PA는 Physician Assistant(PA)로 말 그대로 의사를 돕는 역할이다. '네이버 지식백과'에는 다음과 같이 설명되어 있다.

> 의사로서 가능한 업무 중 일부를 위임받아 진료 보조를 수행하는 간호사나 응급 구조사, 물리 치료사 등을 이름. 병원의 부족한 인력을 충원하기 위한 것으로, 일반적인 잡무뿐 아니라 의사의 수술 보조와 더불어 환자 처방 업무까지 담당하기도 한다. 일부 병원에서는 의사의 지시를 받고 일한다는 뜻에서 이러한 인력을 오더리orderly 또는 테크니션technician이라고 부르기도 한다. 만일 PA가 의사의 지시 없이 회진을 돌거나 약물을 처방하면 의료 행위가 되므로 문제가 된다.
>
> * 출처: [네이버 지식백과] 진료보조인력 (시사상식사전, pmg 지식엔진연구소)

PA가 하는 일은 각 과마다 다르다.
예를 들면 수술실 PA는 의사와 같이 수술실에 들어가 수술에 참여하는 경우도 있고, 신경외과 PA는 바쁜 의사 대신 병동을 돌며 환자들의 상태를 파악하고, 수술 전 환자에게 수술 과정을 설명하기도 한다. 내과 PA는 주로 의사의 처방을 돕거나, 루틴 오더가 제대로 났는지 확인하기도 한다. 그날 외래에서 볼 환자들의 검사 결과를 미리 확인해 의사에게 주요 이벤트를 말하거나, 환자의 의뢰서 작성 등을 돕기도 한다.

PA에게는 별명이 있다. '가짜 의사'라는 별명이다.
씁쓸하지만 그 말이 거의 정확하다고 본다. 인턴이나 전공의가 부족하니 그 역할을 PA 간호사에게 맡긴다. 물론 병원 입장에서는 의사를 구하는 것보다 간호사를 구하는 게 더 쉬울 수 있고, 인건비 문제도 있을 거다.

PA의 일상은 의사들의 일상과 매우 밀접하다.
주로 상근직이며, 전공의, 레지던트, 제약 회사 직원들도 많이 만난다. 생각해 보니, 하루에 한 번은 제약 회사 직원을 보는 듯하다. 매번 일 끝나고 외래로 나가면, 정장을 잘 차려입은 남자가 진료실을 바라보며 서성이는데, 딱 보면 '아! 제약 회사 직원이구나.' 하고 안다. 담당자가 바뀌지 않는 한, 거의 같은 사람이 오니까.
또한 누구보다 교수님의 일상과 스케줄을 잘 알고 있다. 교수님이 휴가일 때 같이 휴가를 갖는 경우가 많다. 교수님과 의사소통을 하는 경우가 많고, 응급 상황 시 직접 전화하는 경우도 있다. 외래 간호사들이나 연구 간호사들과도 많이 마주친다.
좋은 직장 동료를 만나는 게 중요하듯, 인성 좋은 교수를 만나는 것도 복이다. 그게 아니라면 '감정의 쓰레받기'가 될 수도 있다. 간혹 드는 생각은 제약 회사 직원과 PA가 비슷하다는 거다. 교수의 비위를 맞춘다는 점에서 말이다. 제약회사 직원은 실적을 위해, PA는 무사히 하루를 보내려는, 각자 다른 목적이지만, 둘 다 감정 노동자임은 틀림없다.

PA에 지원하기 위해 따로 석사나 박사 학위가 필요하거나, 자격증이 필요하진 않다. 대부분의 PA는 경력 간호사들을 뽑는데, 얼마 전 신규 간호사를 PA로 뽑는다는 곳도 있다고 들었다.

임상에서 벗어나서 육체적으로는 많이 편하지만, 늘 불안정하다. 3년간 일했으나, 연봉이 인상되지 않아 그만둔 계약직 PA도 봤다. 교수님이 직접 뽑은 자체 채용의 경우, 간호부에도 연구 파트에도 소속되지 않은 투명인간일 수 있다. 특히 JCI(Joint Commission International; 국제의료기관평가위원회) 인증 평가가 다가오면, 자체 채용된 PA는 병원 자체 내에서 사라져야 할 존재로 느껴지기도 했다.

PA라는 인식 역시 부족하다. PA로 일한다고 하면 뭘 하는 사람인지 다시 한 번 물어보는 경우도 많다. 간혹 환자들이 의사로 착각하기도 한다. 의사의 아이디와 비번을 갖고 처방 내는 걸 강요받기도 한다. 게다가 PA를 보호하는 단체나 법률이 없으며, PA의 보수나 한국 내의 직업상 위치도 부정확하다.

PA로 약 4년째. 이곳에 오고 싶은 간호사라면 분명한 목적이 있었으면 좋겠다. 예컨대, 공무원 시험을 준비한다든가 미국 간호사를 준비한다든가 말이다. 확실한 건, 할머니가 될 때까지 있을 만큼의 평생직장은 아니란 점이다. 나 역시 이곳에 와서 처음엔 수의대를 준비하려 했다. 그러나 나는 작가가 천직임을 깨달았고, 열심히 글을 썼다.

좋은 교수님을 만나는 것도 복인 듯하다. 작가로의 내 꿈을 지지해 주신 분이 현재 교수님이기도 하다. 중요한 일이 생기면 근무일을 조절해 주시기도 했다. 그동안 교수님과 많은 정이 들었다. 비가 와도, 눈이 와도 같이 일했으니까. 함께 으쌰으쌰 하며 일했고, 함께 불평도 하고, 함께 웃기도 하고. 교수님도 알고 계신다. PA는 언젠가 떠나야 할 간호사라는 걸. 내 미래를 진심으로 걱정해 주시는 분이기도 하다.

미국에서는 이미 PA가 합법적인 하나의 직업이다. 의료 인력의 부족함을 인정하고 체계를 만들었다. 4년제 학사 학위를 가진 후 3년 이상의 헬스케어 관련 경력을 가지고 PA 학교에 입학해야 한다. 그곳에서 PA 석사 학위를 획득해야 정식 PA가 될 수 있다. 미국 PA들은 실제 레지던트들이 하는 일들을 하는데, 시술부터 처방, 진단이 가능하다. 수술실에서 수술 보조를 하는 PA도 있다고 한다.

언젠가 한국의 PA 간호사들도 미국처럼 체계가 잡혀서 당당하게 일하는 날이 오길 바란다. 하지만 한국의 PA가 미국처럼 정착하는 건 아직 먼 과제라고 생각한다.

* 미국 PA의 현황에 대한 내용은 블로그 '남자 간호사 데이비드의 이야기'(http://blog.naver.com/gemini1250)를 참고했음을 밝힙니다.

“아기를 좋아한다면 일하는 것이 훨씬 즐겁겠지요?”

*

환자와 가족 이야기로
나를 울린, 신생아실 간호사
김미혜 선생님

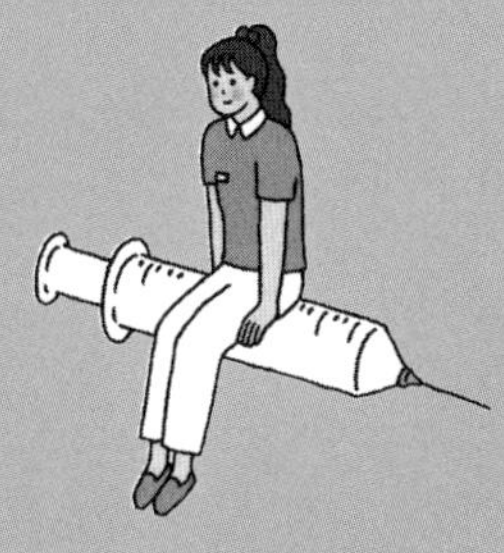

"안아름 선생님?"

주말의 한가로운 카페, 아이처럼 맑은 미소의 선생님이 말을 걸었다.

"앗! 신생아실 선생님이시죠? 반가워요!"

나는 벌떡 일어나 선생님을 맞이했고, 선생님은 활짝 웃었다. 갓 태어난 아기들의 좋은 기운을 받아서일까? 선생님은 선한 얼굴의 동안이었다! 선생님과의 대화는 매우 즐거웠다! 우리는 인터뷰 중에 웃기도 하고, 엉엉 울기도 했으니까, 하하하.

자신은 아기들을 안 좋아한다던 신생아실 선생님. 그러나 깊은 이야기를 나눌수록 생명을 사랑하는 마음이 느껴졌다. 버려진 아기들을 불쌍히 여겼고, 아픈 아기들을 보는 부모님들의 마음을 헤아렸다. 선생님은 여러 이야기를 들려주셨는데, 이 역시 사랑의 마음으로 보지 않는다면 절대 나오지 못할 이야기였다.

선생님이 펼쳐 놓은 이야기에 마음이 아파 나도 모르게 눈물이 났다. 울면서도, 자꾸만 헛웃음이 나왔다. 처음 만난 선생님과 이렇게 울게 될 줄은 상상도 못했기 때문이다. 그것도 인터뷰 도중에! 인터뷰 중에 나를 울린 선생님은 선생님이 처음이었어요!

또한 오래 일한 경력만큼 간호계를 보는 눈도 현실적이었다. 나를 포함해 많은 간호사들이 공감할 듯싶다. 지혜롭고 마음이 예쁜 선생님의 이야기를 들어보자!

» 신생아실 간호사의 일과는 어떤가요?

신생아실은 언제 아기가 나올지 몰라요. 늘 긴장해야 해요. 아기가 태어나면 바로 받아야 하고, 이것저것 케어할 것이 있거든요. 아기가 나오면, 다른 일을 하다가도 멈추고 그 아기를 봐야 해요. 시간의 의미가 있진 않아요. 아기의 첫 케어가 가장 중요하고, 아기들 먹이는 것도 중요해요. 신생아들은 2~3시간 간격으로 계속 먹거든요. 틈틈이 면회 시간이 정해져 있어요. 하루 2번 면회를 하는데, 면회도 하고 교육도 해요.

교육도 중요해요. 둘째, 셋째 아기를 낳은 엄마들은 그래도 나은데, 첫 애를 낳은 엄마들은 아기를 돌보는 게 서툴러요. 모유 수유하는 방법이나, 퇴원 후 아기 돌보는 걸 잘 모르지요. 그래서 아기 엄마들에게 모유 수유 자세, 마사지 교육이라든가, 아기에게 얼마 간격으로 먹이는지, 체중에 따라 몇 cc를 먹이는 게 좋은지, 아기들 예방접종은 언제 맞는지, 어떤 증상 있으면 병원에 데려와야 한다든지 그런 교육을 해요. 간혹 아기들이 먹다가 숨을 안 쉬고 있거나 청색증을 띠는 애들이 있어요. 그런 증상이 올 경우를 엄마들에게 알리고 주의를 줘요. 그 외에도 신생아 황달 관련 교육도 해요.

물론 엄마들이 엄청 사소한 것까지 수시로 물어봐요. 아기뿐 아니라 엄마까지 저희가 관리해야 하더라고요. 전화도 많이 와요. 우리 애가 어땠다는 등등, 일하다 보면 정해진 게 없어요. 그때그때 해결해야 하고, 그때 바로 찾아봐서 답을 줘야 하는 게 많아요.

다른 병동은 약 돌리는 시간이나 바이탈 시간이 몇 시로 정해져 있잖아요. 여긴 그때그때 달라요. 아기가 조금 있을 때도 있고, 아기가 갑자기 많이 태어날 수도 있어요. 바이탈하다가도 아기가 태어난다면 모든 걸 제쳐 두고 그걸 먼저 해결해 줘야 해요.

저희 신생아실도 3교대를 하는데, 신생아실 간호사는 총 5명이에요. 근무할 때는 데이 때 1명, 이브닝 때 1명, 나이트 때 1명이 근무해요. 차지(주로 스테이션에서 문서 및 차팅 업무, 간호사의 관리 역할을 함) 또는 액팅(주로 실무적인 간호 역할) 개념이 없어요. 제가 차지면서도 액팅을 해요. 신생아실에 혼자 근무한다고 하면 다들 놀라요. 어떻게 혼자 근무하냐고. 사실 저도 왔을 때, 놀랐어요. 편하기도 한데, 한편으로는 무섭기도 해요. 듀티 때 일어난 일을 다 책임져야 하니까. 그래도 신생아 중환자실 선생님들이 매우 가깝게 있어서 안심이 돼요. 문을 열면 선생님들이 바로 계시거든요.

저희는 신생아실이랑 NICU(신생아 중환자실)가 연결되어 있어요. 문을 나가면, 바로 신생아 중환자실이에요. 제가 일할 때, 바로 옆방에 신생아 중환자실 간호사들이 있어요. 일할 때 서로 소통도 많이 하고, 진짜 바쁠 경우 신생아 중환자실 선생님들에게 도와달라고 말할 수도 있어요. 분위기를 따지자면 신생아 중환자실도 분위기가 좋아요. 저희끼리 혼내는 건 많이 없어요. 여기 올드 선생님들이 좋은 분들이라서 전체적으로 분위기가 좋아요. 신생아실은 수선생님이 따로 없고, 신생아 중환자실 수선생님이 신생아실까지 케어해요. 다른 신생아실은 어떨지 모르겠어요. 혼자 일해서 한편으로는 태움이 덜 할 수 있어요.

》 **신생아실만의 특징 같은 게 있다면 말씀해 주세요.**

같은 신생아를 데려온다 해도, 신생아 중환자실이랑 신생아실은 분위기가 달라요. 중환자실은 말 그대로 중환자고, 심한 경우에는 죽는 아이도 있는데, 여기는 질병도 없고 건강한 애들이 많으니까 분위기 자체가 달라요. 특히나 면회 오는 할머니, 할아버지 중에는 너무 신나서 춤을 추는 분도 계세요. 병원에서 이렇게 즐거워하는 부서가 거의 없잖아요. 아픈 사람들이 많으니까…. 행복해하고 좋아하는 사람들이 많은 게 다른 병동이랑은 확실히 구분되는 점이에요. 물론, 신생아실도 경우에 따라 약도 쓰고 항생제도 쓰고 수액도 주지만, 중환자가 있지 않고 비교적 빠른 시일 내에 좋아질 수 있는 증상들이라서 그런 게 좋아요. 호흡을 불안하게 한다든가 더 지켜봐야 할 경우, 아기를 중환자실로 옮겨요. 여기는 신생아실과 신생아 중환자실이 가깝게 붙어 있어서 입원해서 치료받기 편한 게 좋은 점이에요. 아기가 나올 때 심박동이 떨어지거나 숨을 못 쉬면, 아예 소아과 주치의들이 수술장이나 분만장에 가서 아기 나오는 걸 같이 보고 판단해요. 아기가 괜찮으면 신생아실로 가고, 아니면 신생아 중환자실로 가요.

만약 산부인과만 있는 병원에서 아기를 낳았는데, 출산 과정에 문제가 있거나, 아기를 낳았는데 아기가 숨 쉬는 걸 힘들어하면 그때서야 여기저기 컨택해서 아기를 다른 전문 병원으로 보내려 하잖아요. 여기는 아기가 안 좋다고 판단되면 바로 신생아 중환자실로 갈 수 있으니까, 더 안전해요.

» **신생아실은 어찌 보면 한 사람의 인생 시작을 보는 곳이잖아요. 여러 에피소드들이 있을 듯해요.**

신생아실은 중환자실처럼 아기들이 오래 있지 않아요. 자연 분만으로 아기가 나오면 3일 만에 집에 가고, 제왕 절개로 나오면 5일 만에 집에 가요. 그래서 라포가 많이 형성되진 않아요. 하지만 엄마가 아기를 건강히 낳는 것, 산모와 아기가 건강한 게 정말 축복받은 일이라는 걸 일하면서 느꼈어요. 엄마가 아기를 낳다가 돌아가신 경우도 있고, 하반신이 마비된 경우도 있었어요. 자궁 적출한 엄마도 많았어요. 출산은 생각보다 위험하고 어려운 일이더라고요. 의술이 발달했다고 하지만, 아직도 이런 경우가 많아요. 아기가 세상에 건강히 나오고 아기와 엄마 모두 건강히 퇴원하는 게 축복받은 일이고 고맙고도 좋은 일이라는 걸 새삼 느꼈어요.

그리고 버려진 애들이 생각보다 많아요. 낳자마자 입양 준비부터 하는 경우도 있어요. 미혼모도 많고요. 예전에 제가 신생아 중환자실에서 일할 땐 경찰이 주차장에 버린 아기를 주워 온 적도 있어요. 가끔 경찰이 길에서 버려진 아기들을 데려와요. 병원 근처 교회 앞에 베이비 박스가 있다고 들었어요. 거기에 아기를 놓고 가는 사람도 많아요. 어떤 엄마는 편지도 써 놔요. 아기 이름은 뭐고, 언제 태어났고, 사정이 있어서 어쩔 수 없어서 버린다고. 보통은 교회 담당자분들이 잘 보살펴 주지만, 그중 상태가 안 좋은 아기들은 병원을 오기도 해요.

» 신생아실로 오고 싶은 간호사들에게 조언을 좀 해 주신다면요?

저희는 원내 채용으로 공고가 붙어요. 원내 간호사들 중에 이 자리로 오고 싶은 사람들 위주로 지원을 받는데, 중환자실 경력이 2~3년 있는 분을 선호해요. 신규 간호사의 발령은 없어요. 왜냐하면 혼자 일하니까요. 일이 있을 때 그걸 빨리 대처할 만한 경력을 보는 듯해요. 그래서 일단 경력이 중요해요. 만약에 아기를 좋아한다면 일하는 것이 훨씬 즐겁겠지요, 하하하.

성인 병동에서 일하다 오신 다른 선생님들 말 들어 보면, 여기가 냄새가 안 나서 좋대요. 그리고 성인들 간호는 자세 변경(포지션 체인지, 체위 변경; 중환자의 경우 2시간마다 욕창 방지를 위해 자세를 변경한다) 하느라 허리와 손목이 많이 아프대요. 여기도 아기들 머리를 받쳐야 해서 손목이 아프긴 한데, 어른들 간호하는 것보다는 육체적으로 덜한 듯해요.

개인적인 생각으로는 아기를 낳아 본 사람이 일하면 좋을 듯해요. 저희가 거의 미혼인 사람들이고, 얼마 전에 결혼한 분이 오셨어요. 확실히 아기를 다루는 게 달라요. 엄마의 마음으로 하는 거랑 결혼 안 한 사람들이 하는 건 확실히 다르더라고요. 저는 아기를 봐도 '그냥 아기구나' 혹은 'OOO 산모님의 아기' 하는데, 그 선생님은 아기가 너무 예쁘시대요. 아기들 호칭 자체도 '우리 딸, 우리 아들'이라고 불러요. 아기 이름이 없으니까요.

출산 경험 있는 간호사들은 노하우도 있는 거 같아요. 특히 모유 수유 같은 경우에 많이 달라요. 실제적으로 자신이 느낀 걸 담아서 말해 주시더라고요. 그게 산모에게 더 와 닿는 듯해요. 자격증과 경험은 비교할 수 없이 다르더라고요. 한 번이라도 아기를 낳아 보고, 아기를 돌봐 본 경험이 있는 분들이 신생아실에서 일하면 더 좋을 듯해요.

일할 때, 우선순위를 정하고 일하는 게 필요해요. 예를 들어 아기가 나온 상황과 다른 아기를 퇴원시켜야 하는 상황, 엄마가 모유 수유를 하려고 와서 벨을 누르는 상황이 모두 겹쳤고 혼자 일해야 할 때, 어떻게 해야 할지 판단하는 노하우가 필요해요. 일이 갑자기 몰리면 허둥지둥 할 수 있어요. 그러면 포기할 건 과감히 포기해야 해요.

또한, 센스가 필요해요. 엄마들이 불평해도 센스 있게 설명하는 편이 좋아요. 경우에 따라서는 둥글둥글하게 말하는 것도 필요해요. 의료진이랑 말할 때도, 센스 있게 말하면 일할 때 수월한 느낌이 있어요. 그리고 자기가 보는 아기들의 특징이나 이상 징후를 세심하게 캐치해야 해요. 아기가 나왔을 때 저희가 제일 중요하게 보는 것

중 하나가, 아기들 호흡이거든요. 제일 중요해요. 그런데 그 이상 징후가 눈에 띄지 않는 아기도 많아요. 미세하게 끙끙대는 소리를 낸다든지, 호흡 곤란으로 가슴의 움직임이 애매하다든지 말이죠. 아기를 볼 때, 일반 사람들이 괜찮다고 보는 거랑 저희가 보는 건 다르겠죠. 세심하고 민감하게 파악할 줄 알아야 해요.

» **선생님은 처음부터 간호사가 꿈이었어요?**

저는 원래 미생물학을 전공하려다 간호학과로 간 케이스예요. 원래대로라면 02학번인데, 간호 학번은 05학번이에요. 미생물학 전공이 너무 재미없었어요. 미생물학과 나오면 화장품 회사나 연구소로 취업하는데, 막상 미생물학과에서 하는 일이 맨날 현미경 보고 그림 그리고, 점 찍고…. 현미경 없으면 아무것도 할 수 없구나, 미생물이 눈에 바로 보이는 것도 아니고…. 실용적이지 않구나, 라고 생각했어요.

그래서 잘 다니던 학교를 그만두고 간호학과로 갔어요. 간호학과는 재밌게 다녔어요. 그 당시 다른 친구들보다 나이가 많았어요. 처음에 들어갈 땐 나만 나이 많은 줄 알았어요. 적응 못하면 어쩌지? 했는데, 다행히 저보다 나이 많은 사람들도 많았고, 나이 어린 사람들과도 무난하게 잘 지냈어요. 학생 중에 아기 아빠도 있고, 나이가 많은 사람들도 꽤 있었어요. 간호학과에 들어가 보니, 이전보다 더 만족스러웠어요. 간호과 나오면 실제로 생활에 밀접한 일을 할 수 있고, 면허증을 딸 수 있다는 안도감이 있었어요.

» **병원 실습 때 이야기도 궁금해요.**

저는 병원 실습 나가서 소변 비우고, 침대 만들고, 심부름하거나 잡일 했던 거 같아요. 지식을 얻는다는 것보다는 일하는 걸 보고 배우고 왔지요. 재밌기도 했지만, 나중에 내가 학생들 만나면 나는 그렇게 하지 말아야지 다짐했어요. 바쁘지 않고 틈이 있으면, 궁금해 하는 부분이나 여러 가지를 알려 주고 싶은 마음이 커요. 학생들이 그걸 좋아할 진 모르겠지만요, 하하.

》 **처음부터 신생아실에서 근무하신 건가요?**

제 첫 근무지는 대학 병원 PICU(소아 중환자실)였어요. 소아 중환자실에는 2년 반 정도 있었고, 신생아 중환자실에 2년 정도 있었어요. 신생아실은 5년 좀 넘게 있었고요.

사실 제가 제일 피하고 싶던 게, 아이러니하게도 모성 간호와 아동 간호였어요. 그런데 그 둘이 합쳐진 곳에서 일하게 됐더라고요, 하하. 원래는 수술실에 가고 싶었어요. 그런데 수술실에 가고 싶어 하는 신입 간호사가 많아서 소아 중환자실로 가게 됐어요.

막상 근무하러 갔는데, 너무 무서웠어요. 전국 각지에서 온 어린이 중환자들이 모여 있었어요. 환자 한 명당 달고 있는 기계가 너무 많아서 무서웠어요. '내가 환자를 케어 할 수 있을까?' 싶었어요. 어떤 환자는 약을 10개씩 달고 있으니까요. 기계도 벤틸레이터(인공호흡기) 하나가 아니라, 에크모(체외막 산소 공급 장치) 등등이 주렁주렁 있고, 라인도 많고, 어디 한 군데 건드릴 수가 없었어요. 그런 엄청난 분위기에 압도됐어요. 공부할 것도 어마어마했어요. 소아 중환자실은 과에 상관없이 모든 소아 중환자들이 왔어요. 치과에서도 오고, 외과, 내과, 신경외과 등등 모든 과의 소아 중환자가 다 모여 있어서 공부할 게 너무 많은 거예요. 오늘은 외과 환자를 봤는데, 내일은 장기 이식하는 환자를 봐야 하고, 다음 날엔 치과 관련 환자도 봐야 하고…. 치과 관련 환자를 볼 땐 정말 멘붕이었어요. 치과 관련 약도 모르겠고, 용어들도 생소했거든요.

》 **듣기만 해도 정말 숨이 막히네요. 어마무시한 중환자실에서 신규 간호사로 첫 시작을 하셨는데 어땠나요?**

혼나기도 엄청 혼났어요. 맨날 울었어요. 너무 힘들어서 우니까, 감당이 안 되는 거예요. 일은 하긴 해야 하는데…. 거기는 한 간호사가 환자 두 명을 봐요. 보통 사람들은 환자 두 명 보는데 뭐가 힘드냐고 하는데, 두 명 보는데도 너무 바빠서 물을 못 마셔요. 이렇게 힘들게 일하고 난 후엔 인계를 해야 하는데, 도대체 내가 무슨 일을 했는지 기억도 안 나고, 인계받았던 것도 생각이 안 나요. 지금도 그때 인계 생각만 하면 진절머리가 나요. 2명 인계하는데, 1시간이 넘게 걸려요. 그렇게 자세하게 인계해요. 할 말이 너무 많아요.

인계 못한다고 많이 혼났어요. 지금 생각해 보면, 그 바쁜 환경에서 제 역할을 못하니 선생님들이 얼마나 답답하고 힘드셨을지 이해가 돼요. 하지만 그땐 정말 힘들어서 포기하고 싶었어요. 못 다니겠다고 세 번은 말한 거 같아요. 그때 수간호사 선생님은 신입 간호사들이 못 다니겠다고 하면 붙잡지 않는 스타일이었어요. 그런데 저에겐 왜 그러셨는지 모르겠지만, 그래도 한번 참아 보고 다니라고 하셨어요. 그 후로도 두 번 더 말한 거 같은데, 어찌어찌하다 보니 지금까지 다니고 있네요. 그땐 맨날 사고 치고 맨날 울고 그랬는데…. 그런데 지금 생각하면 그때 저를 잡아 주셔서 고맙더라고요. 만약 수선생님이 그때 “그래, 너 그만 다녀.”라고 하셨으면 아마 병원이 트라우마로 남았을 거 같아요. 나는 능력이 부족해서 못했다, 라고 기억에 남았겠죠. 그래도 어떻게든 버텨 가지고 벌써 10년이 지났어요. 지나고 나서 생각해 보니, 그 선생님이 정말 고맙더라고요.

》 소아 중환자실은 어땠어요? 거긴 좀 나았으려나….

거기요? 전쟁 통이었어요, 하하하. 모든 중환자실이 바쁘겠지만 정말 바빴어요. 거기서는 거의 밥을 못 먹어요. 나이트 근무도 특히 바빴어요. 일하는 중간 중간에 CPR(심폐 소생술)이 터지기도 해요. 어린이 병동에서 CPR 상황이 되면 대부분 소아 중환자실로 데리고 와요. 중간 중간에 CPR 환자 받고, 수술한 환자 받고, 외부에서 온 환자도 받아요.

여기는 퇴원이라는 게 없어요. 환자 상태가 좋아지면 병동으로 가는 거고, 아니면 하늘나라로…. 집으로 가는 일이 없어요. 소아 중환자실에서 일하다가 나중에 신생아 중환자실로 갔을 때가 생각나요. 제가 처음 신생아 중환자실에 왔을 때, 선생님들이 나름 배려해 주셔서 퇴원 환자를 담당 환자로 제게 주신 적 있었어요. 퇴원 환자를 오전에 퇴원시키면 한 명 덜 보는 거라서 좋거든요. 처음엔 당황했어요. “네? 환자 퇴원을 시키라고요?” 믿기지 않아 되묻기도 했어요. 계속 소아 중환자실에 있다 보니, 환자 퇴원을 시키는 방법을 모르는 거예요. 이제껏 소아 중환자실에서는 한 번도 퇴원을 시켜 본 적이 없어서…. 저는 ‘왜 퇴원 환자를 나한테 줄까? 차라리 벤틸레이터 달고 있는 사람을 더 잘 볼 수 있는데…’ 싶었어요. 사실 선생님들이 편하라고 배려해 주신 건데 말이지요.

소아 중환자실은 선천적 질환 문제가 있다면 성인이 되어도 입원하는 경우가 있어요. 군대 갔다가 백혈병이 발견돼서 온 남자 환자가 있었어요. 그분 엄마가 계속 면회를 오는데, 하신 말씀이 기억나요. "밖에는 젊은 사람들도 많고 젊은 기운도 느껴져서 좋은데, 우리 아들이 의식도 없이 누워 있는 걸 보니까 억장이 무너진다⋯." 그 말씀했던 게 기억에 남아요. 소아 중환자실에 아주머니도 있었어요. 아기였을 때부터 심장병이 있었는데, 재발해서 왔는데 소아 중환자실로 오더라고요. 선천성 질환이면 끝까지 여기서 보는 경우도 있어요.

》 소아 중환자실에서 가장 기억에 남는 에피소드는 무엇인가요?

소아 중환자실은 항상 바빴는데, 환자들이 죽는 게 기억에 많이 남아요. 거기는 아기들이 죽는 거라서⋯. 아기 환자들 분위기는 어른들이랑 달라요. 엄마 아빠가 우는 걸 보면, 그 환자한테 애정이 없었어도 나도 모르게 눈물이 났어요. 입원 환자들 중에 4~5살 된 꼬마들도 있어요.

한번은 어떤 여자 아기 환자와 아빠가 있었어요. 그런데 그 여자 아기가 에크모를 돌릴 정도로 가망이 없는 상태였어요. 아기의 아빠가 이제 그만 돌리자고 하더라고요. 그걸 끊으면 아기가 죽는데⋯. 아빠가 이제 그만하겠다고 결정했어요. 그래서 의료진이 아기한테 다가가서 에크모를 끄려고 하니까, 아빠가 다급히 아니라고, 아니라고, 조금만 더 있자고 하는 거예요. 부모의 마음이 와 닿아서 마음이 아팠어요. 아기가 가망이 없다는 걸 알면서도 보내 줄 수가 없는 거예요⋯. 결국엔 아기가 죽었어요. 아기가 죽으면 저희가 보호자들에게 아기 옷을 가져오라고 해요. 아기에게 입혀서 보낼 옷을 가져오라고. 그 정신이 없는 와중에도, 대부분의 엄마들이 나가서 예쁜 옷을 사 온다거나, 아기가 평소에 좋아했던 옷을 가져오거든요. 그런 걸 볼 때, 정말 마음이 아팠어요.

아까 말한 그 아빠의 경우, 여자 꼬마 아기였는데, 하얀 드레스를 사 왔어요. 딱 봐도 예쁜 옷이었어요. 아빠가 그 하얀 옷을 아기에게 입혀 주고는, 나중에 아빠한테 꼭 다시 오라고 말했어요. 아기가 죽어서 영안실에 연락하면, 거기서 관을 가져와서 아기를 넣고 데려가요. 그런데 그 아빠는 영안실까지 아기를 안고 내려갔어요. 차마 관에 못 넣고…. 옆에서 시신 운구하는 분이 따라가고. 그때 정말 슬펐고, 그게 기억에 많이 남아요. 지금도 눈물이 나요….

어떤 남자 아이의 마지막 모습도 기억나요. 아이의 엄마는 평소에 아이가 좋아했던 옷을 가져왔어요. 주머니에 아이가 가장 좋아했던 레고 장난감, 가족사진, 그리고 엄마 결혼반지를 넣어 주는 거예요. 그 마지막 모습이 기억에 계속 남아 있어요.

"아, 안 울려고 했는데…."

우리는 한동안 인터뷰를 중단할 수밖에 없었다. 자꾸만 눈물이 났다. 이야기만 들어도 가슴이 시리고 목이 먹먹한데, 직접 옆에서 지켜본 선생님은 어땠을까? 그 아기 아빠는 꼭 행복해졌으면 좋겠다.

나 역시 중환자실에서 많은 환자분들을 보낸 기억이 있지만, 아기들의 사연은 더 가슴 아프게 와 닿는 듯하다.

"그러게요, 자꾸 눈물이 나네요."

선생님 역시 그때가 기억나는 듯 애써 웃으며 눈물을 닦았다. 마음이 진정되길 기다리며 따뜻한 차를 마셨다.

» 소아 중환자실 이후에 신생아 중환자실에서도 근무하셨잖아요. 신생아 중환자실의 일과는 어떻게 다른가요?

내부(본원)에서 태어난 아기들 중에 35주 미만, 2킬로그램 미만의 미숙아들이 입원해요. 외부(타 병원에서 태어난 아기들)에서 입원할 때 이 조건은 필요 없이 1개월 내의 중환자 아기들이 입원해요. 아기들이라 먹이는 일이 빈번하고 중요한 일이에요. 아기들 먹이는 시간이 정해져 있어요. 3시간 간격이에요.

간호사 한 명당 4~5명의 아기를 봐요. 아기 4~5명을 3시간 간격으로 계속 먹여야 하니까…. 아기들 먹이는 게 시간이 오래 걸려요. 미숙아들이라 빠는 능력이 부족해서 아기들 먹이는 연습시키느라 한참 걸려요. 다 먹이는데 1시간 이상씩 걸리지요. 한 아기마다 2~3시간 간격으로 먹이니까, 진짜 돌아서면 또 먹이고 또 먹이죠. 욕조에 넣어서 아기 목욕도 시켜요.

» 아참, 최근에 이대 목동병원 신생아실 결핵 사건이 있었잖아요.

이대 목동 사건 이후로, 저희 병원은 더 철저하게 바뀌었어요. 인큐베이터 환경을 더 철저히 관리해야 한다며 인큐베이터 온도와 습도 체크 주기를 2시간마다 한 번으로 바꿨어요. 원래는 듀티당 한 번이었거든요. 손 씻기부터 시작해서, 감염 관리실에서 모니터링 나오는 것도 많아졌고, 철저하게 바뀌고 있어요.

그런 사건이 있으면 병원이 계속 바뀌고, 저희에게도 변화해 대한 압박이 들어와요. 그런데 사실 저희가 봤을 때는 그렇게까지 효과적이진 않는데, 보여 주기 식으로 하는 것도 있는 듯해요. 이대 목동병원에서 아이들 4명이 연달아 죽었을 때, 이게 잘못됐다 저게 잘못됐다 말이 많아도… 결국은 인력 문제라고 생각해요. 인력이 많고 여유롭게 일을 할 수 있다면, 그래서 세심하게 아기들을 돌볼 수 있었다면, 그런 일이 없었을 텐데…. 간호사들이 정해진 시간에 비해 해야 할 일들이 너무 많아요. 구조적인 문제라고 봐요.

보호자들 마음이 이해도 되지만, 병원 체계도 잘못 됐어요. 그 사람들도 분명 바빠서 밥도 못 먹고, 어렵게 일했을 텐데… 너무 안타깝고 씁쓸하죠. 간호학과의 수와 인원이 많아지면서 간호사들은 증가하고 있는데 정작 실제로 일하는 간호사는 늘 부족해요. 버틸 수 없을 만큼의 강도 높은 일을 시키니 못 버티고 나가는 거예요. 결국 간호사들의 근무 환경을 바꿀 수 있는 힘이 필요한 것 같아요.

제가 학교에서 특강을 들은 적이 있어요. 그분이 "30년 전에 내가 병원에서 일했을 때나 지금이나 변한 게 없어요. 그러니 병원 밖으로 나오세요! 여기는 바뀌지 않아요."라고 말한 게 기억이 나요. 지금 임상에서 일하는 사람들 혹은 같이 일한 사람들에게 연락해 보면 여전히 똑같이 힘들대요. 바뀌지 않은 거죠. 힘든 사람은 계속 힘들고, 편한 사람들은 점점 더 편해지고…. 그런 걸 많이 느껴요.

» **맞아요. 솔직히 간호사로 일하다 보면 부당한 일들이 많이 보이잖아요. 그래서 그렇게 다들 해외 간호사를 꿈꾸나 싶기도 해요.**

저희 병원이 굉장히 보수적이어서, 유리 천장 같은 게 있어요. 본교 출신이 아니면 승진하기가 무척 힘들어요. 아무리 오래 다녀도 일반 평간호사이고, 승진할 기회가 굉장히 희박해요. 간혹 타 대학 나온 선생님들이 승진하는 경우가 있지만, 아주 드문 일이에요.

앞으로 어떻게 살아야 하나 깊게 생각하게 돼요. NCLEX 공부하면서 미국에 가고 싶단 생각이 들었어요. 수업 들으면서 '진짜 미국은 그런가?' 궁금해지더라고요. 여기랑 많이 다를 듯했어요. 그래서 미국 온라인 간호 대학인 프랭클린에 입학했고, 올해 졸업했어요. 프랭클린 1년 과정하면서 느꼈는데, 정말 체계적으로 잘 되어 있어요. 연관된 페이지 링크도 많아서 다양한 정보를 얻을 수 있어요. 무엇보다 다른 사람들과 의견을 교류하고 그들과 토론하는 과정이 굉장히 많았어요. 스스로 문제를 해결하도록 제시해 주더라고요.

» **마지막으로 간호사를 꿈꾸거나 혹은 준비하는 사람들에게 한 말씀해 주세요.**

오지 마세요? 하하하. 힘들기도 하지만, 좋은 일임은 분명해요. 끈기를 가지세요.

처음에 너무 힘들다고 그만둬 버리면, 나중에 그게 트라우마로 남거나, '한 번 정도는 더 참아볼 걸 그랬나?' 이렇게 아쉬울 수도 있을 거 같아요. 일단 와서 1년이든 3년이든 조금 참는 것도 괜찮을 듯해요. 순간순간 일이 많아서 실수를 하면 며칠 동안 괴롭거든요. 그래서 힘들 수 있어요. 하지만 시간이 가면서 그런 게 같이 잊히더라고요. 그런 경험으로 인해서 조금 더 조심해야 할 마음가짐도 갖게 될 거예요. 일하다 보면 성숙해져요. 일하면 할수록 생각도 많이 바뀌고, 사람들을 포용할 수 있는 관대함이 생겨요. 너무 다양한 사람들을 만나니까요. 누군가를 이해 못하다가도 좋게 생각하면 그럴 수도 있겠다고 생각하게 돼요. 간호사를 하다 보면 많이 성장하고 크는 듯해요. 그리고 공부를 계속 더 했으면 좋겠어요. 간호사가 되어도, 간호사 일만 하지 말고 재능을 살려서 나름의 재미를 찾아보세요. 일하면서 운동도 해 보세요. 건강도 좋아지고, 스트레스도 풀려요. 병원 기다리는 웨이팅 기간에는 빚을 내서라도 여행을 다녀오세요! 그땐 신나게 노세요! 돈은 일하면서 벌면 되고, 막상 병원 다니면 당분간 맘껏 즐기긴 어려우니까요.

인터뷰 후에도 함께 식사를 하며 많은 이야기를 나눴다. 대화할수록 매력적이고 열정적인 분이었다. 선생님은 최근 국제 모유 수유 전문가 자격증도 따셨다고. 나는 모성 파트 경력이 없지만, 관심 있는 사람들에게 도움이 될 팁까지 주셨다! 선생님, 그거 아세요? 아기 싫다고 하셨지만, 선생님 아기 좋아하는 거 다 티 나요, 하하하! 선생님과 함께 울고 웃었던 인터뷰 기억은 따스한 별 조각으로 마음속 깊이 간직될 듯하다.

Tip 국제 모유 수유 전문가 자격증 (by 신생아실 선생님)

간호사로서 신생아실이나 신생아 중환자실, 아니면 산후조리원 등에서 모유 수유 교육한 시간이 1,000시간 이상이고, 최소 90시간의 모유 수유 관련 교육을 수료(온라인 과정)하면 자격이 됩니다. 국제모유수유전문가협회IBLCE가 있고, 우리나라에도 지부가 있어서, 한국LC협회를 검색하면 공식 사이트를 볼 수 있지요. 정해진 교육 과정을 이수하고 시험을 볼 수 있는데, 연 1회 시험이 있어요. 각 나라 지부가 있어서 그 나라 언어를 선택할 수 있어 한국어로도 시험을 볼 수 있어요. 시험 장소도 한국으로 정할 수 있고요. 저는 시험 준비 기간이 3개월쯤 걸렸어요. 강의 비용 약 80만 원, 시험 접수비 약 100만 원 등, 자격 취득에 거의 200만 원 정도 들었어요. 컴퓨터 앞에서 총 175문제를 4시간 동안에 걸쳐서 풀었는데, 시험은 생각보다 어렵더라고요, 하하.

“환자들의 아픔에 공감해 주는
간호사였으면 좋겠어요.”

*

환자들을 위해 기도하는,
인공신장실 간호사
마리아 수녀님

"금옥 언니, 저 인공신장실 간호사분을 만나고 싶은데…."

"수녀님 있잖아! 그 수녀님!"

응? 수녀님이라고? 설마…! 그래, 그때 그 수녀님이다.

때는 약 10년 전, 수원여대 교정. 우리들의 왕언니 금옥 언니와 함께 다니던 수녀님이 계셨다. 비록 다른 반이었지만, 회색 수녀복의 수녀님을 기억한다. 맑은 수선화처럼 항상 웃고 계셨다. 기억이 매우 생생했는데, 살면서 수녀님을 가까이 본 것도 처음이었고, 수녀님이 나와 같은 07학번 간호학과 동기라는 사실도 인상적이었기 때문이다.

"수녀님, 인공신장실에서 일해. 연락해 봐!"

할렐루야!

드디어 숨어있던 인공신장실 간호사를 찾았다! 나는 서둘러 문자를 넣었다. 다행히 만날 수 있다고, 이번 주는 데이 근무이니 3시 이후로 괜찮다고 했다. 당장 내일 만나자고 했다. 그런데 웬걸, 왕복 6시간 거리에 계시네.

땡볕이 내리쬐는 오후, 나는 약 3시간 동안 버스 두 번을 갈아타며 병원에 도착했다.

"아이고, 먼 길 오느라 수고했어. 어떻게 더운데 여기까지 왔어."

1층 로비 의자에 앉아, 봉사자들이 주는 공짜 둥글레차를 홀짝이던 내게 수녀님은 웃으며 다가오셨다. 아, 똑같구나! 한눈에 알아볼 수 있었다. 그때랑 변한 게 있다면 이제는 간호사를 뜻하는 흰색 수녀복을 입으신 거였다.

"수녀님! 반가워요!"

"응응! 그런데 난 네가 누군지 모르겠어, 하하! 기억이 안 나."

머쓱하게 웃는 수녀님을 보며 나는 겸연쩍게 웃었다. 당연하죠. 왜냐면, 길에서 인사만 하던 사이였으니까요, 하하.

"어떻게 여기까지 왔어? 멀리서 왔네. 그래서 논문을 쓴다고?"

"하하하, 에세이요."

궁금해하는 수녀님께 자초지종을 말한 후, 우리는 카페에 들어갔다. 수녀님은 맛있는 키위 주스를 사 주셨다. 수녀님도 키위 주스를 먹어서 총 8,000원쯤 들었다. 그런데 말이다. 나중에 알고 보니, 수녀님은 나를 위해 자신의 용돈 10분의 1을 쓰신 거였다! 수녀님의 한 달 용돈이 8만 원이었으니까! 나중에야 이 사실을 알게 된 나는 정말 미안했다. 내가 샀어야 했는데! 인터뷰보다 귀한 키위 주스였다. 진심으로 감사했다.

》 수녀님, 인터뷰에 응해 줘서 고마워요. 벌써 우리 10년 차네요. 졸업하고 그동안 어떻게 지내셨어요?

나는 학교 졸업하고 바로 취업했어. 여기 이 병원으로 왔지. 간호사가 된 수녀들은 졸업 후 가톨릭 성모병원 계열로 취업해. 수녀원과 가톨릭 병원이 계약을 맺었거든. 그래서 나는 이 병원으로 왔어. 선택은 없었어.

나는 중환자실을 원했어. 중환자실에 가면 많이 배울 듯했거든. 그래서 중환자실에서 1년 근무했어. 그 후에는 혈액투석실로 옮겼는데, 8년째 근무하고 있어.

》 투석실 일과는 어떻게 되나요?

아침 6시 반에 출근해. 7시쯤 환자에게 바늘 꽂고 11시쯤 빼. 그동안 간호 기록이랑 환자 혈압 모니터하고, 혈당 떨어지는지 모니터해. 혈압 떨어지는지 자주 확인해야 해. 혈액 라인을 기계에 세팅해서 투석기에 넣거든. 투석기 점검도 해야 해. 그러다 보면 4시간이 금방 가. 그리고 또다시 12시에 스타트하고, 환자도 바뀌고. 그리고 3시에 퇴근! 오버타임이 별로 없어. 아무리 바빠도 3시 반이면 끝나. 우리는 모니터링을 자주 해야 해. 혈당 떨어지는 느낌이 있어야 하는데, 그런 느낌도 없이 바로 저혈당으로 넘어가는 환자들이 있거든. 근무는 데이, 미드, 이브닝이 있어. 이브닝은 2시 반 출근, 밤 10시 반 퇴근해. 참, 수녀는 공동체 생활 때문에 데이, 이브만 근무하고 나이트는 하지 않아.

우리는 1년마다 복막 투석 간호사를 돌아가면서 맡는데, 올해는 내 순서야. 혈액 투석은 간단히 말하면, 바늘을 찔러서 혈액을 거르는 거야. 복막 투석은 환자의 복강 안에 관을 삽입해 투석액을 주입했다가 교환하는 거야. 포도당을 기본으로 하는 투석액이 있는데, 그걸 복막강 안에 넣었다가 하루 4번, 6시간마다 교환해. 환자들은 주로 집에서 스스로 복막 투석을 해. 복막 투석 세트가 있어서 마스크랑 장갑 끼고 스스로 투석액을 주입하고 교환하지. 그런데 관리가 소홀하면 복막염이 생겨서 와.

» **그런데 수녀님, 어떻게 간호사의 길로 오셨어요?**

내가 23살 때 조그만 병원의 사무직으로 일했어. 거기 계셨던 수녀님이 추천해서 영세를 받았어. 영세를 받을 때 원하는 소원을 들어준다고 했는데, 그때 아무 생각 없이 수녀가 되면 좋겠다고 기도했어. 나는 성당 다니는 게 좋았거든. 교리 교사도 하고, 레지오 단체에도 있었어. 영세하고 3년 만에 수녀원 들어왔나? 그게 27살 땐 거 같아. 하하하.

그렇게 수녀가 됐어. 그런데 수녀들은 3년마다 장소가 바뀌어. 2004년도부터 병원 원목실(환자들 기도를 돕거나 혹은 이야기를 들어주는 곳)에서 3년 정도 근무했었어. 원목실은 3년마다 로테이션해야 하는데, 환자들 곁에 항상 있고 싶다는 생각이 들었어. 원래 간호사 아니면 선생님이 되는 게 꿈이기도 했고.

나는 학교 다닐 때 수원에 있는 천주섭리 수녀회에서 지냈어. 거기가 우리 본원이니까. 내가 다닌 학교가 본원에서 제일 가까운 대학교였고, 수녀 특채가 있어서 들어갔지. 그렇게 2007년에 간호대를 들어갔지. 그때 나이는 39살이었어.

》 수녀님의 간호 대학 생활은 어떠셨어요?

입학식에 갔을 때 젊은 학생밖에 없었어. 어떻게 해야 하나 고민했지. 그런데 1주일인가, 한 달인가 지나서 교수님들이 배려해 주셨어. 나이 든 사람끼리 같은 반에 모아 줬거든. 금옥 언니 등 5명이 모였는데 서로 밥도 먹고 의지도 됐지. 그래서 많이 힘들진 않았어. 공부한 걸 외우는 게 힘들었지. 휴…. 나이 들어서 그런지 외우는 게 정말 쉽지 않아. 사진 찍듯이 외워야 했어.

수녀회에서도 배려를 받았지. 학비도 수녀원에서 대 주고, 기도, 미사 생활 시간, 공동체 시간은 배려를 받았어. 새벽 기도 6시에 드리고, 미사 7시, 밥 먹으면 8시, 학교 오면 9시. 우리 항상 수업이 6시에 끝났잖아. 6시에 학교 끝나면 밥 먹고, 과제하다 보면 새벽 2시야. 5시 기상이고. 그래서 점심 이후에는 졸기도 하고 그랬지. 하루에 3~4시간 잤어. 공부하면서 몸무게가 3~4킬로그램 빠졌다니깐? 공부만 했는데….

》 간호 학생 때랑 실제 간호사가 된 후는 많이 달랐을 듯한데, 어땠나요?

학생 때는 맨날 인계를 뒤에서 듣다가, 간호사가 되니까 이제 옆에 앉으라는 거지. 책임감이 들더라고. 인계를 들으면서 내가 해야 할 사항을 적는데, 인계 사항을 빠뜨릴 경우, 차지가 챙겨 주니까 고마운 적도 있었어.

학생 때는 레포트를 써도 겉핥기로 작성했다는 생각이 들었어. 임상에서 본 환자의 실제 상황과 레포트를 매치 못 시켰다는 생각이 들었거든. 학생 때는 실제 환자의 주요 문제보다 곁가지의 문제들을 주로 봤던 거 같아. 솔직히 우리가 레포트 작성하면 잘했는지 학교에서 잘 안 봐주잖아. '이런 부분은 이렇게 접근해라.'라고 말해 줬으면 좋았을 텐데….

간호학과 졸업한 수녀들은 대개 코스가 그래. 중환자실 하고 난 후에 투석실 지원하지. 그 당시 나는 중환자실에 가야 짧은 기간에 많이 배운다고 해서 지원했어. 우리는 월급이 나오면 재무팀 수녀님이 받아서 바로 수녀원에 보내. 수녀원에서 주는 용돈은 8만 원이고, 숙식 제공되고, 공금의 경우 수녀원에서 내 주는 거지.

》 병원에 처음 입사해서 어떠셨어요? 수녀님의 신규 생활이 궁금해요.

아, 나…. (잠시 말을 잇지 못했다) 중환자실은 약도 많고, 외울 게 참 많아. 열심히 하는데, 잘 외워지지 않는 거야. 프리셉터가 질문하잖아. 나도 모르게 눈물부터 나는 거야. 중환자실 출근하러 입구에 서면, 가슴이 자꾸 답답하고 한숨 한 번 쉬고 들어가야 해. 오전 6시 출근하면 그때부터 아침, 점심까지 못 먹고 계속 일해. 화장실도 못

갔어. 그러다 오후 6시에 끝났어. 데이 근무인데도 말이야. 그렇게 1년을 살았어. 하도 바쁘니까, 배고픈 것도 잊고, 화장실도 안 가게 됐어. 그랬었지…. 다시 가라면 못 갈 거 같아.

한번은 이브닝 때 CPR이 터졌어. 그래서 CPR 작성지를 작성해야 했어. 그런데 내 윗연차 간호사가 자꾸 혼내는 거야. 그 간호사는 20대 중반 간호사였어. 틀렸으면 그 자리에서 "수녀님, 이건 틀렸어요. 이렇게 고쳐요." 하면 되잖아? 그런데 "수녀님, 틀렸어요." 하고 안 가르쳐 주고, 계속 다시 하라고만 하는 거야. 뭐가 잘못됐는지 알려 주진 않고, 계속 다시 하라고만 했어. CPR 기록 작성한다고 3시간 동안이나 끙끙댔지. 그때 이브닝 근무였는데, 결국 새벽 3시에 퇴근했어. 그때 그 간호사 진짜…. 그 간호사는 혼자 퇴근해서 가 버리더라고. 어떤 차지들은 액팅도 도와주는데, 그 간호사는 액팅 절대 안 도와줬어. 차라리 병동을 가면 나았을까? 중환자실을 왜 갔을까 싶었어.

여기까지 들은 나는 말문이 막혔다. 세상에…. 태움은 수녀님도 빗겨 가지 않는구나. 그냥 알려 줬으면 안 되는 걸까? 나 말고도 나의 여러 동기들이 간호사로 일하며 전국 각지에서 고통받았구나, 싶어 한숨이 흘렀다.

중환자실 1년 후, 투석실에 지망했어. 외래는 가기 싫었고, 투석실은 3교대 안 하잖아. 투석실은 다행히 중환자실 분위기는 아니었어. 그런데 환자들이 꽤 오래된 환자가 많았어. 그러니까 환자마다 자기 스타일이 있는 거야. 신규 간호사는 무조건 못한다고 믿는 환자도 있고, 텃세도 있었어. 신장실은 기본적으로 굵은 바늘인 15, 16,

17게이지를 쓰거든. 아무래도 큰 바늘로 두 번이나 찌르니까, 한 번이라도 실수하면 오지 말라고 거부하기도 했어. 라포 형성까지 오래 걸렸어. 그런데 2~3년 지나다 보면, 항상 주 3일 보니까 이제는 동네 할머니, 할아버지 보는 느낌이야.

투석 환자는 대개 고혈압이나 당뇨 합병증으로 온 분들이 많아. 사구체 여과율이 15% 미만인 사람, 사구체 신염 등으로도 와. 환자들은 보통 4시간 투석하니까 대부분 그 시간을 지겨워하지.

신장실에는 투석 기계 알람 소리가 많아. 알람 소리는 대개 환자들의 라인이 꼬였을 때 울려. 피가 안 나오니까 그래. 알람이 울리면 우리가 가서 봐줘. 환자가 혈압이 떨어져도 알람이 울려. 혈압을 20~30분마다 재거든.

우리는 일주일에 한 번씩 당직 간호사를 해. 투석 근무 시간 외에 응급 투석을 받아. 밤에도, 새벽에도 나와야 해. 병원에서 1시간 이내의 거리에서 대기 하고 있어야 하지. 내가 일하는 곳 간호사들은 주로 30대가 많아. 40대 6명쯤 돼. 나이는 상관없어. 20대도 4~5년 경력자가 있으니까.

》 투석실 간호사로서의 장단점이 있다면 어떤 걸까요?

투석실이 워낙 많으니까. 여길 그만둬도 어디든 갈 수 있지. 중환자실만큼 정신없이 바쁘진 않아. 출퇴근 시간 확실하고, 나이트 없고, 의사하고 트러블도 별로 없어. 간호사들끼리 예민한 일이 없으니까 대부분 잘 지내지. 일하면서 싸우거나 언성 높일 일도 없어.

단점이 있다면 니들링이 어렵지. 혈관이 괜찮은 환자들이 많은데… 시간이 지날수록 혈관이 점점 안 좋아지는 환자들도 있어. 그럼 니

들링도 힘들고. 환자와의 관계도 사실 그래. 시간이 지나면서 환자와의 라포가 형성되야 하는데, 가끔씩 그렇지 않은 환자들도 있거든. 아무래도 환자와 일주일에 3번이나 보니까 라포가 형성되지 않으면 힘들지.

나는 잠시 어느 인공신장실 선생님의 이야기가 떠올랐다. 인공신장실은 육아와 겸업하기도 좋고, 작은 병원에서 경력을 쌓더라도 나중에 대학 병원 신장실로 이직할 수 있다며 장점을 말씀해 주셨다. 더불어 단점도 말씀해 주셨다. 인공신장실은 투석 기계를 만질 때 유독 손목을 돌리는 작업이 많아서 손목이 쉽게 고장날 수 있다고.

손목 관절이 안 좋은 사람이라면 인공신장실은 힘들다고 조언해 주셨다. 작은 병원일수록 약물을 직접 만지는 일도 많이 생기고, 인공신장실에서 쓰는 바늘이 두껍기에 혹시 바늘에 찔렸을 때 대책이 있는 병원인지 면접 때라도 알아보고 가라고 하셨다. 인공신장실 지원하기 전에 장단점을 미리 알고 가는 게 좋을 듯하여 공유한다.

» **인공신장실 간호사가 되려면 어떤 준비를 해야 할까요?**

우리 병원 투석실은 주로 병동에서 일해 본 경력자 간호사가 오더라고. 신장실에 오게 되면 4주간 트레이닝을 받아. 어려워 보이는 기계도 4주 트레이닝 받으면 다룰 수 있게 돼. 차지 간호사는 주로 병실 환자 관리를 해. 예를 들면 다른 병원에서 투석을 하던 사람이 병원에 입원했는데, 그 환자가 투석하러 내려오는 경우, 병실 환자 관리가 필요하잖아. 그런 환자들은 중증도가 높으니까 경력이 있는 간호사가 맡지.

우리는 데이 근무자가 6명인데, 그중 3명이 차지를 하고, 나머지는 액팅을 해. 미드 근무자는 3명이고, 이브닝 근무자는 5~6명이야. 차지는 보통 올드 간호사들이 맡아. 투석실은 5~6명의 간호사가 돌아가니까 눈치 빠르고, 행동이 빠른 간호사가 좋아. 함께해야 하기에 눈치가 빠르지 않고 행동이 느리면 자기 몫을 다른 사람이 해야 해. 그럼 같이 있는 사람들이 힘들겠지.
신장실에 오기 전, 특별한 준비가 필요하진 않아. 신장실에 와서 혈액 관리, 혈액 투석, 혈액 투석 환자의 고혈압·당뇨 관리를 배우니까. 음… 만성 신부전을 공부하면 좋겠지. 특별한 건 없고, 사람들하고 잘 지내면 돼. 스킬은 시간이 지나면 느는 거니까.
일단 환자 입장에선 투석 자체가 희망이 안 보일 수 있어. 평생을 주 3일, 월수금 혹은 화목토. 이렇게 일주일에 3번씩 병원에 와야 하고, 하루 4시간씩 투석하고 나면 하루가 가는 거니까. 열악하고 희망이 없지. 회의적인 사람들이 많아. 그래서 투석실에 오는 간호사들은 그들의 이야기를 잘 들어주고, 삶의 아픔을 공감해 주는 간호사였으면 좋겠어. 위로해 주고 보듬어 줄 수 있는 간호사 말이야. 그동안 얼마나 힘들고 괴로웠을까…. 연민의 눈을 가진 간호사가 좋을 듯해. 바늘 찌르는 간호사가 아니라 환자들의 마음을 읽는 간호사였으면 좋겠어. 만약 환자가 숨이 차다면, "숨이 차서 많이 힘드시죠." 이렇게 따스한 말을 건넬 줄 아는 간호사 말이야.
그리고 솔직했으면 좋겠어. 사실 간호사로서 불평불만이 없을 순 없잖아. 이러쿵저러쿵 다른 곳에서 얘기하는 게 아니라, 그 소문이 돌고 돌아서 귀에 들어오는 게 아니라, "이런 부분 때문에 고민했어요. 어떻게 하면 더 좋은 방안이 있을까요?"라고 말하는 간호사가 오면 좋겠어.

》 **마지막으로 임상을 힘들어하는 간호사들에게 한 말씀 부탁드려요.**

다들 자기 생각이 있으니까…. 주변에 임상이 힘들어서 고민하는 사람들이 있었어. "이겨내라. 괜찮을 거다." 조언해 주고 같이 고민해 줬지. 그런데 고민하던 사람들 다 투석실을 떠났어. 가끔은 이런 생각해. 왜 우리는 시키는 것만 할까. 우리도 할 말이 있는데…. 각자 다 자신들의 생각이 있는데. 할 말 다 못하고… 안타깝지. 어떡하겠어. 나는 간호사를 단지 돈을 벌기 위한 수단으로 생각한다면 못 이겨낼 거란 생각이 들어. 예를 들면 오지에 가서 선교하거나 누군가에게 도움을 줄 경우, 사명감이 없으면 해낼 수 없잖아. 간호사를 돈 버는 직업이라고 생각한다면 이 일을 견딜 수 없을 거야. 하지만 간호사로서 사명감을 느끼면 어떤 것도 이길 수 있어. 물론 사명감을 갖기란 쉽지 않지.

나는 그동안 누군가의 부족함을 채운다는 게 가장 보람 있었어. 내 손길로 아픈 사람이 좋아지고, 바늘 하나 꽂아줌으로써 하루의 투석을 잘 끝나고. 그때마다 내가 간호사를 잘 선택했구나 싶어. 특별히 아주 좋은 걸 해 주는 게 아니라, 바늘 하나로 도움을 줄 수 있는 게 좋아. 지금 이 나이에도 일을 할 수 있다는 게 좋고, 사람을 살릴 수 있어 행복해.

수녀님은 저녁의 노을 같았다. 자기 몸을 내어 주며 아스라지는 붉은 노을. 사람들은 그 노을빛에 감탄하고 노을은 끝까지 아름다운 빛을 발산하다가 사라지고.

아니면 잔잔한 파도는 아닐까? 아무리 못나고 울퉁불퉁한 모래나 돌이라도 따스히 감싸주는 파도.

수녀님은 인터뷰가 끝나고 기도하러 간다고 하셨다. 일하느라 힘드셨을 텐데. 오늘은 어떤 기도를 하셨을까? 인터뷰를 하면서 내 마음이 콕콕 찔리고 부끄러웠다. 내가 부끄러웠던 건, 잊고 있었던 간호사로서의 사명 아니었을까?

회색이 아닌 흰색 수녀복의 뒷모습이 아직도 눈에서 아른거린다. 오늘도 환자 피가 튀었다며 하얀 앞치마에 남은 혈흔을 보여 주며 웃던 수녀님. 늘 건강하시고, 오래오래 행복하세요.

"어떻게 하면 환자가 퇴원해서도
잘 지낼 수 있을지 고민해요."

*

긍정의 힘을 보여 준,
정신과 간호사
권경옥 선생님

"어떻게 그런 생각을 했어요? 정말 멋져요!"

오랜만에 만난 선생님은 눈을 반짝였다. 작가가 됐다는 말에 호기심 어린 눈빛이었다. 나는 머쓱해하며 인터뷰를 부탁드렸다.

"나는 토끼처럼 깡충깡충 옮긴 케이스예요. 그래도 주로 정신과에 많이 있었죠. 정신과 병동, 지역 사회 보건 센터, 산업 간호사 등 다양한 경험을 했어요. 한마디로 토끼예요. 모든 분야를 다 해 봤으니까, 하하하. 긍정적으로 포장하면 다양한 간호 영역을 경험한 거죠. 얼마 전에 아주대 RN-BSN 장학생으로 졸업했고, 석사 과정에 지원했다가 그만뒀어요. 정신 전문 간호 과정을 밟으려 했는데, 우리나라에서는 아직 NP(전문 간호사) 위치가 낮아요. 자격증이 하나 더 있다, 그뿐인 듯해요. 미국처럼 정신 전문 간호사가 처방권이 있다든가, 페이가 더 높다든가 하진 않아요. 그래도 대학원에 진학할지 고민 중이에요. 나중에 학생들에게 좋은 가르침이 되지 않을까 싶기도 하거든요. 미국에 갈까 고민되기도 하고요. 이런 내가 도움이 될까요? 하하하."

"당연하죠!"

주저 없이 답했다. 모든 간호사의 이야기는 값지거니와, 간호는 출신이나 배경 혹은 명성에 비례하지 않는다고 믿는다. 게다가 선생님처럼 여러 방면의 이야기를 들을 기회가 또 어디 있을까? 선생님은 싱긋 웃으며 이야기를 풀기 시작했다.

》 간단히 자기 소개 부탁드려요.

저는 일산 명지병원의 '해마루 병동'이라는 정신과 병동에서 경력직 3교대 간호사로 일하고 있어요. <괜찮아, 사랑이야>라는 드라마에서 조인성이 나왔던 병원이에요. 환경이 호텔처럼 쾌적하고 굉장히 좋아요. 그동안 제가 알던 정신과 병동은 매트리스를 바닥에 까는 곳이 많았는데, 여기는 그러지 않아요. 치료 측면에서 볼 때 이상적인 환경이에요. 병동은 25베드고, 정신과적으로 급성기 환자를 케어하고 있어요.

환자 대비 의료진 비율이 좋아요. 평균 20명 정도의 환자를 보고, 팀널싱을 해요. 간호사는 9명이고, 각 팀마다 간호사 1명과 보호사 1~2명이 함께 일해요. 데이 근무에는 팀장님 포함해서 4명이 일해요. 레지던트는 각 연차별로 있고, 전문의 선생님이 4~5명 따로 있어요.

》 하루 일과는 어떻게 되나요?

아침 7시부터 인계 시작이라 30분 전까지 병동에 도착해요. 옷 갈아입고, 물품 카운트하고, 아침 약 확인해요. 그 후 인계를 7시부터 듣고, 8시에 아침 약을 투약해요. 그동안 모닝 케어(환자 위생, 활동, 식사 확인 등)를 하고, 환자 면담하고, 간호 기록 남기고, 1시에 점심 약을 투약해요. 중간 중간에 행정적인 부분들을 처리해요. 약국에서 약 챙기고, 투약 준비하고, 오더가 바뀌면 오더 받고 중간 중간에 환자분들이 액팅 아웃하거나, 불안 증상 호소하면 차팅하고 관리해요. 2시 반에 인계하고, 인계 하다보면 1시간이 지나가요.

정신과에는 다양한 환자가 있어요. 활동을 격려해야 하는 분도 있고, 안정을 취해야 하는 분도 있어요. 그분들을 질환 혹은 환자 상태별로 나눠 그룹을 정해요. 그룹마다 매니지먼트가 있고, 각 환자별로 중점적으로 봐야할 코멘트가 있어요. 물론 전반적인 환자 관리 오더를 받아야 하고요. 환자별 오더를 받고 특이 사항을 인계장에 남길 뿐아니라, 치료진과 보호사들에게도 말하고 공유해요.

이외에도 교육이랑 레크레이션 치료 요법도 하는데, 굉장히 다양해요. 의사, 간호사, 사회복지사, 예술치료팀 등이 다양한 활동을 진행하지요. 저는 인지 재활 프로그램과 약물 증상 교육을 진행해요. 환자를 위한 프로그램을 준비하면서 간호사의 역량도 강화되는 걸 느껴요.

이외에도 환자들 CNT(전산화 신경 인지 기능 검사), 환자에게 처방 난 내과 및 외과 검사 등을 스케줄 대로 챙겨요.

나이트 근무의 경우, 10시에 인계하니까 인계를 받으면 11시쯤 돼요. 나이트 때는 이브닝 오더를 재확인하고, 물품, 드레싱 카트, E-카트 등을 정리해요.

주로 불면증 환자들 케어하는데, 주기적으로 한 시간에 한 번씩 환자들의 수면 상태를 관찰해요. 잠을 못 자는 환자도 있거든요. 잔다고 말하면서 자는 척하는 환자들도 있고, 안 자고 멍 하니 있는 환자들도 있어요. 수면은 정신 건강에 매우 중요해서 수면을 잘 유지하는지 관찰하고 확인해요. 특히 바이폴라(조울증) 환자들은 기분이 좋아져서 잠을 잘 안자요. 알코올 금단 증상의 환자들은 진전(tremor; 신체의 일부 또는 전신에 미치는 불수의한 떨림)이나 섬망(delirium; 심한 과다 행동과 생생한 환각, 초조함과 떨림 등이 자주 나타나는 상태) 때문에 잠을 못 자죠.

새벽 5시 반부터 채혈하고, 바이탈하기 시작해요. 혹시라도 체중이 너무 빠지면 다시 체중을 측정해요. 간혹 환자 중에 "환청이 들리는데, 밥을 먹지 말라고 해요." 이런 분도 계시거든요. 거식증이 있으면 체중이 빠지기도 해요. 비정상적으로 체중이 빠지는 환자는 관리가 꼭 필요하지요. 식이 장애를 가진 환자들이 많거든요.

» 정신과 근무의 장점과 단점이 있다면요?

정신과의 좋은 점은 육체적 강도가 적다는 점이에요. 생사를 다루는 일이 아니라 신경이 덜 곤두서지요.

단점은 폭력에 노출되는 빈도가 높다는 거예요. 환자분들이 욕설을 할 수도 있고, 공격적이고 난폭한 환자들이 액팅 아웃하면 다칠 수 있어요. 실제로 다치는 경우도 있고요. 그런 게 위험하죠. 그리고 정신과 환자들을 돌보다 보면, 정신적으로 번아웃이 돼요. 정당한 간호를 해도 환자가 만족하지 못하는 경우도 있고, 환자의 보호자에게 컴플레인 받는 경우도 있고요.

» 일반 병동과 정신과의 차이점이 있다면 어떤 걸까요?

정신 간호사는 사람이 치유의 도구잖아요. 내가 건강해야 하고, 내가 좋아야 해요. 내가 평안해야 환자에게 좋아요. 내가 감정이 안 좋고, 생각이 안 좋으면 판단이 삐끗할 수 있어요. 그래서 나 스스로도 매번 돌아봐요.

또, 많은 사람들과 팀으로 환자에게 접근한다는 부분에서 일반 병동이랑 달라요. 정신간호팀, 사회사업팀, 의사팀 등 팀으로 간호해요. 간호사 혼자 환자를 돌보는 게 아니에요. 환자의 전반적인 사항을 확인 및 평가하고 케어하기에 단순히 간호학적인 판단뿐 아니라, 의학적인 판단, 사회사업적인 판단 등 전반적인 판단들이 필요해요. 정신 질환이라는 게, 생계와도 연관이 돼요. 생계가 안 좋아지면 환자의 상황이 안 좋아지고, 우울증이 올 수 있잖아요. 그래서 사회사업팀의 도움이 필요해요. 환자가 지역 사회에 나가서도 그 사람을 관리해 줄 사람이 필요해요. 어찌 보면, 정신과는 환자의 생애 전반을 책임지며, 치료와 간호와 서비스를 제공하는 거죠. 그게 일반 병동과 가장 달라요.

병동에서는 의사와 간호사의 상하 관계가 뚜렷할 수 있는데, 여기는 간호사와 의사의 관계가 다른 과보다 수평적이에요. 분위기도 그렇고요. 의사도 정신과적인 마인드를 갖기 때문이에요.

» 정신과 간호사의 전망은 어떤가요?

정신과에서는 간호사가 할 수 있는 일이 많아요. 그룹 홈(group home system; 사회생활에 적응하기 힘든 장애인이나 노숙자 등이 자립할 때까지 소규모 시설에서 공동으로 생활할 수 있게 하는 제도. 그룹 홈은 소규모 시설 또는 장애인이 공동으로 생활하는 가정을 뜻한다.)도 있고, 직접 환자를 케어하고 사회에 적응하게 도울 수 있어요.

정신과적인 문제들은 앞으로 계속 많아질 거예요. 뉴스에 나오는 사건 사고들이 정신과적인 문제들과 관련된 게 많고요. AI가 나온다고 해도 정신과 간호사를 대체할 순 없어요. 나이가 들면서 겪는 일들이 환자에게도 도움이 되더라고요. 연륜을 무시하진 못하니까요.

» 선생님께서는 처음부터 간호사가 되고 싶으셨나요?

원래는 역사고고학자가 되고 싶었어요. 고대 미스터리나 유물, 유적들을 좋아했거든요. 화석이나 유물을 발견하고 붓질해서 파내고 싶었죠. 조용하고 내성적인 성격과도 잘 맞을 듯했어요. 국립대 사학과에 붙었는데, 다들 말리더라고요. 나와서 취업을 어떻게 할 건지 걱정했어요. 집안 사정도 안 좋았고요. 그래서 결국 간호과에 가게 됐어요.

간호과에 나름 장학금 받고 들어갔는데, 교수들이 날카롭고 독했어요. 교수님한테 불려 가서 운 적도 있어요. 나름의 최선을 다했는데 "잘했다, 수고했다." 이런 게 아니라 "너 왜 이러니?" 날카롭게 대할 때, 그런 게 제일 힘들었어요. 결국 학교생활 3년을 공부보다는 CCC 선교 단체에 올인했어요. 해외 선교도 가고, 수련회도 갔어요. 지금은 성격이 개방적으로 많이 변했죠. 벌써 10년이 넘었으니까요.

» 정신과에 대한 관심은 언제 생기셨어요?
저는 처음부터 정신과에 오고 싶었어요. 학교 다니면서도 정신간호학이 제일 좋았고요. 다양한 사람을 만나고, 그들의 삶을 접하는 정신 건강에 관심이 있었어요. 실습하면서도 정신과가 제일 편했어요. 솔직히 일반 병동만큼 힘들지 않아서 좋았고, 가족력 중에 할머니가 우울증이 있어서 원래부터 관심이 있었죠.

» 정신과에서 신규 간호사로 일했을 때 어땠는지 궁금해요. 어느 부분이 어려웠나요?
신규 때는 환자하고 라포 형성이 어려웠어요. 이 환자들은 산전수전 공중전까지 다 겪은 환자들인데다가, 저보다 나이가 훨씬 많았어요. 환자들에게 나는 갓 들어온, 꼬꼬마 신규일 수밖에 없는 거예요. 환자들이 신규 간호사인 나를 보이지 않는 투명 인간처럼 무시하기도 했어요. 예를 들어 나를 빼고 수간호사와 얘기한다든가 하더라고요. 치료적으로 정당한 부분에서는 환자랑 싸우기도 했어요. 어떤 환자가 있었는데 수간호사 있을 때는 모범적인 생활을 하지만, 수간호사가 없으면 약한 환자들을 갈취한다든가, 병동 분위기를 흐리기도 했어요. 그런 부분에 대해서 제지가 들어갔죠. 결국에 나중에는 환자분과 라포 형성이 잘 됐어요.

정신과 환자들을 열심히 치료했는데 다시 재발해서 병원에 오면 '내가 이것밖에 안 됐나?'라는 패배감이 들 수 있어요. 하지만 신규 시절이 지나면 그런 부분들이 없어져요. 다시 오면 이미 알던 환자라서 환자도, 간호사도 서로 잘 적응하게 되거든요. 경험이 쌓이면서 다양한 환자들을 많이 보니까, 환자 입장에서 더 생각할 수 있게 돼요. 환자들도 편안해하고요.

신규 때는 적응하느라 바빴는데, 산업 간호사와 정신 보건 센터를 거치고 다시 정신과 병동에 와서 보니까 정신과 관련 시스템이나 체계가 한눈에 보이더라고요. 옛날에는 '내가 제공하는 간호가 맞나?'라는 고민이 없었는데, 지금은 고민해요. 어떻게 하면 이 환자가 퇴원해서도 잘 지낼 수 있을지 고민해요.

몇몇 환자들은 병에 대한 인식이나 지식이 없어서, 병이 악화됐을 때 그걸 받아들이기 힘들 수 있어요. 그래서 어떻게 하면 이 환자가 밖에 나가서도 약을 잘 먹고 스스로 잘 관리할 수 있을까 고민해요. 눈에 뻔히 보이거든요. 환자가 약을 잘 안 먹을 거라는 게요. 그래서 이 환자에게 어떻게 교육하고, 접근해야 하는지 고민을 해요.

» 정신과 간호사를 꿈꾸는 사람들에게 하고 싶은 말이 있나요?

타인의 삶을 진지하게 들여다보고 함께 걱정해 줄 수 있는 사람이 오면 좋을 듯해요. 더불어 자기 내면을 들여다보는 계기가 돼서 마음이 따뜻해지는 경험이 될 거예요. 단순히 신체 질병뿐 아니라 마음의 건강이 얼마나 삶에 중요한지, 뼈저리게 느끼는 곳이 정신과예요.

저처럼 처음부터 정신과를 지원할 수 있겠지만, 조언을 하자면 신체적인 질병들을 다루는 외과나 내과에서 1~2년 하다 오길 추천해요. 그게 더 도움이 되더라고요. 왜냐하면 신체적인 질병이 정신적인 건강과 연결되어 있으니까요. 정신과 환자 간호할 때도 도움이 돼요. 스스로 건강한 삶을 사는 게 제일 중요해요.

》 **신규 간호사에게 한 말씀 부탁드려요.**

"놀아라. 많이 놀아라. 모든 일은 들어와서 생각해라. 그때부터 스트레스니까."라고 말하고 싶어요. 해외여행도 혼자 다녀오세요. 기분 좋게 지내다가 그 기분 좋은 에너지로 병원으로 오세요. 일은 병원 오면 다 할 수 있고, 다 배워요.

제일 중요한 건 체력! 체력은 국력이니까요. 나이트하려면 힘드니까 체력이 필요해요. 잘 먹고, 잘 자야 해요.

내가 잘하는 걸 찾는 게 제일 중요해요. 일을 할 거면 그 안에서 보람을 느끼는 게 좋지 않을까요? 그 안에서 재밌고, 즐거운 일을 찾는 게 좋은 듯해요.

그리고 최대한 빨리 간호사로서의 미래를 계획하길 바라요. 간호사로서 다양하게 할 수 있는 게 많으니까요. 병원 안에서도 간호사의 역량을 강화할 수 있고, 그 안에서 내가 성장할 수도 있어요. 솔직히 전 제가 지금까지 간호사를 할 줄은 몰랐어요. 그동안 12년을 했는데, 많이 안타까워요. 조금 더 일찍 체계적으로 준비하고 계획했으면 어땠을까 싶어요. 그럼 더 지금보다 영향력 있는 사람이 되지 않을까 싶어요.

선생님은 밝게 웃으며 말을 덧붙였다.

"저는 요즘 정말 좋아요. 환자들이 저한테 예쁘고 친절하대요, 하하하. 다른 간호사들한테도 그렇게 할지 모르겠지만. 나 요새 정말 행복해요, 하하하. 비록 아직 시집을 못 가서 혼자만의 미래를 준비하지만, 환자들 간호하면서 잘 살 수 있겠구나 싶었어요. 그래도 좋아요."

선생님은 이전보다 더 행복하게 반짝였다. 좋아하는 일을 하고 있고, 당차게 사는 모습이 보기 좋았다. 어제 나이트 근무여서 피곤할 텐데도 활짝 웃으며 맞아 주는 선생님. 어디에 계시든 선생님의 환자들은 잘 치유될 거라 믿는다. 선생님의 긍정의 힘을 받을 테니 말이다.

“간호사는 할 수 있는 일이 많아요.
넓은 시야를 가지세요.”

*

끊임없이 공부하고
노력하는, 연구 간호사
신현정 선생님

"우리 집 리나, 정말 귀엽지?"

선생님과 내가 친해진 건 강아지 덕분이었다. 서로 다른 부서 소속이었지만 선생님과 나는 서로의 강아지 이야기를 하며 가까워졌다. 마치 아기를 키우는 엄마들이 정보를 공유하듯 신나게 말했는데, 말하다 보면 어쩜 그렇게 할 말이 많은지, 하하하.

그 전만 해도 나는 선생님을 잘 몰랐다. 열심히 하는 분이라고만 알았는데, 선생님은 임상시험센터 소속의 CRC(연구 간호사)로 약 15년 차의 베테랑이었다! 어마어마한 분이 곁에 있다니!

"멋져! 아름 선생님! 작가라니, 하하하! 나중에 책에 꼭 사인해 줘야 해!"

"당연하죠! 입술 도장까지 찍어 드리지요, 후후후."

쿵짝이 잘 맞았던 우리. 선생님은 내게 부럽다고 했지만, 나는 오히려 선생님이 더 멋있었다. 곁에서 지켜볼 때 전문적인 모습이 보였기 때문이다. 연구 과제 수행하는 모습이라든지, 신입 연구 간호사 교육, 환자 응대도 착착 끝내는 프로였다! 같이 일하는 선생님들은 물론, 환자들도 선생님을 좋아했고, 교수님들도 선생님을 전적으로 믿고 연구를 맡겼다! 역시나 선생님의 인터뷰는 최고였다!

》 연구 간호사의 하루 일과가 궁금해요.

오전 8시 출근해서 오후 5시에 퇴근을 하고, 주로 알레르기내과 과제를 하고 있어요. 제가 주로 하는 일은 외래 진료 시 교수님이 보내 주는 환자 리스트에서 연구 대상자를 선정 및 등록하고 방문 스케줄을 잡는 거예요. 또 연구 계획서의 업무도 수행하고 있어요. 예를 들어 대상자가 이번 방문 시 해야 할 일이 혈압 체크, 폐기능 검사, 일지 작성, 투약이 있다고 한다면, 이런 업무를 할 수 있게끔 돕고 잘 되었는지를 확인하는 거죠.

오후에도 같은 업무를 하고, 대상자가 없는 시간에는 대상자가 방문했던 내용들을 기록해요. 저는 임상시험부의 유닛 매니저를 맡고 있어서 팀원 관리도 맡고 있어요. 팀원 관리 업무에는 팀원들에게 교육 및 가이드를 제공하고 문제점을 발견해서 같이 해결하는 게 포함돼요.

» **임상 연구가 1상, 2상, 3상으로 나누어져 있다고 들었어요. 잘 구분이 안 가는데, 좀 더 설명해 주실래요?**

과학자들이 연구해서 새로운 약을 개발하면 동물 시험을 거쳐요. 이 연구를 비임상 시험이라고 해요. 그러고 나서 사람에게 투약하는데, 이걸 임상 연구라고 하지요. 임상 연구는 1상, 2상, 3상으로 나뉘어요.

1상은 특수한 질환을 제외하고는, 소수의 건강한 성인 남성을 대상으로 독성과 약효를 나타내는 수치를 수집하는 연구예요. 2상부터 환자군을 대상으로 해요. 약의 용량을 결정하는 단계예요. 1상과 동물 시험에서 나온 결과를 참고해서 결정해요. 3상은 좀 더 많은 수, 약 600명에서 3,000명 이상의 환자에게 약을 먹여 보고 이게 임상적으로 효과가 있는지 연구해요. 1상에서는 원래 건강한 사람에게 하는 거니까, 좋아졌는지 아닌지 모르잖아요. 1상이 우리 몸에서 약물의 농도가 나타나는 시간을 확인했다면, 3상은 질환에 효과가 나타나는 걸 보는 거예요. 효과가 나타나고, 부작용이 없다고 하면 이 약을 가지고 식약처나 FDA에 시판 허가를 신청하는 거예요. 허가가 나오면 시중에 팔 수 있어요.

약을 하나 개발하는데 보통 10~15년 걸려요. 비임상부터 시작해서 임상까지 거쳤다고 해도 막상 시판되는 약은 10%도 안 된다고 해요. 돈도 엄청 들어요. 약이 하나 잘 되면 제약 회사가 성공하고, 약이 실패하면 흔들흔들 할 수 있다고 하더라고요.

최근에는 '의사'인 연구자들이 계획하는 연구도 많아요. 왜냐하면 진료를 보다 보니, 이 약의 다른 적응증을 발견한다든지, 본인이 진료하는 환자군의 코호트(전향성 추적 조사)를 수집한다든지, 환자의 임상 양상을 파악하고 싶을 수 있거든요. 저는 주로 '의사' 연구자들이 하는, 알레르기내과 연구들을 함께하고 있어요.

》 연구 간호사가 주로 하는 일은 어떤가요?

간호사들이 계속 공부하듯이, 연구 간호사도 끊임없이 공부해야 해요. 연구 계획서에 따라 일하고, 연구하기에 간호 업무뿐 아니라, 질환도 잘 알고 있어야 해요. 특히 의약품을 대상으로 하는 연구일 경우 약과 그에 관련된 질환을 깊게 알아야 해요. 환자의 코호트를 할 때도 질환과 약을 잘 알아야 하죠.

임상 시험은 항상 계획서에 따라서 해요. 계획서에서 조금이라도 벗어나면 모든 게 위반이에요. 계획서를 잘 숙지하고 이행해야 해요. 예를 들어 환자의 혈압을 잰다고 하면, 연구 간호사는 혈압을 재는 이유가 계획서에 있기에 수행하는 거예요. 만약 연구 과제 여덟 번째 방문에 환자가 왔는데, 연구 계획서에 혈압 재는 항목이 없다면 혈압을 재지 않아요. 반면에 임상 간호사들은 환자의 임상적인 상태를 보려는 목적이 더 커요. 연구를 이행할 때 국가의 규정도 유의

해야 해서 항상 긴장해야 해요. 하지만 결과가 잘 나왔을 땐 우리가 한 일에서 보람을 느끼지요.

제 경우, 2003년에 시판하려던 약을 연구했었어요. 그때 연구 결과가 잘 나와서 약이 시판됐어요. 약이 개발되려면 10~15년이 걸리는데, 그 10년에서 15년 동안에 투입된 인력들이 몇 만 명이라고 했을 때, 저는 그중에 아주 작은 부분에 불과해요. 하지만 내가 거기에 조금이라도 참여했었다는 게 매우 보람 있었고, 임상 연구 결과도 좋아서 잘 시판됐을 때 굉장히 뿌듯했어요.

등록된 소수의 환자들만 보니까, 그 사람들과의 관계 형성도 중요해요. 가끔 환자분들이 궁금한 걸 물어보면 제가 도와드릴 수 있어서 보람돼요. 그래서 연구는 끝났지만, 병원 진료 때문에 오는 환자분들과도 계속 인사해요. 제가 여기 근무한지가 10년 이상이니까, 거의 10년간 환자분들과 계속 인사를 나눈 셈이지요. 그래서 가끔은 연구 간호사실이 사랑방이 되기도 한답니다, 하하하.

» 연구 간호사로 일하면서 어떤 어려운 점이 있었나요?

연구 규정이 점점 강화되고 있어요. 환자의 안전이 가장 중요하기에 연구 규정을 강화를 할 수 밖에 없지만, 굉장히 냉철해요. 의료 현실이 따라가지 못하게 강화되고 있어요. 아무리 지키려 해도 잘 안 되는 점이 어려워요.

예를 들어 폐기능 검사를 10시에 했어요. 그 다음 방문부터는 10시를 기준으로 1시간 전후에는 무조건 폐기능 검사를 해야 해요. 즉 환자가 11시까지는 검사를 해야 하죠. 그런데 환자가 11시 1분에 왔어요. 1분만 늦어도 이건 위반이에요. 그러면 우리는 IRB★에 보고해야 하고, 환자는 나중에 통계를 낼 때, 계획서대로 하지 않는 환자가 되는 거예요. 계획서대로 아무리 노력해도 잘 안 될 때 힘든 거죠. 또한 반대로 아직까지 임상 연구에서 명확하지 않은 규정도 있고요. 임상 시험은 연구 간호사뿐 아니라 검사자, 의사, 스폰서 등 모든 사람들의 협동이 중요해요. 이런 코디네이팅 업무가 힘들 때가 있어요. 예를 들면 의사 선생님이 뭔가 해 줘야 하는데 너무 바빠서 못 해 줄 때라든지, 연구 대상자가 검사실에서 임상 연구 계획서 방법대로 CT를 찍어야해서 방사선과에 가서 협조를 부탁해야할 때 같은 경우죠. 폐기능 검사도 일반 오더처럼 한 번 부는 게 아니라, 계획서에는 3번 불어야 한다고 써 있을 수 있어요. 그렇다면 계획서 연구 방식대로 따라야 해요. 이런 코디네이팅하는 과정이 어려워요.

또한 환자의 협조가 잘 돼야 해요. 계획서대로 환자가 방문해야 하는데 이걸 잘 안 지켰을 때 어렵죠. 계획서가 많은 건 200~300장쯤 되는데, 그 내용 중에 하나를 잘못 이해했거나 한 부분을 놓쳤을 경우, 모두 위반을 보고해야 해요.

연구가 짧게 끝나면 상관없지만, 2~3년의 기간이라고 했을 때, 2년 전 규정과 지금의 규정이 바뀌는 경우가 있어요. 그런데 감사가 나오면 지금의 규정으로 2년 전 과정들을 볼 때, 이런 게 좀 어려워요. 규정 기준이 바뀌었는데 말이죠.

★ IRB는 대상자가 안전하게 연구를 받을 수 있도록 하는 기관이다. 연구 계획서를 심의, 승인하고, 대상자에게 위반이 발생했는지 여부를 확인한다. 연구가 윤리적으로 규정에 맞게, 대상자가 안전하게 진행될 수 있도록 심의한다. 요즘은 대학생들이나 대학원생들 논문 쓸 때도 IRB에 심의를 받고 진행한다.

》 연구 간호사가 되려면 어떻게 해야 하나요?

자격증이 필요하진 않아요. 하지만 2016년부터는 임상 연구에 종사하려면 임상 시험 종사자 교육을 이수해야 해요. 신입 연구 간호사일 경우 1년에 40시간, 그 다음 해에는 24시간의 보수 교육을 받아야 하고, 그 다음부터는 심화 보수 교육이라고 해서 매년 8시간 이수해야 해요.

CRC는 간호사여도 되고, 간호사가 아니어도 가능해요. 다만, 간호사일 경우 환자에게 의료 행위를 할 수 있고, 간호사가 아니면 의료 행위를 할 수 없어요. 예를 들면 연구에서 환자 동의서만 받고 차트만 리뷰하는 건 의료인이 아니어도 할 수 있어요. 하지만 채혈, 투약은 간호사만 하니까, 간호사가 CRC 할 때는 많은 업무를 할 수 있어요. 대부분의 경우, 환자를 대상으로 연구하기에 간호사로서 메디컬 베이스가 있는 게 큰 장점이에요.

》 선생님은 처음부터 연구 간호사를 꿈꾸셨나요?

처음엔 준종합 병원 중환자실에서 근무했어요. 2년 반 동안 근무했지만, 3교대가 너무 힘들어서 퇴사했어요. 나이트 근무가 너무 힘들었어요. 그래서 병원을 관뒀어요. 결혼 전에는 스트레스 받으면, 잠자면 풀렸어요. 먹지도 않고, 자는 걸로 풀었어요. 3교대하니까 잠이 부족하기도 했고요. 원래 감정을 잘 털어버리는 성향이었는데 결혼하고 애기 낳고 난 후에는 예전 같지가 않더라고요.

결혼 후에는 개인 병원에서 근무하며 육아를 했어요. 그 후에 2003년 1월부터 CRC 업무를 했어요. 2003년 10월부터는 임상시험센터 소속으로 근무 중이에요. 그 당시 임상 연구가 활발한 시기는 아니었고, 저 역시 임상 연구를 잘 몰랐어요. 그러던 중, 내분비 내과에 근무하는 친구가 "이런 업무가 있는데, 해 볼래?" 하고 CRC를 추천했어요. 3교대 근무가 제일 힘들었던 터라 상근직 근무가 좋아보였지요. 그렇게 연구 간호사를 시작하게 됐어요.

그때부터 지금까지 연구 간호사로 약 15년을 근무했어요. 연구 간호사라는 직업은 끊임없이 공부해야 하는 직업이에요. 굉장히 주도적인 업무고요. 물론 계획서에 따라 하지만, 이 계획서를 잘 지키려면 준비를 잘 해야 해요. 연구는 내가 준비를 적게 하느냐, 많이 하느냐에 따라 달라지거든요. 주도적으로 준비를 잘하느냐에 따라서 연구가 좌우돼요.

이 과제가 끝나면 다른 과제의 계획서가 오고, 그 계획서에 집중하고 환자 교육하고, 환자를 잘 끌고 가려 노력하죠. 물론 그 과정에서 힘든 점도 있지만, 연구가 계속 변화되고 계획서마다 다르니까요. 계속 똑같은 업무만 하지 않고, 끊임없이 공부해야 한다는 게 좋았어요. 나는 내가 하는 일에 자부심이 있었어요. 다른 공부가 아니라, 이 과제를 매우 잘 끝내야 한다는 자부심이죠. 그래서 공부하는 것에 덜 지쳤고, 끊임없이 자기 주도적으로 연구를 진행하는 게 좋아서 지금까지 연구 간호사를 할 수 있었어요.

》 연구 간호사로서 바라는 점이 있나요?

연구는 의학 발전을 위해 필요하고, 정부나 병원의 지원 역시 필요해요. 하지만 아직까지 연구 간호사는 근무 형태, 고용 형태 혹은 지위가 불안정해요. 사실 아주대병원 임상시험센터에도 정규직은 4명뿐이에요. 대부분 해당하는 진료과 소속이고, 월급도 적어요.

연구 간호사의 고용 형태가 불안정한데, 법적으로 고용 형태가 안정됐으면 좋겠고, 일하는 만큼의 급여를 받았으면 좋겠어요. 병원의 지원이 강화됐으면 좋겠어요. 연구자라든지, 검사자들이라든지, 연구 이해도가 높아져서 협조가 잘 됐으면 좋겠고요.

》 간호사들 혹은 간호사를 꿈꾸는 이들에게 해 주고 싶은 말이 있나요?

사명감이 있었으면 해요. 마음속에 생명의 소중함이 있었으면 좋겠어요. 내 일에 긍정적 에너지를 갖고, 스스로 전문가라는 자부심을 갖길 바라요. 그리고 그 자부심에 걸맞게 노력했으면 좋겠어요. 대충 출퇴근만 하는 게 아니라, '이 질환은 왜 이럴까? 내가 어떻게 이 환자를 도울 수 있을까?' 하면서 공부하는 사람이 됐으면 좋겠어요. 이런 사람이 당연히 선배 간호사 입장에서 더 예쁘고 뭘 해도 사랑받죠. 마지막으로 공감해 주는 간호사이길 바라요. 천식 환자가 있다고 가정해 봐요. '가래 나오고 숨쉬기 힘든 질환이야.'로 끝나는 게 아니라 '저 사람이 지금은 가래 나오고 숨쉬기 힘들겠구나, 그러면 어떤 일을 도울 수 있을까? 이런 일이 생기지 않게끔 어떻게 도울 수 있을까? 간호사로서 뭘 해 줘야 할까?' 이런 공감을 해 줄 수 있는 사람이었으면 좋겠어요. 취업만 보지 말고, 전문가가 될 수 있다는 자부심이 있었으면 좋겠어요.

시야가 넓었으면 좋겠어요. 시야가 넓히려고 책도 많이 읽고, 여행도 많이 다니고, 사람도 많이 만나 보길 바라요. 그래야 사람을 대할 때도, 접근 방법을 달리하며 대할 수 있어요. 모든 사람들이 다양하고 각자 다르니까요. 예를 들면 같은 연구 계획을 설명할 때도 모든 사람에게 한 방법으로만 접근해서 설명하면 힘들어요. 각자에게 맞는 방법으로 접근해서 설명해야 해요.

간호사이지만, 간호 업무만 한다고 생각하지 말아요. 요즘 세대에는 취업도 잘 되고, 병원 간호사는 힘들지만 고용 형태도 좋고 급여도 잘 받잖아요. 예전에는 병원, 학교, 보건소밖에 취업할 곳이 없었어요. 요즘은 간호사가 취업할 곳이 많아요. 저처럼 CRC도 있고, CRA도 있어요.★ 연구하면 통계도 내고, 계획서도 개발해야 해요. 간호사는 메디컬 베이스가 있기에 그런 쪽으로 가도 좋아요. 간호사는 사람의 생명을 다루기에 긴장을 늦출 수 없고, 실수가 용납하기 어려운 점이 힘들 수 있어요. 물론 교대 근무 시간 때문에 남들 놀 때 못 놀지만, 남들이 놀지 못할 때 놀 수 있어요. 한가할 때 여행갈 수 있죠. 또한 내가 질환을 알기에 두려움이 클 수도 있지만, 막연한 두려움이 아니라 의학 지식이 있기에 살아가거나, 가족을 챙길 때 도움이 돼요. 저는 주변에서 간호학과를 간다고 하면 적극 추천해요.

언젠가 퇴직 후 남편과 함께 여행을 다니고 싶다는 선생님. 따스한 햇살 같은 선생님의 미소에 덩달아 기분이 좋다. 항상 활기차고 열

★ CRA / CRC / CRO 차이: 임상 시험을 진행하면 임상 시험을 어떻게 진행할 건지, 어떤 목표로 할 건지에 대한 계획서를 작성하고, 그 계획에 따라 연구가 진행된다. CRA는 여러 기관에서 연구가 진행될 때 행정적인 업무를 서포트한다. 예를 들어 IRB 업무를 한다든지, 식약처 업무, 기관에서 연구 진행이 잘 되었는지 모니터링, 연구비 관리 등을 한다. CRC는 대상자를 직접 만나면서 연구의 실무 업무들을 수행한다. 환자를 직접 만나서 하는 업무를 한다. CRO는 CRA가 있는 회사를 말한다. 회사가 직접 CRA를 고용할 수 없을 때, CRO를 이용하기도 한다. 그럴 경우 CRA가 파견 나가서 근무하는 경우도 있다. 과제별로 CRA를 파견할 수도 있고, 회사별로 파견할 수도 있다.

심히 일하는 모습도 보기 좋았다. 내가 아주대병원을 그만두겠다고 말했을 때, 선생님은 아쉬움과 함께 응원했다.

"꼭 놀러 와요, 선생님! 내가 응원할게!"

저도요, 선생님. 언젠가 선생님이 추천해 주신 베트남에 꼭 놀러 갈게요. 선생님이 생각날 거예요. 선생님의 리나에게도 사랑을 전해 주세요!

좋은 분과의 헤어짐은 항상 아쉽지만, 인연은 언젠가 돌고 돌아 다시 만날 기회가 있으리라 믿는다.

"무조건 서울의 대형 병원만을
목표로 학생 시절을 보내진 마세요."

*

지방 병원을 거쳐 미군 병원에서
근무 중인, 응급실 간호사
신현식 선생님

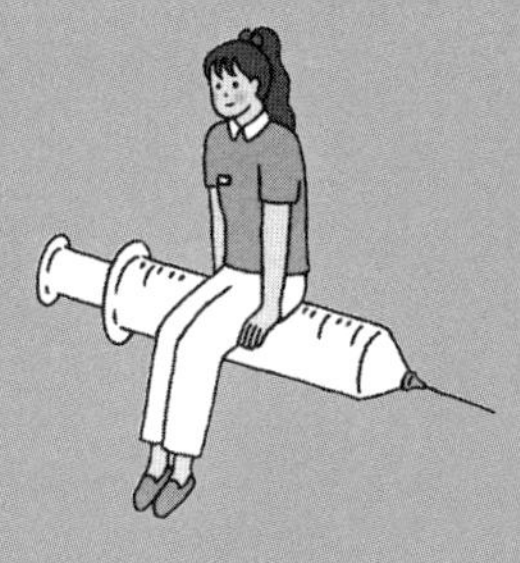

"그래요, 응급실에 입원하는 수밖에 없겠어요!"

"뭐야?"

"그래야 응급실 선생님을 만나서 인터뷰를 하지 않겠어요?"

어느 늦은 밤.

응급실 간호사를 만나기가 너무 어려웠던 나는 어느 선생님께 고민 상담을 했다.

"응급실 환자로 누워 있다가 저에게 오는 순간, 팔을 딱 잡고서 '실례지만, 인터뷰 좀…' 이렇게 말할 거예요!"

황당무계한 말에, 맞은편에 앉아 피자를 먹던 선생님은 크게 웃다가 말했다.

"하하하! 난 또 뭐라고. 내가 아는 형님이 있지!"

"정말요?"

그렇게 알게 된 선생님이 바로 신현식 선생님이다. 당장 만나려고 했으나, 선생님은 서산에 계신다고…. 결국 이메일과 문자로 이야기해야 했다. 그래도 나는 정말 좋았다! 드디어 연락이 되다니!

선생님은 정말 감사하게도 후배 간호사들을 위해 자신의 귀한 경험들을 나누어 주셨다. 이메일 내용을 기초로 인터뷰를 재구성했음을 밝혀 둔다.

》 **드디어 응급실 선생님을 만났군요! 응급실 간호사 선생님을 만나려 응급실에 입원해야 하나 싶었어요, 하하하. 간단한 자기 소개를 부탁드릴게요.**

저는 응급실 간호사 신현식입니다. 2008년에 적십자간호 대학을 졸업했고, 그해 8월에 서산중앙병원 응급실에 입사해 2015년까지 근무했습니다. 2016년부터 주한 미군 부대 평택 기지 메디컬 클리닉을 거쳐 용산 기지 응급실에서 현재까지 근무 중입니다.

» **응급실 간호사의 일과는 어떤가요?**

현재 일하는 미군 부대 용산 기지의 응급실 기준으로 말씀드릴게요. 주로 하는 일은 중증 환자 분류와 정맥, 근육, 피하 주사, 환자 모니터링, 상처 관리, 환자 퇴원 교육 등이 있습니다. 간호사라는 직책이 꽤 책임감이 부여되기에 환자 간호 관련 의료 서비스 의외에도, 응급실 관리에 필요한 몇 가지 업무를 각각의 간호사들이 하나씩 맡아서 하고 있는데요. 저 같은 경우, 감염 관리를 맡고 있습니다. 그래서 매달 레포트를 작성하고 보고 하는 일을 하고 있습니다. 감염 관리와 관련된 레포트에는 제 자신이 관찰자가 되어 의사를 비롯한 모든 직원들의 손 씻기, 위생 장갑 착용, 마스크 착용 등을 보고하도록 되어 있습니다. 피드백이 필요한 경우 직원들을 독려하여 감염과 관련된 이슈를 최소화하고 있습니다.

보통 스케줄은 불규칙적이면서 규칙적이라는 표현이 맞을 듯합니다. 2주에 80시간을 기준으로 하며 한 주는 월화, 금토일 근무를 하고 그 다음주에는 수, 목요일만 근무를 하도록 되어 있어요. 결론적으로 2주 동안 7일을 일하는 셈이고 그중 6일은 2교대(07:00~19:00, 19:00~07:00)로 12시간 근무를 하고, 나머지 하루는 8시간 근무(07:00~15:00, 15:00~23:00, 23:00~07:00)를 합니다. 이렇게 2주에 80시간을 채우고 있습니다. 오버타임이라는 개념이 없고, 정시 출근 정시 퇴근이 일반적입니다. 간혹 오버타임을 하는 경우, 예를 들어 19:00 퇴근 예정자가 20:00에 퇴근을 했을 경우 그 1시간을 다음 근무 때 1시간 일찍 퇴근하거나 1시간 늦게 출근하는 방식으로 보상을 받습니다.

인계 타임은 아무래도 응급실이다 보니, 특별히 긴 시간이 필요하지 않습니다. 근무 교대 시 상주하는 환자를 인계해 주고 이송 올 환자가 있을 경우, 알려 주는 정도가 인계 타임의 거의 모든 것입니다. 때문에 인계 시간도 길지 않아 한국처럼 인계 시간을 맞추려 30~40분 일찍 출근하는 경우도 없습니다. 아무리 길어도 5분 내외이며 아주 간단한 대화 형식의 인수인계입니다.

» **미군 부대 응급실과 우리나라 병원 응급실 모두 경험해 보셨는데, 두 곳은 어떻게 다른가요?**

제가 한국 병원에선 단 한 곳만 근무했기에 '이곳 근무 환경이 무조건 한국보다 좋다.'라고 단언할 수는 없을 것 같습니다. 다만 근무 시간에 관해서는 확실히 한국보다 이상적이라고 말할 수 있습니다. 사실 한국의 그 어느 병원도 간호사들의 정시 출근과 정시 퇴근이 보장되는 곳은 없다고 생각합니다. 오버타임을 해도 금전적 혹은 시간적인 보상은커녕 당연시 여겨지는 경우가 대부분이지요. 하지만 이곳은 거의 모든 근무가 정시 출퇴근이며 설사 오버타임을 하는 경우라도 오버타임을 한 만큼 다음 듀티에서 일찍 퇴근을 하거나 늦게 출근을 할 수 있습니다.

제가 이전에 근무했던 병원 응급실과 미군 부대 응급실을 비교하자면, 가장 큰 차이점은 간호사를 대하는 태도와 마인드입니다. 대중들이 생각하는 한국 간호사 이미지는 전문직이라는 인식보다, 대개 감정 노동자 혹은 의료 서비스업이라는 인식이 강했습니다. 특히 이런 인식은 지방 중소 병원으로 갈수록 더 심한 편인데요. 제가 미군 부대에서 느낀 건, 간호사는 의료 지식을 제공하는 전문 지식인이라는 인식이 강했습니다. 환자들을 비롯해 의사들과 병원의 직원들이 간호사를 대하는 태도가 달랐습니다. 의사들도 수직적인 관계로 간호사를 대하기보다 환자를 치료하는 데 있어서 동반자라는 생각을 가지고 서로 의견을 주고받고 상호 존중을 합니다. 물론 최종적인 결정은 의사의 몫이고 대부분의 경우 의사들의 의견을 따르지만, 적어도 한국 병원에서 느꼈던 수직적인 느낌은 단 한 번도 느껴볼 수가 없었습니다. 이런 조직 문화가 분명 환자 케어에 긍정적인 영향을 끼친다고 생각합니다.

또한 이곳 간호사들은 의무적으로 들어야 할 여러 가지 오프라인 교육이나 자격증 교육이 있습니다. BLS(Basic Life Support, 기본 소생술), ACLS(Advanced Cardiovascular Life Support, 전문 심장 소생술), PALS(Pediatric Advanced Life Support, 소아 전문 소생술)는 물론이고 'Moderate Sedation Certification'이라는 자격증을 따야 진정제와 같은 약물들을 투여할 수 있는 자격이 주어집니다. 자격증을 따려면 먼저 이론 시험을 통과하고 수술방과 내시경실 회복실에서 6케이스를 직접 실습해야 하고, 1년마다 갱신을 해야 합니다. 만약 이 자격증이 없다면 아무리 간호사라도 진정제와 같은 약물은 투여할 수가 없습니다. 이뿐만 아니라 1년에 한 번씩 간호 스킬에 관련된 온라인 교육과 오프라인 교육을 이수해야 합니다.

» 선생님은 원래 간호사가 되고 싶었나요?

사실 고등학교 졸업 후, 도시공학과에 입학했어요. 군 제대 후 다시 수능을 치르고 간호학과에 입학했습니다. 저의 의지도 있었지만, 제 주변에 의료인들이 여러 분 계셔서 영향을 많이 받았어요. 다행히 간호 대학 생활이 적성에 맞아 졸업할 때까지 재미있게 다녔습니다. 군 제대 후 나이가 남들보다 많은 상태로 입학하게 되어 많은 동기들과 어울리거나 동아리 활동을 하지는 않았어요. 대인 관계도 좁고 깊게 사귀는 편이라 간호 대학에서도 남자 학우 한 두 명과 친하게 지내면서 다녔습니다. 그래도 실습할 때는 같은 조원끼리 회식도 하고 서로 정보 공유도 하면서 재미있게 실습했어요.

소아과 병동 실습 때 제 모습을 그려 주던 아이가 기억에 남아요. 제가 키가 큰 편인데 저를 보고 자기도 저처럼 키가 크고 싶다면서 매일같이 그림을 그려 줬어요. 솔직히 소아과 실습 때는 실습생들이 할 수 있는 것이 거의 없어요. 특히 부모님 입장에서는 실습생에게 자기 아이를 맡기기 힘들겠지요. 하지만 워낙에 그 아이와 부모님하고 라포 형성이 잘 되어서 바이탈 체크는 물론 IM(근육 주사)까지 실습을 할 수 있었던 기억이 납니다.

병원 실습하면서 중환자실에 매력을 많이 느꼈고 꼭 중환자실로 가겠다고 다짐했지만, 졸업 후 허리를 다쳐서 허리를 무리하게 쓰는 부서(중환자실의 경우, 2시간마다 환자 체위 변경을 해야 해서, 환자를 들고 옮기다 보면 허리에 무리가 갈 수 있다)에 대한 부담감이 커졌습니다. 그래서 응급실로 지원을 하게 되었습니다. 응급실도 제가 희망했던 부서 중에 하나였거든요.

》 **응급실 선생님의 신규시절 혹은 신규트레이닝은 어땠나요?**

신규 간호사 때는 '내가 병원에 빨리 적응을 해야겠다.'라는 생각 말고는 다른 생각을 하지 않았어요. 꾸준히 응급실 관련 공부를 하고, 환자를 보는 것에 흥미를 느끼려 노력을 많이 했습니다. 다행히 제가 있던 병원이 태움 문화가 거의 없다시피 한 곳이라, 자유분방하게 윗연차 선생님들께 궁금한 것도 물어보고 식사도 자주 하고 했던 것 같아요. 붙임성이 많은 편이 아니라, 처음에 낯을 많이 가렸는데, 선생님들께서 잘 챙겨 주셔서 금방 적응 할 수 있었어요.

신규 트레이닝은 개인마다 차이가 크겠지만, 제가 있던 병원의 경우 태움 문화가 거의 없었던 곳이라 그런지 스트레스 받지 않고 잘 배울 수 있었습니다. IV(정맥 주사)같은 경우 1~2주 후 어느 정도 적응됐습니다. 특별히 남들보다 빨리 배우지도, 더디 배우지도 않았던 듯해요. 개인적으로 하루 듀티가 끝나면 그 듀티 때 있던 케이스를 혼자 공부해 봤어요. 그 당시 실수했던 점들이 어떤 것인지, 특정 약물을 썼다면 왜 썼는지를 공부했어요. 또 엑스레이나 CT 같은 영상에도 관심이 많아서 영상 자료로 많이 공부 했어요. 영상 판독은 전적으로 의사의 영역이지만, 응급실 간호사들은 영상을 어느 정도 파악할 수 있으면, 본인이 일하는데 훨씬 수월하고 빠르게 상황 대처를 할 수 있다고 생각했습니다. 이런 방식으로 하루에 2케이스씩 공부했었는데, 많은 양이 아니다 보니 질리지도 않고 꾸준히 할 수 있었어요. 그렇게 1달만 해도 60케이스니까, 환자 처치할 때 상황 파악은 물론, 잘 적응 할 수 있었어요.

》 응급실에서 일하면서 기억에 남는 에피소드가 있나요?

9세 어린이가 교통사고로 응급실에서 치료받고 있었습니다. 저는 그 어린이를 외상 센터로 옮겨야 하는 상황이었어요. 헬기로 병원 외상 센터에 이송을 시켰는데, 가면서 응급 수혈도 하고, 떨어진 혈압을 높였지요. 사실 전원을 보낼 때만 해도 그 어린이가 살 가능성이 높지 않다고 생각했습니다. 그러나 우리는 정말 최선을 다했고, 도착 순간까지 제가 환자를 전심으로 케어했습니다. 당시만 해도 부모님들이 정신이 없으셔서 제대로 인사도 못 드리고 헤어졌는데, 몇 주일 후 그 아이와 함께 보호자분들이 병원으로 찾아오셨어요. 초동 응급 조치를 아주 잘해서 수술도 잘 마칠 수 있었다면서, 감사하다는 인사를 드리고 싶다고 응급실로 오셨더군요. 예후가 좋을 거라고 생각하지 않았던 환아여서 더욱더 기억에 많이 남았습니다. 또한 간호사로 일한다는 것이 참 기쁜 일이라는 걸 느꼈던 순간이었습니다.

》 근무하면서 어려웠던 점은 없었나요?

저의 경우는 사실 미군 부대에 들어오기 전, 한국에서의 임상 경험이 대부분을 차지하고 있지요. 요즘은 남자 간호사들도 많아져서 환자들이 남자 간호사를 대할 때 낯설게 느끼는 분들이 많지는 않지만, 저 같은 경우 지방의 중소 병원에서 일했기에 연세드신 분들은 저를 의사로 보는 경우가 많았어요. 그래서 제가 간호사라고 다시 정정해 드리면, 왜 남자가 간호사를 하느냐고 묻는 분들도 많이 계셨어요. 일일이 대답할 때 기분이 나쁜 적도 많았지만, 사실 대부분의 경우 내가 남자 간호사여서 특별히 불이익을 받는다거나 특혜를 받는다고 느껴 본 적은 없어요. 여성 환자 유치 도뇨나 단순 도뇨 같은 것들을 제외하면 남자이기에 간호사로서 제한을 받은 경우도 거의 없었습니다.

어려운 점은 주취자 케어였어요. 새벽에 주취자들이 많이 내원하는데, 아무래도 남자 간호사다 보니, 그런 주취자를 컨트롤 하는 역할을 많이 했습니다. 가끔씩 맞기도 하고 경찰까지 부른 적도 많았지만, 해결되는 것 없이 흐지부지 넘어가는 경우가 많아서 힘들었습니다. 무엇보다 주취자 케어하다 보면, 다른 환자들 케어에 집중할 수 없어서 스트레스였습니다. 지금 일하고 있는 곳은 주취자가 거의 없는 편이어서 다행이라고 생각해요.

스트레스를 많이 받으며 일했던 적이 있어요. 제가 3년 차였을 때, 같이 일하던 응급실 의사 한 분이 폭력적이었어요. 말부터 행동까지 모두 폭력적이고 권위적이어서, 같이 일할 때마다 스트레스를 많이 받았지요. 자존감도 많이 하락했습니다. 저 혼자만의 힘으로 극복하진 못했고, 같이 일하는 동료들과 서로 믿고 의지하면서 지낸 게 큰 힘이 되었던 듯해요. 동료들끼리 자주 만나고 이야기하면서, 서로 정신적으로 잘 붙잡아 줬습니다. 물론 그 의사는 결국 병원을 나갔지만, 같이 일했던 약 2년의 시간은 참 악몽 같은 기간이었습니다.

» **어떻게 미군 부대 병원으로 가게 되셨나요?**

지금 일하는 병원이 두 번째 직장입니다. 첫 직장은 충남 서산에 위치한 서산중앙병원이었습니다. 응급실에서 일한 지 8년 차 되던 해에 의학전문대학원에 목표가 생겨 과감히 사직하고 공부했으나, 생각보다 의전원의 문은 높았고 결국에 실패했지요. 그때 당시 아이가 있었기에 무작정 여러 번 도전을 하기엔 시간과 물질적으로 리스크가 너무 많다고 생각했어요. 그래서 다시 처음 직장으로 복귀 하려고 했으나, 주변 시선들이 스트레스로 다가올 듯했고, 자존심도 많이 상했던 상황이라 다른 직장을 알아보게 되었죠. 일자리를 알아

보던 중, 미군 부대에서 일하던 간호 대학 동창이 소개해 주어 알게 되었습니다. 그 친구 덕분에 입사 지원서를 작성하는 방법과 미군 부대 입사 지원 사이트를 알게 되었습니다.

미군 부대 병원으로 입사 준비한다면 1순위로 영어가 되겠지요. 이곳에서 일하는 대부분의 간호사들은 영어로 프리 토킹이 가능합니다. 물론 영어가 다소 부족해도 환자를 케어할 정도의 영어 수준이라면 경력을 중요하게 여기는 경우도 있습니다. 때문에 영어에 어느 정도 자신이 있는 선생님들이라도 한국 병원에서 최소 1년은 일해야 이곳에서 인터뷰 요청을 받을 수 있을 겁니다. 물론 면접관의 주관적인 판단으로 입사 기준이 달라지겠지만, 대부분의 경우 최소 1년 이상의 한국 병원 경력이 있는 간호사들을 선호하는 편입니다. 또한 특수 파트를 선호하는 편이고요.

응급실이나 중환자실, 수술실 간호사들을 많이 선호하는 편이지만, 절대적인 것은 아닙니다. 입사 지원서를 작성할 때는 경력, 학력 사항을 기재하고 본인이 간호사로 했던 업무들을 서술형으로 작성하는 방식으로 되어 있습니다.

학생 때의 성적은 전혀 반영되지 않습니다. NCLEX-RN 자격증도 필요하지 않고요. 요즘 들어 토익 점수를 요구하는 경우가 많은데, 토익 점수의 경우 550점만 넘으면 자격 요건이 되니, 지원할 때 큰 문제는 없을 듯합니다. 입사에 가장 중요한 것은 물론 인터뷰겠지요. 100% 영어로 진행되고 면접관은 2~3명 정도 됩니다. 인터뷰 내용을 구체적으로 알려 드릴 수는 없지만, 일반적인 간호 행위나 환자 처치 방법들을 물어봅니다. 가장 중요한 것은 영어 실력이 되겠지요. 경력이 부족하더라도 영어를 잘한다면 경력이 많은 사람보다 우선 합격되는 경우가 많을 것입니다. 입사를 위해 필요한 어떤 특별한 가이드북이 있는 것은 아닙니다.

》 응급실 선생님의 간호 생활을 대표할 만한 물건이 있을까요?

간호 생활을 대표할 만한 물건을 뽑아 보자면, 지금도 현재 진행형인 물건이 있습니다. 바로, 응급실 족보처럼 여겨지는 책입니다! 아마 응급실에서 근무하는 간호사라면 누구든지 들어보거나 혹은 소지하고 있을 만한 책인데요. 흔히 응급실 간호사들끼리 "빨간책"이라고 부르기도 합니다. 바로 《Practical Emergency Medicine》이라는 책입니다. 사실 이 책은 응급의학과 레지던트를 대상으로 한 책이고, 간호사들이 읽기에는 조금 어려운 부분이 많이 있습니다. 하지만 어려운 부분이 있을수록 더 깊이 공부하게 되고, 또 응급 상황마다 정리가 잘 되어 있어서 저에게는 절대 없어서는 안 되는 물건이지요. 지금도 항상 출근할 때마다 가지고 다니고, 잊어버린 부분이 있으면 그때그때 찾아가면서 공부하고 있어요. 너무 어려운 부분이 있으면 이해되는 부분까지만 공부를 해도 충분한 가치가 있는 책이지요. 제가 신규 때 뵈었던 응급의학과 과장님께서 나이트 근무 시 환자가 없을 때마다 그 책을 가지고 케이스별로 공부를 시켜주시곤 했었지요. 혼나기도 많이 혼났지만, 지금 생각해 보면 그 과장님 덕분에 제가 응급실에 대한 매력을 느끼게 되지 않았나 싶습니다.

》 응급실 간호사를 꿈꾸는 이들 혹은 간호 학생들에게 한 말씀 부탁드릴게요.

응급 상황에서 스트레스받기 보다는, 그 상황을 즐기는 사람이 돼야 합니다. 응급실 근무자들의 가장 큰 스트레스는 언제 어떤 상황이 닥칠지 모른다는 거예요. 그걸 충분히 소화하는 사람이 응급실에 잘 맞습니다. 마인드 컨트롤을 잘 해야 해요. 물론 응급 상황에서 어느 정도의 긴장은 당연히 감내하면서 일해야겠지만, 그 긴장이 지나치면 큰 실수로 연결될 수 있기 때문이지요.

간호학과에 재학 중인 학생들에게 꼭 해 주고 싶은 말이 있습니다. 간호사는 참 힘든 직업이에요. 보람을 느끼지 않으면 절대 버틸 수가 없는 직종 중 하나이지요. 그만큼 이직률이나 사직률도 높은 편이고요. 솔직히 말씀드리면 학생 때 간호학 공부부터 적성에 너무 맞지 않거나, 혹은 실습 때 적응이 어렵고 환자를 돌보는 게 부담감이 많이 느껴진다면 일찍부터 진로를 바꾸는 걸 생각해 보세요. 막연히 취직이 잘 되는 학과이니까 무조건 버텨서 취직이라도 해 보자라는 마음가짐이라면, 분명히 병원에 가서도 많이 힘들 것이고 그때는 오히려 돌이키기엔 너무 늦어버릴지도 모르거든요.

하지만 반대로 학생 시절, 간호사 직업에 큰 거부감이 없거나, 사명감이 생기고 재미를 느끼는 학생들이라면 시야를 아주 넓게 보고 큰 꿈을 갖고 공부하라는 말을 해 주고 싶습니다. 간호학으로 할 수 있는 일들이 생각보다 많습니다. 지역 사회를 비롯해서 산업장 그리고 병원까지, 찾아보면 간호사가 나갈 수 있는 직업군이 꽤 넓어요. 또 외국어만 잘 한다면 국내뿐 아니라 해외에서 취직도 잘 되는 편이기에 학생 때 외국어 공부를 열심히 하라는 조언을 꼭 드리고 싶습니다.

한 가지가 더 있습니다. 대부분의 학생들이 취업을 하고자 하는 곳이 대부분 병원 쪽일 거예요. 병원 중에서 3차 병원 급에서 일하고 싶은 학생들이 많을 거라 생각합니다. 그만큼 서울의 유명한 대형 병원은 많은 학생들이 몰리기 때문에 취업하기도 힘들겠지요. 하지만 너무 서울 대형 병원에만 목맬 필요가 없다는 걸 꼭 말씀 드리고 싶어요. 만약 학생들이 높은 연봉만을 목표로 하는 것이라면, 서울의 대형 병원을 고집하는 것에 뭐라 드릴 말씀은 없어요. 또 그런 목표를 비난할 생각도 전혀 없고요. 자기가 일하는 것만큼 합당한 대우, 좋은 대우를 받고자 하는 건 절대 비난받을 일이 아니지요. 하지만 국내 중소 병원으로 취직해도 배울 것이 참 많고, 보람도 많이 느낍니다. 대형 병원에는 인턴과 레지던트들이 항상 상주해 있지만, 중소 병원급 특히 지방 중소 병원은 그렇지 못한 경우가 대부분이지요. 간호사들이 그들의 영역을 어느 정도 담당해야 할 때가 많아요. 주치의인 각 과 전문의 선생님들과 직접 환자에 대해 대화해야 하는 경우도 많고, 노티도 직접 해야 할 경우도 많이 있습니다. 또한 대형 병원에서 인턴과 레지던트가 생각해야 하는 여러 가지 환자의 문제점을 우리 간호사들이 스스로 생각해야 할 경우도 많이 있습니다. 때문에 중소 병원에서 일한다고 해서 대형 병원의 간호사들보다 뒤쳐질 거라는 생각은 하지 않으셨으면 좋겠습니다. 오히려 그들보다 더 많은 간호 지식이나 의학적 지식을 쌓을 수 있다고 생각하셔도 괜찮다고 봅니다. 물론 어느 병원을 가든지, 본인이 얼마나 노력을 하느냐에 따라 훌륭한 간호사가 되느냐 안 되느냐가 결정되겠지만, 적어도 무조건 서울의 대형 병원만을 목표로 학생 시절을 보내지는 말라는 말을 하고 싶어요. 간호사로서의 만족감이나 성취감은 꼭 대형 병원이 아니더라도 충분히 느끼면서 일 할 수 있는 곳이 아주 많이 있습니다. 지금 학생들은 학교에서 공부하고, 병원 실습하느라 많이 힘들 겁니다. 우리는 생명을 다루는 전문직이고 고급 인력이라는 점을 잊지 마세요. 자신감을 갖고 열심히 공부하셔서 훌륭한 간호사 선생님들이 되길 바랍니다. 감사합니다.

"무조건 서울의 대형 병원만을 목표로 학생 시절을 보내지 말라는 말을 하고 싶어요."

선생님의 인터뷰 중에 이 말이 가장 기억에 남는다. 나 역시 선생님의 이야기를 미리 알았더라면 어땠을까? 내가 졸업할 때만 해도 무조건 대형 병원으로 지원하는 경우가 많았다. 그래서 '옆 반에 누구는 서울의 모 병원에 취업됐대!' 이러면 모두들 부러운 눈빛으로 바라보곤 했다. 그러나 돌이켜 보면, 선생님 말씀대로 대형 병원이 간호사 인생의 전부는 아니다. 중소 병원에 가도 배울 점이 많고, 해외에 나가서도 충분히 일할 수 있다. 이외에도 간호사의 길은 넓고, 인생의 길은 수만 가지다. 어디에 있건, 의학적인 지식은 스스로 공부하기 나름이라는 걸 느낀다. 그러니 자신의 앞날을 꼭 정해진 틀에 가두지 않았으면 좋겠다. 빛나는 인생들이지 않은가? 가슴이 뜨겁게 뛰는 곳으로 당신의 인생을 열어 보길 바란다. 선생님의 멋진 말씀을 전할 수 있어 기쁘다. 선생님의 불꽃이 내게 전해졌듯, 많은 이들에게 또 다른 빛으로 전해지길 희망한다.

Special page

2010년 신규 간호사, 2018년 신규 간호사를 만나다

*

어느 늦은 밤, 카페에서 원고를 정리하던 중이었다.
'모든 간호사가 행복했으면 좋겠다….'로 마무리하던 그때, 익숙한 단어가 들렸다.

"있잖아, 내가 3-way를 잠궜는데 말이야. 수샘이…."
"그 환자 T-tube를 케어했어. 그게 맞는 걸까?"

자꾸만 귀가 갔다. 듣고 싶지 않아도 계속 들리는 의학 용어에 내가 먼저 반응했다. C-line, T-tube, EKG, 벤틸레이터 이야기가 계속 나와 ICU(중환자실) 간호사라고 추측했다. 보통 T-tube와 C-line을 자주 접하는 곳은 ICU이니까.
나는 그녀들을 관찰하기 시작했다. 그들은 신규였다. 한마음 한뜻으로 격분하고 공감하고 서로를 위로하고 있었다!
내 신규 때 모습을 본 듯해 웃음이 났다. 그렇지 않아도 신규 간호사들을 만나서 말해 보고 싶던 차였는데…. 그들이 날 받아줄지가 문제였다.
"저기…."
"네?"
"혹시 간호사분이세요?"
"…네."

"중환자실이시죠?"
흠칫 놀란 건 그녀들이었다. 마치 비밀스런 대화를 들켰다는 듯한 멍한 표정이었다. 괜찮아요, 나는 그대들을 잡아먹지 않아요.
"나도 간호사예요. 간호사 에세이를 쓰고 있는데, 계속 이야기가 들려서요. 혹시 괜찮다면 잠깐 앉아서 얘기해도 될까요?"
"아…. 여기 앉으세요."
머뭇거리던 그녀들은 결국 나를 대화 상대로 받아들였다. 아싸!
반갑고 흥분한 나와 달리, 그녀들은 놀란 눈치였다.
"저는 약 10년 전에 졸업한 간호사예요. 요새 신규들은 어떻게 사는지 궁금했어요."
혹시 내게 해 줄 말이 없으면 어쩌지? 나의 우려와는 달리, 그녀들은 유쾌했고 수다스러웠다. 오히려 내 얘기에 신기해했고, 한편으론 '정말 내 얘길 들어주는 거예요?'라고 말하듯 병아리처럼 반짝였다.
내가 만난 그녀들은 이제 막 독립한 지 한 달 된 간호사들이었다.

"이제 막 간호사가 되었잖아요. 아마 선생님처럼 간호사가 되고 싶은 학생들에게 하고 싶은 말이 있을 거 같아요. 혹시 간호 학생들 3학년, 4학년에게 해 주고 싶은 말이 있나요?"
이 말이 그녀들의 마음을 움직인 듯하다. 이제 10년 차인 내가 그녀들을 돕고 싶었던 것처럼, 그녀들도 곧 자신들의 길을 걸을 간호 학생들, 간호사가 되고 싶은 사람들을 돕고 싶은 마음이 있었다. 그녀들은 차근차근 자신들의 이야기를 풀어놓았다. 마치 어디선가, 간호사를 꿈꾸고 있을 누군가에게 미래를 알려 주듯이.

"어떻게 병원을 골랐어요?"
모교에 갔을 때, 후배 간호 학생들이 내게 물었던 질문들 중 하나다. "선배님, 저는 어떤 병원에 가야할지 모르겠어요.” 아마 4학년 학생들이 제일 고민하는 질문 아닐까? 그녀들은 자신들의 선택 기준을 서슴없이 털어놓았다.

“저희는 자대 병원(자신이 다니는 대학교에 소속된 병원)이라서 골랐어요. 조금이라도 빨리 적응하지 않을까 싶었죠. 가면 동기들도 많거든요. 학교 졸업하면 3분의 1이 같은 대학교의 같은 병원으로 가요. 병원 실습도 여기서 했으니, 조금이라도 빨리 적응하지 않을까 싶었고요.”

“신규 트레이닝은 어때요?”

“트레이닝은 1:1로 가르쳐 주는데, 병동은 6주, 특수 부서는 8주예요. 저희는 1인당 보는 환자가 2~3명이에요. 신규한테는 2명을 줘요. 중환자실마다 다른데, 어디는 심플한 환자로 3명 본다고 하더라고요. 딱 한 번 3명 봤다가 정신이 없었던 적 있어요. 그러고 난 후, 그 다음 주에 선생님이 저한테 2명을 줬어요. 오프는 부서마다 달라요. 저희는 인원이 부족해서 지난 달에는 오프 8개 받았어요. 이번 달에는 한 개 늘었어요. 흐흐흐.”

“요새는 신규 간호사를 어떻게 뽑나요?”

“저희는 병원에 지원 서류를 먼저 냈고, 1차 면접을 봤어요. 그 후 인적성을 보고, 마지막 2차 면접을 보고 뽑혔어요. 면접 때는 실무 지식, 인성, 경영 파트로 나눠서 물어봤어요. 실무에서는 간호 지식을 물어봤어요. 예를 들면 사례 주고 물어봐요. 이러이러한 환자가 왔는데, 의사에게 어떻게 노티할 거냐. 이 사람이 항생제 피부 반응 검사를 해야 하는데, 어떻게 할 거고, 어떻게 만들 거냐. 환자가 수액 안 들어간다고 컴플레인 했는데, 가장 먼저 뭘 확인해야겠냐. 수술 전후 간호나 폴리foley 준비하는 물품, 과정, 근육 주사 부위도 물어봤어요. 면접은 각방마다 달랐어요. 맨 처음에 들어가서 자기 소개하고. 병원에 지원할 때 자기 소개서를 냈잖아요. 그런데 그

거 기반으로는 잘 안 물어보고, 취미를 물어봤어요. 그래서 '너는 취미가 이거니? 왜 이거 좋아하는데? 이거는 얼마나 해 봤어? 10년 뒤에 뭐 하겠냐' 등등 물어봤어요. 그때 대부분 지원자들이 '저는 10년 후에도 임상에 남아서 일하겠다.' 혹은 '간호 연구를 하겠다.' 이런 얘기를 했어요. 그런데 오히려 간호부장님이 웃으시면서 '정말 10년 후에도 임상에 있을 거냐며 결혼할 생각은 없냐고, 애는 안 낳을 거냐.'고 물어봐서 당황했어요. 아! 그리고 '앞으로 간호사할 때 도움이 됐을 만한 일들이 있었냐?'고 물어봤어요. 다들 봉사 활동한 경험을 얘기하는데, 저는 봉사 활동도 안하고 자격증도 없어서… 그동안 기숙사 생활을 하면서 주변 사람과 원만하게 지낸 걸 말했어요. 그 외에도 네가 이 병원 왔을 때 도움이 될 수 있는 장단점, 간호사의 좋은 점, 왜 간호사가 되고 싶은지도 물어봤어요."

으흠, 이건 우리 때도 똑같은 듯하다. 그럼 이건 어떨까?
태움.
뉴스에 나와서 우리의 마음을 뒤흔들었던 두 글자. 언제 들어도 가슴이 철렁 내려앉는 이야기다. 가해자는 모르지만, 피해자에게는 평생 가슴을 난도질하는 말. 솔직히 고백하면 나도 당했다. 그 후 몇 년간 그 일이 꿈에 나올 정도로 힘들었다. 요새도 많이 태울까?

"태움이요? 요새 그런 게 이슈니까. 많이 덜 해진 거 같아요. 그전에 얼마나 심했는진 모르지만, 다들 예전보다는 훨씬 좋아진 거라고 말해요. 물론 그래도 아닌 거 같긴 한데, 휴…. 막 인격적으로 그런 건 없었어요. 물론 동기 중에 태움 당했다는 애들도 있어요. 부서마다 달라요. 저희 선생님들은 무슨 얘길 하다가도 너 신규한테 그렇게 말하면 안 된다고 먼저 막아 주세요. 병원에서도 존칭을 사용하자는 분위기예요. 저희 부를 때도 '○○야!' 했다가도 '○○ 선생님'이라고 다시 불러 주세요."

그렇다면 정말 다행이다. 괜찮다고 말하는 그녀들. 하지만, 왠지 모르게 느껴지는 힘든 모습은 뭘까? 막 독립해서 그런 걸까?

"독립한 지 한 달 됐는데, 느낌이 어때요?"
"아직도 모르겠어요. 일도 힘든데, 시스템도 힘들어요. 정산 시스템도 어려워요. 컴퓨터 상단의 메뉴 어디로 들어가야 하는지 헷갈려요. 일단 한 개씩 눌러 보죠. 그런데 선생님들이 '너, 뭐해?' 물어봐요. '네? 아… 그게….' 그러면 '여기 있잖아.'라고 말씀해 주세요. 그럼 마치 알았다는 듯 잠깐 못 찾은 것처럼 행동해요, 하하하."
"저는 물건이 어딨는지 모르겠어요. 아직도 여기저기 열면서 찾아요. 사실 선생님들이 독립하기 전에 물건 어딨는지 봐라 그랬는데, 독립하면서 그걸 찾으러 가니까. 어딨지? 계속 찾고…. 독립 전에 선생님들이랑 다닐 때 항상 듣는 소리가 있어요. '나는 내 환자, 내 일도 해야 하고 너도 알려 줘야 하고. 그것 때문에 일이 많은 게 너무 싫다. 그렇게 일할 거면 손 떼라.' 그런 얘기도 들었어요. 그때 뭔가 짐이 된 것 같은 느낌을 받았어요. 그래도 사석에서 만났을 때는 '나는 내 일도 해야 하고 너도 알려 줘야 하니까 너무 정신이 없어서 더 욱해서 그런 것도 있었다.'고 말씀하시더라고요. 독립 전에 프리셉터 선생님과 따로 만나서 공부도 좀 더 하고 그랬어요. 독립하기 전 막판에 2시간 정도 막판 스퍼트처럼 알려 줬거든요. 그러고 나서 알아서 정리해 와, 라고 하셨어요. 정리해서 가져갔는데, '너 진짜 어떡할래. 이래서 독립할 수 있겠니.' 걱정하셨어요. 어떤 친구들은 자기가 못한 거 했을 때 성취감이 있다고 하는데…. 저는 성취가 아니라, 어떻게든 비벼서 넘겼다? 이런 느낌이에요. 선생님들이 혼내면서 가르쳐 주세요. 어쨌든 이걸 빨리 해야 하니까요. 한 고비가 넘어갔구나 싶어요."
트레이닝이 끝나고 독립하면 스스로 책임을 진다. 특히 신규 간호사들은 막중한 책임을 느낀다. 둥지를 떠나 하늘로 날아갈 준비를 하는 아기 새처럼 심장이 두근거리고, 긴장한다. 하지만 간호사들의 첫 출발에 대한 시선은 곱지만은 않다. 환자의 생명과 연관이 있기에 더 예리하고 날카롭다. 그래도 요새는 신규 간호사가 독립하면 뭔가 더 챙겨 준다는데, 어떨까? 신규 간호사들은 3개월을 버티지 못하고 그만두는 경우가 많다고 한다. 그래서 신규 간호사가 들어온 지 100일이 되면 백일잔치라는 걸 여는 병원도 있다고 하는데, 여기도 있을까?

"음, 부서마다 달라요. 저희 부서는 생일을 챙겨요. 저희는 프리셉터 선생님한테 선물해 드렸어요. 독립하고 나서 일을 하는데요, 저한테 일 가르쳐 주신 선생님이랑 일하면 확실히 뭔가 더 도와주세요. 가르쳐 줬을 땐 그렇게 혼내셨지만요, 하하하."

"혹시 간호 학생들이나 간호사가 되고 싶은 사람들에게 말하고 싶은 거 있어요?"

"저 주변에서 그 얘기 많이 들어요. 엄마가 자기 친구 아들딸이 간호학과 가려는데 해 주고 싶은 말 있냐고 물어보더라고요. '1~2학년 때는 열심히 놀아. 3~4학년 때는 적당히 해. 너무 열심히 하지 마.'라고 말해 주고 싶어요. 어차피 입사하면 힘들어. 이런 얘기밖에…. 하하하. 전 약간 후회돼요. 더 놀고 올걸. 그리고 요새 퇴근할 때 느끼는 건데요, 사람들이 놀고 있는 거 보면 나도 작년엔 저랬는데 싶고… 부러워요."

"그동안 어떤 부분이 힘들었어요?"

"오프를 받고서 오프 날 그동안 공부한 걸 정리해서 오라고 하니까…. 왜 나는 오프인데 쉬지도 못하고 정리해야 하지? 그냥 쉬면 안 되나? 만나고 싶은 사람들 못 만나고, 3교대라 사람들 놀 때 근무하고 그러니까. 친구들 만나고 싶어도 근무 맞추느라 만나기도 힘들어요. 피곤하지만 사람은 만나고 싶거든요. 병원 출근하면서 오늘은 퇴근하자마자 자야지 해도, 퇴근하면 막상 '오늘은 누구 만나서 얘기하지? 오늘 나올 만한 친구 누구 있지?' 찾고 이러죠."

"그런데요. 뭔가…. 항상 다니면서도 이렇게 다니는 게 맞는 건지 잘 모르겠어요. 그냥 이러면 안 될 거 같은데. 왜 응급 사직하는지도 알겠어요. 당장이라도 출근하고 싶지 않기도 해요. 우리끼린 맨날 이런 얘기해요. 혼자 있을 때는 나만 힘든가? 싶다가도 친구들 만나면 다 똑같구나. 나만 그런 게 아니구나…. 3월에 입사한 동기가 그만뒀거든요. 그 친구의 모든 상황과 과정을 봐 왔죠. 친구가 그만둔다는데 나도 그만둘까 싶기도 하고. 신규니까 당연히 힘든데…. 다른 누군가가 그만둔다는 말 들으면 와, 진짜 부럽다…. 이런 생각밖에 안 들고. 그만두는 것도 용기가 있어야 하니까요. 같이 일하는 선생님들이 그만두지 말라고 설득해요. 저는 살면서 이렇게 스트레스 받은 건 처음이에요. 23년간 살면서 나는 긍정적이고, 스트레스 잘 풀면서 살아왔다고 생각했어요. 그런데 병원 와서 진짜… 규모가 다른 걸 만났어요. 이건 뭔가 해결되지 않는 스트레스인거예요. 맛있는 걸 먹는다고 풀리는 게 아닌 거예요. 막상 맛있는 걸 먹어도 다음날 출근해야 하니까요. 이 스트레스는 그만둬야만 풀리겠다는 걸 느껴요. 스트레스가 줄어들어도 해소는 안 돼요. 친구 만나서 얘기하는 게 제일 좋고, 집에 누워서 아무 생각 없이 예능 프로그램 보고 쉬거나, 아니면 집에 가요. 오프 받으면 맨날 집에 가요. 집에 가면 생각이 덜나요. 밤이 어두워질 때 자취방에 혼자 있으면 안 좋은 생각이 많이 드니까…. 멀리서 온 애들은 집에 못 가는 것도 힘들어하더라고요."

"전 국시 치고 난 후부터 지금까지 집에 한 번도 못 갔어요. 안 그래도 집에서 걱정하는데 집에 가면 울까 봐 못 가겠어요. 제가 이렇게 힘들어하는 걸 보여 주면 더 그럴까 봐…. 원래도 집에 힘들다는 말을 잘 못해서요."

'많이 힘들었구나….' 싶어 안쓰러웠다. 솔직하게 신규의 속사정을 말해 준 그녀들에게 고맙기도 하고. 어떻게 보면 뒷담화 자리에 생판 모르는 올드

샘이 끼어든 셈이었으니, 얼마나 당황스러웠을까.

"앗, 저희 말만 듣지 마세요. 저희보다 잘 지내는 애들 만났으면 좋은 얘기 들었을 텐데…. 잘 다니는 애들도 많아요."
그 말에 씁쓸한 웃음이 났다.
아니야, 너희가 진심이야. 좋은 말, 미사여구 갖다 붙이면 뭐해. 진짜가 아닌걸.
알 권리가 있다. 진짜 현장에서 뛰는 사람들의 이야기를 듣고 판단할 이야기. 설령 간호사가 되기로 마음먹은 이가 이 책을 읽고 꿈을 접는다면, 그 사람은 거기까지라고 생각한다. 진짜 간호사가 되고 싶은 사람은 이럼에도 불구하고 도전해야 한다. 또한 누군가 그녀들의 말을 듣고 달라져야 함을 느끼고 개혁을 꿈꾸고 힘을 모은다면, 이 책은 성공이라 생각한다.

나는 그녀들을 만나면서 '어쩜 그렇게 변하지 않았지? 내가 병원 다닐 때도 그랬는데….' 싶었다. 한편으로는 내가 왜 그녀들에게 먼저 용기내서 다가갔는지 생각해 봤다. 그날 내가 다가갔던 건… 도와주고 싶었다. 힘든 거 아니까. 나도 그랬으니까. 돌이켜 보면 하루하루가 낭떠러지 같았다. 그래서 여러 길이 있다는 걸 알려 주고 싶었다.
그녀들 또한 후배들을 생각하며 마음을 전했다. 힘들지만 버티고 있다고.
그 마음이 이 책을 통해 전해졌으면 좋겠다.
이 땅의 신규 간호사 선생님들, 모두 파이팅!

PART 2

병원 밖의 간호사들

"지금이 좋아.
병동은 다시 가고 싶지 않아."

*

백의의 천사에서 슈퍼우먼으로 변신한,
구급 대원이 된 간호사
진유리 선생님

언니를 만나는 건 정말 즐거운 일이다. 언니와 나는 벌써 10년 차 우정을 쌓고 있다. 기독교 동아리에서 만나 지금까지! 어쩌면 위험할지도 모른다. 대학 시절부터 지금까지 내 흑역사를 모두 알고 있으니까. 후훗.

언니가 내 역사를 알 듯, 나도 언니가 소방직 공무원이 되는 걸 옆에서 지켜봤다. 언니는 4년 동안 내과 병동에서 근무하다가 일을 그만뒀다. 그리고 바로 공무원에 도전했다. 소방직 공무원 시험 중, 체력 시험도 있어서 언니가 체력 학원에 다녔던 게 기억난다. 언니는 마침내 소방직 공무원에 합격했고, 지금은 앰뷸런스를 타고 다닌다! 그러던 어느 날, 언니가 말했다.

"아름아, 나 오늘은 좀 무서웠어."

자살한 사람을 봐야 했던 언니. 그때의 감정은 이루 말할 수가 없었다. 그 사람도 안 됐지만, 그 뒷감당과 정신적 충격까지 견뎌야 하는 언니가 정말 안쓰럽고 대단했다. 나는 언니가 항상 자랑스럽다. 언니가 보고 싶을 때마다 나는 언니에게 전화해서 "언니, 집에 불났어요. 그러니까 지금 당장 와 줘요."라고 장난으로 말하는데, 언니는 그럴 때마다 피식 웃으면서 내 장난에 대답해 준다. "어디야, 앰뷸런스 타고 갈게."

언니는 이번 인터뷰 역시 흔쾌히 응해 줬다.

"언니. 만나 줘서 고마워요. 언니는 처음부터 간호사가 되고 싶었어요?"

"응! 고등학생 때부터 간호사가 되고 싶었어."

설마 진짜냐고 계속 추궁했지만, 정말이다! 언니는 정말 간호사가 되고 싶었다! 내 주변 간호사나 이번에 인터뷰한 간호사 중 처음부터 간호사가 되고 싶었던 간호사는 드물었다! 하지만 언니에게 몇 번을 물어봐도 답은 같았다.

“언니, 내과 병동에 있었잖아요. 임상에 있다가 소방 공무원이 되니까 어때요?”

“알잖아, 나 살 10킬로그램 찐 거! 하하하! 완전 나아. 만족도는 80%! 인간관계 문제도 없고. 여기는 남자 직원이 더 많아. 그래서 가끔 숙소를 혼자 쓸 때도 있어. 물론 요샌 구급 대원을 많이 뽑는 추세라 여자 직원도 많아지고 있지. 일 때문에 힘든 거 빼고는 만족해. 임상에서 일할 땐 피골이 상접하도록 일했기 때문에…. 다시 돌아가서 누군가 내게 ‘소방직 할래, 간호사 할래?’라고 묻는다면 난 주저 없이 소방직이라고 대답할 거야. 계속 일하는 게 아니라 출동이 있을 때만 나가니까 시간적으로도 여유가 있고.”

내과 병동에서 일하던 언니를 기억한다. 그때, 언니는 정말 말랐었다. 웬만해선 화를 내지 않는 언니인데도, 억울하게 태움을 당해 불평한 적도 있었다. 지금은 매우 편안한 얼굴이다. 다행이야, 정말.

》 언니, 자기 소개 부탁드려요.

나는 지금 소방서에서 구급 대원으로 일하고, 119 구급차를 이용하는 수혜자에게 의료 서비스를 제공하고 있어. 3교대로 일해. 한 주는 주간(9시~6시, 월~금) 근무를 하고, 두 주는 야간근무야. 간호 대학 졸업한 지가 벌써 10년이 넘었네. 지금은 병원 경력 4년에, 소방 구급 대원 경력 5년이야.

》 구급 대원의 일과는 어떤가요?

출근하면 출근 도장 찍고, 대기실 가서 인사하고, 인계를 듣지. 그 후에 구급차 장비를 점검해. 구급차의 제세동기(심장 마비 환자에게 전기 충격을 주어 심장의 정상 리듬을 회복하도록 하는 도구)가 잘 충전되어 있는지, 전원도 켜 보고 배터리 있는지 확인하고, 패드가 필요한지, 산소가 있는지, 혈당 측정기는 작동되는지 확인하고, 바이탈 가방 챙겨. 언제 출동할지 모르니까 그런 장비를 잘 점검하는 게 중요해. 구급차 장비 점검은 필수야. 내가 오늘 사용할 것들을 다 눌러보는 편이지.

중간 중간 전술 훈련도 하거든. 전술 훈련이란 구급 관련한 장비 사용 방법을 숙지하거나, 임상 술기(임상에서 쓰는 기술)를 배우는 시간이야. '소방 공무원의 일과표'라는 게 있거든. 소방청에서 준 일과표대로 움직여야 해. 원랜 전술 훈련을 자율적으로 맡겼는데, 제천 화재 사건 이후, 소방 전술 훈련이 강화됐어. 물론 그 사이에 출동이 있으면 못하는 거고.

》 구급 대원이 주로 하는 일은 어떤 건가요?

주로 응급 상황에서 적절한 응급 처치를 하는 거야. 환자에 맞는 병원을 선정하는 것도 중요해. 작은 병원에서 진료 안 되는 게 있으니까. 뇌출혈, 뇌졸중이 의심되면 좀 더 큰 병원 가라고 하거든. 의료원 같은 데는 CT 찍어도 수술은 안 되니까, 다른 병원을 권하지. 사실 모든 병원 응급실이 거의 과부하니까 타 병원을 권하기도 해. 병원의 병상도 부족하고 진료 시간이 길어지니까. 병원 진료를 빨리 볼 수 있는 쪽에서 진료 보게끔 도와야 해. 그래서 환자의 과거력 같은 거 물어보고, 현재 상황을 판단해서 좀 더 큰 병원을 가는 경우도 있어.

》 **출동은 자주 있나요?**

출동은 주간에는 적으면 3~4건, 많으면 6~7건이야. 야간에는 많으면 7건인데, 보통 5건 이상이야. 야간에는 출근해서 장비 점검하고 출동 대기하고 전술 훈련 해. 항상 대기하지. 출동도 많아. 어제도 새벽 2시에 잤어. 계속 연타로 4건 나갔어. 센터로 못 들어오고 귀소하다가 재출동하는 경우가 많거든. 중증 환자가 있을 때면 장비도 정비해야 하고… 할 일이 많아.

구급 일지도 매번 작성해. 구급 일지를 컴퓨터에도 따로 작성하고, EKG(심전도) 찍은 것도 스캔 떠서 올려야 하고 손 가는 일이 많아. 심정지 환자일 경우 EKG 무조건 다 붙여야 해. '코드 서머리'라고 해서 요약본이 있어. 거기에 제세동기를 켠 시간, 환자 CPR한 시간 등을 기록하지.

품질 관리라고 해서 우리가 한 행동들이 점수로 들어가. 의식장애 환자일 경우, 무조건 EKG 찍고 혈당 찍어야 해. 병원 선정하는 것도 보호자가 선정하면 점수가 깎여. 그렇게 야간 근무가 끝나면 식당에서 아침을 먹는데, 우리가 차려 먹는 편이야. 있는 국을 데워서 계란 후라이 하고, 그냥 있는 반찬 꺼내서 먹어.

우리는 항상 대기해야 해. 여자 대기실, 남자 대기실이 따로 있어서, 거기서 기다려. 소방 쪽에는 여자 구급 대원이 많진 않아. 거의 10분의 1? 지금 있는 곳에서도 여자 직원은 나 혼자야. 센터에는 총인원이 23명이 되는데, 그중에 나 혼자 여자거든. 3교대라서 한 팀당 7명씩 맡고 있어. 각 팀에 구급 대원 포함해서 7명이야.

》 **각 팀은 어떻게 구성되나요?**

각 센터를 대표하는 센터장님이 있고, 대표들을 총괄하는 서장님, 모든 걸 책임지는 센터 팀장님이 있어. 그 외에도 화재 담당, 서무 담당, 장비 담당 등으로 나뉘어. 각각 행정 업무도 하고 있어. 그분들이 불 끌 때 쓰는 펌프차도 타고 탱크차도 타. 화재 출동 나가면서도 업무도 다 같이 봐.

요새는 화재 예방 업무가 많거든. 건물에 노래방이나 피시방 같은 곳이 새로 들어오면 점검 나가야 하고, 비상구 설치했는지도 확인해. 전화해서 물어보지. 공공기관(초, 중학교, 장애인 복지관 등)에 가서 화재 예방 업무 훈련도 하고, CPR 교육도 하고 그래.

» **구급차에는 누구 누구 타나요?**

운전석에는 구급 기관 반장님, 그 옆에 구급 대원이 타. 원래 구급차에는 직원 셋이서 타야 하는데, 내가 있는 곳은 인원이 안 돼서 두 명만 타. 간혹 사회복무요원 혹은 의무소방원이 뒤에 탈 때가 있어. 이 외에 환자 1명, 보호자 1명 태우면 끝! 원래 구급차에 5명밖에 못 타.

» **그렇군요. 그런데 언니는 원래 간호사를 꿈꾸었잖아요. 어떤 이유로 소방 공무원이 됐나요?**

어릴 때, 골드 햄스터를 키웠는데, 놀이터에 데리고 놀러 갔었어. 그런데 놀다 보니 햄스터가 다쳤어. 시름시름 앓다가 코피도 흘렸거든. 슬퍼서 울고 기도하고, 지극정성을 다했지. 작은 베개도 받쳐 주고 이불도 덮어 주고…. 그런데 살았어. 그때 정말 기적 같았어! 그때 나는 정말 뭔가 간절했거든. 나 때문에 죽으면 죄책감이 들고, 못해 준 것만 생각나니까. 그때 간호라는 걸 처음 느낀 거 같아. 간호사라는 꿈에 영향을 미쳤지.

간호 학생 때는 너무 빡세서, 고등학교로 돌아간 기분이었어. 수업이 9시부터 6시까지 꽉 차 있고. 대학 생활의 여유로움도 없고 공부만 했지. 고등학교의 연장전 같았어. 첫 실습은 아주대병원 산부인과였는데, 자궁경부암 여자 환자를 봤어. 그런데 결국 암 말기로 죽었어. 그때 남편분이 오열하는 거 보고, 되게 짠했어. 그 울음소리에 복도가 떠나갈 듯했어. 아직도 아저씨가 엉엉 우는 모습이 기억에 남아.

졸업 후 대학 병원의 병동에 입사했어.

대개 호흡기 환자가 많았어. 임상 경험을 쌓아서 좋았는데, 다시 돌아가고 싶지 않았고 너무 힘들었어. 그 무거운 분위기가 싫어. 엘리베이터에서 내려서 탈의실로 들어가는 복도. 그 일터로 들어가는 공기가 싫었어. 무거운 공기였어. 일도 힘들었고, 사람도 힘들었지. 항상 오버타임이었어. 집에 빨리 가 본 적이 없어. 시간에 쫓기며 일했지. 업무가 많으니까 신경 쓸 게 많고, 빨리해야 한다는 그런 압박감이 있었어. 다음 듀티에게 일을 넘기지 않아야 하니까. 그래서 쫓기듯 일했지. 환자들도 중환(중증 환자)이 많아서 힘들었어. 뭐 이렇게 열나고 아픈 사람이 많은지…. 일이 늦어지고 몸은 한 개인데 할 건 많고…. 대학 병원은 너무 힘들어. 그렇게 4년 있었어. 늘 안 좋았던 건 아니야. 수선생님도 좋았고, 동기도 좋았어. 좋은 추억이었지. 그때는 같이 들어온 동기가 많아서 서로 의지하면서 잘 지냈어. 서로 힘드니까…. 지금도 연락하면서 지내. 큰 힘이 됐지. 내 20대 초반의 버팀목이라고 할까. 그들이 없었다면 나도 그만뒀겠지.

언젠가 병원을 그만두더라도 경력을 채우고 그만둬야겠다는 생각이 있었어. 초반에 그만둔 동기들이 많긴 했지만, 아직까지 남아 있는 동기들도 있었어. 그래서 잘 버텼고. 하다 보니까 4년까지 한 거 같아. 4년 차가 됐을 때 미래에 대해 생각했어. 이 일을 계속할 수 있을 거 같진 않았거든. 선배들 보면 30대 중반 돼서도 맨날 밤 근무로 날 새고…. 내가 10년 후에도 할 수 있을까? 생각했어. 다른 걸 준비하고 싶었지. 그 무렵, 친언니가 먼저 소방직에 합격했어. 언니가 병원 말고도 이런 길이 있다고 알려 줬지. 언니가 병원 생활할 때보다 더 좋다고 하더라고. 자기 계발도 하고 취미 생활도 하고, 만족스럽게 지내더라고. 게다가 나 시험볼 때 많이 뽑는다고 했거든. 기회가 있으니까 보라고 권유해 줬어. 이때가 기회다! 많이 뽑을 때 해야겠다고 결심했지.

병원을 그만두고, 아침 일찍 도서관에서 혼자 공부했어. 점심, 저녁으로 도시락 싸 가고, 동영상 강의는 시청각실 가서 들었어. 저녁 늦게까지 공부했어. 동영상 강의가 도움 많이 돼. 공무원 준비하는 사람들이 대부분 처음에 갈피를 못 잡거든. 그래서 나는 동영상 강의를 강력 추천해! 혼자는 안 되더라. 내가 들은 동영상 강의는 주로 이선재 국어랑 조동훈 소방학 개론이었어. 생활 영어는 그렇게 안 어려워. 소방학 개론이랑 국어를 열심히 해야 해. 영어는 물론 독해가 되어야 하고, 영어 독해에서는 소방관에 관련된 영어 단어가 많이 나와. 소방학 준비하는 모임이나 카페에 가면 좋은 동영상 정보 다 얻을 수 있어.

필기시험은 3개월 만에 붙었어, 그런데 실기가…. 하하하. 체력 평가인 실기시험 준비를 안 해서 떨어졌어. 필기시험 보고 2주 후에 실기시험을 봤는데, 시험도 제대로 못 보고 떨어졌지. 실기 과목은 체력 평가로 총 6과목이고, 각 과목당 10점에 총 60점 만점이야. 60점에서

30점 이상을 맞아야 하는데…. 다 합해도 30점이 안 됐지. 그래서 결국 달리기도 못하고 탈락했어. 그럼 다시 처음으로 돌아가서 필기를 봐야 해. 그해에 시험이 두 번 있어서 다 붙는데 8개월 정도 걸렸어.

》 **시험에 합격하면 바로 소방서로 가서 일하나요?**

시험에 합격하고 나서는 소방 학교에 가. 내가 할 때는 6개월 갔다 왔는데, 이제는 3개월로 줄었더라고. 소방 학교는 군대에 온 느낌이었어. 점호하고 아침에 구보하고, 가서 훈련받아. 기본 소양 교육, 직접 훈련에, 레펠(절벽타기도 하고 하강하는 것)도 타고, 가상 화재 체험도 하고, 미로 탈출하기 등도 하지. 기본적인 장비 사용 방법, 소방 행정, 실무 같은 것도 교육받지. 이론 실습도 해. 저녁마다 "300번, 이상 무!" 경례하듯 인사하고, 침상 정리하고, 저녁 11시 소등하고 자고. 그렇게 군대 일과표대로 움직였지.

》 **군대를 다녀오셨군요.**

응응. 다시 가긴 싫어.

》 **구급 대원이 되려면 어떤 준비를 해야 할까요?**

소방직은 경력 특채(경채)라고 하는데, 경력을 2년 쌓고 들어오는 거야. 경력직으로 인정받고 들어오는 거지. 어느 병원, 어느 파트든 상관없어. 구급 분야는 무조건 경채야. 첫 번째는 필기시험, 두 번째는 실기시험인 체력 시험이야. 필기시험 과목은 3과목인데, 국어, 생활영어, 소방학 개론이지. 도전할 만해! 체력도 학원 가서 단기간 훈련받으면 만점 받을 수 있어. 체력 시험은 6가지인데, 윗몸 일으키기, 제자리 멀리 뛰기, 악력, 배근력, 왕복 오래달리기 등이 있어. 간호 공무원 시험 중 단기간에 붙을 수 있는 것 중 하나야. 그런데 적성에 맞아야겠지. 구급 대원들은 보통 20대 후반, 30대 초중반도 있어. 나이 제한이 없어서 다양해. 젊은 애들이 생각보다 없어. 사회생활하고 오는 사람이 많아.

» 체력 시험 때 쌀가마니 들고 뛰는 거 아니에요?

하하하! 요샌 쌀가마니 들고 안 뛰어. 소방직 공무원은 매해 봄에 체력장을 하는데, 가끔 체력장 하다가 쓰러져서 순직하신 분들이 계셔. 그래서 체력장에는 구급차가 있어. 응급 상황이 발생할 수 있으니까. 남자 공무원들 오래달리기는 20미터를 80번 이상 뛰어야 하거든. 예전에 어느 나이 드신 남자분이 체력장 후에 쓰러진 거야. 체력장 끝나고 밥 먹고 엘리베이터 타고 가다가 쓰러지고 돌아가셨어. 이 체력장에 점수가 매겨지거든. 개인 평점과 고과 점수가 들어가니까 열심히 하는 거지. 연세 있으신 분들에겐 무리일 수 있어. 그래서 난 체력장이 바뀌었으면 좋겠어. 운동선수 아닌 이상 힘들지…. 어떻게 젊은 사람이랑 나이 든 사람이 같은 걸 뛰어. 물론 평소에 체력적으로 해야 하는 일들이 많으니까, 체력 관리 차원에서 하는 건데…. 안타깝지. 나도 봄 시즌 되면 1~2달 정도 운동 계속해. 철봉 매달리고, 팔굽혀펴기 하고. 체력장을 미리 준비하는지, 안 하는지에 따라 차이가 나거든. 점수가 있으니까. 평소에 해야 하는데….

» 구급 대원으로 일하면서 기억에 남는 에피소드가 있었나요?

CPR 해서 사람 살렸을 때가 기억에 남아. 새벽 1시쯤인가? 20대 중반 남자가 쓰러졌대. 그 남자의 아빠가 신고했어. 우리는 출동 중에 항상 신고자에게 전화를 걸어서 위치 정확한지 물어봐. 상황실에서 출동 지령 내리지만, 항상 다시 물어보고, 환자 상태도 물어봐. 그래야 응급 처치 도구를 더 챙길 수 있거든. 그리고 가는 데 얼마 걸린다고 말해야 해. 그런데 그 환자가 숨을 안 쉰다는 거야. 그래서 보호자에게 우리가 갈 동안, 가슴 압박하라고 했어. 막상 가 보니까 환자 호흡이 없었어. 빨리 제세동기 붙였더니 심실세동이었어. 제세동기로 샷 한 번 줬더니, 살았어. 맥박, 호흡 돌아오고 살았지! 심지어 후유증도 없었어. 우리가 오는 동안, 아빠가 CPR 했고, 우리 역시 10분 안에 환자에게 도착했거든. 기적적으로 살아났어! 그 후 환자 가족들이 센터에 인사드리러 다 같이 왔었대. 나는 그때 센터를 옮겨서 못 만났지. 그 일로 하트 세이버를 받았어. 하트 세이버는 경기도지사가 주는, 흰색 상장이야. 병원 이송 전에 심정지 환자를 살릴 경우 주는 상이지. 하트 세이버를 받고 못 받고를 떠났지만, 사람을 살렸다는 것 자체만으로 기쁘고 보람되지. 나한테도 잊지 못할 순간이니까.

사실 사건 사고 중에 자살도 많이 있어. 갑자기 생각날 때도 있는데, 그땐 그 생각을 이단 옆차기로 날려 버리고 싶어. 잊으려고 노력하지. 맨 처음에 겪었던 일이 제일 기억에 남아. 행잉(목매달아 죽은 사람) 신고였어. 그때 난 신규라서 마음의 준비를 안 하고 들어간 거야. 그때 난생 처음 사람이 목매달아 죽은 걸 본 거지. '망했다….' 싶었어. 그게 내 첫 케이스거든. 아직도 잊히지가 않아.

나는 잠시 인터뷰를 멈췄다. 정말 온갖 사건 사고를 몸소 겪는구나 싶었다. 평범한 사람은 겪지 못할 일들이 언니의 마음에 트라우마로 남았다. 나 역시 첫 환자가 죽었던 게 기억에 남는다. 일주일간은 잠자리가 뒤숭숭했고 간혹 지금도 몸서리치게 떠오른다.

간호사라면 누구나 기억에 남는 환자들이 있다. 중환자실에서 근무할 때였다. 그 당시 숨이 차서 말하기도 힘들어하던 환자가 있었다. 어느 날, 환자가 종이와 펜을 갖다 달라고 했다. 갖다 주니, 흔들리는 글씨로 '죽여줘.'라고 썼다. 그때 그 눈빛, 지금도 잊을 수 없다. 결국 그분은 내가 오프일 때, 돌아가셨다.

간호사들은 일반인보다 죽음을 많이 보고 겪는다. 특히 자신이 담당했던 환자가 죽으면, 그중 몇 명은 문득 생각이 날 때가 있다. 원하든, 원하지 않든.

》 언니처럼 소방 구급 대원이 되고 싶은 간호사들에게 해 주고 싶은 말이 있나요?

구급 대원이 불규칙적인 일이란 말이야. 그걸 감수해야 하고 체력도 돼야 해. 3교대거든. 힘든 일도 많아. 환자를 들어야 할 때도 있고, 술에 취한 사람도 만나면 힘들지. 안 좋은 사건 사고는 다 찾아간단 말이야. 폭행 사고, 화재 사고 등등. 위험한 것도 덤덤히 할 수 있는지 스스로 물어봐야 해. 트라우마도 생길 수 있어. 어느 정도 거친 걸 많이 봐야 해서…. 잔인한 것도 많이 봐야 하거든. 알 수 없는 사건들이 많으니까.

창의적인 면도 필요해. 구급 대원으로서 그 현장에 가서 환자에게 알맞게 처치해야 하거든. 그런데 현장에 답은 없거든. 명확한 답이 없어서 상황에 맞춰 행동해야 해.

민첩해야 하고 유연성도 있어야 해. 서비스직이니까. 감정 노동이거든. 혼자 일하는 게 아니라, 환자와 보호자, 병원 의사들도 대하고 그렇거든. 사람 대할 때 짜증나고 힘든 건 병원이랑 비슷해.

》 신규 간호사에게도 하고 싶은 말이 있나요?

일단은 처음 배우는 거라 잘 모를 거야. 많이 혼날 거고. 모르는 게 당연해. 하지만 기죽지 말고 배우다 보면 할 수 있어. 최소 1년은 해야 해. 버텨. 신규는 무조건 힘들지. 나도 힘들었어. 사회 경험이 전혀 없는 상태로 병원에 간 거라서…. 일반적인 사회 초년생도 힘든데 우리는 특수한 상황이라 더 힘들지. 하지만 버티라고 말하고 싶어. 버티다 보면 결국엔 업무도 자기 것이 되고, 주변 선배들도 인정해 주고 동료로 받아 줄 거야. 처음에는 군기 잡고 한다고 하지만, 시간 지나면 되니까, 좀만 버텨. 1년 만이라도. 1년 해도 아니면 어쩔 수 없는 거고.

신규 때 공부 많이 해야 해. 뭔가 지식이 있어야 환자와 보호자에게 설명도 잘 할 수 있지 않을까? 신규 때는 공부해서 무조건 내 걸로 만들어야지. 처음만 좀 해 두면, 어디 가서든 다 잘 할 수 있어. 그러니 스타트를 잘 끊어야 해. 가서 해 보는 데까지 해 보고 정말 괴롭고 아니다 싶으면 어쩔 수 없지.

"나의 넋두리를 들어 줘서 고마워."

언니는 수줍게 말을 마쳤다. 항상 겸손해서 좋은 걸까? 언니와의 대화는 늘 유쾌하고 즐겁다. 나는 진심으로 언니를 만난 게 천운이라고 생각한다. 나는 항상 언니같이 좋은 사람이 되고 싶다. 만나면 편안하고, 즐겁고.

매번 언니를 자랑하고 싶었는데, 책을 통해 언니를 자랑하게 돼서 정말 기쁘다. 즐겁게 인터뷰에 응해 준 언니에게 정말 고맙다.

언니가 있어서 맨날 두 다리 뻗고 쿨쿨 잘 자는 거 알죠? 지켜 줘서 고마워요.

이제는 백의의 천사에서 도시를 지키는 슈퍼우먼으로 변신한 언니를 항상 응원한다!

"학교에 보건 교사가 한 명뿐인데,
제가 자리에 없으면 누가
아이들을 돌보죠?"

*

교육계의 현실을 콕 찌른,
보건 교사가 된 간호사
최정은 선생님

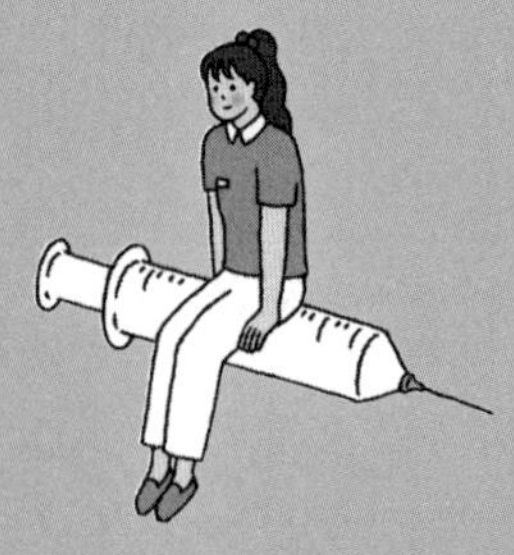

"멀리서 오느라 힘들었죠?

학교의 보건실.

땀 흘리며 헥헥 대는 내게 선생님은 시원한 웃음을 지었다. 오늘의 주인공은 보건 교사가 된 간호사! 뜨거운 여름, 인터뷰하러 떠난 나는 길에서 약 2시간을 헤맸고, 그사이 뜨거운 감자처럼 빨갛게 익었다. 정말 더운 여름이야.

보건 선생님 하면 성교육을 해 주는 선생님이 먼저 떠올랐다. 아마 그때 그 시절, 성교육은 내게 신세계였고, 충격과 놀람이어서 그런지도 모른다. 막상 선생님과 마주 앉으니 느낌이 묘했다. 오래전 졸업한 학생이 선생님을 찾아뵙는 기분이랄까.

인터뷰하러 갔건만, 기분이 이상했다. 유체 이탈하고 싶은 마음도 들었다. 내게 선생님은 넘지 못할 높은 벽 같았는데, 어른과 어른으로, 간호사 대 간호사로 선생님을 대하다니…. 왜 이리 가슴 떨리고 뭉클하던지. 보건실에 들어선 초등학교 아이들을 보고 순간 나 역시 어린 아이로 되돌아간 느낌이었다. 치료받으러 온 아이가 된 듯했다. 감상에 젖은 나와 달리 선생님은 침착했다.

"간호사는 정말 사명감이 필요해요. 참 모이지 않는 과이기도 하고요."

책의 취지를 들은 선생님은 곰곰이 생각하다가 입을 뗐다.

"전 서울에 있는 3차 병원 내과에서 2년 근무했고, 그 후 보건 교사로 20년 넘게 근무하고 있어요. 병원 그만두고 결혼한 후에 임용 시험 준비해서 보건 교사가 되었어요."

》 **원래 보건 교사를 하고 싶으셨나요?**

아니요. 저는 원래 산업장 간호사를 하고 싶었어요.

대학 갈 때 1,2,3지망이 모두 간호학과였어요. 어릴 땐 의사를 하고 싶었어요. 사람 돌보는 일이 좋았거든요. 오지에 가서 봉사하는 일을 해야겠다고 생각했고, 이게 내 천직이라고 생각했거든요. 간호대학교를 다니면서 이렇게 인간적인 학문이 있을 수 없다고, 정말 예술이라고 생각했어요. 배우면 배울수록 간호학은 '아트Art'라고 생각했어요. 병원 지원할 때는 1,2,3지망이 내과였고, 내과에서 2년 근무했어요. 간호 공부하면서 내분비, 호르몬 쪽이 재밌었고, 약리학, 생화학이 참 재밌었거든요.

그런데 병원을 다니다 보니까… 아무리 열심히 병원 생활을 해도 간호사의 일이 제가 원하던 자기 주도적이거나 주체적인 일이 아니더라고요. 많은 의문이 들었고, 좌절도 했어요. 그러다 결국 보건 교사를 지원하게 됐어요. 만약 학교에 올 줄 알았으면 내과에 지원 안 했을 거예요. 보건 교사 하고 싶은 사람들에게 항상 말해요. 학교에 오려면 응급실이 최고다. 응급실만큼 좋은 임상이 없다고. 정형외과나 외과 계열에서 근무하는 것도 도움이 될 듯해요.

》 **보건 교사가 임상과 다른 점은 어떤 게 있을까요?**

일단은 보건 교사의 근무는 규칙적이잖아요. 임상은 솔직히 극심한 혹사죠. 그렇지 않다는 게 장점이에요. 보건 교사는 일반인처럼 시간을 사용할 수 있다는 게 가장 큰 장점이죠.

병원에 있을 당시, 병동에 암 환자가 많았어요. 그래서 암 말고 다른 병들은 심각하게 느끼지 않았어요. 그런데 여기 와서 보니까, 작은 상처도 아프다고 생각할 수 있게 됐어요. 좀 더 마음에 여유가 생겼다고 해야 할까요? 타인의 상처를 들여다 볼 줄 아는 여유가 생긴 듯해요. 아! 갑질 면에서는 훨씬 안전한 듯해요, 하하.

》 보건 교사의 하루 일과와 주업무는 어떻게 되나요?

근무 시간은 8시 40분부터 4시 40분, 8시간이에요. 점심시간에도 교사들은 일을 하고 근무 시간으로 인정받아요. 퇴근하면 자아실현을 해요. 필라테스, 보컬을 배워요. 노래하는 걸 좋아하고 잘하고 싶거든요.

하는 일은 학교마다, 학교의 학급 크기마다 다를 거예요. 지금 제가 있는 학교는 중간급이에요. 이전까지는 큰 학교에 있었어요. 큰 학교는 환자를 하루에 100~150명 봐요. 부모 돌봄이 거의 없는 아이들이 많기도 하거든요. 보육 교실 같죠. 예를 들면 큰 상처를 입은 아이가 있는데 부모 돌봄이 없으면 첫날부터 상처가 나을 때까지 봐 줘야 할 때도 있어요. 보통은 주로 염좌, 외상으로 많이 와요. 요새 담임 선생님들은 학생이 가벼운 염좌를 당해도 반드시 보건실에 가라고 말해요. 그 후의 책임은 보건 선생님한테 오는 거니까요. 보건 수업도 해요. 2009년부터 법제화돼서 한 학년 이상 학급당 17차시(40분씩 17번) 가르치게 됐어요. 주당 8시간 정도 수업을 하죠. 모든 학년은 성폭력, 흡연 예방 교육을 받고, 4학년은 거기에 응급처치까지 배워요. 요즘은 1학년부터 성교육 시간이 있고 흡연 예방 교육도 받아요. 제가 남보다 일복이 많은지 할 일이 많더라고요. 제가 주로 해야 하는 일은 환자 처치인데, 시간이 많이 걸려요. 보조 인력도 없는 상태에서 수업도 하고, 환자도 봐야 해요.

보건 교사의 배치 인원은 최저선만 있어요. 상한선이 없는 거죠. 100학급이든, 20명이든, 뭐든 간에 보건 교사 한 명이 다 처치해요. 학교에 보건 교사는 딱 한 명만 근무하죠. 작은 학교는 아예 보건 교사를 주지도 않아요. 부당한 거죠. 예를 들면 교감 선생님은 43학급 이상이면 한 명 더 뽑거든요. 그래도 다행인 건, 올해부터 50학급 이상이면 기간제 교사를 주기로 했어요. 이전에는 일손이 필요하면 근처 대학교에서 봉사 활동으로 근로 장학생들을 받았어요. 그 학생들에게 간단한 응급 처치 가르치고, 일지 쓰게 하고, 급하면 전화하게 하고 그랬어요.

대부분 보건 교사는 환자 처치와 수업만 한다고 알잖아요. 하지만 그 외에도 맡은 업무가 어마어마해요. 흡연 예방, 아토피 천식 예방, 취학 전후 예방 접종, 병원과 협약해서 하는 건강 검진, 구강 검진 등등. 정서 행동 특성 검사도 해요. 요새 자살 위험이 많잖아요. 그런 우려되는 학생들을 미리 파악해서 예방하는 거죠. 그런데 제 생각에는 이건 상담 교사 일이라고 봐요. 우리가 하는 건 정신과 환자의 투약이지, 그걸 선별하는 일은 다르다고 보거든요. 이외에도 우리가 하는 일이 아닌데, 맡은 게 많아요. 예를 들면 학교에서는 환경위생도 전부 보건 교사의 일이라고 생각해요. 미세먼지 감축을 위한 '자동차 2부제 시행' 공문이 학교로 오는데, 보건 교사 앞으로 와요. 사실 그 일은 보건 교사가 아니라 재난안전과에서 담당해야 하는 일이라고 보거든요. 미세먼지는 건강에 위해를 주니까, 무조건 보건 교사가 해야 한다는 건 잘못된 논리라고 생각해요.

그리고 정수기는 기계잖아요. 정수기에서 나오는 물이 식수이지, 약수인가요? 그런데 정수기 필터를 바꾸는 것, 수질 검사, 심지어 공기 청정기 관리까지 보건 교사에게 업무를 줘요. 그건 기계과 아닌가요? 시설이나 기계를 케어하는 건 보건 관리자가 할 일이 아니라고 말하지만, 여전해요. 뭐든 다 건강과 관련이 있다고 보건실로 보내요. 그런 것들 때문에 업무 갈등이 많아요.

》 가장 힘든 점은 어떤 건가요?

제일 힘든 점은… 항상 대기해야 한다는 거예요. 보건 교사는 있는 건 표가 안 나고, 없는 건 표가 나니까요. 이전에 잠깐 학교 앞 슈퍼에 갔다가 방송에서 크게 불린 적 있어요. 잠깐 외출이 필요한 경우에도 조퇴를 쓰고 가는 게 안전해요.

학교에서는 제가 무슨 일을 하는지 아무도 몰라요. 담임 교사들만 해도 서로의 일을 잘 알거든요. 학교에 한 명뿐이고, 보건실에서 따로 근무하다 보니 서로 공감할 수 있는 사람이 없어요. 그런 게 참 힘들게 하죠.

보이지 않는 차별도 많아요. 공무원 호봉은 숫자가 클수록 좋은 거예요. 일반 교사는 9호봉, 보건 교사는 8호봉에서 시작해요. 아예 한 호봉 낮게 시작해요. 그 이유가 궁금해서 찾아봤는데, 소문으로는 교사는 4년제고 간호사는 3년제도 있기 때문이라고 해요. 그런데요, 옛날에 초등 교사는 2년제였거든요. 그리고 그 논리라면 간호사들 중에 4년제 나왔으면 더 쳐 줘야 하는데, 그러지도 않아요. 그런 거에 대한 부당함이 있어요.

보건실에 오는 사람은 학생뿐이 아니에요. 동료 교사도 오고, 학교 경비 아저씨, 학부모도 와요. 특기 적성 강사도 왔고, 심지어 지나가던 사람들도 보건실로 들어온 적 있어요. 다쳤다고 치료해 달라고 하더라고요. 그땐 정말 너무들 한다 싶었어요. 특별한 일이 없어도 보건실에 오는 애들이 있는데, 걔네한테 100원씩만 받아도 보건실에 오는 애들이 훨씬 줄 거예요.

» 보건 교사로서 가장 기억에 남았던 일은 어떤 건가요?

이전 학교에서 있었던 일이에요. 스승의 날이었고, 수업 전이었는데, 아이들이 저한테 "선생님, 수업 전에 절대 들어오시면 안 돼요. 눈 감고 들어오셔야 해요." 이러는 거예요. 사실 아이들 속이 뻔히 보이죠. 담임도 아닌 보건 교사를 챙겨 주다니. 담임이 아니어도 아이들에게 사랑받을 수 있구나 싶었어요. 그 따뜻했던 기억이 추억으로 남았어요.

저는 보건 동아리를 지도해요. 5~6학년 연합 동아리인데, 치태(치석이 되기 전 단계, 음식물 찌꺼기가 치아 표면에서 막처럼 형성된 것) 제거 연습도 하고, 치경(잇몸) 검사도 하고 그래요. 그런데 5학년에서 6학년으로 올라온 애들이 5학년 때 가르친 걸 다 기억하고 있었어요. 그때 정말 놀랐고 깨달았어요. 아, 임팩트 있게 가르치면 40분의 교육도 기억에 남을 수 있겠구나 싶었어요. 보건 교사를 꿈꾸는 애들도 봤어요. 누군가를 간호하고 처치하는 걸 재밌게 생각하는 애들이 있거든요. 가끔 보건 교사를 하고 싶어 하는 애들이 있는데, 그럴 땐 그냥 공부 열심히 하라고 말해 줘요, 하하.

» 보건 교사가 되려면 어떤 준비를 해야 할까요?

저는 오래전에 돼서 사실 잘 모르겠어요. 아마 임용 시험 보듯이 준비해야 할 거예요. 저와 똑같지는 않을 테고요, 최근에 교생 실습 온 분들에게 들은 바로는 보건 교사 시험에 면접이 있대요. 면접 채점 방식이 독특했어요. 면접에서 주관성이 개입되면 안 되니까, 면접 채점 할 때 키워드를 본대요. 예를 들면 어떤 질문을 던졌을 때 피면접자의 대답에서 핵심 키워드가 나오는지 체크한대요.

참고로 보건 교사를 하려면 교생 실습을 해야 하는데, 교생 실습은 간호학과 4학년 중에서 교직반에 해당되는 사람들이 와요. 교직반이 되려면 간호학과 성적이 상위 10% 안에 들어야 해요.

》 보건 교사가 생각하는 보건 교사란?

간호사는 의료업에 종사하는 직장인이라고 생각해요. 의사도 마찬가지고요. 특히 보건 교사는 의료계의 롤모델이 되어야 한다고 생각해요. 교사니까요. 아이들에게 바른 자세로 앉으라고 하려면 나 스스로가 바른 자세여야 해요. 바른 자세에 대해 공부하고 모범이 돼서 아이들에게 알려 줘야죠. 눈병도 걸리면 안 되고, 배도 나오면 안 돼요. 학생들이 보고 따라 하잖아요. 우리가 복부 비만, 내장 지방을 가르치는데, 과자랑 초콜릿을 사 먹으면 어떡해요. 보건 교사는 학생들에게 건강상의 롤모델이 돼야 해요.

외국에 나가면 한국인 한 명이 한국의 대표적인 이미지로 보일 수 있는 것처럼, 나는 간호사잖아요. 아이들이 처음 보고 접하는 간호사이고, 학교에서 간호사들의 대표죠. 나 하나를 보고 보건 교사 뿐만 아니라 간호사의 행동, 태도를 판단할 수 있잖아요. 그래서 항상 행동과 태도를 조심해야 해요. 간호사들에게 누가 되지 않게 행동해야 하죠. 교직에서 요구하는 게 도덕성이니까, 교사는 도덕성도 있어야 해요. 사명감 있는 분이 오셨으면 좋겠어요.

정해진 업무만 해서는 안 돼요. 어려운 학군에 있는 아이들은 부모 케어가 부족해요. 집이 어려운 아이들은 치아 상태가 좋지 않아요. 이가 썩어도 놔두는 집이 많아요. 내 업무가 아무리 바빠도, 아이와 병원에 같이 가 주고, 상처를 꿰매러 같이 가 줘야 해요. 어려운 아이들도, 넉넉한 집 애들도 모두 똑같이 건강하게 자랄 수 있게 도와야 하죠. 저는 '내가 오늘 수업해서 단 한 명이라도 더 이를 잘 닦게 된다면, 그래서 충치를 예방할 수 있다면!' 그것만으로도 뜻 깊다고 생각해요.

개인적으로 종종 하는 생각인데요, 보건 교사로 의사가 온다면 어떨까요? 간호사들의 밥그릇 문제가 생길지도 모르지만… 사실 여긴 응급 상황이 많잖아요. 긴급한 의학적 판단을 간호사 혼자 하기보다는 의사가 발빠르게 판단하는 게 좋을 듯해요. 간호사가 혼자 하기엔 버거운 상황도 있을 수 있으니까요. 가정의학과 의사가 오는 건 어떨까요?

한번은 이런 경우가 있었어요. 한 아이가 오더니, 자기 친구가 체한 거 같다는 거예요. 그 친구를 데려오라고 했는데, 누가 봐도 얼굴이 창백했어요. 그 아픈 친구가 말하길 눈이 안 보인데요. 혹시나 뇌에 이상이 있는 건 아닌가 싶었지만, 아이들이 증상을 과장되게 표현하는 경우도 있어서 시력 검사를 먼저 했어요. 시력판으로 데려갔는데, 갑자기 토하기 시작하더라고요. 서둘러 병원에 데려갔어요. 알고 보니, 뇌혈관이 터진 거예요. 의사가 말하길 병원에 일찍 도착해서 다행이래요. 부모님들도 안심하고 치료하고 잘 돌아왔어요.

인터뷰를 마치고 든 생각은 '역시 교사는 다르구나.'였다. 간호사로서, 선생님으로서 아이들에게 모범을 보인다는 거, 정말 쉽지 않은 일인데…. 임상 간호사와 많이 다른 점인 듯하다. 사실 임상에서도 환자에게 모범을 보여야 하지만, 나는 고백한다. 내시경실에서 환자 교육할 때 "맵고 자극적인 음식을 피하세요."라고 말하고는, 퇴근할 땐 선생님들과 닭발 먹으러 갔다. 퇴근 후 먹던 매운 닭발은 땀나도록 매력적이었다. 스트레스가 땀과 함께 증발하는 기분이었다.

또한 선생님은 나름의 고충이 있었다. 임상을 벗어난 보건 교사는 마냥 편할 줄 알았는데…. 세상에 쉬운 직업은 없구나 싶었다. 누군가 그랬다. 멀리서 보면 희극이고, 가까이서 보면 비극이라고.

나는 선생님을 만나기 전, 사실 선생님이 부럽기도 했다. 임상보다 일이 편한 것도 좋아 보였지만, 한때 교사는 내 꿈이었다. 자라나는 보석들을 가르치고 그들의 소중한 어린 시절을 함께한다는 게 부러웠다. 여전히 교사의 꿈을 그리워해서 그런 걸까? 나는 아직도 어린아이들과 교실 칠판을 보면 마음이 설렌다.

“하지 않고 후회하는 것보다
최선을 다해서 해 보고
후회하는 게 나아요.”

*

도전하는 모습이 멋진,
변호사가 된 간호사
이경희 선생님

"이경희 님 동행분이시죠? 룸 205로 올라가시면 됩니다."

"룸이요…?"

"네, 2층입니다."

서초역 근처, 선생님과 점심 약속이 있던 나는 룸으로 올라갔다.

'룸이라니…. 인터뷰가 점점 고급스러워지고 있어!'

점심은 주로 병원 식당에서 3200원짜리 식권으로 해결했기에 고급스런 점심이 살짝 긴장됐다. 종업원이 공손할수록 나는 어쩔 줄 몰랐다. 여닫이문이 열리고, 옷걸이에 걸린 단정한 까만 재킷이 먼저 눈에 들어왔다.

"어서 오세요, 선생님."

의자에 앉아 계신 분은 지적인 인상의 미인, 이경희 선생님이었다.

가슴까지 내려오는 차분한 머릿결, V넥 셔츠와 각선미가 돋보이는 스커트까지! 간호사라기보단 당찬 커리어 우먼의 향기가 물씬 풍겼다. 어쩌면 내가 항상 로맨스 소설에서 그리던 여자주인공의 모습과 닮아서 놀란 걸지도 모른다.

"앉아요, 음식 나올 거예요."

내가 앉자마자, 음식은 쏟아졌다. 어쩜! 맛있는 음식이 최고라 여기는 내겐 천국이었다. 하하하! 그러나 긴장을 풀기는 쉽지 않았다. 그도 그럴 것이 그동안 많은 인터뷰를 했지만, 정장을 입은 간호사는 처음 봤기 때문이다.

"저는 분만실에서 2년 6개월 동안 근무했어요. 선생님은 지금은 어디서 근무해요? 병동? 외래?"

첫 인상은 변호사였지만, 이야기할수록 선생님의 모습에서 간호사가 보였다. 보면 볼수록 큰언니 느낌이랄까? 선생님에게서 간호사의 파편을 찾자, 나는 선생님이 더 가깝게 느껴졌다.

"간호사는 어딜 가든, 간호사라는 꼬리표가 붙지요."

그 말이 와 닿았다. 사실 나도 작가들 사이에서 '간호사인데 작가'라는 이야기를 듣기 때문이다. 선생님도 법조계에 뛰어들면서 간호사 출신 변호사라는 이야기를 많이 듣는 듯하다. 선생님은 옛일을 추억하듯 옅은 미소를 지으며 말했다.

》 간단히 소개 부탁드려요,

저는 간호사로 일하다가 변호사 시험에 합격해서 지금은 의료 전문 변호사로 활동하고 있어요. 주로 소송 업무와 법률 자문 업무를 해요. 일과는 날마다 다른데, 대개 오전 오후에는 재판에 나가고, 경찰서나 검찰청에 수사 입회를 하거나, 구치소에 구속된 피의자(피고인)들을 접견해요. 각종 법률 자문 회의에도 참석하지요. 저녁에는 재판 준비, 법률 자문 검토를 하고요. 주말에도 나와서 일해요. 보통 아침 10시에 업무가 시작되는데, 끝나는 시간은 없어요, 하하하.

변호사는 차가 필수예요. 법원, 검찰청, 경찰서, 교도소, 구치소를 많이 돌아다니거든요. 자가운전이 필수죠. 저 2년 만에 6만 킬로미터 넘게 탔어요. 보통 1년에 2만 킬로미터 정도 타는데, 2년에 6만이니까…. 사람들이 제 차를 보면서 물어봐요. "흠, 택시는 아닌 거 같은데 뭘 그렇게 많이 돌아다녔죠?"라고요.

》 간호사를 하다가 변호사가 되셨어요. 어떤 계기로 변호사의 길을 생각하게 된 건가요?

저는 2000년부터 서울 아산병원에서 간호사를 했는데, 그때 '보라매

병원 사건'이 있었어요. 서울대학교 보라매병원에서 의사(교수), 레지던트, 인턴까지 살인죄 방조범으로 기소된 사건이에요. 그때 유죄가 선고됐어요. '어? 이상한데? 환자를 죽이려고 한 것도 아닌데, 왜 살인죄이지?' 왜 이렇게 됐는지 궁금했어요. 그땐 모르겠더라고요. 검색을 해 봐도, 어떤 정보를 접해도 잘 이해가 안 갔어요. 오히려 '나도 나중에 일하다가 잘못되면 살인죄로 기소되는 거 아니야? 의사도 유죄를 받는데….' 하면서 불안해했어요. 이 사건의 판결을 지켜보면서 자연스럽게 의료 소송과 법조계에 관심을 가졌고, 결국 변호사가 되었어요.

» 보라매병원 사건은 어떤 사건인가요?

한마디로 말하면 머리를 다친 남편이 뇌 수술을 받고 중환자실에 입원했는데, 그 남편을 부인이 병원에서 퇴원시킨 사건이에요. 살인죄로 부인은 1심에서 유죄로 징역형이 확정되었고, 의사들만 항소했어요.

그 사건의 시작은 이랬어요. 남편이 1997년 말 화장실에 가다가 넘어져서 머리를 다쳤어요. 보라매병원 응급실에 와서 급하게 뇌 수술을 받았고, 중환자실에서 뇌부종으로 자발적 호흡이 되지 않아 인공호흡기를 해야 했어요. 의사는 환자가 의식이 회복되는 상태이니 지켜보자고 했어요.

그런데 그 환자의 부인은 가정 형편이 어려웠고, 가족의 생계를 책임져야 했기에 치료비를 부담할 수 없었어요. 부인은 인공호흡기를 떼면 환자가 죽는다는 사실을 인식하고 있었지만, 의사에게 환자의 퇴원을 요구했어요.

병원의 교수들은 반대했어요. 인공호흡기를 떼면 죽는 환자였기 때문이에요. 그런데 그 당시만 해도 장례 문화가 집에 가서 숨을 거두는, 임종을 집에서 하는 문화였어요. 집 밖에서 죽으면 객사라고 했어요. 결국 보호자가 퇴원시켜 달라고 강하게 요구해서, 할 수 없이 인공호흡기를 떼면 죽을 수 있다는 걸 알면서도 환자를 퇴원시켰어요. 집으로 후송한 뒤 인턴이 앰부배깅(호흡 유지를 위해 수동식 인공호흡기를 짜주는 행위)하던 걸 떼고, 사망 선고하고 돌아온 거죠. 부인은 살인죄의 부작위범이라는 판단을 받았어요. 간략히 말하자면, 어떤 행위를 해서 범죄를 저지르면 작위범이고, 어떤 행위를 해야만 하는 자가 하지 않아서 범죄가 된다면 부작위범이에요. 의사들도 이른바 '의학적 권고에 반하는 환자의 퇴원'에 대하여 살인 방조죄로 유죄가 선고된 거예요. 항소심에서는 인턴만 무죄였어요. 나머지 레지던트, 교수는 살인 방조죄 유죄가 선고되었고, 결국 대법원에서도 이들에게 유죄가 확정됐어요.

'보라매병원 사건' 이후로 우리나라 장례 문화가 바뀌기 시작했다고 생각해요. 병원에서 사망 선고하고 바로 병원 장례식장으로 가요. 예전에는 되도록 집에서 사망하는 게 장례 문화였는데, 이 사건으로 인해서 그런 문화가 바뀌기 시작했다고 생각해요.

보라매병원 사건을 보며, 거부감이 많이 들었어요. 그 당시 의료인 입장에서는 왜 그게 살인죄인지 이해되지 않았어요. 의구심도 들었고, 법률적인 지식도 알고 싶었어요. 병원을 그만두고 나가려던 찰나에, 마침 법률사무소에서 의료 소송 연구 간호사를 뽑는 공고를 봤어요. 그곳에 지원했고, 근무하게 됐어요. 법률사무소에서는 각종 법률 사무를 보조하면서 의학적인 설명과 근거를 뒷받침해 줄 수 있는, 경력 있는 간호사를 필요로 했어요.

» **그렇게 의료 소송 연구 간호사로 일하게 됐군요!**

당시 법률사무소에 산부인과 소송이 많았는데, 저는 그때 분만실 경력 있어서 도움이 됐어요. 산부인과 차트는 특수하잖아요. 태아 심박동, 자궁 수축 모니터 그래프도 있고, 분만 방법도 여러 가지죠. 저는 산과적인 경력이 있어서 채용됐어요. 제가 입사하기 전에 있던 분들은 신생아 중환자실, 순환기 내과 병동 간호사들이었어요. 이후에 수술실 간호사도 채용되었고요.

주로 하는 일은 서면 초안 작성, 의료 기록 번역, 의학적인 리서치를 했고, 관련된 판례 찾아 담당 변호사를 돕는 일을 했어요. 1년 정도 일 하다가 고려대학교 법무대학원 의료법학과에 들어갔어요. 그곳에서 판례를 제대로 읽고 공부했어요. 법학 석사 과정을 배우다 보니, 현장에서 일했지만, 알지 못했던 것들이 눈에 들어오기 시작했어요. 그렇게 약 6년 정도 법률사무소와 법무법인에서 의료 소송 연구 간호사로 일했어요. 이러한 의료 소송 연구 간호사를 미국에서는 LNCLegal Nurse Consultant라고 하더라고요. 미국은 트레이닝 과정도 따로 있고요.

» **의료 소송 연구 간호사로 일하다가 34살에 로스쿨에 가셨다고 들었어요.**

대표 변호사님의 권유로 영남대학교 로스쿨에 입학했어요. "너는 가서 공부하면 변호사로 잘 될 거 같다."라고 하셨죠.

로스쿨은 경쟁이 치열했어요. 로스쿨에는 유급 제도와 졸업 시험 제도가 있는데, 졸업 후 5년 안에 시험에 안 붙으면, 시험 자격이 박탈돼요. 그래서 졸업을 안 하고 공부를 좀 더 하는 사람도 있어요. 3년 안에 끝내야 한다는 중압감이 심했고, 혼자 굉장히 힘들었어요. 공부량도 방대했는데, 나이도 있는 상태라 체력 관리도 힘들었어요. 그래도 저와 비슷한 처지의 동기생들과 스터디를 만들어서 3년을 같이 공부했어요.

일전에 간호사 국시를 본 경험이 있어서, 변호사 시험 시간에 몸을 집중적으로 맞췄어요. 아침 7시에 일어나서 헬스장에 가서 운동하고, 한솥도시락에서 아침 도시락 사 가요. 수업이 있으면 수업 듣고, 수업 없으면 무조건 도서관으로 가요. 들어가서 9시부터 12시까지 공부해요. 중간에 수업 있으면, 수업 들으러 나가요. 1시까지 점심 시간인데, 30분 안에 점심을 빨리 먹고 나머지 30분간 교정을 걸어 다니면서 친구들과 계속 그날 배운 걸 얘기했어요. "그 판례 봤어? 내가 보내 줄게."라면서 온 정신을 판례에 집중했어요. 1시부터 6시까지 공부하고, 7시부터 12시까지 공부하는 걸 계속했어요. 주말에는 토요일 오전, 일요일 오전은 쉬었어요. 오후에 나와서 과제 하고 수업 준비하고 그랬어요. 방학 때도 일과가 같았고, 하루가 3등분 되어 있었어요. 그렇게 3년을 보냈고, 변호사 시험에 합격했어요.

34살에 로스쿨 입학해서 37살, 3년 만에 졸업한 거죠. 간호 대학 나와서 국시 안 보고, 간호사 면허 없이 로스쿨로 간 사람도 있었어요. 하지만 간호사로 로스쿨 들어간 사람은 제가 아는 한 처음이었고, 변호사 시험도 한 번에 붙어서 나왔어요. 변호사가 되자, 친구들은 "네가 변호사라고?" 하면서 놀랐어요. 몇몇은 "나는 네가 그럴 줄 알았어."라는 반응도 있었어요.

》 변호사가 된 후에는 주로 어떤 일을 하셨어요?

변호사가 돼서는 법무법인에서 일했어요. 처음 변호사가 되면 수습 과정 6개월이 있어요. 바로 법정에 혼자 못나가고 처음에는 6개월간 수습 기간을 거친 후에, 비로소 변호사로 독립적으로 일할 수 있어요. 그 후에는 법정이나, 접견, 상담도 혼자 할 수 있어요.

처음 법정에 들어가면 엄청 떨려요. 구두 변론 내용을 적어서 연습하고 외우고 들어갔어요. 변호사로 일하며, 의료 소송 의뢰가 많이 들어왔어요. 간호사들도 상담을 많이 받는데, 주로 의료법 위반 관련이나 업무상 과실 치사, 형사 사건 등의 상담을 많이 받아요.

》 임상 간호사와 다른 변호사의 매력이 있다면?

변호사로서 가장 큰 매력은 내가 주체가 된다는 점이에요. 스스로 판단해서 일할 수 있는 게 좋아요. 누가 나에게 지시하지 않고 자유롭게 일할 수 있어요. 시간도 내 마음대로 조절 가능해요. 간호사는 듀티에 맞춰서 환자를 보잖아요. 아, 저도 나이트 근무해요. 밤샘 근무요. 그래도 간호사로 일했을 때의 힘듦과 비교했을 때 그건 전혀 동일하지 않아요. 지금 하는 나이트 근무는 원해서 하는 거니까요. 밤새는 건 어느 경우건 좋진 않지만요. 다만, 자유롭게 일할 수 있는 만큼 그 책임도 무겁다는 점이 뒤따르긴 하죠.

》 변호사가 되고 싶은 간호사에게 조언 부탁드려요.

4년제 대학을 졸업해야 하고, 법학적성시험LEET을 봐야 해요. 영어 시험 성적도 필요해요. 그 시험 성적으로 로스쿨을 지원하고, 면접 보고 합격을 기다려요. 로스쿨 입학해서 3년간 공부하고 변호사 시험 보고 나와야 해요.

병동이라든지, 특수 파트라든지 그런 특별한 과는 상관없어요. 세부적인 게 아니라, 병원 시스템이나 병원의 차트를 읽고 분석할 정도 혹은 환자 상태 파악만 할 줄 알면 돼요. 그렇다고 외래에만 있으면 곤란하겠죠. 중환자실도 좋아요. 중환자를 많이 보면 경환자도 한눈에 바로 스크린할 수 있으니까요.

요즘은 변호사가 너무 많아서 변호사들은 힘들지만, 나름 보람 있고 직업 자체에 의미가 있어요. 변호사는 사회 정의를 수호하는 법조인이잖아요. 소송만이 변호사 업무가 아니에요. 회사나 병원 내에 사내 변호사로도 갈 수 있고, 법령이나 조례 개정 등도 변호사의 자문 영역이에요. 변호사로 갈 수 있는 길이 많죠.

물론 힘든 일도 있어요. 열심히 했는데, 패소하는 경우도 있어요. 그럴 경우 의뢰인에게 그 결과에 대해서 공유하고 공감해야 하고, 앞으로의 방향도 잡아 줘야 해요. 그게 제일 힘들죠.

'교도소 담장 위를 걷는다.'라는 말이 있어요. 변호하는 일을 두고 하는 말이에요. 변호사는 항상 법 위반 여부에 촉각을 곤두세우며 일하고 있어요. 교도소 담장 위를 걷는다는 말처럼 자칫 교도소 안으로 떨어질 수 있거든요.

» 선생님의 간호사 시절이 어땠는지도 궁금해지네요.

저는 사실 간호사에 대해 잘 모르고 들어왔어요. 간호사들이 3교대 하는 것도 나중에 간호 실습하면서 알았어요. 그때는, 그러니까 고등학생 때에는, 부끄럽지만… 사실 꿈이 없었어요. 점수 맞춰서 선생님하고 부모님이 협의하는 대로 갔어요.

간호 학생 때 공부는 어렵진 않았어요. 기본 간호도 배우지만, 질환에 대해서 많이 배워서 유익했어요. 하지만 실습은 힘들었어요. 새벽 일찍부터 병원에 나와 있어야 했고, 병동 실습 가면 아무도 관심 갖지 않았던 게 기억나요. 왜냐하면 간호사 선생님들이 너무 바쁘니까요. 내가 본 병동 간호사들은 너무 힘들어 보였어요. '아, 나도 간호사가 되면 저럴까?' 싶었고, 그때는 아무 생각 없이 단순히 '병동은 가지 말아야겠다.' 싶었어요. 그래서 분만실로 갔어요. 행복한 기운이 있는 곳에 가고 싶었거든요. 거기는 고위험 임산부가 많이 입원해서 힘들지만, 빨리 순환이 돼요. 분만실은 아기 낳으러 왔다가 곧 나가니까요. 오늘 본 환자가 내일 또 있으면 그 환자는 난산인 거죠. 분만실에서 일하면서 여자가 임신을 해서 출산하는 게 정말 목숨 걸고 하는 거라는 걸 깨달았어요. 본인의 생명을 걸고 출산하는 거구나, 싶었어요. 실제로 자궁 이완증 출혈로 중환자실로 가는 엄마들도 있었어요. 유산한 사람들도 많았고, 안타까웠어요. 막상 분만실로 가 보니, 마냥 행복한 곳은 아니구나 싶었어요. 분만실은 새로운 생명의 탄생과 죽음이 같이 공존하는 곳이라고 느꼈어요.

》 일하다가 의료 사고가 나면 어떻게 해야 하나요

사고가 발생하면 빨리 법률 상담을 받으세요. 법률 상담을 받으면 '아, 이런 상황이 되면 이렇게 대응하는구나.'를 알 수 있어요. 당장 소송이 안 들어와도, 빨리 상담받고, 빨리 대응할 계획을 세우면 훨씬 좋죠. 대부분이 너무 늦게 와요. 본인이 혼자 해 보려다가 안 돼서 왔는데, 그 과정에서 본인이 하지 말아야 하는 행동이나 말들을 해서 결국 패소하는 경우도 있어요. 녹음 파일이 나온다든지 해서요.

전화로 혹은 메일로 '어떤 내용인데, 상담받고 싶으니 연락주세요.' 라고 말해 주는 게 좋아요. 대략 어떤 내용인지 정보를 주면 '아, 이건 시급하구나!' 선별해서 미팅 약속 빨리 잡고 준비해서 오라고 할 수 있어요.

요즘 대학 병원, 종합 병원, 간호 대학에서 의료 사고 및 의료법, 의료 사고 판례 케이스들을 강연하고 있어요. 법을 모르면 안 되기에, 간호사들에게 다시 알려 주고, 병원에서도 강의해요. 강의하면서 말해 주는데, '알면서 대응하는 거'랑 '모르면서 불안에 떠는 거'랑은 다르다고 말해요. 요즘은 간호사뿐 아니라, 의사도 의료법이 보수 교육 필수로 들어갔어요.

법정에서 의뢰인 변호하는 것도 의미가 큰데, 강의하면서 현장에서 질문에 답변해 주면 보람도 있고, 에너지도 얻어요. 내가 잘 아는 걸로 그들을 도울 수 있고, 영향을 미칠 수 있으니까요.

» **간호사에서 변호사로, 큰 결단과 용기가 필요했을 듯해요. 새로운 일이 두려워 머뭇거리는 이들에게 해 주고 싶은 말씀이 있을까요?**

일단 해 봐요. 해 보고 나서 후회해요. 해야겠다는 생각이 들면 해봐야 해요. 해 보고 안 되면 최선을 다했으니 그것으로 더 이상 미련이 없다고 생각할 수 있지만, 안 그러면 더 크게 후회할 수 있어요. 만약 내가 도전해 봐서 안 되면, 아예 그쪽은 생각조차 안 하고 살 거 같은데. 물론 최선을 다해야겠지만요. 시도도 안 해 보고, '내가 왜 그때 안 갔을까' 이러면서 후회하는 거? 전 그게 싫었어요. 나 스스로 힘들어질 거 같았거든요. 생각한 게 있으면, 일단 해 봐야 해요. 안 되면 최선을 다했으니 그것으로 더는 미련이 없다고 생각하고 훌훌 털고 일어날 수밖에 없지만요.

두려우면 못하는 거예요. 본인이 자신의 인생에 책임을 져야 해요. '병원 나가면 후회한다던데, 후회할 일도 안 생겼으면 좋겠고….' 이러면 계속 그 자리에 머물 수밖에 없어요. 후회만 계속해요. 후회할 일이 안 생겼으면 좋겠어요. 왜냐하면 어떤 선택을 할 때는 그 시기도 중요하기 때문이에요. 적기, 골든타임이라는 게 있어요.

» **구체적으로 어떻게 준비해야 할까요?**

관심 있는 분야는 집중적으로 파헤치는 게 좋아요. 하고 싶은 게 정해지면 본격적으로 계획을 세워야 해요. 병원을 그만두고 해야 하는 일인지, 아닌지. 만약 그만두고 1년 안에 무언가를 한다고 하면, 1년치 돈을 벌어 놓고 하든가, 그런 걸 계획적으로 해야 해요. 정보는 1년 이상 수집하는 게 좋아요. 집중적으로 파헤쳐 봐요. 힘들더라도 병원을 섣불리 바로 그만두지 말고요. 일이 마냥 힘들어서 그만둔다면, 대부분은 쉬고 싶어서 초반에 여행을 가는데, 여행비도 따로 떼어 놔야 해요. 계획적으로 그만뒀으면 좋겠어요. 돈도 모으고 준비해서요.

간호사와는 전혀 다른 직종이라면 모를까. 대부분은 간호사 면허를 갖고 간호사 경력직으로 도전하더라고요. 그럴 경우 어느 정도 간호 일로 경력을 쌓아야 해요. 제일 중요한 건 도전하는 곳에 관심을 많이 갖고 사전 정보를 계속 받는 거예요. 진로 탐색의 시간이 필요해요. 그냥 그만두고 난 후에 알아보면, 아무 일이나 하게 될 가능성이 높아요. 친구들 중에 선례가 있으면 물어보세요. 무슨 일인지, 뭐 하는 건지 물어보는 게 좋아요. 병원에서 일하면서도 뭔가 계속 준비하면서 나가는 게 좋을 듯해요. 연줄이 있다면 그 직종이 있는 사람을 만나서 얘길 들어보는 것도 좋고요. 이메일을 보내든가요. 최대한 빨리 선택하고, 선택했으면 준비하고 찾아봐야 해요. 추가적인 자격증을 따는 것도 좋아요.

저한테 간호대 학생들 메일이 많이 와요. '변호사가 되고 싶은데, 간호 대학 졸업 후 병원을 갔다가 로스쿨을 가는 게 좋은지, 아니면 병원에 가지 않고 학사 졸업하고 바로 로스쿨 가는 게 좋은지.' 답은 없어요, 사실. 그래도 조언을 하자면 저는 학사 졸업 후 로스쿨로 바로 가는 게 좋다고 말해요. 전문 분야는 로스쿨 들어와서 새로 만들 수 있어요. 꼭 의료 전문 변호사가 되겠다고 고집한다면 병원 경력이 있으면 좋겠죠. 예전에 로스쿨 자기 소개서를 컨설팅해 준 적도 있어요. 로스쿨 입학할 땐 입학 동기가 제일 중요해요. 왜 이 길로 가는지, 스토리를 얘기해 보라고 하죠. 그동안 무슨 일 하면서 살았냐고 물어보고 조언해 줘요. 그렇게 로스쿨 자기 소개서 초점 방향을 잡아준 적이 있어요. 그 친구, 로스쿨 합격했어요. 휴학 안 했으면 지금 3학년쯤 됐을 거예요, 하하.

» 마지막으로 선생님의 앞으로 계획이 궁금합니다.

변호사로 일하면서 입법 기관 관련 공부도 많이 해 보고 싶어요. 나는 간호사이면서 변호사이기도 하니까 법률상 문제가 보여요. 전문직 간호사에 맞춰서 법이 바뀌어야 한다고 생각해요. 그래야 국민들도 간호사를 독립된 전문 직업인으로 받아들일 거고요. 전문직 간호사에 걸맞은 법률 개정, 재정이 필요해요. 또한 간호사의 처우 개선도 법령으로 확고히 규정되고 보호되어야 한다고 생각해요. 저는 이 부분에 관심을 갖고 목소리를 내고 싶어요. 제가 간호사 출신 변호사로서, 도움이 됐으면 좋겠어요. 앞으로 갈 길이 멀지만, 내 평생의 업이라고 생각해요.

한 가지 욕심을 더 내자면, 지금은 변호사로 일하지만, 언젠가 추리소설 작가가 되서 법정 스릴러를 쓰고 싶어요. 존 그리샴이라고 제 롤모델이에요. 이분은 미국 변호사이자 작가예요. 변호사 생활 10년 하고, 책을 쓰면서 작가로 전업했죠. 주로 추리 소설에 법정물이 같이 있는 작품들을 써요. 이런 대작을 쓰는 건 어렵지만, 조금씩이라도 쓰고 싶어요. 그동안의 경험에서 우러난 이야기들을 추리로 풀어내고 싶어요.

선생님을 만나고 든 생각은 '인생은 도전하는 자에게 기회를 준다.'였다. 선생님 이야기를 듣다 보니, 법률사무소에 있을 때 같이 근무했던 다른 사람들이 궁금했다. 그분들은 그대로 남았고, 선생님만 로스쿨에 지원했다고 한다. 변호사라는 직업보다는, 당차게 자신의 꿈에 도전했다는 점에 마음이 갔다. 새로운 시작이 두렵진 않았을까? 그러자 선생님은 피식 웃으며 말했다.

"안 해 보고 후회하는 것보단, 최선을 다 해 보고 후회하는 게 나아요. 안 되면 최선을 다했으니, 더는 미련 없이 훌훌 털고 일어나야겠지만요. 그래도 해 봐야죠."

그 마음, 그 선택이 지금의 선생님을 만든 게 아닐까? 선생님은 자신의 인생을 바꾸고자 선택했고, 그 선택은 인생의 흐름을 바꿨다. 그 강단 있는 모습이 정말 멋졌다! 나도 언젠가 머뭇거리는 순간이 오면 선생님의 지혜를 떠올리고 싶다. 해리 포터의 덤블도어 교수가 한 말이 생각난다.

"해리야, 우리가 어떤 사람인지 보여 주는 건, 그 사람의 능력이 아니라 선택이란다."

잠깐 인터뷰

간호사의 길은 넓습니다.
지금 이 순간에도 여러 방면에서 일하는 분들이 많습니다.
다양한 길을 보여 드리고 싶어요.
앞에 소개한 분들처럼 길게 이야기를 나누진 못했지만,
여러분께 소개하고 싶은 분들이 몇 분 더 계세요.
그분들의 이야기를 편지 형식으로 보여 드립니다.
부디 도움이 되길 바랍니다.

잠깐 인터뷰 1

"사보험 회사에서도 간호사를 채용한답니다."

보험 회사 언더라이터가 된 간호사 홍지은 선생님

*

안녕하세요. 저는 간호사이자, 보험 회사 언더라이터입니다. 2008년부터 종합 병원 내과 병동 간호사로 만 5년간 근무하였습니다. 2013년에 보험 회사에 입사해서 언더라이터로 근무했고, 지금은 육아 휴직 중입니다. 언더라이터는 처음 보험을 가입할 때 심사하는 일을 합니다. 보험의 종류에 따라 언더라이터가 하는 일이 달라집니다. 간호사 출신인 저는 질병 보험 가입 심사 업무를 하고 있습니다.

질병 보험 언더라이터는 질병을 가진 사람이나, 혹은 질병이 없어도 건강한 사람보다 위험도가 높은 사람을 심사합니다. 저는 주로 대리점이나 설계사를 통해 가입한 고객들을 심사합니다.

● 언더라이터의 하루

제가 근무하는 부서는 보험 가입 심사 부서입니다. 전국의 보험 대리점의 보험 설계사나 지점장이 언더라이터에게 보험 인수 심사를 신청합니다. 그러면 보험 인수 심사를 시작합니다. 출근해서 퇴근 할 때까지 컴퓨터로 심사를 합니다. 보험을 든 사람이 질병 위험도가 높은지 아닌지 판단하죠.

● 간호사에서 언더라이터까지

간호대 졸업 후, 간호사로 일했는데 힘들었어요. 중증도 높은 환자 간호도 힘들고, 교대 근무와 휴일 근무도 힘들었어요. 성격상 임상에서 환자와 대면하는 것도 잘 맞지 않았어요. 결벽증이 있는 건 아니지만, 일할 때마다 환자의 혈액이나 체액, 병균에 노출되어있는 게 싫었어요. 제일 힘들었던 건 죽어가는 환자들은 보는 거였어요. 결국 사무직과 상근직에 관심 가지게 되었습니다. 처음엔 병원에 있는 의료비 심사에 관심을 뒀어요. 그러다 우연히 사보험 회사에서도 간호사 채용을 한다고 해서 알아보게 됐어요. 그러던 중 '언더라이터'라는 업무를 알게 됐습니다. 관심을 갖고 관련 자격증 공부를 했고, 입사하게 되었어요.

● 보험 회사 언더라이터가 되려면

저는 입사하기 전에 여러 보험 회사 홈페이지 채용 공고와 간호사 취업 포털에서 보험 회사로 검색했고 찾아봤어요. 그리고 여러 보험 회사를 지원했죠. 보험 회사마다 간호사 채용 기준이 다른 듯해요. 아무래도 여러 가지 경험이나 지식을 필요로 하기에 대학 병원 근무와 보험 지식을 원하지 않나 싶습니다. 입사한 사람들 중엔 입사 전부터 보험 관련 자격증이 있는 사람도 있었어요. 입사 후에도 계속 의료 지식을 얻고 자격증을 취득하기 위해 추가적으로 공부가 필요합니다.

보험 관련 자격증은 많이 있는데, 그중에 언더라이터 자격증은 생명 보험 언더라이터 자격증과 손해 보험 언더라이터 자격증이 있어요. 생명 보험 언더라이터자격증은 CKLU, AKLU, FKLU이 있는데, 순차적으로 자격증 취득을 해요. FKLU가 가장 어려워요. 실무 경력 등 자격 조건도 따로 있어요. 제일 먼저 취득할 수 있는 CKLU는 실무 경력이 없어도 되는 걸로 알고 있어요. 자세한 내용은 생명보험협회 자격시험센터 홈페이지(https://exam.insure.or.kr)에 가면 참고 하실 수 있어요.(손해보험 언더라이터 자격증 관련 정보는 보험 연수원 홈페이지에서 보험심사역을 찾아보시면

됩니다. https://www.in.or.kr/main/index.asp)

실무에 있어서 필요한 건 아무래도 언더라이터 자격증이겠지만, 그 외에도 보험과 관련된 자격증이 많은데요. 제 주변에는 손해사정사, 보험조사분석사 등의 자격증이 있는 분들도 계세요. 몇몇 언더라이터들은 입사 전에 CKLU 취득하는 분도 있고, 개인보험심사역을 취득하는 분들도 있긴 한데, 입사에 자격증이 필수는 아니더라고요. 회사마다 입사 조건은 다르겠지만요. 제가 근무하고 있는 회사는 입사 전후에 취득하신 분들이 많아요. 물론 입사 후에 자격증 취득은 거의 필수예요. 많은 간호사분들께 도움이 되길 바라요!

잠깐 인터뷰 ②

"처음은 누구에게나 두렵고 서투른 것입니다."

산업 간호사 이슬비 선생님

*

안녕하세요. 저는 산업 간호사입니다. 대학 병원 응급실 및 병동, QI실, 검진 센터에서 일한 적있고, 현재는 LG사이언스파크에서 건강관리실의 보건 관리자로 일하고 있습니다.

● 산업 간호사의 일과

8시 30분 출근하여 점심시간 1시간~1시간 30분을 갖고, 오후 6시 퇴근하고 있습니다. 근무 시간 중에는 약물 투여, 상처 처치, 건강 상담, 보건 교육 및 건강 검진에 대한 업무를 진행하고 있습니다. 최근에는 대한심폐소생협회에서 CPR 강사 자격을 취득하여 사내에서 직원들 대상으로 심폐 소생술 강의를 하고 있습니다.
보통은 한 사업장에 간호사가 1인이기 때문에 병원처럼 프리셉터에게 트레이닝을 받는 시스템은 아닙니다. 대신 이전 근무자가 나에게 인계를 주는 형식입니다. 이곳의 업무는 주로 연 단위로 돌아가기에 1년 정도는 겪어 봐야 해당 시기의 해당 업무를 다 경험할 수 있다고 생각해요. 검진 시기, 작업 환경 측정 시기, 건강 증진 활동 등 말이지요.

● 산업 간호사가 되다

저는 근무지를 자주 옮긴 편이에요. 처음에는 3교대하는 임상이 너무 힘들어서 상근직인 QI실에 지원하여 업무를 하게 되었고, 이 일이 계기가 되어 병원 행정, 경영에 대해 관심이 생겨 의료경영대학원에 진학하게 되었습니다. 그러다가 한 그룹사에서 산업 간호사 공고가 나서 지원해 보았는데, 저의 임상 경험과 검진 경력, 행정 경력을 두루 갖춘 부분을 좋게 봐주셔서 입사하여 일하게 되었습니다. 실은 제 계획과는 좀 진로가 달라졌지요. 그렇지만 지금 와서 생각해 보면, 산업 간호사로 일하며 경영적인 면을 활용할 기회가 있을 듯해 만족하고 있습니다.

● 산업 간호사의 특성

우선 아픈 환자들이 아닌 일반 직원들을 대상으로 하기에 서비스적인 측면과 질병 예방에 대한 업무를 많이 하게 됩니다. 또한, 간호사와 의사 등 다수가 근무하는 병원과 달리 이 회사에 의료진은 혼자이거나 소수이기에, 외롭기도 하고 병원과는 다른 책임감이 들기도 합니다.

처음 이곳에 와서 어려웠던 점은 질병과 응급 처치에 대한 사항만을 알면 된다고 생각했는데, 작업 환경 측정 같은(지역 사회 간호학에서 한 챕터 정도(?) 배웠던) 내용들이 연관이 많더라고요. 이 분야에 관심이 있으신 분이라면 지역 사회 간호학을 잘 보시는 것도 도움이 될 것 같습니다.

대부분 혼자 있고, 혼자 일을 해결해야 하여 판단력과 추진력이 중요하다고 생각해요. 환자를 처치하는 업무 외에 행정적인 업무가 많다 보니, 일을 주최하고 추진하는 것에 재미를 느끼는 분이라면 잘 맞을 듯합니다. 뭐든지 쉬운 건 없지만, 보건에 대한 부분을 논의할 사람이 많지 않다는 점이 산업 간호사로서 가장 어려운 부분인 듯합니다. 오히려 다른 직렬인 분들이 보건에 대한 부분을 보건 관리자들에게 조언을 구하러 오거든요. 책임감이 확 들지요.

산업 간호사 채용 공고는 너스케입, 사람인, 워크넷, 인크루트, 직업건강협회(www.kaohn.or.kr) 등에서 찾아볼 수 있습니다. 주로 서류 전형을 먼저 본 후, 면접을 통해 최종 합격을 하게 됩니다. 대부분 주 5일 근무를 하게 되며, 상근직(예시: 오전 8시~오후 5시)입니다. 간호사 면허 소지자면 산업 간호사 지원 자격이 되고, 산업체 보건 관리자 관련 직무 경험이 있거나 응급실 등의 임상 경험이 1년~3년 이상 있는 간호사를 선호하는 듯합니다. 요즘 현직에서 일하는 산업 간호사 선생님들은 산업위생기사라는 자격증도 많이들 따려는 추세입니다.

처음은 누구에게나 두렵고 서투른 것입니다. 그러니 처음에 너무 걱정하지 말고, 너무 겁먹지 마세요. 간호사란 직업은 꼭 병원 외에도 나아갈 수 있는 분야가 많은, 매력적인 직업이에요. 그러니 모두들 힘내서 파이팅! 입니다!

* 이외에도 산업 간호사의 생생한 이야기를 듣고 싶다면? 또 다른 산업 간호사인 지혜 선생님의 블로그를 소개합니다. 현직에서 일하는 만큼, 진솔한 이야기와 정보가 많아요.
https://blog.naver.com/ohealthnurse

잠깐 인터뷰 3

"사람 사는 곳은 모두 비슷합니다."

교도관이 된 간호사 장인우 선생님

*

안녕하세요. 저는 현재 충남 논산에 있는 장인우 간호사입니다. 2012년도에 간호 대학을 졸업한 후 대전보훈병원, 남평미래병원, 건강관리협회(광주)에서 일했고, 현재는 대전교도소 논산지소 의료과의 교도관으로 복무 중입니다.

● 일과

오전 9시 출근해서 오후 6시 퇴근합니다. 업무가 많을 때는 조기 출근 및 잔업 근무를 하고 있습니다. 예를 들면 오전 7시에 출근해서 오후 9시에 퇴근하기도 합니다. 상황에 맞게 근무 시간이 조절되지요.

● 교도관으로 일하면서 기억에 남는 일

교도관으로 복무하기 전, 수감자들에 대한 선입견이 많아서 긴장된 것도 있었습니다. 난폭한 수감자를 만날까 봐 두렵기도 했습니다. 하지만 막상 근무해 보니 사람 사는 곳은 다 비슷하구나 싶었습니다. 응급 상황 시 심폐 소생술을 하여 수감자가 소생하였을 때가 가장 기억에 남습니다. 또한 진심어린 상담으로 수감자들이 교화될 가능성이 있을 때, 즐겁고 뿌듯했습니다. 어려웠던 점은 병원도 아닌 교도소에서 수감자들에게 어디까지 의료적인 처우를 해야 할지 판단할 때가 어려웠습니다.

● 교도관으로 일할 때와 간호사로 일할 때의 다른 점

교도관은 간호사처럼 따로 프리셉터 및 신규 트레이닝이라는 체계가 있는 것은 아닙니다. 전임자에게 인계를 받으면서 업무에 적응합니다. 교도관으로 일할 때는 법률하에 수감자들 통제가 가능하지만, 간호사로 일할 때는 환자 및 보호자를 고객이라는 생각으로 '을'의 입장에서 대하는 게 다른 점인 듯합니다.

문제수인 경우에는 기동순찰팀 동행하에 간호 업무를 하기에 위험하진 않습니다. 하지만 진료를 본 수용자가 터무니없는 이유로 난동을 부리거나 혹은 본인의 요구를 들어 주지 않는다고 협박하는 경우가 드물게 있습니다. 혼자 감당이 안 되면 타 부서에 연락하여 협동 체제로 업무가 이루어집니다. 따라서 위험한 상황은 있지만, 해결이 가능합니다. 물론 돌발 상황으로 욕을 하거나 폭행을 할 경우엔 위험하겠지만요.

● 교도관이 되고 싶은 간호사에게

교도관이 되는 방법은 2가지가 있습니다. 교정직 경력 채용으로 입사하는 방법과 8급 간호직 교도관으로 되는 방법이 있습니다. 전자는 시험 공고를 통해 1차 필기시험, 2차 체력시험, 3차는 면접시험까지 다 통과해야 정복 교도관으로 임용이 되고요, 후자는 모집 공고를 통해서 면접을 통과한 후에 간호직 교도관으로 임용될 수 있습니다.

저 같은 경우는 정복 교도관으로서 의료과에 근무할 수도 있고 나중에는 타 부서에도 일할 수 있는 기회가 있지만, 후자는 오로지 간호사로 일하는 경우에만 해당된답니다.

저의 경우 간호사 임상에 있을 때 남자 간호사에 대한 전망을 곰곰이 생각하여, 2013년도에 교정직 간호사 경력 채용에 도전했습니다. 하지만 아쉽게도 낙방을 하였고, 2015년도에 직장을 그만두고 약 한 달간 공부하여 합격하였습니다. 한 달의 짧은 시간이었지만, 하루에 3시간씩밖에 못

잤고, 나머지는 거의 공부하는 시간에 투자를 하여 운 좋게도 합격을 하였습니다.
사실, 예전에 교도관은 무력으로 많이 통제했다고 합니다. 하지만 요즘은 수용자 인권이 향상됐습니다. 수용자들을 다스리는 상담 능력, 강단 있는 마음 자세, 업무 행할 때 융통성 있는 자세를 가진 분이 교도관에 잘 어울릴 듯합니다.

“죽음은 끝이 아니에요,
생명의 연장선상이에요.”

*

한국의 CSI, 검시관이 된
간호사 유소망 선생님

나는 고3 때 국정원에 간 적 있다. 미스터리와 추리를 좋아했고, 비밀스러운 작전을 수행하는 국정원에 관심이 있었다. 국정원을 사랑하는 사람들의 모임이라는 카페에 가입해 견학을 갔다. 안대를 쓰고 버스를 탄 채, 국정원에 간 기억이 난다. 나한테 미스터리와 추리, 첩보는 어릴 적 반짝이던 꿈의 한 조각이었다. 그러던 차에 검시관이 된 간호사를 알게 됐다. 억울한 죽음을 풀어 주고, 망자가 남긴 이야기를 듣는 자. 한국의 CSI, 검시관.

그 검시관이 간호사라니! 간호사가 검시관이 될 수 있다고? 정말 궁금했다. 검시관이 된 간호사는 과연 어떤 삶을 살고 있을까? 그들은 어떻게 사건을 풀어 가는 걸까? 그런데 제일 중요한 걸 잊었다. 어떻게 찾지?

나는 기사를 줄줄이 검색했고, 각 경찰청 전화번호를 써 내려갔다. 전화해서 연결해 달라고, 어디든 직접 찾아가겠다고 할 생각이었다. 드디어 전화번호를 알아내 전화를 거니, 남자 분이 받으셨는데 순순히 연결해 주셨다. 마치 익숙한 일인 듯하여 설핏 웃음이 났다. 그래도 선생님이 허락하셔야 가능할 텐데…. 긴장되고 두근거리는 마음으로 연락을 드리자, 정말 감사하게도 인터뷰를 허락해 주셨다!

선생님을 만난 그날은 유월의 어느 푸른 밤이었다.

"나는 간호사였고, 간호사이고, 앞으로도 간호사를 꼭 하고 싶어."

선생님의 첫마디였다. 눈빛은 원석처럼 빛났고, 목소리는 분명했다. 거의 모든 파트를 섭렵한 간호사로서 총 15년의 경력을 가진 선생님. 선생님은 대한민국의 자랑스러운 검시관이자, 똑똑한 간호사였으며, 신실한 종교인이자, 아이들을 사랑하는 엄마였다. 선한 인상의 선생님은 어떻게 검시관이 되었을까? 그전에는 어떤 일들을 하셨을까? 검시관은 어떤 일을 하는 걸까? 선생님은 편안하게 차근차근 말해 주셨다. 누군가에게 도움이 되고, 진심이 닿길 바라며.

» **간호사로 일하시다가 검시관이 되셨어요. 어떤 계기가 있었나요?**

나는 간호사로 총 15년을 일했어. 그동안 4개의 병원을 거치며 심혈관 센터부터 수술실, 마취과, 내과, 외과, 소아과, 중환자실, 가정 간호사 등 웬만한 파트는 다 경험했고, 지금은 검시관으로 일하고 있어. 내가 검시관이 된 건 두 가지 이유였어.

병원에 있으면서 의료 사고를 여러 차례 목격한 적이 있어. 그때 '병원이라는 환경이 억울한 일을 겪을 수도 있는 곳이구나.'라는 생각이 들었고, 의료 사고를 당한 사람들을 도와주고 싶었어. 그게 한 가지 이유야.

한번은 수술하고 중환자실로 이송되어 온 환자가 수술 후 엑스레이를 찍는데, 엑스레이 상에 모스키토(가위)가 보이는 일이 있었어. 그런데 어이없게도 중환자실에서 커튼 치고 마취 유도 약물을 주고 가위를 제거하는 수술을 하는 거야. 그때, 환자의 가족에게 어떠한 설명도 없이 수술이 일사천리로 진행되는 걸 봤어. 그런 사실을 묵인한 채 넘어가는 것을 보고, 나의 의지와는 상관없이 그 환자와 가족들에게 죄를 짓는다는 생각이 들었어. '내 가족에게 이런 일이 벌어지면 어떡하지?' 이런 심각한 고민에 빠졌었어. 내가 여기서 양심적으로 대응할 수 없는 상황이라면 여기를 떠나는 것이 맞겠다고 생각했어. 여기서 더는 못 있겠다는 마음이 생긴 거지. 그때가 서른 중반쯤이었는데, 이직 준비를 시작했어.

처음엔 변호사 사무실에 가고 싶어서 그쪽을 알아보고 있었어. 그 당시 남편이 경찰청에서 근무했는데, 경찰청에서 국가직 검시관 채용 공고를 봤다는 거야.
그 당시 검시관이란 직업 자체가 아예 없고 법의관은 있었어. 검시관을 잘 모르니까, 검시관의 주 업무가 뭔지 찾아봤지. 검시관은 '죽음의 원인을 밝혀 조사하고, 변사에 관한 통계 관리 업무를 하며, 시체와 관련된 증거물을 채증하는 사람'이라는 거야. 공문을 보고 느낌이 왔어. 진짜 100% 나를 위한 직업이라는 생각이 들었지.
그때 검시관은 7급과 9급을 뽑았는데, 7급은 석사 이상을, 9급은 일반 면허 있는 사람을 뽑는다고 했어. 처음에는 안정권인 9급에 지원하려고 했어. 그런데 분명히 내가 가야 할 길이라면 가능할 거라고 믿고 7급에 도전했지. 7급을 8명, 9급을 12명 뽑아서 총 20명을 뽑았어. 그런데 7급 지원자들 중 박사 소지자들이 있다는 거야. 나는 석사밖에 없는데 당황스럽더라고….
1차 서류 통과하고 면접 때였어. 면접관은 경찰관 1명과 국과수 법의관 2명으로 총 3명이었어. 그중 경찰관이 검시 관련 질문을 한 거야. 새까맣게 부패된 시신 사진을 보여 주고, 어떤 현상인 거 같냐고 물어봤어. 그때 내 대답은 "잘은 모르겠는데, 어떤 현상이든, 저는 주어진 일은 진짜 잘합니다."였어. 그랬더니 웃으시더라고. 옆에 있던 법의관 2명도 웃으며 말했어. "그 사진을 줘도 간호사들은 겁나지 않을 거예요."라고 말하더라고. 그 후 나는 '되든 안 되든 해 보자! 안 되면 또 준비하면 되지!'라고 생각하며 자신감 있게 임했어. 결국 합격했더라고.
합격하고 나서 희망 근무지를 선택할 때, 남편은 경기도는 일이 너무 많으니까 경기도만 지원하지 말라고 하더라고. 그런데 나는 일이 많은 곳에서 일하고 싶었어. 어차피 일할 거면 일 많은 데에서 빨리 배우고 싶었던 거지. 그래서 남편의 바람과 반대로 1지망을 경기도로 썼고, 경기도에서 일하게 된 거야.

》 **검시관으로 첫 근무는 어떠셨어요?**

처음 한 건, 6개월 동안 국과수 부검실에서 부검하는 걸 참관하고 돕는 거였어. 부검은 수술실과는 완전히 달라. 부검 방법 자체가 달라. 뇌출혈 확인하려고 두개골을 열 때 톱을 사용해. 두피를 벗겨서 그 내부를 확인하고 다시 복원시키고 꿰매. 장기도 마찬가지야. 장기를 확인하려 배를 절개하고 갈비뼈도 전부 다 절단해. 그 후 내부 장기들과 심장, 폐를 확인하는 거지.

그때 동기들이 총 20명이었는데, 그중 두 사람이 포기했어. "일반 공무원인 줄 알았는데, 이런 업무인 줄 몰랐다."며 그만뒀어. 그래서 결국 총 18명이 국과수에 가서 6개월 동안 부검을 참관하고 도왔어. 부검하는 동안 동기들이 매일같이 그만둬야 하는 건 아닌가 고민했어. 이 길로 온 것에 대한 불안감들이 많았거든. 하지만 나는 이전의 경험 때문인지 많이 힘들지 않았어. 전에 내가 간호사 생활하면서 수술실에서도 일했다고 했잖아. 수술실에서 내부 장기를 만져 보고 생리식염수로 세척도 해 봤어. 그때 그 경험 때문에 정말 적응하기 좋았어. 그런데 만약 내가 수술실 경력이 없었다면 얼마나 내가 버티기 힘들었을까 싶어. 나는 정말 검시관은 내 운명이라고 생각해. 일할수록 '하나님이 내게 이 길을 주려고 하셨구나.' 하는 생각이 들었어. 그동안 내가 했던 다양한 간호사 경험이 검시관을 하기에 버릴 것이 없이 완벽했어. 모두 필요한 경험이었던 거야. 약물부터 시작해서, 정신과 질환 특성까지 모두 유용했거든. 예를 들어 80대 정신 질환 할머니가 에너지가 갑자기 넘쳐서 담을 뛰어넘어. 그런 부분이 일반인들은 이해하기 힘들 수 있어. 그런데 우리는 정신과 환자들의 특성을 알잖아. 다양한 임상 경험을 하고 인간의 이해가 기본적으로 깔려 있지. 게다가 수많은 환자들을 만났기에 충분히 가능하다고 생각하잖아. 그동안 병원에서 얼마나 많은 환자들을 봤겠어. 그런 일들이 가능하다는 생각하에 사건을 열어 놓고 재구성을 할 수 있는 거지.

간호사의 임상적인 경험들이 검시관으로 일할 때 도움이 돼. 특히 검시관들은 이미 죽은 사람을 두고, 사건의 재구성을 하는 거잖아. 그래서 죽은 사람을 봐도 거꾸로 그 현상이 그려져야 해. 그런데 임상 경험이 없는 일반인들은 그걸 잘 이해 못해. 예를 들어 현장에서 혈흔의 모양으로 이동 경로나 힘의 방향, 도구의 성질 등을 재구성한다든지, 혹은 증거물을 오염시키지 않고 채증한다든지 하는 일들은 임상 경험이 있는 간호사들이라면 잘할 수 있는 것들이잖아.

지금은 강간, 성폭력 사건 검거율이 매우 높은 편이야. 그런데 우리가 오기 전까지만 해도 검거율이 낮았어. 왜냐하면 증거물이 오염되는 경우가 많았거든. 용의자 것이 나온다고 해도 부패됐고, 발견된 유전자가 누구의 것인지 모르는 경우도 있었어. 하지만 우리는 간호사라서 기본적으로 오염과 감염에 대한 지식이 있잖아. 우리가 검시관이 되고 난 후, 오염과 감염에 대한 개념을 현장에 적용했고 그 덕분에 증거물의 오염이 현저히 줄어들었어. 장갑, 마스크, 클린 가드도 우리가 오고 나서부터 적극적으로 사용하기 시작했지. 그래서 나는 간호 대학에 특강을 갈 때마다 검시관은 간호사들이 진짜 잘할 수 있는 직업이라고, 그 누구보다 훨씬 잘할 수 있는 직업이라고 강조해. 이 직업을 간호사만큼 잘 할 수 있는 이들이 없다고 전하곤 해. 나는 정말 검시관이 내 길이고, 운명이라고 생각해.

》 **검시관의 일과는 어떤가요?**

출근하면 전날 있었던 근무 일지를 쫙 훑어. 근무 일지 보기도 전에 콜 받을 때도 있어. 수술방의 온콜처럼 콜 받으면 현장에 투입돼. 현장 들어가기 전에 살인 사건이면 클린 가드를 입고, 현장에서 증거물을 채증하고 검시 소견을 빠르게 브리핑해. 그 후 사무실에 복귀해서 보고서를 작성하지. 현장에서 본 시신 관련해서 결론을 내야 하니까. 보고서에 사진도 넣고 시간대별로 어떤 상해고, 뭘 판단했고, 무엇을 추정했는지 사건마다 다 해야 해. 검시를 요청한 담당 수사팀에도 결과를 보내 줘야 하고.

우리는 사람이 죽어야 현장에 나가. 물론 사람이 살아있는 경우에도 나가. 예를 들어 증거물을 오염시키지 않고 채증해야 할 성폭력 사건의 경우도 있어. 그런 경우 여성 검시관이 출동해. 피해자 대부분이 여자니까.

의료 사고 수사일 때도 나가. 차트 리뷰하고 의료 과정 중 무엇이 잘못됐는지 찾아봐. 그리고 의사, 간호사, 병원 직원 등에게 질문할 카테고리를 만들어서 담당 수사관에게 제공해.

살인 사건에서는 증거물에서 피해자 DNA가 나오는 것도 중요하지만, 용의자 DNA가 더 중요해. 피해자에게 남겨진 용의자의 증거물을 얼마나 오염되지 않게, 부패 혹은 감염되지 않게 채증하느냐가 중요하지. 살인, 자살, 사고사, 변사의 경우는 현장에 약물이 있을 수도 있고, 여러 가지 자살 동기가 될 만한 것들이 있을 수 있어. 정말 자살인지, 혹시 타살인데 자살로 위장한 건 아닌지 조사해야 해. 시체 현상이 다르니까. 자살 혹은 타살의 가능성을 제시해 주고, 추정되는 근거가 무엇인지 조사하는 거야. 시체를 빨리 검시해서 감식의 효율성을 높여야 해. 예를 들어 약물 중독으로 추정이 된다면 쓰레기통을 뒤져서라도 빨리 약봉지가 있는지 찾아본다든지 혹은 살인 사건의 경우 현장에서 추정했던 사인이 실제 부검 결과와 맞는지 확인해야 해.

참! 강의를 하기도 해. 강의 요청이 오면 타 기관이나, 경찰 학교, 군 수사 기관 등에서도 강의를 하곤 하지.

검시는 한 사건에 보통 4~5시간은 소요돼. 현재 내가 있는 곳의 검시관들은 3교대로 일하는데, 당직을 하면 24시간을 일해. 그리고 이틀을 쉬어. 인원이 많이 있어서 4교대 하는 경우도 있어. 4교대는 당직하고, 이틀 쉬고, 아침 9시 출근해서 저녁 6시로 일근 근무하는 거야. 각 지방청에 인원이 얼마나 많으냐에 따라 달라. 서울은 3교대, 경기 남부는 4교대 혹은 3교대를 하지. 사건 현장에 '과학수사'라고 쓰여 있는 복장을 본 적 있지? 우리는 보통 검은색 복장을 입고 일하는데, 살인 사건의 경우 우리의 DNA가 현장을 오염시키면 안 되기 때문에 검정색 복장 위에 하얀색 클린 가드를 입어. 그 등판 뒤에도 '과학수사'라고 쓰여 있어. 과학 수사 요원으로는 우리 검시관 말고도 현장 감식팀, 화재 조사 요원, 프로파일러, 거짓말 탐지기 조사 요원, 족적 전문가, 감식 요원, 혈흔 분석 전문가 등 여러 분야 전문가들이 있지.

》 **맡으셨던 주요 사건 이야기도 해 주세요.**

맡았던 사건은 정말 많지만, 주요 사건으로는 안양 초등생 유괴 살인 사건, 강호순 사건 등이 있어. 앞의 사건을 좀 더 설명하자면, 범인이 초등학생을 성폭행하고 토막 살인해 땅 속에 묻어 놓았어. 그런데 들짐승이나 개들이 그 냄새를 맡고 땅을 파헤쳐서 뼈의 일부가 노출되었지. 그걸 발견하고 그 주위부터 발굴을 시작했는데, 시신을 다 찾지는 못했어. 며칠 후 다른 곳에서 뼈가 또 발견되었어. 우리는 뼈가 발굴되면 이 뼈가 사람 뼈인지, 개 뼈인지 초기에 구분하고 판단해야 해. 검시관들은 해부학과 생리학을 베이스로 공부한 사람들이잖아. 또한 이 사건에서 결정적인 증거인 혈흔 DNA로 용의자를 추정할 수 있었어. 그 후 DNA 감식 기법 소개와 이론적 지식, 현장에서 어떻게 활용할 것인가에 대한 강의를 많이 하기도 했지. 이천에서 냉동 창고 화재로 40여 명이 사망하는 사건도 있었는데, 그때는 지문을 통한 신원 확인을 맡았어. 그 일을 통해 신원 확인 기법도 개발하게 됐지. 직업 특성상 특이한 일을 많이 하다 보니, 드라마 작가나 PD 들이 연락해 오기도 해. 자문을 구해서 도움을 주기도 했어. 나는 현장에 투입되기 전, 피해자를 위한 기도와 묵상을 해. 억울한 죽음에 대한 위로와 좋은 곳에 가시길 바라는 마음으로 말이야.

» **힘들진 않으셨어요?**

운명이다 싶은 일을 만나서 정말 열심히 일했어. 승진도 빨랐고 모범 공무원으로도 뽑혔어. 그런데 정신없이 열정을 쏟다 보니 어느 순간 내가 병에 걸렸네? 유방암에 걸린 거야…. 내가 그동안 너무 많이 일해서 그런 건가 싶기도 하고, 쉬라는 말도 많이 들었어. 2012년 1월에 수술하고 방사선, 항암 치료까지 끝냈어. 내가 암 환자가 돼 보니까, 나의 간호사 시절을 돌아보게 됐어. 후배 간호사들에게 해 주고 싶은 말은, 간호사의 일은 정말 값지고 귀한 일이라는 걸 늘 기억했으면 좋겠다는 거야.

암 환자로 병원에 있다 보니 '내가 임상에서 일할 때 기쁜 마음으로 환자들을 돌보고 섬겼어야 했는데…. 의무감이었구나.' 싶었어. 그 전까지만 해도 진짜 간호사로서 어느 누구에게든 최선을 다했다고 말할 수 있었어. 그런데 중요한 건 마음인데, 간호할 때 마음이 안 담겨 있었구나 싶더라고. 간호사 생활할 때는 몰랐고, 내가 임상에서 나오고 나서, 아프고 나서야 알게 됐어. 간호사들을 볼 때 내가 했던 일들이 떠올랐어. 뒤늦은 후회가 돼. 그래서 후배들에게 말해 주고 싶었어.

간호사는 생명을 살리는 고귀한 일을 한다는 걸 잊지 말길, 환자를 간호할 때 의무감보다는 기쁜 마음으로, 진심을 다해 돌봐 주길 바라.

》 **지금은 괜찮으세요?**

지금은 복직해서 일하고 있어. 내 일에 감사했고, 복직할 직장이 있음에 감사했어.

복직하고 난 후엔, 구더기가 다르게 보였어. 사실 검시관으로 일할 때 가장 적응하기 힘든 게 구더기였거든. 부패가 너무 진행되면 분해하는 과정에서 파리가 시체에서 알을 까고 자라니까. 하아… 마치 내 살 위로 살아서 기어다니는 듯한 느낌이었어.

아무튼 구더기 보는 날은 며칠 동안 스트레스 받고 짜증났어. 몸을 두세 번씩 씻어도 더 씻고 싶고 그랬어. 그랬는데, 어느 날 복직해서 구더기를 보는데 고마운 마음이 들었어. 얘네들이 없으면 누가 죽은 사람을 흙으로 돌려보내 주나 싶더라고. 하나님은 인간을 흙으로 빚어서 흙으로 돌아가게 하셨다는데, 얘네들이 시체를 분해해 주지 않으면 시체가 어떻게 될까? 분명히 중요한 존재구나 싶었어. 그 다음부터 구더기 보는 게 힘들지 않았어. 이제는 구더기 길이도 잴 수 있어. 구더기를 통해 사후 경과 시간을 알려면 구더기 길이도 재고 형태도 확인해야 해. 구더기의 모양이 따라 1령, 2령, 3령을 구분하고 사후 경과 시간을 예측하기도 해. 전에는 구더기 보는 게 싫어서 피하고 싶었는데…. 나의 모든 일들에 감사하다고 느낀 후부터는 구더기가 부담스럽지 않았어. 그리고 부패된 시신을 보면서도 그분의 마지막 모습을 지켜봐 주는 내 자신이 더욱 귀한 존재임을 깨닫게 되었지.

» **정말 검시관이 운명인 듯해요! 그런데 그 전에 15년 동안 간호사를 하셨잖아요. 간호사 시절 이야기도 궁금해요.**

학생 때 간호학을 공부하면서 너무 재밌었어. 고등학교 때보다 즐거웠고, 실습하면서 환자 만나는 것도 즐겁고 재밌었어. 그러다 국시 보기 전, 병원에 지원할 때였어. 나는 간호대 부속 기관 병원에 갈 생각을 했기에 특별히 준비할 게 없었어. 국시만 안 떨어지면 됐지. 그런데 학장님이 부르시더라고. 큰 병원은 환자 중증도가 다르고, 앞서 가는 치료법도 많을 수 있으니, 3차 의료 기관에 지원하라고 하시는 거야. 당시 큰 병원은 영어 시험 성적도 필요한데, 나는 당연히 준비를 안 했었지. 그런데 마침 S 병원은 영어 성적은 필요 없고, 대학 성적과 학장님 추천만 필요하다고 했어. 다행히 학장님께서 추천서를 써 주셨고, S 병원에 합격해서 일하게 됐어.

》 그렇게 간호사로 출발하신 거군요!

응, 맞아. 그 병원 심혈관 센터가 첫 근무지였어. 심혈관 센터 오픈 멤버로 일했어. 1지망으로 중환자실을 썼는데, 중환자실 썼던 멤버들이 다 심혈관 센터로 들어간 것 같아. 심혈관 센터 병동 세팅부터 우리가 다했어. 그러니까 배울 게 많아지더라고. 원래 오픈 멤버로 가면 장비부터 시작해서 병원 구석구석 모든 일을 다 하니까. 공부를 엄청 많이 시켰고, 교육을 많이 받았어. 그때 당시 심혈관계 전문 간호사 코스가 없었는데, 우리가 처음으로 2~3주간 심혈관계 중환자실 코스 과정을 수료했어. 우리가 1기였어.

그 후에 심장 내외과 병동으로 갔어. 가서 또 열심히 1년 동안 일했어. 그러고 또 심장 소아과로 가서 1년 정도 일했지. 한참 일하는데, 병원에서 중환자실과 병동의 중간 역할을 하는 집중 치료실을 운영하겠다는 거야. 집중 치료실에 가서 또 6개월간 일했어.

병원 다니는 동안 도서관에서 살았어. 데이 근무 후에 밤 11시까지 도서관에서 공부했어. 이브닝 근무하면 아침 일찍부터 출근 전까지 공부했어. 뒤쳐지지 않으려 많이 노력했던 게 기억나. 타 대학 나온 애치고 똑부러지다는 소릴 듣고 싶었던 것 같아.

그러던 어느 날이었어. 심실 중격 결손 등의 심장 질환을 가진, 생후 7개월짜리 남자아이가 있었어. 심장 수술을 하려고 입원한 아이인데, 새벽 4시부터 금식하고 심도자 검사를 하기로 되어 있었어. 그때 내가 나이트 근무 중이었는데, 뭔가 홀렸었나봐. 새벽 4시에 그 아이 수액을 성인용 IV(정맥 주사) 세트로 바꿔서 다 틀어 놓은 거야. 나이트 근무하면서 소아용 정맥 주사 세트를 버리고, 성인용 IV 세트로 바꾼 거지. 돌이켜 보면 그건 정말 상상할 수 없는 일이잖아. 그 당시 정말 뭔가 홀린 거였다고 생각해. 중요한 건 그 당시에는 내가 했던 일들이 필름 끊기듯 하나도 기억이 안 났다는 거야.

내가 새벽 4시에 수액 세팅을 해놨는데, 어느덧 7시가 됐어. 7시에 인수인계를 해서 시작하려는데, 데이 근무 간호사가 "그 아이 주사액이 다 들어갔던데, 새벽에 주사 교환 안 한 건가요?"라고 묻는 거야. 그래서 내가 '어? 이상하다. 벌써 다 들어가? 내가 수액을 교환했는데? 그게 다 들어갈 리가 없는데…. 아니면 내가 안 했나?'라고 생각했어. 심장에 문제가 있는 아이에게 그 짧은 기간에 1리터짜리 들어갔으면 애가 멀쩡할 리가 없잖아. 그래서 '아, 내가 새벽에 연결 안 했나 보다.'라고 생각했어. 너무 이상하고 어이없는 상황인지라 나는 내가 착각했다고 믿은 거야. 그래서 다시 가서 아이한테 수액을 교체해서 달아 줬어. 그러니까 이미 수액 1리터가 다 들어가고, 더 들어가고 있던 거지.

그렇게 인수인계 끝나고 심지어 퇴근까지 해 버렸어. 그러고 나서 10시쯤 됐는데, 수간호사가 전화온 거야. "야! 유소망! 너 어떻게 된 거야! 너가 무슨 짓을 한 줄 알아?" 하면서 고래고래 소리를 질렀어. 전화를 받자마자, 몽롱한 게 확 사라졌어. 마치 영화를 본 듯 생생하게 내가 새벽에 한 일이 생각나는 거야. 그때 아이의 수액 세트를 성인 IV 세트로 바꾼 거야. '아, 애가 죽었구나. 그래서 수간호사가 소리쳤구나.' 싶었어. 그래서 전화를 끊자마자 엉엉 울었어. 그때 같이 살던 이모가 교회 집사님이었는데, 나를 붙잡고 기도해 주셨어. 둘이 무릎 꿇고 앉아서 기도했어. "그 환자를 살려 주시면 내가 평생 감사하면서, 간호사로서 남들이 하기 싫어하는 역할 맡아서 할 거고요. 수간호사나 과장 되려고 노력하지 않고요. 진짜 현장에서 뛰는 액팅 간호사로 환자 옆에서 정말 필요로 하는 간호사가 되겠습니다. 평생 늙어서 죽을 때까지 봉사 활동하면서 간호사로 주신 소명 갖고 살겠습니다."라는 기도가 줄줄 나왔어. 나도 모르게 그런 일이 벌어졌고 이모가 내가 한 서원 기도를 지키며 살아야 한다고 하시면서 걱정하지 말고 하나님께 맡기고 병원에 어서 가 보라고 하셨어. 마음에 평안함을 되찾아서 택시를 타고 병원에 갔지.

엘리베이터를 타고 병동에 내리는데, 스테이션에 의사와 간호사 들이 20~30명은 모여 있었던 것 같아. 하얀색 가운이 스테이션을 도배하고 있는 거야. 그걸 보는 순간 '아이가 죽었구나.' 했어.

눈물이 왈칵 쏟아지기 시작했고, 무거운 마음으로 스테이션에 걸어갔지. 그런데 센터 원장님의 첫 마디가 "자네는 평생 하나님 믿고 살아야 한다고. 자네는 하나님 붙잡고 살아야 하는 사람이라고."이었어. 감사하며 살라고 말씀하시는 거야. 나는 그게 무슨 말인지 몰라서 "정말 죄송합니다. 제가 정말 잘못했습니다. 환자 보호자에게 가서 사죄하겠습니다. 제가 속이려고 한 게 아니라, 그땐 정말 뭔가에 홀렸나 봅니다. 지금은 명확히 기억이 납니다. 제가 죄송합니다."라고 말했어. 그랬더니 센터장님이 "가서 그 환자 얼굴 좀 봐 바."라고 말했어. 가서 봤는데, 그 아이가 잘 놀고 있는 거야. 그 보호자한테 가서 펑펑 울었어. "어머니, 제가 사실 실수로 OO이한테 수액을 너무 많이 줬어요. 제가 잘못했습니다."라고 울면서 사과했어. 그런데 보호자가 괜찮다고, OO이가 소변으로 다 봤다고, 괜찮으니 얼마나 다행이냐며 위로해 주셨어. 나중에 알고 보니, 그 아이가 매트리스 밑바닥까지 소변을 계속 본 거야. 엄마는 아이와 같이 자는데, 자기가 땀 흘린 줄 알았다는 거야. 엄마는 내가 잘못했다고 생각 안 하고, 그때 새벽에 놓은 주사 때문에 소변을 본다고 생각하셨대. 그 아이는 여러 검사를 진행했는데, 다행히 아무런 문제가 생기지 않았고 수액량이 거의 대부분 소변으로 배출되어 무사했어. 그때 나는 하나님이 특별히 날 도우셨다고 확신해.

그 후, 더 열심히 일하며 VIP 병동, 외과, 내과 등을 경험했어. 암 환자도 케어하고, 진짜 많은 경험을 했더라고. 내 별명이 '심혈관 센터의 나그네'였어. 왜냐면 한 곳에 머무르는 시간이 1년이 채 되지 않고, 계속 다른 과를 갔거든. 계속 엄청 많이 돌아다니며 일했어. 그래서 내가 수술실이랑 마취과만 경력 없지, 웬만한 갈 수 있는 병동은 다 돌아서 경력을 많이 쌓게 된 듯해.

병원에서 일하면서 석사 공부를 더 하고 싶단 생각을 했어. 병원에서 근무하면서 석사 과정에 지원했는데 떨어졌어. 떨어지긴 했지만, 공부를 더 해 보고 싶었어. 내 커리어가 너무 아까워서 가정 간호사가 되어 스스로 환자를 관리하면 어떨까 싶었어. 일전에 가정 간호사 1기가 COPD(만성 폐쇄성 폐 질환) 환자 관리 실습하러 온 걸 봤었거든. 나도 해 봐야겠다 싶어서 지원했지. 그렇게 병원 가정 간호사 2기 과정을 마쳤어. 과정을 마치고 난 후, 참 뿌듯하고 좋았어. 가정 간호사의 길이 내 길이라는 생각이 들었거든. 내가 책임 간호사와 수간호사는 아니지만, 평생 환자 옆에서 액팅 간호사로 직접 도움을 주며 일할 듯했어.

» **그때 가정 간호사로 방향을 돌리신 거군요.**

A 대학교 보건 대학원 석사 과정을 시작하면서 학업에만 집중했고, 3학기 때부터는 논문 주제를 정해야 했지. 교수님께서 논문 주제를

물어보셨어. 그래서 '가정 간호에 대한 주제로 하고 싶은데 환자 케이스가 없어서 고민 중'이라고 했더니, 교수님께서 취업을 하거나 자원 봉사를 하면서 환자 케이스를 모으는 게 좋겠다고 조언해 주셨어. 그래서 가정 간호사 취업을 알아보는데 교수님께서 C 병원 가정 간호사 채용 공고가 났다며 소개해 주셔서 지원하게 되었고 감사하게도 취업이 되었지.

C 병원 가정 간호사로 혼자서 최대 환자 70여 명 정도를 관리하며 열심히 일했어. 그러다 내가 관리한 지 1년 넘어갈 때였어. 내 환자 중에 14살짜리 식물인간 여자아이가 있었는데, 깨어났어! 기적이지? 이 아이는 중 2때 학교에서 쓰러져서 병원에 실려 갔는데, 뇌종양으로 약 2년간 누워 있었어. 나도 사실 아이가 깨어날 거라고 기대하지 않았어. 원래 그 아이는 C 병원에서 위관 영양으로 식이를 섭취하고 있었어. 그러다 가정 간호 사업이 활성화되어, 병원에서 퇴원시키고 집에서 홈케어를 하게 된 거야.

그러던 어느 날 아침, 출근하는데 이 애가 깨어나서 나한테 전화를 한 거야. "선생님, 저 ○○이에요."라고. 나는 처음에 듣고 혀 짧은 소리가 나길래 유치원 애가 장난 전화하는 줄 알고 전화를 끊었지. 그런데 다시 연락이 와서 그 아이 엄마가 "선생님, 우리 아이 깨어났어요!"라고 말하는 거야. 믿을 수 없는 일이었지. 기적 같은 일이 일어난 거야! 그래서 애를 병원에 입원시켜서 검사를 진행했어. 건강에 이상은 없었지만 지능이 초등학교 3~4학년에 머물러 있었어. 그 후 그 아이가 장애인 학교에 입학했다는 것만 알아.

나는 그때, 하나님이 나를 통해 하고 싶으신 일이 있다는 걸 깨달았어. 그 일 후에 환자들 보는 게 너무 즐겁고 신났어. 분당, 광주, 성남, 수원 등 여러 지역을 오갔고, 즐거웠어. 암 환자들을 돌보면서 힘들기도 했지만, 감사하고 행복했어.

» **그런데 어떻게 가정 간호사에서 검시관으로 가게 됐나요?**

1999~2000년쯤 의약 분업 파업으로 레지던트들이 현장에 없었어. 내가 다니던 병원에도 레지던트가 없었어. 특히 외과 쪽 레지던트들이 없었어. 그렇다고 수술을 안 할 순 없으니까, 과장님들끼리 서로 수술 어시스트를 하는 상황이 벌어졌지. 전국에서 암 수술 해 주는 곳이 몇 군데 안 됐어. 의약 분업 진행되는 동안 매스컴에서 '지금 현재 수술이 가능한 병원이 어디인가' 하는 리스트를 내보냈는데, 그중 C 병원이 있었어. 전국에서 수술이 급한 환자들이 C 병원으로 몰려 왔고, 수술이 엄청 많아졌어. 그런데 수술할 레지던트가 없잖아. 과장들이 굉장히 부담스러워했지. 병원에서 인력난이 심각했어. 나는 1999년 3월에 결혼해서 2000년 6월에 아들을 낳았고 그때까지 가정 간호사를 계속 하고 있었어. 그때는 출산 휴가가 2달 뿐이었어. 아이가 예정보다 늦게 나와서 출산 후 한 달밖에 못 쉬고 복직하려는데, 간호과장이 연락왔어. 나보고 복직 후 수술실 어시스트를 하라는 거야. 정말 어이없는 일이었어. 그래서 "나는 가정 간호사로 취업한 거지. 일반 간호사로 온 게 아니다. 내가 왜 수술실 어시스트로 가느냐. 나는 과장님들 어시스트가 아니고, 그건 내 잡이 아니다."라고 말했어. 그랬더니, 레지던트가 없어서 어시스트가 필요하다는 거야. 수술 후 상처 케어를 해야 하는데 할 사람이 없는 거야. 진료부에서 간호과에 요청을 했다는데, 운드(상처) 케어, 수술 전 처치 등을 할 줄 아는 사람이 가정 간호사밖에 없다는 거야. 그런데 그

때가 8월이라 수술실 에어컨 찬바람이 쌩쌩 불 때였어. 애 낳고 1달 만에 산후조리도 못 했는데, 수술실 찬바람을 견딜 수가 없는 거야. 몸도 못 추스르고 갈 수가 없어서, 나는 가정 간호사로 남겠다고 했어. 차라리 다른 분을 보내라고 했지. 그랬더니, 다른 선생님은 수술실 경력이 없다는 거야. 그런데 나도 수술실 경력이 없었어. 그럼에도 가라는 거지. 너무 화가 나는 거야.

그 무렵, 남편이 회사 다니다가 경찰관으로 전직한지 얼마 안 된 시기였어. 당시 남편 월급이 내가 병원에서 받는 월급의 3분의 2 정도밖에 안 되는 거야. 내가 병원을 그만두면 도저히 애를 키우며 살 수 없는 월급이었어. 사표를 확 던지고는 싶은데, 미치겠는 거야. 고민스러웠어. 일단 알았다고 했어. 그때 내 나이가 벌써 서른이 넘어갈 때였지. '사립 병원 경력 10년 차면 갈 데가 없다.'는 말이 이런 말이구나. 이제는 진짜로 다른 직을 생각해야겠구나 싶었어. 안정적인 직장을 알아봐야겠다고 생각했지만, 다른 직장을 찾을 때까지는 어쩔 수 없더라고. 결국 수술방 어시스트를 하게 됐어.

》 아, 그래서 결국 수술실 경력까지 채워서 모든 과를 경험하게 되셨군요!

맞아. 내가 그때까지 웬만한 파트는 거의 다 돌았는데 수술방이랑 마취만 경력이 없었다고 했잖아. 거기서 그걸 채웠어. 내가 3개월 정도 일 했는데, 그 짧은 기간 동안 갑상선부터 시작해서 유방, 간, 신장, 방광 등 머리부터 발끝까지 몸 전체의 수술에 참여했지.

아침 일찍 출근해서 상처 소독, 수술 전 처치, 수술 어시스트까지 했다니까. 그런데 3개월 정도 됐을 무렵, 냉방병에 걸려서 병원에 3

박 4일 동안 입원했어. 열이 안 떨어졌어. 주사 맞고 쉬는 동안, 내가 이 병원을 그만두고 다른 곳으로 가야겠다고 생각했어. 안정적인 모습을 찾아야겠다고 생각했거든. 그때 많이 기도하고 기다렸어. 그러던 어느 날, 국립이었던 K 병원에서 경력 간호사를 모집한다는 걸 알았어. 같은 간호사이지만, 공무원인거야. 공고가 나자마자, 몰래 원서를 넣었어. 서류만 넣었는데, 경력이 많아서인지 바로 합격된 거야. 그래서 합격자 통지서 받자마자 퇴직 신청하고 이틀 후에 바로 새 병원으로 출근했어.

그런데 K 병원 의료 수준이 내가 생각했던 것보다 많이 낮았어. 거기는 중환자실임에도 불구하고 그때까지 내 환자를 정해서 일하는 '마이 페이션트'가 아니라, 펑셔널 간호 체계였어. 체계가 많이 부족해 보였어. 게다가 중환자실 간호사들이 일반 병동 간호사처럼 1년마다 로테이션 되는 거야. 세상에…. 중환자실이나 응급실 등 특수 파트의 차별화나 체계가 없는 거지. 거기서 간호 수준을 올리려 얼마나 노력했는지 몰라. 그렇게 K 병원 ICU에서 5년 정도 일하다가 검시관 공고를 보고 지원하게 된 거야.

》 **검시관으로 일하면서 힘든 일은 없으셨어요?**

우리 검시관들에게는 각자 한두 가지 트라우마가 있을 거야. 현장 갔다 오면 잊히지 않는 경우도 있고, 가족들까지 힘들어지는 경우도 있어. 나는 트라우마까지는 아닌데, 변사 현장 갔다 오면 두통이 있고, 구내염이나 호흡기 감염이 많이 와서 실제로 편도 제거도 하고 그랬어. 검시관들 중에 대상 포진이 엄청 많아. 검시관들 중에도 과로로 사망한 사람이 있어. 그 사람은 심지어 결혼도 안 한 총각이었어. 근막통증 증후군 앓는 사람도 있어. 그 사람 말로는 현장에서 감염이 온 거 같대. 나는 항상 기도하고 신앙의 힘을 통해 힘든 일을 이겨내고 있어. 매일 망자와 함께 더불어 살지만, 궂은일을 한다는 부담은 없어. 내가 해야 하는 일이라고 생각하거든.

» **정말 파란만장한 삶을 사신 듯해요. 선생님처럼 검시관이 되고 싶은 사람들이 있을 텐데, 검시관이 되려면 어떤 준비를 해야 할까요?**

검시관은 간호사 혹은 임상 병리사 면허증이 필수야. 검시관 공고는 경찰청에서 일괄적으로 내기도 하고, 각 지방청 홈페이지에서 내기도 해. 경찰청에서 지방청으로 몇 명씩 할당하거든. 공무원 채용 공고 사이트에도 공고가 올라오고, 간호협회 혹은 임상병리학협회에도 공고를 내는 걸로 알고 있어. 매년 뽑는 인원이나 시기는 달라. 매년 행정안전부에서 검시관 정원을 따와야 하거든. 세월호, 유병헌 사건으로 인해 검시관이 많이 필요하다는 인식을 갖게 되면서 인력이 늘긴 했어. 검시관이 많아졌으면 좋겠어. 수사에 많은 도움이 되니 점점 검시관을 늘려줬음 좋겠고, 교대 근무가 원활하게 돌아갈 정도로 인원이 충분했으면 좋겠거든.

시험은 1차는 서류 전형이고, 2차로 면접을 봐. 면접 때 집중적으로 질문해. 검시관 업무를 세부적으로 아는지 물어보지. 그냥 공무원이라 지원하는 사람도 있고, 뭔지 모르는 사람들도 있어. 검시관이 되면 시신을 직접 다뤄야 하기 때문에 인터뷰 때 경력이나 검시관의 역할 관련된 부분들을 중점적으로 보는 편이야. 수술실이나 응급실, 중환자실의 경우 가산점을 받을 확률이 높아. 왜냐하면 특수파트들은 일반 내과, 소아과, 병동보다 예기치 않은 죽음을 경험할 여지가 많아서 그런 경험들이 플러스 요인이 되기 때문이야. 수술실 같은 경우, 육안으로 볼 수 없는 몸 안의 상황을 직접 볼 수 있는 곳이잖아. 응급실의 경우, 사고를 당해서 오는 환자들이 많잖아. 그래서 그런 외관적인 손상을 보거나 여러 손상의 기전을 많이 볼 수 있기도 하고. 중환자실은 중증 환자를 다루기에 여러 질병의 지식과 경험을 쌓을 수 있고 어떤 약물을 썼는지, 다양한 치료법을 경험할 수 있기도 하지.

병원은 진단 과정 후에 치료가 시작되잖아. 그런데 검시관들은 진단이 내려지지 않은 사람들이 더 많아. 특히 갑자기 사망한 경우가 많아서 외피적인 소견을 가지고 죽음 전의 상황을 추정해 내야 해. 사인이 질병에 의한 것인지, 약물인지, 자의인지 혹은 타의인지 추정해야 해. 그래서 중환자실, 응급실, 수술실이 다른 부서보다 더 유리하고, 가산점을 많이 받기도 해.

최근에는 경북대학교 법의간호학 석사 과정이나 순천향대학교 법과학대학원 과학수사과 석사 과정이 생겼어. 법의학을 기본으로 하기에 검시 업무 할 때 유리한 점이 있을 거야. 현재 전국에 검시관은 140명쯤 되고 향후 더 늘어날 가능성이 있지.

》 검시관이 되고 싶은 간호사들에게 한 말씀해 주세요.

지금도 간호 대학 졸업하자마자 검시관 하고 싶다고 연락 오는 간호 학생들이 있어. 나는 항상 그 학생들에게 얘기해. 간호사로 최소 3년 경력은 쌓고 오라고. 조금 더 쌓을 수 있으면 5년까지는 쌓으라고 해. 항공사의 의무실장이든, 산업장으로 가든, 혹은 보건 교사로 가든지 경력을 쌓으라고 해. 왜냐하면 위기 상황에서 대응 능력이 중요하거든. 보건 교사의 경우, 애들이 다칠 때나 알레르기 쇼크 때 위기 대처 능력이 필요하잖아. 지금 소방대원 봐 바. 간호사로 일정 수준의 경력이 있어야 소방대원이 될 수 있어. 그런데 간호 대학만 딱 졸업하고 소방대원이 된다고 해 봐. 그러면 응급 상황에서 대처가 가능할까? 검시관도 마찬가지야. 위기 대처 능력이 필요해. 경력 없는 사람은 절대 뽑을 수가 없고, 임상 경력은 최소 3년은 있어야 한다고. 5년이면 더 좋고.

기본적으로 간호사로서 임상 경력을 풍부하게 쌓고, 실력을 쌓은 후 그걸 토대로 여러 가지를 뻗어나가야 해. 처음부터 졸업하자마자 임상 경력이 없이 가지 않았으면 좋겠어. 임상 경력을 꼭 쌓고 도전하길 바라. 아까 말했듯 검시관에 도전하려면 수술실이나 응급실, 중환자실 경력이 플러스 요인이 될 거야.

암 투병을 마치고 복직했을 때, 많은 생각이 바뀌었어. 망자를 보면서도 '하나님께서 저 사람의 마지막 모습을 나에게 맡겨 주셨구나.' 하는 생각과 감사한 마음을 갖게 됐거든. 또 하나 바뀐 건, 죽음이 결코 생명의 반대 개념이 아니라고 생각하게 되었다는 거야. 죽음이 생명의 마지막 순간이라고 여기기에 두려움의 대상이 되는 거잖아. 나는 일하면서 죽음 역시 생명의 한 과정임을 알게 되었어. 나는 검시관으로서 망자가 이 세상에서 영의 세계로 갈 수 있도록 돕는 사람이며, 그 역할이 내게 주어졌다는 것에 더욱 감사해.

연말이 되면 나는 항상 후배들에게 물어봐. 올해 기억나는 죽음이 무엇인지. 검시관으로 자기의 역할에만 충실하다 보면 죽음을 너무 쉽게 바라볼 여지가 많아. 나는 검시관들이 죽음을 단순히 직업적인 측면에서만 바라보지 않길 바라기에 그런 질문을 던져. 나 자신의 모습을 돌이켜 볼 수 있고, 자만해지지 않으려고 되새기기도 해. 각자 망자를 바라볼 때 어떤 모습으로 보는지, 어떻게 느끼는지 서로의 생각을 묻고 나눠. 죽음에 대한 가치관 정립이 바로 선 사람이 이 일을 오래할 수 있으니까. 간호사도 마찬가지인 듯해. 내가 이걸 직업으로만 볼 것인가, 아니면 직업이 아닌 뭔가 더 가치 있는 일로 볼 것인가, 생각해 볼 수 있지.

매 순간 죽음을 본다는 건 어떨까? 매일 망자를 바라본다면, 감당할 수 있을까? 누군가 그랬다. 검시관은 억울하게 죽은 망자와 대화하는 사람이라고. 모든 순간들에 감사했기에, 선생님은 극한 순간을 이겨낼 수 있던 거 아닐까? 나는 선생님이 매우 존경스럽다.

누구에게나 죽음은 찾아온다. 때론 어느 날 갑자기, 때론 예상하듯 죽음은 찾아온다. 당신은 어떤 마지막을 원하는가? 이 물음은 어떻게 살 것인가 혹은 오늘 하루를 어떻게 보낼 것인가 라는 질문과 같지 않을까. 말 그대로 언제 어떻게 살다 갈지 모르니까.

나는 가족에게 전화할 수 있어서, 내일이면 가족을 만날 수 있어 기쁘다. 내게 마지막이 온다면 사랑하는 가족들이 슬퍼하지 말고 기쁘게 살아갔으면 좋겠다. 나 역시 죽음 이후에 영적인 세계가 있을 거라 믿고 있고, 그곳에서 함께 만날 거라 믿으니까.

"간호사 연봉은 널리 오픈돼야 합니다.
역기능보다 순기능이 많아요!"

*

사이다 같이 시원한,
미군 병원 간호사
박지만 선생님

선생님을 뵌 건, 너스케입이었다.

"헉!"

소리가 먼저 나왔다. 드디어 미군 부대 간호사를 보다니! 학생 때부터 어떻게 하면 미군 부대 간호사 될 수 있는지 정말 궁금했는데, 알게 돼서 기뻤다! 미군 부대 간호사 지원 방법은 물론, 연봉 내역까지 오픈한 선생님! 그 당당한 모습이 멋졌다! 그래서 선생님께 먼저 연락을 드렸다. 혹시 이전의 나처럼 미군 부대 간호사를 궁금해 하는 사람이 있을까 봐.

"안녕하세요. 저는 박지만 간호사예요. 용산 미8군 121병원에 근무하고 있어요."

직접 만나 본 선생님은 화끈하고 시원한 매력이 넘쳤다! 미래의 간호협회 회장님으로 밀고 싶을 정도로 '간호계의 핵사이다'였다! 또한, 아내만을 사랑하는 사랑꾼이자, 귀여운 아이들의 아빠였다. 달달한 커피와 함께 만난 선생님은 너스케입 인터뷰 내용은 물론 기사에 못 실은 이야기까지 풍부하게 들려주었다.

》 만나서 반가워요! 일단 간단히 자기 소개 부탁드립니다.

저는 미군 부대에서 일하는 박지만 간호사입니다. 2005년 적십자간호대에 입학했고, 친구들보다 조금 늦게 육군 의무병으로 군대를 다녀와서 2011년에 졸업했어요. 2011년 4월 경기도 이천 소재 성안드레아 신경정신병원에 입사하여 2달 정도 일하고, 6월 인하대병원 내시경실 계약직으로 입사했습니다. 인하대 내시경실 첫 남자 간호사였으며, ERCP(내시경 역행 췌담관 조영술) 등의 특수 내시경 등을 배우고 일하다, 1년 계약 종료 후 집-회사 거리 문제로 퇴사했습니다. 그 후 2012년 6월에 집 근처 2차 병원 내시경실에 정규직으로 입사했습니다. 여러 가지 일을 겪고, 그해 12월 말 퇴사하고 2013년 1월 미8군 평택 캠프 험프리스 클리닉Camp Humphrey's Clinic에 간호조무사로 입사했습니다. 당시 감독관이 제게 조무사 업무인데 괜찮겠냐고 물었지만, 저는 아무 상관없다고 대답하고 일했습니다. 그렇게 계속 근무하다가 2014년 11월 용산 내시경실에 테크니션 자리가 나서 옮겨 왔고, 2015년 9월까지 조무사로 일하다가 RN으로 진급해서 지금까지 일하고 있습니다. 제가 일하고 있는 병원의 정식 명칭은 Brian Allgood Army Community HospitalBAACH and the 121st Combat Support HospitalCSH(이하 121병원)입니다.

» 미군 병원에는 RN, LPN, LVN이 있다고 하던데, 각각의 차이가 뭔가요?

통상 Nurse라 하면 RN, LPN, LVN을 통칭하지만, 구분할 때는 꼭 RN이라고 표현합니다. RN은 Registered Nurse의 약자로 우리의 간호사를 떠올리면 됩니다. LPN/LVN은 Licensed Practical(Vocational) Nurse로, 우리나라에는 없는 직종으로 알고 있습니다. 조무사보다는 많은 일을 하지만, RN의 관리 감독이 필요한 직급입니다. 군 병원이다 보니 사병 계급이 LPN/LVN이고 장교 계급은 RN입니다. 의무병인 메딕Medic도 따로 있으나 저희 섹션에는 없습니다.

» 일반적인 근무 형태는 어떻게 되나요?

주 5일 상근직이라 보시면 됩니다. 근무 형태는 5개의 시프트가 있습니다. 예를 들면, 오전 6시 15분 출근 오후 2시 45분 퇴근하는 시프트 등이 있습니다. 각 시프트당 최소 1명의 RN이 근무하며, 1~3

명의 LPN들과 같이 일합니다. 보통 RN이 통괄업무를 하고 액팅은 LPN/LVN들이 합니다.

» 많은 분들이 궁금해할 텐데요, 미군 부대 간호사의 연봉은 어떻게 되나요?

연봉은 조무사가 '17년 기준' 초봉 3,400만 원 정도 받습니다. 7급 LPN은 4,000만 원 정도였고 9급 RN은 5,000만 원 정도로 시작합니다. 모두 세전, 퇴직금 미포함 연봉입니다.

교대 근무하는 9급 간호사의 나이트 킵 경우에는 연 1,000만 원 정도 더 받는다고 생각하면 될듯합니다. RN으로 19년 6개월 만근하면 연봉이 7,000~8,000만 원 정도 됩니다. 다만 한국 RN은 관리자가 못 됩니다. 그냥 차지 혹은 액팅 널스이지요.

저희 부서의 월급은 기본급만 받는 홀수(짝수) 달과 상여 100% 짝수(홀수) 달이 있습니다. 9월과 11월에는 상여가 200% 나오고, 5월엔 퇴직금이 매년 정산되어 나옵니다. 업무량 대비 월급은 매우 만족하고 있습니다. 한국의 대학 병원에서 계약직으로 일하며 세후 월 200만 원 조금 넘게 받을 때 느끼던 감정과는 확실히 다르네요.

» 너스케입에 연봉을 오픈해서 화제가 되셨는데, 특별한 계기가 있었나요?

어떤 사람은 빅5도 노출 안 하는데, 정보를 너무 노출한 거 아니냐고 하더라고요. 그런데 어떤 리서치에서는 오히려 연봉을 오픈해야 지원자들끼리 경쟁심도 생기고, 내가 이만큼 벌어도 되는 사람이라는 자존감도 높아진다고 하더라고요. 순기능이 역기능보다 많기에 오픈한 거예요.

아직까지도 10여 년 전의 질문들이 올라오는 거 보여요. "저 월급 200만 원 받는데, 괜찮은가요?", "저 어느 로컬 병원인데 월급 180인데, 괜찮나요?" 이런 질문들 10여 년 전에도 올라오던 것들이에요. 우리 스스로가 우리 몸값을 너무 깎은 거 아닌가 싶어 월급을 오픈했어요.

나는 간호사는 더 잘 됐으면 좋겠고, 월급도 더 많이 받아야 한다고 생각한다. 그렇기에 월급 오픈에 찬성한다. 일종의 정보 공유이자, 자신의 몸값을 올리거나 정당히 받을 수 있는 기회라고 본다.

자신의 월급을 알려 준다는 건 쉽지 않은 일이다. 그래서 지만 선생님처럼 자신의 소중한 정보를 공유한 분들께 정말 감사하다. 월급뿐 아니라 병원 정보를 올리는 분들에게도 정말 감사하다. 그분들이 공개했기에 우리는 더 좋은 직장을 고를 수 있었고, 선택의 폭이 넓어졌다.

내가 10년 전, 신규 간호사 월급으로 약 200만 원(세후) 받았는데, 그 후 10년이 지났음에도 월급은 얼마 오르지 않았다는 게 놀랍고 씁쓸하다. 간호사의 복지가 좀 더 좋아졌으면 좋겠다.

》 미군 부대는 복지도 남다를 것 같은데요?

일단 호봉에 따라 월차와 병가가 생깁니다. 1~7호봉까지는 매년 호봉이 오르고, 한 달 만근 시 8~9시간씩 월차와 병가가 생깁니다. 7~10호봉까지는 각 호봉 승급에 1년 6개월씩 걸리고 1.5배의 월차와 병가가 생깁니다. 10~13호봉은 각 호봉이 3년씩 걸리고 2배의 월차와 병가가 생깁니다. 360시간 이상의 월차는 쓰지 않으면 없어지지만, 병가는 계속 모아도 됩니다. 병가는 출근 2시간 전까지 통보하면 되고, 3일 이상 쓸 경우에는 진단서 제출을 요구 받을 수 있습니다. 한국 휴일은 당연히 쉬고, 미군 휴일도 있습니다. 보통 월요일이나 금요일에 트레이닝 홀리데이라고 해서 쉬기도 합니다. 매주 목요일 오전 시간은 업무하느라 미비했던 군 관련 행정 업무나 훈련 등을 하는 데 쓰는 시간으로 따로 활용합니다. 1년 정도 만근하면 2년 차부터는 사실상 미국 혹은 미군 휴일은 거의 다 쉴 수 있을 정도의 월차나 병가가 생깁니다. 더 자세한 내용은 웹사이트 규정집에 나와 있으니 참조하시기 바랍니다.

》 미군 병원과 국내 병원의 시스템은 어떻게 다른가요?

우선 간호사RN 한 명이 보는 환자 수가 절대적으로 적습니다. 저희 부서의 경우 1명의 RN이 PACU(Post-Anesthesia Care Unit; 회복실)에서 최대 2명의 환자를 봅니다. 내시경도 한 번에 한 명만 보고, OMFS(Oral-MaxilloFacial Surgery; 구강악 외과)도 마찬가지로 1:1입니다. 다른 RN이나 LPN 들이 같이 일하기에 실질적으로 하루에 보는 환자는 한국 병원에 비교하면 정말 적습니다. 물론 한국 병원도 1:1로 진행하지만, 동시에 다른 일을 수행하는 경우가 많습니다. 비교를 하자면 미군 병원이 좀 더 여유있게 일 한다는 점이 있습니다. 그래서 더 환자에게 집중하게 되고 간호사로서 공부도 많이 됩니다. 자존감도 높아지고요.

또한 우리는 관리자가 아니기에 환자나 보호자와의 문제에서 직접 대면하는 경우가 별로 없습니다. 관리자가 책임을 지고 해결을 합니다. 한국 병원처럼 환자나 보호자가 간호사들에게 폭언이나 폭행을 하는 경우도 극히 드뭅니다.

OIC(Officer In Charge; 관리 감독관/수간호사) 재량으로 59분 룰이라는 게 있습니다. 환자가 없거나 바쁘지 않으면 공식 퇴근 59분 전에 퇴근시켜 줍니다. 8시간 업무를 마친 게 아니지만, 1시간 전에 퇴근 가능한, 귀여운(?) 꼼수죠.

조금 일찍 나와서 인계, 물품 정리 등의 업무를 시작하기도 하지만, 퇴근이 늦어지면서까지 시간을 허비하지 않습니다. 업무 자체 때문에 조금 늦어지는 경우도 있지만, 당연히 시간외 수당을 받습니다.

부서별로 조금씩 다르겠지만, 8시간 근무, 30분~1시간의 점심시간은 대부분 지킵니다. 4시간 근무 시 15분 휴식 보장도 있습니다. 물론 이 15분을 점심시간에 붙여 쓸 수는 없습니다.

응급실이나 병동 혹은 정신과 등은 12시간 교대 근무를 합니다. 한국 직원들은 오후 10시부터 오전 6시까지의 8시간만 나이트 수당을 받습니다. 부서에 따라 7시~7시 혹은 9시~9시, 11시~11시 등의 교대 근무를 하는 듯하고, 나이트 킵을 한다면 월평균 70~100만 원 정도 더 받는 걸로 알고 있습니다.

근무는 거의 주 4일 반을 해요. 목요일 오전은 군인 트레이닝 타임이라 진료를 안 해요. 우리나라 군대의 정신 교육이나 전투 체육 같은 걸 목요일 오전에 하거든요. 부대별로 다르겠지만, 저희 부대는 목요일 오전입니다. 사병에서 부사관까지 그동안 미비했던 서류 작업이나, 텐트치기, 체력 훈련 같은 걸해요. 그때는 군인들이 모두 빠지고 민간인밖에 없으니까, 우리도 일을 안 해요. 그때 환자 케어는 안 하지만, 밀렸던 페이퍼 작업을 하거나 교육을 들어요. 자체 교육도 하거든요. 이외에도 개인 정비 및 훈련 시간이 있어요.

» **선생님이 일하는 곳이 미군 부대 내시경실이라고 들었어요. 어떤 곳인가요?**

저희는 로테이션을 하는데, 시프트가 1번부터 5번까지 있어요. 만약 시프트가 내시경실이 되면 내시경실에 근무하는 거예요. 내시경실에서 근무하는데, 하루에 많아야 8개의 케이스를 한다고 하더라고요. 처음에 왔을 땐 제가 잘못 들은 줄 알고 다시 물어봤어요. "네? 하루에 여덟 케이스라고요?" 만약 위내시경과 대장 내시경을 한 번에 하는 환자들만 있다면 하루 4명의 환자만 볼 수도 있다는 말이잖아요! 여기가 천국인 줄 알았어요! 게다가 치료 내시경은 없고, 진단 내시경만 해요. 내시경에서 뭔가 발견되면 더 큰 병원으로 보내요. 대부분은 본토로 가고, 아니면 MOU 협정 체결된 대학 병원으로 보내요. 환자가 특별히 원하지 않는 이상, 비수면 내시경은 없어요. 환자가 어쩔 수 없는 상황일 경우만 비수면 내시경을 해요. 미군 부대 내시경실에서는 일반 널스가 프로포폴을 못 써요. 프로포폴은 꼭 마취과 전문 간호사만 쓸 수 있어요. 대신 우리는 펜타닐, 미다졸람을 써요.

» **참 부러운 환경이에요. 혹시 미군 병원에서 선호하는 임상 경력이 따로 있을까요?**

미군 병원에서 선호하는 임상 경력은 특별히 없지만, 부서별로는 아무래도 일하고자 하는 부서와 비슷한 곳에서 일했던 경력을 더 많이 쳐주지 않나 생각됩니다. 저와 같은 한국 간호사가 일하는 부서가 응급실, 수술실, 정신과 병동, 각 외래 클리닉, 일반 병동 등 이렇게 있는 걸로 알고 있습니다.

》 미군 병원 채용은 어떻게 이루어지나요?

홈페이지(CHRA Korean National Vacancy Announcements, https://wr.acpol.army.mil/knrs_employment/)에서 미군 부대 간호사를 지원할 수 있습니다. 이곳은 미 육군 극동아시아 인사처 사이트입니다. 오직 이곳으로만 미 육군에 한국인 직원으로 입사할 수 있습니다. 다만 홈페이지가 해외 주소로 인식돼서 한국에서 접속이 안 되는 경우가 있는데, 인터넷 옵션을 좀 바꾸면 접속 가능합니다. 제가 아는 한, 병원의 공개 채용은 없고, 공석이 날 때 관리 감독관의 요청으로 인사처에서 오픈 하는 것으로 알고 있습니다. 그러니 늘 홈페이지를 주시하셔야합니다. 특히 간호 직종은 자리가 잘 안 나기로 유명합니다. 저도 조무사로 먼저 입사해서 일하다가 진급했습니다.

한국에 주둔 중인 미군의 지역에 따라 나눠지는데, 보통 경기 북부 지역은 AREA I, 서울 용산은 AREA II, 평택 쪽은 AREA III, 그 밑에 전라/경상 지역은 AREA IV로 구분하고, 대부분은 그 지역에서 뽑습니다. 다만 병원이나 클리닉은 의정부과 동두천, 서울 용산, 경기 평택과 경북 대구/왜관에만 있는 걸로 압니다. 2020년 즈음이면 121 병원은 평택으로 옮겨지게 됩니다. 의정부는 문을 닫는 걸로 압니다.

필수 지원 자격은 항상 공고에 나옵니다. 최우선적으로 고려되는 사항은 아무래도 영어입니다. 토플/토익 일정 점수 이상을 요구합니다. 생각보다 높은 점수는 아니지만요.(토익 600 정도로 기억합니다.)

저희 병원은 신규 채용을 하지 않습니다. 대부분 2년 이상의 경력을 필요로 하는데, 조각 경력도 인정됩니다. 경력 부분은 인사처에서 서류심사로 다 거릅니다. 면허증은 한국 간호사 면허증만 있으면 됩니다. NCLEX 필요 없습니다. 학사, 전문학사를 따지지 않습니다.

홈페이지에 들어가면 이력서 양식이 있습니다. 이력서에는 백그라운드, 즉 이전 직장에서 무슨 일을 했는지 등의 세부 사항이 있어요. 한국과 다르게 사진 안 넣고, 개인 정보 안 넣어요. 자기 소개도 없어요. 저는 굉장히 간단히 썼어요. 1. check v/s 2. inject IV medication 이렇게요.

구직 신청서를 접수하고, 서류 통과 이후 전화로 합격 통보를 받습니다. 그때 OIC가 직접 전화하는 경우가 있습니다. 이때 영어로 대답 못하면 더 이상 기회가 없다고 보시면 됩니다.

영어, 프리 토킹이 제일 중요합니다. 완벽할 필요는 없습니다만, 대략적인 본인의 스펙을 어필할 정도는 되셔야 합니다. 물론 영어가 조금 부족해도 경력이 엄청나면 뽑히는 경우도 있습니다. 솔직히 이 부분은 OIC 취향을 타기에 정답은 없다고 봅니다. 본인의 열정을 많이 어필하시고, 자신감 있게 어필한다면 더 좋은 점수를 받을 수 있을 겁니다. 정리하자면, 영어 실력과 한국 간호사 면허증, 그리고 2년 이상의 경력만 있으면 됩니다.

» 면접 준비를 위한 팁이 있다면 알려 주세요.

보통 첫 면접은 OIC와 전화 인터뷰로 진행합니다. 영어로 의사소통이 되면, 제 경우 경력을 먼저 물어봤습니다. 이 부분은 전부 다 다르기에 정답은 없습니다. 전화 통화로 보통 면접 날짜를 잡게 되는데, 날짜를 잡고 장소에 가면, 대개 전화한 사람이 나와서 부대 안으로 에스코트를 받아 들어갑니다. 휴게실 같은 곳에 자리를 만들어서 1:1 혹은 일 대 다수로 면접을 진행합니다. 저의 경우에는 처음 조무사 입사 때, 일 대 다수로 진행했는데, OIC와 함께 같이 일하는 동료 간호사들이 나와서 인터뷰를 진행했습니다.

주로 경력과 사는 곳(출퇴근 거리), 지원 동기, 간호사가 왜 조무사에 지원했는지 등의 질문이었고, 평택에서 용산으로 올 때는 전화로만 진행했는데 주로 경력 사항을 물어봤습니다. 조무사에서 간호사로 진급 시에는 원래 일하던 곳에서 진급하는 거라서 형식상으로 OIC와 NCOIC(NonCommissioned Officer In Charge; 행정책임부사관, 행보관) 둘이 와서 그냥 앉아서 서로 웃다가 끝났습니다.

» 미군 병원에 입사 전, 이것만은 꼭 준비했으면 하는 게 있다면 뭘까요?

역시나 영어가 제일 우선이고요. 자리가 잘 나지 않기에, 조금 길게 보시는 게 필요합니다. 아니면, 다른 직종으로 일단 들어와서 옮기는 경우도 생각할 수 있습니다. 간호사분들이 조무사나 웨이터/웨이트리스, 혹은 청소부 등의 다른 직종으로 입사해서 옮겨 가는 경우를 많이 봤습니다. 미군 부대 구인 중 우선순위가 있는데, 현재 직원이 항상 1순위이며, 2~4순위까지 전 직원, 직원 가족 등으로 구성되고 마지막 5순위가 외부 구직자입니다. 저 같은 경우도 조무사로 입사하여 약 3년 후에 RN으로 진급했습니다.

» 선생님의 간호 학생 시절이 궁금해지네요.

전 원래 꿈이 없었어요. 사실 뭘 좋아하는지 잘 몰랐어요. 제가 고3 때, 이모부의 큰 형님이 "그럼 남자 간호사 해 보는 거 어때?" 하고 권했어요. 가족 중에 의료계에서 일하는 분도 있어서, 남자 간호사에 대한 부정적인 시선이 없었어요. 취업이 잘 돼서 간 것도 있어요. 간호 학생 땐 정말 반항심이 컸어요. 한번은 병원 실습을 나가는데,

지난번 실습 나갔던 애들이 병원에서 태움을 당했나 봐요. "너네 부모는 너 낳고 미역국이나 먹었냐"며 인신공격적인 말을 들었대요. 그 다음날, 제가 그 병원에 실습을 가게 됐어요. 그 병원에서 학생들이랑 다 같이 병풍처럼 서 있는데, 수간호사 선생님이 "궁금한 거 있어요?"라고 물었어요. 보통은 다들 그냥 넘어가잖아요. 그런데 제가 말했어요. "지난번에 부모 욕을 하는 일이 있었다고 들었다. 모두가 성인인데 그러면 되느냐. 저에겐 그런 일이 없었지만, 만약 제게 부모 욕을 하면 아가리를 찢겠다."고 말했어요. 수선생님이 놀라면서 "학생은 왜 이렇게 입이 험악해요?" 하는 거예요. 그런데 정말 부모 욕에 그 정도면 감지덕지라고 생각해요. 내가 잘못하면 나를 욕해야지, 왜 부모 욕을 하나요. 저도 새가슴이고 쪼잔하지만, 지킬 건 지켜야 한다고 생각해요.

» **속이 후련하네요! 간호 대학 졸업 후, 첫 직장은 어디로 가셨나요?**

원래 첫 직장은 정신과였어요. 2달 있었어요. 입사 3주차쯤에 넘어져서 크게 다친 적이 있어요. 앞니가 나갈 정도로 크게 다쳤어요. 성형외과 가서 꿰매고 왔는데, "그 얼굴로 어떻게 일하냐. 퇴사하고 재입사해." 하는 거예요. 4월에 입사했는데 4월 말에 퇴사하고, 5월 중순에 재입사해서 6월 중순까지 일했어요. 그런 와중에 마음이 떠버렸어요. 여기저기 알아보다가, 인하대 내시경실에 아는 분이 불러서 그곳으로 갔어요. 그 당시 정규직과 계약직 차이를 몰랐는데 가서 보니, 계약직 간호사였어요. 그곳에서 1년 동안 잘 배웠어요. 제가 아마 인하대학교 내시경실 최초 남자 간호사일 거예요. 그 당시 선생님들이랑 계속 연락해요. 수선생님이랑도 연락하는데, 얼마 전 하시는 말씀이 "네 덕분에 남자 간호사가 일을 잘 하는 걸 많이 느꼈다." 고 하시더라고요.

제가 병원에서 일할 때, 아내를 만났어요. 아내도 간호사인데, 그 당시 같은 병원에서 일하고 있었어요. 병원 연말 행사에 간호사들끼리만 하는 행사들이 있었어요. 그때 간호사들끼리 꽁트하고, 장기자랑 준비하고 그랬는데, 그때 연습하면서 만났죠. 행사 뒤풀이에서 제가 꼬셨어요. 거기 있던 간호사들 중에 우리 아내가 제일 예뻤거든요, 하하하.

대학 병원 내시경실은 대부분 계약직을 뽑아요. 정규직 몇 명 빼고는 거의 계약직이죠. 그래도 서로 손 바꿔 주면서 밥 먹을 시간도 챙겨주고, 근무하다 보면 무기 계약직도 되니까, 그곳에서 일했어요. 하지만 비정규직과 정규직의 급여 차이가 불공평했어요. 똑같은 일을 해도, 정규직 선생님은 300만 원 받고, 계약직인 저는 200만 원 받았으니까… 화가 나기도 했어요.

첫 병원을 그만두고 2차 병원인 A 병원에 들어갔어요. 그곳에서 저 혼자 ERCP를 어시스트했어요. 왜냐하면 그걸 할 줄 아는 사람이 그 당시 나밖에 없었거든요. 저는 이전 병원 다닐 때 ERCP 등의 특수 내시경까지 다 익혔거든요. ERCP의 경우, 납복을 입고 해서 체력적으로 힘들어요. 날짜가 정해진 오후 타임에 ERCP를 하는데, 가끔 시술을 오래 해서 늘어질 때가 있어요. ERCP 같은 치료 내시경의 경우 어시스트가 2명은 붙어야 하는데, 그런데 그걸 나 혼자 어시스트했어요. 왜냐하면 그걸 할 줄 아는 사람이 나하고 수선생님밖에 없었거든요. 수선생님도 마냥 같이 어시스트를 할 순 없어서 저한테 간호조무사로 실습 나온 학생을 어시스트로 붙여줬어요. 나름 그 병원이 의료 기관 평가를 준비하고 있었는데 말이죠. 그런 조무사 실습 학생에게 어떻게 기구를 만지라고 하는지…. 그래서 혼자 이리 뛰고, 저리 뛰고 다 하고, 그 학생에게는 환자만 붙잡고 있으라고 했어요. 그 학생은 뭘 어떻게 해야 할지 모르니까 "선생님, 어떡해야 해요?" 이러면서 당황하더라고요. 저한테 단 한 사람만 더 붙여 줬어도 이러진 않았을 거예요. 혼자 열심히 일하다 보니, 너무 번아웃 돼서 그만둬야겠다고 생각했어요. 그나마 의사 선생님들이 제가 힘들게 일하는 걸 알고는 닦달은 안 했어요.

그때 정말 화가 났어요. 내가 왜 이런 환경에서 이렇게까지 일해야 하나 싶었어요. 그때 인하대 계약직이 2,600만 원 받고 일했는데, A 병원은 2,760만 원 정도였어요. 그런데 업무량도 많고 주 6일을 일하는 거예요. 주중에 반차를 주겠다는데, 나 말고 ERCP 어시스트할 사람이 없는데 어떻게 반차를 써요. 게다가 신규 간호사 트레이닝까지 시키느라 더 힘들었어요.

더는 못하겠다고 하니, 병원에서 내년 연봉을 더 올려 주겠다고 하더라고요. 그래도 힘들어서 더는 못하겠다고 했는데, 휴가를 좀 더 주겠다고 했어요. 그런데 신혼여행 휴가를 3일 준 거예요. 병원 규정상 6일은 못 준다는 거예요. 세상에 그런 규정이 어딨는지…. 간호부장이 불러서 "너 안 나오면 취업 못하게 블랙리스트 만들어서 병원에 돌릴 거야!"라고 협박했어요. 정말 화가 났어요. 결국은 신혼 휴가를 6박 7일로 갔고, 면담 후에 사직하게 됐어요.

그때 사실은 이미 평택 미군 병원에 조무사 면접을 본 상태였어요. 면접 후 붙었다는 소식 듣고 기다리고 있었거든요. 언제 부를진 모르지만, 일하다 가려고 했는데, 일찍 그만두게 된 거죠. 그러다 미군 부대에서 연락이 와서, 다음 해 1월부터 출근하게 됐어요.

》 그런 비하인드 스토리가 있었군요! 마지막으로 간호사 후배들에게 해 주실 조언이 있다면?

저희 병원에 성신여대 간호과 학생들이 실습을 나와요. 그분들에게 제가 늘 하던 말이 있어요. 그래도 대학 병원 혹은 종합 병원에서 경험 쌓고 경력 채우고 오라고 말이죠. 그렇다고 일반 병원이나 의원급에서 일하는 선생님들을 무시하는 발언은 아니에요. 다만 보고 배우는 일의 양이 다르기에 드리는 말씀이에요.

간호사 면허증만 있으면 여러 분야로 진로 개척해서 나갈 수 있지만, 개인적으로는 '간호의 꽃은 임상이다.'라는 생각이 있어요. 따라서 후배님들 그 '자리'에서 경험과 경력을 채워 온전히 내 것으로 만들어 보세요. 그러다 보면, 언젠가 본인이 원하는 기회가 온다고 생각해요. 물론 '상식'적인 자리에서 말이지요. 요즘 하도 비상식적인 일들이 많아서, 태움 등의 비상식적인 일이 생기면 외면하지 말고 들이받기를 바랍니다. 그런 비상식적인 자리는 걷어차고 나와도 돼요.

기회는 행동하는 자에게 주어집니다! 많은 간호사분들이 행복해졌으면 좋겠습니다. 감사합니다.

지만 선생님과의 만남은 유쾌했고, 시원시원했다. "비상식적인 자리는 걷어차고 나와도 돼요."라는 사이다 같은 조언에 박수가 나왔다.

그동안 일하면서 간호사를 병원의 부속품으로 여기는 걸 많이 봐 왔다. 일하다 바늘에 찔려도, 환자 옮기다 허리가 다쳐도 대충 넘어가는 경우가 많았다. 간호사로서의 일은 충실히 하길 원하면서 직원의 보호는 소홀히 하는 경우가 많아 화도 났고, 동료 간호사가 일하다 다쳤음에도 치료받지 못한 채 일하는 걸 보고 슬픈 적도 있었다.

간호사도 사람이다. 화장실도 가고, 밥도 먹고, 아프기도 하는 사람이다. 간호사이기 전에 누군가의 가족이며, 딸이고 아들이기도 하다. 지금 이 글을 보는 사람 중에 간호사와 만날 일이 있다면, 간호사에게 따뜻한 여유를 주길 바란다. 혹시 일 처리가 조금 늦어지더라도 조금만 여유를 갖고 이해해 주길 바란다. 어쩌면 밥도 못 먹고 화장실도 못 간 채, 정신없이 뛰어다니는 간호사일지도 모르니까 말이다.

간호사도 사람답게 일하는 환경이 왔으면 좋겠다. 일보다 사람이 먼저이고, 간호사도 사람이니까.

얼마 전부터는 방송통신대학교 간호학과 19학번으로 공부도 열심히 하고 있다는 선생님! 꾸준한 도전과 노력이 지금 그 자리를 만든 건 아닐까? 선생님의 앞날을 열렬히 응원한다!

Special page

"나를 사랑해 줘서 고마워."
간호사 부부의 로맨스

*

간호사 부부로 산다는 건 어떨까?

"여보, 나 나이트 갔다 올게!"

"응, 남편. 난 내일 이브닝이야."

이러진 않을까? 혹은 서로 주사를 놔주진 않을지…. 이 책에 나오는 미군 부대 내시경실 간호사 박지만 선생님은 아내분이 간호사다. 그래서 간호사 부부의 일상을 생생히 들을 수 있었다. 두 분은 결혼 8년 차가 넘은 부부로, 귀여운 아이들이 있다.

"두 분은 어떻게 만났나요?"

호기심어린 질문에 두 분 모두 털털하게 대답하셨는데, 나는 두 분의 대답을 듣고 나서 크게 웃었다. 두 분을 각각 따로 만나 이야기를 들었는데, 서로 이야기가 묘하게 달랐기 때문이다.

"우리는 술자리에서 처음 만났어요. 간호사들 회식 자리였는데, 수많은 간호사들 중 아내가 가장 예뻤죠. 바로 작업을 걸었어요."

"회식 자리에서 만났어요. 내 맞은편에 남편이 앉았는데, 저한테 까칠하게 굴더라고요. 새로 나온 음식을 권했는데, 저한테 '내가 알아서 먹을 거예요!'라고 소리치는 거 있죠? 민망하게."

진실은 두 분만 아시겠지, 흐흐흐. 남편과 아내 입장은 다르다. 각자의 러브 스토리를 듣는 건 꽤 흥미진진했다.

생사가 오가는 병원에서 피어난, 가슴이 두근거리는 로맨스라니! 로맨스 웹소설 작가로서 귀가 솔깃하지 않겠는가! 두 분은 어떻게 반하게 되신 걸까?

"아내만큼 예쁘고 착한 사람이 없었어요. 열심히 작업했죠. 결국 우리는 1년 열애 후 결혼했어요."

"심심해서 만나주다가 콩깍지가 쓰인 거죠. 콩깍지가 안 쓰였으면 결혼 안 했을지도…."

들을수록 극명한 대비에 자꾸만 웃음이 났다. 같은 간호사와의 결혼 생활은 어떨까?

"우리 결혼식에는 의료진들이 많았어요. 둘 다 의료 계통이고, 친구들도 다 간호사라서요. 부부가 간호사라서 장점이 있다면 일하는 패턴을 잘 이해해 준다는 거죠. 이브닝 하다가 오버타임으로 늦어도 이해해 주고, 먼저 가서 아이들을 봐 주죠. 전문 용어를 써도 얘기가 통해요. 남편이랑 병원 얘기하면 공감해 줄 수도 있고, 조언도 해 줘요. 그런 부분이 좋아요. 의견을 나눌 때도 좋더라고요. 남편은 미군 부대 간호사니까 미국 시스템이고, 저는 한국 시스템이라 다양한 관점으로 볼 수 있어요. 새로운 정보를 얻을 수도 있고요. 꼭 미국 의료 시스템적인 부분이 아니더라도, 병원 정보 교류나 지식 등이 교류돼요. 아마 다른 간호사 부부들도 그럴 거예요. 단점이 있다면 뭐랄까…. 의견 일치가 안 될 때도 있어요. 만약 병원에서 일어난 일을 남편에게 털어놓으면, 남편은 얘길 듣다가 '그럼 네가 이렇게 하지 그랬어?'라고 반박할 때도 있어요. 그런 일로 초반에 많이 싸웠지만, 지금은 남편이 잘 들어주는 편이에요."

부부가 간호사면 서로의 건강도 잘 챙겨 주지 않을까?

"간호사다 보니, 가벼운 질병은 대수롭지 않게 넘기는 편이에요. 두통 있으면 '타이레놀 두알 먹어.' 하고 휙 지나가기도 하죠. 반면에 수술했을 경우는 달라요. 자세히 알고 눈에 보이니까, 좀 더 신경 쓰고 돌보게 되죠. 얼음주머니를 대 준다거나, 실생활에서 할 수 있는 케어로 더 돕게 돼요. 남편에게 바라는 게 있다면… 이전에 남편이 아버지께 간 이식 수술을 해 드렸어요. 그래서 건강 관리를 잘했으면 좋겠어요. 아이가 아프거나, 남편이 아프면 일하다가도 항상 생각나요."

발은 일터로 향해도, 마음은 항상 남편과 아이를 향해 있는 선생님. 그 마음에서 따스함이 묻어났다.

"남편은 자기주장이 확실해요. 저랑은 성향이 다르죠. 성향이 비슷하면 답답할 수 있는데, 다르다 보니 시원시원해요. 말도 조리 있게 잘하고 시원시원해요. 젊었을 때 사진 봤어요? 보면 잘생겼어요, 하하."

선생님은 남편 자랑을 하며 눈가를 휘었다. 그 순간, 아내를 자랑하던 지만 선생님의 모습이 보였다.

"마누라는 내게 소중한 존재야. 나를 믿고 우리 애들을 낳아주고 잘 길러주고…. 항상 고맙지. 그리고 나를 사랑해 주는 거. 그게 제일 고마워."

멀리 있어도 서로 통한다는 게 이런 거 아닐까? 서로에게 고마워한다는 거. 사랑으로 끈끈한 두 분 모습에 인터뷰 내내 흐뭇했다. 간호사 대 간호사로 만났지만 결국 처음과 끝은 사랑이었다.

사람과 사람이 함께 사랑을 하고, 인연을 맺고 한평생을 살아간다는 건 멋진 일인 듯하다. 언젠가 내게도 그런 좋은 일이 일어나겠지?

두 분 오래오래 행복하세요!

“더 늦기 전에 도전하세요.”

*

글을 사랑해서,
웹 소설 작가가 된 간호사
안아름 선생님

안녕하세요. 저는 안아름 간호사이자 작가입니다. 스스로를 인터뷰하려니 부끄럽네요, 하하하.

간호사의 이야기는 이미 여러 선생님들이 해 주셨기에 저는 간략히 말씀드리고 웹 소설 작가로서 모습을 보여 드리려 해요.

간호 학생 때였습니다. 혼자 영화를 보러 가던 중, 어느 중년 여성분을 도와드린 적이 있었습니다. 어찌어찌하다가 그분이 간호사라는 걸 알게 됐고, 그분은 제게 이런 조언을 해 주셨습니다.

"간호 학생이면 지금부터 간호 공무원 준비해요. 빨리 해 두는 게 좋아요."

그때는 제가 그냥 흘려들었는데, 돌이켜 보면 정말 현명하고 진심 어린 조언이었습니다. 혹시 지금 이 책을 보는 사람 중 간호 학생이 있다면 가능한 빨리 1학년 때부터 자신의 진로를 분명히 정하세요. 정말 중요합니다. 공무원이든, 해외 간호사든, 전문 간호사든 준비는 빠를수록 좋습니다.

만약 제가 신규로 돌아간다면 워킹홀리데이를 다니며 여러 나라를 살아보다가 이민을 결정할 듯해요. 어렸을 때부터 해외에서 살고 싶었거든요. 한국에서 1년의 임상 후에 사우디아라비아나 두바이 간호사를 거쳐 미국 간호사로 가는 것도 고려해 봤을 듯합니다. 하지만 지나간 시간은 되돌릴 수 없겠지요? 그러니 가능한 빨리 진로를 선택하고 실행에 옮기길 추천합니다.

참, 임상에서 일할 땐 탄력 스타킹, 공기압 다리 마사지기, 족욕기는 꼭 갖고 있었으면 좋겠어요. 간호사는 서서 일하거나 뛰어다니며 일하는 일이 많아서요. 내게 간호 대학 다니는 여동생 혹은 남동생이 있다면 꼭 선물하고 싶습니다.

자, 그럼 이제 작가의 이야기로 돌아가 볼까요?

그동안 간호사분들의 인터뷰를 하면서 "나도 언젠가 책을 내고 싶었어요.", "나도 글을 쓰는 게 꿈이었지요."라고 말씀하신 분들을 많이 만났습니다. 이 책을 읽으신 분도 인생에 한 번쯤은 책을 내 보고 싶다거나 글을 쓰고 싶은 분이 계실까요? 그렇다면 제 부족한 경험이 조금이나마 도움이 되었으면 합니다. 그렇다면 초보 작가는 어떤 계기로 글을 쓰게 됐고, 어떻게 준비하게 됐을까요? 책을 내려면 어떻게 하는 게 좋을까요?

저는 원래 간호사보다는 선생님, 선생님보다는 작가가 되고 싶었습니다. 그러나 무턱대고 작가를 하기에는 금전적인 여유가 마땅치 않았죠. 그러던 어느 날, 신문에서 미국 간호사는 3일 일하고 4일을 쉰다는 걸 봤어요. 그 말에 간호학과로 가게 되었지요. 첫 목표가 미국 간호사가 되어 쉬는 날 맘껏 글 쓰는 것이었습니다. 그래서 대학 병원을 목표로 하는 친구들과 달리, 저는 미국 간호사 면허를 따려 일부러 작은 종합 병원을 갔지요.

첫 직장은 수술실이었습니다. 그러나 제 의사와 상관없이 병동으로 보내져 그만두었지요. 그 후, 종합 병원 중환자실에서 일하게 됐습니다. 그때도 미국 간호사가 되려 준비했지만, 임상과 병행하긴 많이 힘들었습니다.

중환자실에서 영혼 없이 일하던 어느 날이었습니다. 그때 나이트 근무를 하고 있었는데, 환자의 소변통을 비우려고 화장실에 가다가 문득 거울을 봤습니다. 저는 그 순간을 잊을 수가 없습니다. 거울 속에는 초췌한 내 자신이 보였습니다.

텅 빈 눈동자.

이게 내가 원하던 삶인가? 싶었습니다. 벌써 두 번째 퇴사였기 때문에 이번에는 정말 많이 고민했습니다. 실패자 같았지만, 더 이상은 못 견딜 최악의 상황이었습니다. 저는 결국 수선생님께 면담 요청을 드렸고, 병원을 그만두게 됐습니다. 그리고 집에 내려가서 3달을 쉬었습니다. 그때 가족들이 거의 두 달 동안 제게 말을 걸지 않았습니다. 이후 저희 엄마께서 하시던 말씀이 기억납니다. "너 정말 그때 건드리면 죽을 거 같았어." 아무 말도 안 하고, 먹고 자기만 했다고 합니다.

이후 다시 정신을 차리고 취업을 했습니다. 이번엔 내시경실에서 일하게 됐는데, 그때부터 본격적으로 NCLEX를 준비했습니다. 다행히 내시경실 선생님들은 좋은 분들이었고, 낮 근무여서 즐겁게 일할 수 있었습니다.

열심히 일하던 어느 날, 제게 큰 충격을 준 사건이 찾아왔습니다. 당시 서울대 병원에서 저희 병원으로 파견을 보냈는데, 그때 파견 나온 40대 의사 선생님과 잠깐 동안 같이 일하게 됐습니다. 그분은 뒤늦게 의사가 된 케이스입니다. 원래는 공대를 나오셨고, 30대에 삼성전자에 입사해 열심히 살아왔다고 합니다. 그런데 일을 할수록 자신이 원하는 일이 아니라는 걸 깨달았고, 특히 자신의 부서에 있던 부장님처럼 되고 싶지 않았다고 합니다. 결국 대기업을 퇴사하고 의학전문대학원(의전원)을 준비해 늦은 나이로 합격했고, 40대에 의사가 됐습니다. 그분이 제게 하신 말씀이 기억에 남습니다.

"저는 부장님처럼 살고 싶지 않았어요. 매일 회식에 밤늦은 야근에….

그래서 의전원을 선택했어요. 선생님은 병원의 간호부장 되려고 하시죠? 그래서 열심히 일하시는 거잖아요."

저는 그 말이 충격적이었습니다. 간호부장이라니! 생각해 본 적 없었습니다. 내가 꿈을 잊고 있었구나 싶었습니다. 이 일은 '어떻게 살아야 할지' 진중하게 생각하는 계기가 됐습니다. 무엇을 하든, 이걸 먼저 정해야겠다는 생각이 들었습니다. 내가 가장 좋아하는 일, 평생에 하고 싶은 일을 찾으려 했습니다. 하지만 20대 중후반에 꿈을 찾기 시작했기에 많이 늦었다는 자괴감도 들었습니다. 그렇다고 시간을 되돌릴 수 있나요? 후회보다는 앞으로 전진하기로 했습니다. 여러 고민 끝에 정들었던 내시경실을 그만두고 미국 간호사 면허를 준비하기로 했고, 그해 여름 면허를 따게 되었습니다. 그러다 문득 미국 간호사 면허를 따게 된 이유가 떠올랐습니다.

'3일은 일하고 4일은 글을 써야지, 하하하!'

열아홉 살의 안아름은 글을 쓰려고 간호사의 길로 가게 됐던 것입니다. 물론 간호사로 일하는 것도 보람된 일이었지만, 내 자신을 돌아보니 제게는 글을 쓰는 일이 삶에서 가장 중요했습니다. 글을 쓰면 내 영혼이 살아있는 듯했습니다. 글 안에서 웃고 울고, 정말 즐거웠어요.

글을 쓰는 사람은 펜을 놓아도 다시 돌아온다는 말이 있지요. 사실 간호사를 시작하면서 저는 초등학교 때부터 써 오던 일기를 멈췄습니다. 매번 일기장에는 불평과 힘든 일들이 가득했고, 그런 일기장들을 다시 보고 싶지 않았기 때문이지요. 그렇지만, 병원 생활하면서 스트레스를 받을 때도 영화를 보거나 책을 읽으며 스토리에 관심을 기울였습니다. 그 일들이 작가가 되는데 도움을 준 듯합니다.

'다시 글을 써보자.'

간호사 일을 병행하면서 틈틈이 글을 쓰기 시작했습니다. 낮에는 알레르기 내과 PA로 일하며 밤에는 카페에 앉아 글을 썼습니다. 취업이 어려운 시기에 금방 직장을 구한 건, 내가 간호사라서 가능한 일이었습니다.

첫 시작은 2016년 2월 예스24 공모전이었습니다. 그때는 시놉시스가 뭔지도 몰랐고, 스토리에 기승전결의 구조가 있어야 한다는 것도 몰랐어요. 그냥 어느 날 자다가 생각난 꿈을 적었습니다. 딱 4개의 문장이었습니다. 그렇게 탄생한 것이 바로 <헬로우 약혼녀>입니다. 물론 공모전에 떨어졌지만, 꾸준히 네이버 웹 소설 챌린지 리그에 연재했지요.

그런데 글을 쓰면서 뭔가 이상하다는 생각이 들었습니다. '왜 독자들이 떠나지?' '내 글에 무슨 문제가 있나?' 이런 생각이 들기 시작했습니다. 열심히 글을 올려도 보는 사람이 줄었기에 분명 내 글에 문제가 있다고 생각했습니다.

'내 글의 문제점이 뭔지 궁금해. 어떻게 하면 글을 잘 쓸 수 있을까? 어떻게 하면 글로 잘 표현할 수 있지?'

글에 문제가 있다면 내 목소리에 문제가 있다고 생각했습니다. 작가는 자신이 마음에 품고 있는 말을 글로 전하는 사람이기 때문입니다. 그때부터 강의를 들으러 다니기 시작했습니다. 1일 특강부터 작법을 가르쳐 주는 아카데미까지. 그곳이 서울이든, 일산이든, 천안이든 배울 수 있는 곳이면 어디든 달려갔습니다. 서점에 들러 작법 책들을 잔뜩 사다 놨고, 이 작품이 왜 재밌는지, 나와 뭐가 다른지 분석하기 시작했습니다. 저는 웹 소설 작가였기에 가능한 많은 웹 소설을 읽으려 노력했습니다. 만나고 싶은 작가님들에게 무작정 메일을 보냈고, 그분들을 만나러 왕복 6시간 거리를 오간 적도 수십 번이었습니다. 지금도 2016년 다이어리에는 특강 날짜와 아카데미 수업일, 작가님들 만난 날들이 빼곡히 적혀 있습니다. 덕분에 웹 소설은 점점 호응을 얻어 베스트 리그에 올라가게 됐지요. 저는 낮에는 간호사, 밤에는 작가가 되어 즐겁게 활동했습니다.

2017년도 네이버 웹 소설 공모전에 <헬로우 약혼녀>, <사랑하지 마세요, 마왕님>을 응모했는데, 두 작품 모두 본선까지 올라갔습니다. 그 이후 한국콘텐츠진흥원에서 주최하는 스토리 작가 데뷔 프로그램에도 뽑혔고, 그 결과 카카오페이지 × 투유드림 우수상을 받기도 했습니다. 이외에도 'Story to 방방곡곡'을 통해 부산국제영화제에서 작품 피칭을 하기도 했습니다. 2019년에는 창의 인재 동반 사업에도 뽑혀 최고의 멘토님과 함께 글을 쓰게 되는 기회를 얻었습니다. 글을 쓰면서 이것이 내가 진정 원하는 일이라는 걸 느꼈습니다. 글은 내게 숨 쉬는 일이었습니다.

저는 아직도 많이 부족합니다. 일하면서 글을 쓰는 일은 시간 관리는 물론, 체력 관리도 신경 써야 하는 일입니다. 처음에는 간호사라서 일도 힘들고, 감정적인 소모도 많아 힘들다고 생각했는데, 오히려 간호사의 장점 덕분에 오랫동안 작가를 할 수 있지 않았나 싶습니다. 일도 금방 구하고, 안정적인 수입과 함께 퇴근 후에 글을 쓸 수 있으니까요. 게다가 나중에 메디컬 작품을 쓸 때 다른 작가들보다는 쉽게 쓸 수 있는 장점도 있고, 소재도 다양합니다.

간호사들은 특유의 독기(?)가 있습니다. 뭐든 잘하고, 꼼꼼히 하고 어떤 궂은일도 해낼 수 있는 능력이 있습니다. 무엇을 하든 잘하고 헤쳐 나가고 이겨낼 수 있습니다. 그러니 중간에 좋아하는 일이 생겼다면 망설이지 말고 도전해 보세요! 이 말은 저 자신에게도 해 주고 싶은 말입니다.

웹 소설은 진입 장벽이 낮습니다. 때문에 중고등학생들 중에도 웹 소설 작가가 많지요. 글쓰기를 어렵게 생각하지 마시고, '단 한 명의 독자라도 있다면 성공이다!'라는 마음으로 시작하길 추천합니다. 제 초심이 그랬거든요. 그렇게 한 명씩 두 명씩 독자 수를 늘려 갔지요. 가능하다면 웹 소설부터 시작하셔도 좋습니다. 모든 스토리는 이어져 있고, 스토리의 작법 역시 비슷하거든요. 웹 소설을 쓰면 장편 소설 쓰는 것도 가능하고, 에세이 쓰는 것도 가능합니다.

지금의 책을 쓰게 된 것도 저는 웹 소설로 먼저 글을 써 봐서 가능했다고 생각합니다. 저는 이 책을 내기로 마음먹었을 때, 간호사 관련 책들을 찾아봤어요. 관련 책들 중 상위권에 있는 책들의 출판사를 추렸고, 그 출판사에 무작정 전화를 했습니다. 출판계에 아는 사람도 없고, 무명 작가인 제 전화를 받은 출판사 담당자님은 당황할 만하건만, 제게 좋은 생각이라며 기획안을 달라고 하셨어요. 그리고 일주일 후, 연락이 왔습니다. 함께 책을 내자고요. 그래서 지금의 책이 출간된 거죠.

물론 출판사에서 항상 오케이만 받는 것은 아닙니다. 완전 초보였을 때는 웹 소설 출판사에서 숱하게 거절을 당했지요. 물론 지금도 간혹 거절을 당하기도 합니다만, 하하하. 거절이나 낙심할 상황이 와도 그 상황을 뛰어넘어야 성장하는 듯합니다.

작가가 되고 싶은 분들을 위한 팁은 아래 Q&A로 정리해 봤습니다. 도움이 되길 바랍니다.

작가가 되고 싶은 당신을 도우려는 Q&A

Q. 웹 소설 작가가 되려면 어떻게 해야 하나요?

만약 소설을 쓰고 싶다면, 당장 펜을 들어야합니다. 단 한 줄이라도 괜찮습니다. 열정이 반이니까요! 그러다가 기승전결의 줄거리를 작성해 봅시다. '처음인데, 뭐 어때?'라는 신인의 패기로 써 보세요. 어차피 필명으로 쓰니, 당신이 밝히지 않는 이상 아무도 모를 거예요.

모든 초고(처음 쓴 글)는 쓰레기라는 어느 유명한 작가의 말이 있어요. 그러니 걱정 말고 써 보세요.

그리고 온갖 방법을 다 동원하세요! 우리가 맛집에 가려 인터넷 검색하고, 알아보고, 전화하고, 그 먼 길을 가듯 최선을 다 해 보는 거예요! 즉, 작법 책을 산다든가, 웹 소설 관련 강의를 듣는다든가, 웹 소설 출판사에 무턱대고 전화한다든가 해 보세요! 웹 소설 작가가 된 사람을 만나는 것도 방법이에요. 실제로 '웹 소설 책'이라고 검색하면 나오는 것만 해도 수두룩하죠. 그중에 제가 추천하고 싶은 책은 《NOW WRITE 장르 글쓰기2(로맨스)》이에요.

웹 소설 작가가 되려면 웹 소설 생태계를 알아야 해요. 대표적인 웹 소설 플랫폼으로는 카카오페이지, 네이버 웹 소설, 조아라, 북팔, 문피아 등이 있지요. 각 플랫폼마다 독자의 선호도가 달라요. 예컨대, 조아라는 카카오페이지 독자층 성향과 비슷하죠. 북팔은 19금 독자층이 강하며, 문피아는 무협이나 현대 판타지 독자층이 강해요. 네이버 웹 소설은 현대 로맨스가 강하죠.

저의 경우, 예스24 플랫폼에서 시작했지만, 네이버 웹 소설 챌린지 리그로도 시작했어요. 네이버 웹 소설은 챌린지 리그, 베스트 리그, 정식 연재가 있어요. 대부분 무료 연재부터 시작합니다. 완전 처음이라면 완결을 목표로 하세요. 신인이라면 공모전을 노리는 것도 좋아요.

Q. 웹 소설 작가는 얼마나 버나요?

작가마다 달라요. 지인 작가는 카카오페이지 출간 2주 만에 약 2,500만 원을 벌었다고 해요. 어떤 작가는 선인세만 1권당 200만 원 받는다고도 해요. 그러나 대부분은 커피 값 혹은 치킨 값도 못 버는 경우도 많아요.

저는 한 작품당 300만 원 이상의 수익을 냈고, 그동안 웹 소설로 2,000만 원 이상 벌었어요. 크게 터진 작품은 아직 없지만요, 하하하. 인세 수입이 매달 들어오긴 하지만, 첫 달에 비해 점점 줄어들지요. 이건 스타 작가도 마찬가지예요. 시간이 지날수록 옛날 작품에서 들어오는 수입은 적어요. 작가들 사이에서 '스타 작가가 아닌 이상, 다작이 답이다.'라는 말도 있듯이, 꾸준한 출판이 있어야 돈이 돼요. 신작을 내면 이전 작품들도 같이 팔리기도 하지요.

Q. 웹 소설 작가의 생태계는 어떤가요?

작품의 수익을 출판사와 7:3 혹은 6:4로 나눠요. 신인 작가의 선인세는 대개 50만 원부터 시작해요. 200만 원 받는 작가, 1,000만 원이상 받는 작가도 봤어요. 종이책의 경우 비율이 달라요. 종이책은 보통 정가의 10%가 작가의 몫이에요. 웹 소설계에서는 신인 작가가 대박 작품을 내지 않는 이상, 종이책을 내는 경우는 드물죠. 웹툰과 웹 소설이 같이 가는 경우도 있어요. 이 경우 시너지 효과가 나서 홍보와 수익에도 도움이 된답니다.

Q. 출판사를 고르는 방법은 어떤 게 있나요?

카카오페이지에서 작품을 볼 때 출판사를 보세요. 어느 작가가 연달아 작품을 낼 때 같은 출판사에서 낸다면, 그 출판사가 좋은 경우가 많거든요.

Q. 뭘 써야 하나요?

웹 소설에서는 주로 로맨스, 판타지, 무협 장르가 수익이 돼요. 특히 로맨스 독자층은 매우 두껍지요. 독자층은 곧 수익과 연결되니까요. 안타깝게도 웹 소설에서 호러나 추리는 독자층이 적어요. 로맨스나 판타지를 섞으면서 필력이 좋으면 수익이 가능할지도 모르지만….

좋아하는 걸 쓰되, 기승전결을 갖추도록 노력하세요. 저의 첫 작품 <헬로우 약혼녀>의 경우, 기승전결 없이 시작한 작품이이라 악플도 많았어요. 그러나 후속 작품인 <사랑하지 마세요, 마왕님>은 시놉시스에 공을 많이 들였지요. 덕분에 많은 독자들에게 사랑받을 수 있었어요. 그러나 제일 중요한 건 즐겁게 쓰려는 마음가짐이에요. '내 작품이 세상에서 제일 재밌다!' 라는 착각(?)에 빠지세요. 그러면 아무리 힘들어도 처음 시작할 때의 힘으로 다시 돌아오게 되어 있어요. 단 한 명의 독자가 있더라도 글을 쓰겠다는 마음으로 시작하길 바라요.

Q. 어떻게 써야 하나요?

모든 글에는 형식과 장르가 있다고 봐요. 예를 들면 기승전결이나, 3막 구조 등이 있지요. 또한 웹 소설을 배울 때 작법을 배우라고 하고 싶어요. 저는 웹 소설을 잘 쓰는 작가님들의 공통점을 발견했는데, 작품을 매주 분석하고 있었고, 많이 읽었으며, 끊임없이 작법을 공부하고 계시더라고요.

추천 작법서로는 다음과 같은 책들이 있습니다.

《스토리텔링 7단계》(마루야마 무쿠 지음, 토트 펴냄), 《유혹하는 글쓰기》(스티븐 킹, 김영사), 《시나리오 어떻게 쓸 것인가》(로버트 맥키, 민음인), 《할리우드에서 성공한 시나리오작가들의 101가지 습관》(칼 이글레시아스, 경당), 《인간의 마음을 사로잡는 스무가지 플롯》(로널드 B. 토비아스, 풀빛), 《Save the cat!》(블레이크 스나이더, 비즈앤비즈), 《소설쓰기의 모든 것》(제임스 스콧 벨, 다른), 《매혹적인 스토리텔링의 탄생》(김태원, 파람북)

웹 소설뿐 아니라 작가로서 영역을 넓히고 싶다면, 영화의 시나리오 과정이나 드라마 작가 과정을 듣는 것도 추천해요. 한국드라마아카데미, 한국시나리오연구소, 한겨레문화센터, 방송작가교육원 등도 있어요. 요즘은 스토리원 아카데미 , 문피아 아카데미 등 웹 소설 학원들도 생겼지요. 만약 감이 잡히지 않는다면 웹 소설 학원을 다니는 것도 방법이에요. 요즘에는 콜로소coloso라는 온라인 클래스가 있는데 <재벌집 막내아들>을 쓴 산경 작가님 강의도 좋더라고요. 도움이 되는 블로그로는 '아크이도경' 님의 블로그, '정룡필' 님의 블로그가 도움이 될 듯합니다.

Q. 웹 소설 표지는 어떻게 만들어지나요?

출판사마다 다르지만, 대부분 출판사에서 만들어 주는 편이에요. 개인적으로 일러스트 작가를 찾아 의뢰하는 경우도 있어요. 혹은 작가가 일러스트 작가를 찾아 지정하는 경우도 있지요. 1장당 적게는 10만 원에서 많게는 백만 원대로 다양해요.

Q. 웹 소설 작가의 일과는 어떤가요?

저의 경우 겸업을 하느라 낮에 일하고, 오후에 글을 써요. 주말에는 주로 카페에 가서 글을 쓰지요. 하지만 전업으로 웹 소설을 쓰는 스타 작가님의 경우, 오전에 글 쓰고, 오후에 운동하고 쉬며, 저녁에 다시 글을 쓰시더라고요. 보통 하루 2화를 쓰는데,

1화당 5,000자에서 5,500자라고 보면 돼요. 그럼 하루에 1만 자를 꾸준히 쓰시는 거죠. 그분이 내게 조언해 주시길 "매일 1화씩 꾸준히 쓰시고, 완결을 목표로 하세요." 라고 하셨어요. 그 말에 전적으로 동의해요. 그분은 바로 <왕의 딸로 태어났다고 합니다>의 비츄 작가님이세요. 스타 작가임에도 매우 겸손하고 성실하고, 자기 관리가 철저해요. 개인적으로 매우 존경하는 분이에요.

Q. 웹 소설 작가로 주의 사항이 있나요?

작품도 중요하지만, 출판사도 정말 중요한 듯해요. 어느 출판사에 가느냐에 따라 작품의 운명이 갈리는 걸 봤거든요. 운이라고 해야 할까요? 아무리 좋은 작품도 홍보가 없으면 묻혀요…. 홍보 마케팅을 잘 해 주는 출판사가 중요해요. 또한 오랫동안 함께 볼 글 친구도 중요하지요. 그러나 무엇보다 중요한 건 꾸준함과 끈기예요. 누군가 성공의 반대는 실패가 아니라, 포기라는 말을 했어요. 포기하지 않고 꾸준히 밀고 간다면 언젠가 뜰 수 있을 거라 믿어요.

Q. 나는 웹 소설 작가로 전업 작가가 될 거예요!

미안하지만, 사직서는 고이 마음에 간직하길 바라요. 스타 작가가 아닌 이상, 처음에는 일하면서 하길 추천해요. 저는 사실 6개월간 전업 작가를 한 적이 있어요. 작품 완결만 하면 다 될 줄 알았는데, 출간까지 교정도 남았고, 표지도 만들고 플랫폼에 연재 결정까지 시간이 꽤 걸렸어요. 그 당시 받은 선인세 50만 원만으로는 살 수가 없었고, 결국 다시 일하러 들어갔지요. 지금은 일하면서 글 쓰는데, 충분히 만족해요. 누군가 그러더군요. 전업 작가가 되려면 적어도 열 작품은 있어야 한다고. 작품을 완성한다고 해도 바로 출간이 되지 않아요. 약 3~6개월 정도 넉넉히 기간을 잡아야 하죠. 작품의 수입이 현재 수입의 10배 이상이 되거나, 중박 이상의 작품이 10개 이상이라면 고려해 볼 만할 듯해요. 그렇지 않다면 일과 병행했으면 좋겠어요. 수입이 없으면 불안하고, 삶이 힘들어지고, 자꾸 딴 생각을 하게 되거든요.

Q. 작가로서 준비물이 있을까요?

1. 노트북, 키보드: 키보드는 기계식 키보드를 추천해요. 오래 글을 쓰다 보면 손가

락 관절이 아프거든요.

2. 의자: 인체 공학적으로 만든 허리에 좋은 의자도 추천해요. 오래 앉아 있어야 하니까요.

3. 시력 보호 안경: 내 눈은 소중하니까요.

4. 프린터기: 종이로 출력해서 작품을 읽어 보세요. 특히 소리 내서 읽어 보세요. 소리 내기 전과 후는 매우 달라요. 이왕 사려면 스캔까지 되는 걸로 추천해요.

5. 색색깔 볼펜: 각각의 볼펜으로 밑줄을 쳐 봐요. 예를 들어 대사에는 파란색, 묘사 문장에는 초록색, 객관적 서술에는 빨간색 등. 구분해서 치면서 수정해보면 내가 어느 부분을 많이 쓰는지, 적게 쓰는지 알 수 있어요.

Q. 웹 소설을 썼다면?

1~5화까지 썼다면 플랫폼에 올리는 방법도 있고, 출판사에 컨택하는 경우도 있어요. 출판사마다 다르지만, 5화까지만 보고도 출간 계약을 진행하는 출판사도 있어요.

Q. 작가로서 가장 중요한 것이 있나요?

처음 글을 썼을 때의 마음이에요. 그때 느낀 열정과 희열, 기쁨이 가장 중요해요. 내가 얼마나 글을 사랑하는지, 글쓰는 게 얼마나 좋은지 생각하면 아무리 악플이 있어도 다시 일어설 힘이 생겨요. 열정을 갖고 해 봐요! 나도 했는데, 당신은 왜 못하겠어요? why not?

PART 3

한국 밖의 간호사들

"순한 양이 되지 마세요."

*

당당히 건설적인 목소리를 낸,
호주 간호사
김태룡 선생님

김태룡 선생님은 이 책의 첫 번째 인터뷰 주인공이다.

첫 인터뷰에는 남자 간호사를 찾는 게 목적이었다. 그 당시 남자 간호사를 찾는 게 가장 어려운 도전 과제라고 생각했기에 가장 먼저 해결하고 싶었다. 머리가 지끈거리던 그때, 얼마 전에 본 너스케입이 떠올랐다. 남자 간호사 한 분이 매우 당당하게 너스케입에서 자신의 짝을 찾고 있었다! 짝을 찾으려 공개적으로 프로필을 올려놓으시다니! 이런 분은 처음이라 놀랐고 신기했다. 이런 천운을 놓칠 수 없지! 서둘러 쪽지를 보냈다.

[안녕하세요. 저는 남자 간호사를 찾고 있는 미녀 작가이자 간호사입니다. 혹시 시간이 되시면 차 한 잔 괜찮으신지요? 제가 지금 글을 쓰는데 남자 간호사 인터뷰가 필요해서요. 그럼 쪽지나 문자 부탁드립니다. 감사합니다. ^^]

물론 '미녀'라는 말은 선생님을 낚기 위함이었다. 정말 다행히 연락이 왔다! 그때의 기분이란 마치 광어를 잡은 낚시꾼의 기분이랄까? 하하하! 그런데 전화로 걸려 온 선생님의 첫 마디가 이상했다.

"혹시 절 보려는 이유가 오늘 그 뉴스 때문이죠?"

"네? 무슨…."

알고 보니, 선생님이 연락 주신 그날은 국립중앙의료원 남자 간호사가 사망했다고 기사가 난 날이었다. 뉴스를 접하고 가슴이 아팠다. 무슨 일이 있었던 걸까?

이 기사를 보고 처음에 든 생각은 '태움' 때문이 아닐까 였다. 진실은 알 수 없지만, 더는 이런 일이 없길 바랐다. 내가 쓰는 글에도 의무감이 들었다.

난생 처음 인터뷰를 시작한 날, 그날은 비가 오는 어느 주말의 아침이었다.

"안녕하세요."

누군가 카페에 들어왔다.

"아, 선생님! 반가워요!"

우리는 잠깐의 소개를 나눴다. 선생님은 내 이야기를 흥미롭게 들으시더니 자신의 이야기를 꺼내기 시작했다.

"먼 길 오느라 고생했어요. 만나서 반가워요, 선생님. 저는 지금 가천대학교 RN-BSN을 하고 있어요. 호주 시드니 대학원을 준비 중이거든요. 한국에서의 임상 경력은 없고, 호주에서만 있어요. 이전에는 호주 애들레이드에 있는 로얄 애들레이드 병원RAH 6Q 심혈관 병동에서 약 5년 일했고, 의무병까지 7년 동안 간호사를 했네요."

》 선생님이 근무한 병원의 소개를 부탁드려요.

호주는 병원이 퍼블릭, 프라이빗으로 나뉘어 있어요. 쉽게 말하면 국립 병원과 클리닉이죠. 병원마다 페이가 달라요. 국립에서는 30% 세금 공제가 있거든요. 제가 다닌 곳은 국립 병원이라 병원 이름에 'Royal'이 들어가요. 로얄 애들레이드 병원은 얼마 전에 확장해서 세계에서 4번째로 큰 병원이 됐어요. 병상수로는 600베드 쯤 돼요. 애들레이드 중심에 우리 병원이 있고, 곳곳에 거점 병원들이 있어요. 예를 들면 플린더스 병원(남쪽), 라이웰 맥어윈 병원(북쪽) 등이 있어요.

》 호주의 간호사 근무 시간은 어떤가요?

미국은 2교대도 가능하지만, 호주는 3교대를 하고 있어요. 참, 호주에서도 이브데이(이브닝 근무 후 다음날 데이 출근하는 걸 말함. 이브닝: 보통 3시 반~10시 반, 데이: 보통 7시 반~3시 반. 즉, 10시 반쯤 끝나서 바로 다음날 새벽부터 일어나 병원에 출근하는 걸 뜻함. 체력적으로 매우 힘든 근무표임.)가 있었어요.

호주에서 한번은 더블 시프트(예: 오전 7시~오후 10시 근무) 사고가 있었어요. 간호사가 더블 시프트 하고 투약 사고를 한 거예요. IM(근육 주사)을 IV(정맥 주사)로 주사한 거죠. 결국 사람이 죽었어요. 그런데 그 간호사는 경력자 간호사였고, 심지어 그 투약들은 평소에 했던 일들이었어요. 그런데 더블 시프트로 너무 피곤했던 거죠. 결국 그 간호사는 감옥에 갔고, 면허증도 취소됐어요.

그런데 그 간호사, 감옥에서 나와서 캠페인을 펼쳤어요. 전국을 돌아다니며 강연하고 돌아다녔어요.

“더블 시프트는 하면 안 돼요. 당신도 그럴 수 있어요.”라고 생생한 경험담을 말하고 사람들을 설득했어요. 저도 그 사람 강연을 들은 적 있어요. 그분, 울면서 강연해요. 평생 그 죄책감을 가슴에 갖고 살아요. 결국 호주에서 더블 시프트는 법으로 금지됐어요. 당시 그 간호사가 있던 병원도 자신들이 간호사들에게 과도하게 일을 시켰다고 인정하면서 책임을 안고 갔어요. 책임을 회피하지 않았어요. 그 사람도 대단하지만, 호주 사회도 대단하죠? 시스템의 문제점을 찾고 개선하려는 의지가 있어요. 우리나라였다면 문제를 개선하는 게 아니라, 그 사람을 비난하고 대역 죄인으로 만들고 끝나잖아요.

저희 병동에는 간호사 6명과 간호조무사 6명이 있어요. 1:1이죠. 가끔은 간호사가 더 많을 때가 있는데, 주로 신규 간호사들 수련받을 때 간호사가 더 많아요. 신규 간호사 가르치는 사람들은 따로 있어요. 그분들은 EN Enrolled Nurse이라고 해요. 음, 간단히 간호조무사 이상 간호사 미만이라고 생각하면 돼요. 간호협회 소속이고, 간호사라고 부르는데 정규 간호사는 아니에요.

여기 심혈관 병동은 EKG 모니터를 하는 사람이 따로 있어요. 시프트 코디네이터(EKG 모니터링 간호사; 책임 간호사가 돌아가면서 맡는다.)의 일이에요. 물론 심혈관 간호사니까 기본적으로 EKG를 읽을 줄 알아야 해요. 그런데 맨날 보다 보면, 웬만한 EKG는 다 알아요.

》 호주 간호사의 연봉은 어떻게 되나요?

기본급이 한 5만 달러 정도 돼요. 이건 공휴일 수당, 야간 근무 수당 뺀 기본급이에요. 공휴일 수당과 야간 근무 수당은 1.5배예요. 간호사 7년 차쯤 되면 피크가 되요. 세금 혜택 있어서 실제적으로 7만 5천 달러 받았다고 생각하면 돼요. 7년 차 피크 실수령액으로 주당 2천 달러 받았어요.

》 호주 간호와 한국 간호 차이라면 어떤 게 있을까요?

호주 간호 체계는 한국하고 달라요. 환자 목욕, 포지션 체인지, 세면 등 기본 간호를 해야 하죠. 그러다 보면 오전이 다 가요. 환자 약 주는 것도 달라요. 한국에서는 보통 약국에서 올라온 약을 환자에게 주는데, 우리는 약이 박스째로 올라와요. 우리가 환자의 차트를 보고 약 박스에서 까서 줘야 해요. 투약 책임은 간호사가 갖고 있어요. 아, 간호사가 약을 홀드할 수 있어요. 약을 캔슬할 수도 있다는 거예요. 물론 환자의 상태에 따라서 말이죠. 예를 들어 고혈압 환자예요. 그런데 혈압이 100/60 나왔어요. 그날 고혈압 약은 캔슬할 수 있는 거죠.

그리고 여기는 간호사 스탠다드(간호 윤리 강령), 프로패셔널 스탠다드(직업 윤리 강령)가 잘 되어 있어요. 법정 소송이 됐을 때 이걸 기반으로 하는데, 호주 간호사는 그게 참 잘 되어 있어요. 우리나라 윤리 강령은 6~7줄밖에 없잖아요. 그런데 호주는 A4로 4장 정도로 빽빽하게 윤리 강령, 설명, 사례가 잘 되어 있어요. 우리나라도 좀 더 자세히 있었으면 좋겠어요.

호주 간호사의 경우 낙상 평가도 해요. 만약 물리치료사가 와서 '이 환자는 몇 명의 도움이 필요하다', '보행기가 필요하다'라고 진단 내리면, 반드시 그에 맞는 인원과 기구가 있어야 해요. 만약 어기면 간호사 책임이에요.

참, 환자 들어 올리는 리프트 기계가 있어요. 병원이 갖는 책임 중 하나가 고용한 사람의 질병을 방지하는 것이잖아요. 그래서 힘을 쓸 때는 남녀 상관없이 꼭 그 기계를 써요. 그래도 허리 아플 사람은 아프죠. 그걸 쓰려면 환자 운송 교육이라는 적절한 교육을 받아야 해요. 리프트, 웬만한 병원에는 다 있어요. 기본이잖아요. 고용한 사람에게 일어날 재해를 미리 방지하는 건 기본이니까. 그런데 한국은 방법은 알려 주지만, 기계는 없어요. 간호사들 허리가 나가든 말든 대부분 신경쓰지 않죠.

호주는 자율성이 있죠. 하지만 책임감도 강해요.

참, 호주에서는 환자도 인수인계에 참여해요. 환자 옆에서 인수인계를 하는 거예요. 매번 환자 침대로 이동하면서 인수인계해요. 오히려 그게 더 정확해요.

》 호주 간호사의 장점이라면 어떤 게 있을까요?

호주 간호사 좋은 점이 뭐냐면… 만약에 내가 아프면, 한국 간호사는 그냥 나와야 해요. 하지만 호주에서는 마음 편히 병가를 낼 수 있어요. 외주 간호 업체를 불러서 외부 간호사를 쓰거든요. 저 대신 듀티를 대신할 다른 사람을 써요. 병가를 14~16개 쓸 수 있고, 1년에 28개의 유급 휴가가 있어요. 아, 0.7 시프트라는 게 있는데, 2주 동안 7일만 일하는 것도 있어요.

» 호주 간호사로 일하면서 보람됐거나, 기억에 남는 일이 있으면 들려주세요.

환자가 "당신 덕분에 일찍 퇴원할 수 있었다.", "돌봐 줘서 너무 좋았다."라고 말할 때 보람을 느껴요.

한번은 어떤 환자분이 자기 생일이라고 생일 축하 노래를 불러 달라고 해서 불러 줬어요. 정말 좋아하시는 거예요. 나중에 그 환자의 남편분이 자기 부인을 위해서 노래 불러 줘서 고맙다고 말해 줬어요. 그때가 가장 기억에 남아요.

힘들었던 부분은 환자가 죽는 걸 보는 거예요. 아까 말했던 그 환자분, 사실 췌장암 3기에 이미 림프절까지 전이된 분이셨거든요. 알잖아요, 췌장암 환자들 예후가 좋지 않은 거. 그래도 환자분은 항상 볼 때마다 밝고 긍정적이었어요.

» 호주 간호사를 꿈꾸는 이들에게 한 말씀 부탁드려요.

제일 중요한 건 영어예요. 환자에게 설명하려면 기본적으로 영어가 돼야 해요. 호주 간호 유학 올 거면 2년을 추천해요.

스스로 위축되지 말아야 해요. 어쩌면 '나는 동양인이야. 인종 편견 있을 거야.'라고 생각할 수 있어요. 실제로 당할 수도 있고요. 그런데 인종 차별이 있다면 그걸 한, 그 사람이 잘못된 거예요. 어차피 다른 사람이 다 알아요. 인종 차별을 한 그 사람이 잘못한 거요. 적극적인 태도가 필요해요. 호주 간호사는 조각 경력도 인정가능해요. Why not? 할 줄 알기만 하면 돼죠!

》 호주 간호사로서 직장 생활 팁이나 장기간 간호사를 할 수 있었던 비결이 있다면?

병원을 잘 고르세요? 하하하!

음, 여긴 간섭이 별로 없어요. 어차피 자기 구역 보는 데도 바빠요. 기본적으로 조무사가 한 명씩 들어오고요. 조무사 반절, 간호사 반절 같이 협업하죠. 물론 투약은 제가 하고요. 조무사와의 협동이 중요해요.

호주에서 선배 간호사들에게 사랑받는 방법은 다 똑같아요. 공손하고 완곡하게 표현해야 해요. 한번은 선배 간호사 선생님이 환자에게 커핑 엑서사이즈(Coughing exercise; 환자에게 기침하도록 격려함, 주로 수술 후 폐합병증 예방을 위해 시행된다.)를 깜빡한 거예요. 그래서 환자 폐 한쪽이 컬랩스(Lung collapse; 폐 허탈)됐어요. 다행히 다시 커핑 엑서사이즈하고 치료하면서 나아졌지만요. 저는 비난하기보다는 건설적인 이야기를 했어요. 예를 들어 "제가 오늘 일을 통해서 커핑 엑서사이즈 중요성을 깨달았어요."라고 말했어요. 간접적으로 얘기하니까, 그 사람들이 너무 좋아하는 거예요.

일 빼먹지 않고 꼼꼼히 일하는 후배가 좋아요. 실수가 없는 게 더 좋고요. 물론 실수가 있어도 서로 챙겨 주고 다독이는 게 좋아요. 물론 미운 선배, 미운 후배도 있어요. 그런데 사람 마인드가 중요해요. 여긴 선후배 개념이 없어요. 1년 차 빼고는 특별히 없어요. 일정 기간만 지나면 나머지는 다 똑같아요.

》 그런데 선생님께서는 어떻게 호주 간호사가 되셨나요?

저는 원광보건대 3년제 출신이에요. 수능에 실패하기도 했고, 군대를 일반 병사로 가기 싫어서 간호과로 지원했어요. 정말 엉뚱하죠? 어떻게든 편하게 가고 싶었어요.

간호 대학 졸업 후 의무병으로 간호사처럼 일했어요. 의무병은 간호사 경력으로 쳐 줘요. 군대 의무병 생활할 때는 다친 병사들이 안타까웠어요. 병사들이 사실 돈 받고 일하는 게 아니잖아요. 나라 지키는 사람들인데…. 다친 사람들도 있고, 목에 총 쏴서 자살한 사람도 있었어요.

군대의 불합리한 부분도 많이 보였어요. 제 경우, 간호사 면허가 있는 의무병이라는 이유만으로 병동 환자 150명의 바이탈을 혼자 다 재야 했어요. 정식 근무 시간 외에도 일해야 했고요.

오전 7시에 병동 일과를 시작하면, 저녁 10시에 끝나요. 그다음 날에도 그게 똑같이 반복되는 거예요. 정말 힘들었어요. 월급 10만 원 받고 하루 14시간씩 근무라니요.

한국 사회에 회의감이 들기도 하고 답답하기도 했어요. 마침 어머니께서도 권유하셔서 호주 플린더스 대학교로 유학을 가게 되었죠.

》 유학 후, 호주 병원은 어떻게 들어가게 되셨나요?

졸업한 후, 병원에 이력서를 넣고 인터뷰했는데 붙었어요. 제가 어필을 잘하거든요, 하하. 면접 때는 일반적인 간호 상식을 물어봐요. 병원 정책에 얼마나 맞는 사람인지도 보죠. 예를 들면 아나필락시스(항원-항체 면역 반응이 원인이 되어 발생하는 급격한 전신 반응) 처치는 어떻게 하는지 묻죠. 혈전증 관련해서도 물어본 적 있어요. 제가 한국에서 병태 생리를 잘 했거든요. 그래서 더 자신 있게 설명했어요. 이외에도 적극적인 태도가 중요한 듯해요.

한번은 병원 실습할 때였어요. 환자가 아프다면서 우는 거예요. 그런데 그 환자의 담당 간호사는 환자의 아픔을 무시했어요. 그래서 저는 간호사에게 가서 "이 환자 너무 아픈데 약 주면 안 되나요? 고통은 객관적인 게 아니라 주관적인 거예요. 이렇게 고통스러워하는데, 약을 주셨으면 좋겠어요."라고 그 간호사 선생님을 설득했고 환자분의 고통을 줄여 준 적이 있어요. 이걸 퍼실리테이터(Facilitator; 간호 학생들의 실습을 관리 감독하는 사람)가 알게 됐어요. 그때 환자를 대변해서 훌륭한 일을 했다고 칭찬받았어요. 간호사가 반대함에도 불구하고 자신의 주장을 굽히지 않고 환자의 통증 경감 간호를 했다고 병원에 저를 추천하시더라고요. 호주에서는 남과 타협하고 똑같이 행동하면 중간은 가지만, 다른 일을 하면 인정을 받아요. 한국에서도 마찬가지로 그런 학생이라면 병원에서 뽑으려고 할 걸요?

자기 위치는 자기가 정하는 거예요. 자기가 저자세면 상대방도 아랫사람 취급을 해요. 자기가 적극적으로 간호사답게 행동하면 간호사로 대우를 해 주는 거죠. 사람은 안주하면 안 돼요. '나는 이것만 할 거야.'라고 하면 자신이 자기 한계를 정하는 거잖아요.

》 호주 간호사의 신규 생활은 어떤가요?

오래전이라 정확한 기억은 안 나요. 트레이닝 받고, 병원 정책이나 프로토콜 교육받으면 3개월 정도였어요. 프리셉터와 1~2달 정도 있었고 그 다음에 정규 간호사로 일했어요.

여긴 오지랖이 없어요. 잘했네, 못했네 평가보다는 간호사의 자율성에 맞춰요. 올드 간호사나 신규 간호사나 보는 업무가 똑같아요. 누구는 차지만 보고, 누구는 액팅 시킨다? 그런 거 없어요. 공평하게 일해요.

여기는 병동의 프로토콜이 있고, 간호 계획을 간호사가 직접 세울 수 있어요. 학생 때부터 환자별로 간호 계획을 세워요. 신규 간호사는 주로 간호 계획 실수를 많이 하는 편이에요. 저도 간호 계획 조사하는데 힘들었어요. 그런데 1달 정도 스터디하면 다 파악하는 거 같아요. 약 들어가는 것도 알게 되죠. 간호사가 바이탈 계획도 짜고, 스스로 간호 계획을 세워요. 바이탈을 왜 의사가 오더를 내나요? 바이탈 모르는 간호사가 있나요? 간호사가 가장 환자 상태를 잘 파악하잖아요. 간호사가 간호 계획을 세우고 바이탈을 조절하면 되죠. 예를 들어 응급 환자 15분에 한 번씩 바이탈 계획을 세워서 계획하죠. 간호사는 바이탈을 진짜 잘 알아야 해요. 가장 기본이잖아요.

» **남자 간호사로서 장점이 있는지 혹은 어떤 어려운 점은 없는지 궁금해요.**

호주는 남자 간호사 역사가 길어요. 호주는 토지가 광활해서 자동차 운전하는 사람이 필수였어요. 물론 옛날에는 편견도 있었겠지만, 남자 간호사가 한국보다 일찍 있기도 했고요. 그래서 지금은 남자 간호사에 대한 편견이 없어요. 여자 간호사, 남자 간호사 모두 똑같아요. 1:1 비율은 아니지만, 상관없어요.

그러나 한국은 다르죠. 아무래도 간호사가 여성의 직업으로 인식되는 게 강하니까요. 그래서 그런지, 남자가 여자 직업에 있으면 화제가 되더라고요.

남자가 많은 곳에서 여자는 공주이지만, 여자가 많은 곳에서 남자는 머슴이 된다는 말이 있죠. 가장 큰 문제점은 힘든 일은 남자한테 다 맡겨요. 무거운 걸 전부 남자 선생님께 다 시켜요.

간호대 다닐 때였어요. 그때 간호 학생 전체가 140명이었고, 그중 남자가 10명이었어요. 강당에서 컨퍼런스 강연이 있어서 철제 의자를 날라야 했어요. 그런데 남자 학생들한테만 전부 의자를 나르라고 했어요. 한 사람당 14개씩 말이죠. 차라리 개인당 한 개씩 나르는 게 낫지 않나요? 남자라고 왜 꼭 다 무거운 걸 들고 날라야 하나요? 그때는 어려서 아무 말 안하고 살았지만, 지금이라면 한마디 했을 거예요.

» **선생님은 호주 간호사와 한국 간호사, 두 나라 경험이 다 있잖아요. 일하시면서 한국 간호의 문제점이 보이기도 했나요?**

한국에서는 간호 인력 산출할 때 신규 인력 기준이 아니라 숙련된 간호사를 기준으로 해요. 숙련된 간호사 기준으로 측정하면 신규 간호사는 살아남을 수가 없어요. 간호사 한 명이 환자 16명 이상 보는 게 말이 돼요? 호주에서는 간호사 한 명이 환자 4명을 봐요. 오후에는 5:1이고 밤에는 16:1이에요. 밤에는 환자 16명 봐도 할 게 없어요. 물론 ICU는 1:1 이에요. 간호의 힘이 환자에게 미치는 영향이 얼마나 큰데요. 어느 논문에 따르면 5:1이 가장 적절하대요. 물론 이건 전인 간호인 간병 간호 통합 서비스일 때의 이야기예요.

» **임상에서 힘들어하는 후배에게 한 말씀해 주신다면?**

그냥 관두세요.

» **푸하하! 속 시원한 이야기네요!**

안 맞으면 안 해야지. 세상에서 간호사 일만 하는 게 답인가요? 그런데 관둘 거면 2년 채우고 그만둬요. 임상 경력 1년은 너무 짧고 경력으로 쓰기도 좀 그렇고.

그래도 정 안 맞으면 그만두세요. 그거 말고 할 수 있는 거 많아요. 꼭 임상 간호사 고집할 거 있나요? 산업 간호사, 연구 간호사, 제약 회사 간호사도 있고 많이 있어요. 자신에게 안 맞으면 억지로 하지 말아요.

» **향후 계획도 궁금합니다.**

지금 가천대학교에서 운영하는 1년 학사 과정RN-BSN을 듣고 있어요. 이미 학사는 있지만 한국 GPA 점수로 호주 대학원에 진학하려고요. 대학교 점수는 한국이 훨씬 잘 나와요, 하하하! 그게 유리하더라고요. 1년 학사 과정 끝나면 시드니 대학원의 임상 연구 과정에 진학하려고 해요. 한국에는 임상 연구 관련한 과가 없잖아요. 저는 호주 대학원 CRA 임상 연구에 비전이 있거든요. 호주의 임상 경험이 많은 도움이 됐는데, 한국은 임상과 연구가 동떨어져 있어요. 호주는 임상과 연구가 같이 가요. 임상 연구 간호사 자체가 중요한 역할을 해요. 나중에 CRA로 활동해서 임상 연구 가이드도 해 보고 싶어요. 그 후에는 한국에 들어와서 임상 연구 간호사 경력을 쌓으려고요. 처음부터 호주에서 경력을 쌓기는 어려워요. 호주에서는 주로 경력직을 뽑거든요. 연구 간호사는 CRC와 CRA가 있는데, CRA를 생각

중이에요.(CRA, CRC 등에 관해서는 1부 '연구 간호사' 편을 참고하세요.)

》 **마지막으로 한국에 계신 간호사 선생님들께 한 말씀 부탁드려요.**

순한 양이 되지 마세요. 현재 자신의 위치에 머물러 있지 마세요. 인간의 역사는 투쟁의 역사예요. 자신이 멈추면 썩은 물이 되는 거예요. 신규 간호사가 일 못한다고 갈구지 마세요. 왜 서로 적으로 만드나요. 차라리 그 공격성을 밖으로 표출하세요. 그렇게 된다면 충분히 간호계가 바뀔 거예요.

호주 간호사들은 5:1의 간호사 대 환자수를 맞추려고 총파업한 적 있어요. 간호 관리자, 일반 간호사까지 모두 환자를 5:1로 맞추고 총파업했어요. 물론 아픈 사람을 두고 이기적이라고 할 수도 있어요. 하지만 때론 극약 처방도 필요해요. 행동하지 않으면 얻을 수 없어요. 간호사도 아프면 쉴 권리가 있어야 해요. 왜 아픈데 나와야 하나요? 그건 기본적인 권리예요. 왜 서로 힘든데, 폐를 끼쳐요. 아픈데, 왜 눈치를 봐야 해요. 이런 걸 왜 한 목소리로 얘기 안 해요? 그게 말이 돼요? 아프면 쉬고 치료를 받아야죠. 왜 이렇게 당하고 살아요. 왜 서로 못 잡아먹어서 안달이에요. 우린 같은 팀이잖아요. 팀은 운명공동체처럼 같이 잘 해야죠.

1시간을 생각했던 인터뷰는 어쩌다 보니, 3시간을 훌쩍 넘겼다. 3시간 동안 계속 말해야 했던 선생님께 너무 미안하고 고마웠다.

계속 얘기하셔서 목 아팠을 텐데, 선생님은 자상하게도 묻는 말에 계속 대답해 주셨다.

'차라리 그 공격성을 밖으로 표출하세요.'

이 말이 가장 기억에 남았다. 알다시피, 간호사의 공격성은 군대보다 무서울 때가 있다. 간호사의 적은 간호사라는 말이 있을 정도로. 하지만 그 공격성이 밖으로 표출된다면, 우리는 간호계를 구원할지도 모른다.

선생님의 간절한 외침이 간호사들의 마음에 닿았으면 좋겠다. 횃불이 산불이 되듯 개혁의 바람이 불었으면 좋겠다. 부당한 대우는 맞서 싸워야 한다. 그래야 간호계가 나아진다. 진심으로 간호사가 잘 되길 바란다. 우리 간호사 역시, 사람이다. 그렇지만 간혹 간호사는 환자보다 더 아픈 마음으로 간호해야 할 때가 있다. 죽고 싶은 심정으로 타인을 간호해야 할 때도 있다. 다리가 부서질 듯 아파서 병동 침대를, 간혹 환자를 부럽게 바라볼 때도 있다. 간호사도 사람인데, 도대체 간호사는 아프면 어디서 치료받아야 하는 걸까? 마음 편히 치료받고, 웃는 날이 올 수 있을까?

그날 나는 간호사가 아니라, 인생 선배를 만났다. 선생님을 만나면서 선배로서, 인간으로서 본받을 점이 많다는 생각이 들었다. 첫 만남부터 잊지 못할 멋진 지혜를 얻었는데, 다음 간호사 선생님과의 만남은 어떨까? 기대가 됐다.

Tip 호주 간호사 되는 법

호주 간호사가 되는 방법은 다양합니다. 크게 나누면, 호주에서 간호대를 나와 호주 간호사가 되는 방법과 한국 간호사 면허를 호주 간호사 면허로 변경하는 방법이 있습니다.

한국 간호사 면허를 호주 간호사 면허로 변경하려면 어떻게 하면 될까요?

해외 간호사들은 AHPRAAustralian Health Practitioner Regulation Agency에서 호주 간호사 면허를 등록하면 됩니다. AHPRA는 한국의 보건복지부와 비슷하다고 보면 됩니다. 구글에서 AHPRA를 검색한 후 사이트 중간 부분에 보면 'Supporting the National Boards'가 있습니다. 여기에서 'Nursing and Midwifery'로 들어가면 등록 방법이 나옵니다. 호주간호협회는 ANMAC인데, 여긴 어차피 호주 간호 대학을 나온 분들이 더 관련이 있고, 해외 간호사들은 AHPRA에서 면허를 등록하면 됩니다.

유명한 호주 간호사 블로거로 '빨리아내' 님이 있습니다. 이분은 실제로 호주 간호사로 근무하는 분이에요. 많은 정보들을 발 빠르게 공유하시니, 분명 도움이 되리라 생각합니다. 참고로 이분은 호주에 와서 간호대를 졸업한 케이스입니다.

만약 간호 경력 3년 이상이고, IELTS 영어 점수가 있다면 아이언 프로그램IRON PROGRAM도 생각해 볼 수 있습니다. 아이언 프로그램이란 3개월의 브릿징 프로그램으로 AHPRA에서 운영하는 프로그램을 몇 주간 수강하면서 한국 간호사 면허를 호주 간호사 면허로 변환하도록 돕는 프로그램이에요.

참고하면 좋은 호주 간호사 책들

《행복한 호주 간호사》(김경은 지음, 포널스출판사 펴냄)

《간호사를 부탁해》(정인희 지음, 원더박스 펴냄)

“내 힘이 닿는 한,
사람들을 간호하고 싶어요.”

*

즐거운 여름의 매력을 지닌,
뉴질랜드 간호사
장예지 선생님

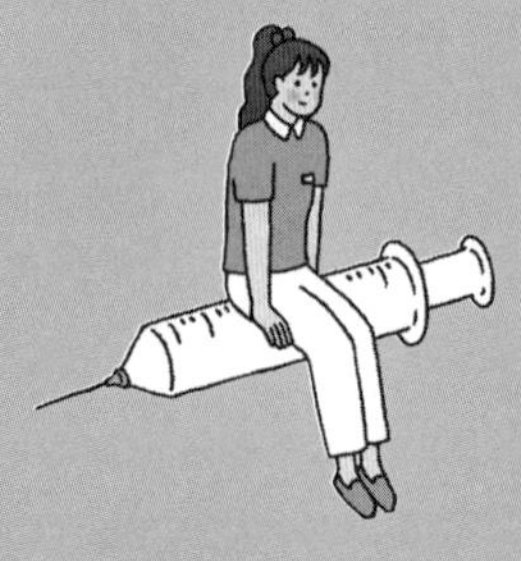

청정의 땅이자 복지의 나라, 뉴질랜드.

그곳에 간호사로 간다면 어떨까? 스무 살 때 호주로 한 달 반 정도 어학 연수를 간 적이 있었는데, 옆 나라 뉴질랜드도 매우 궁금했다. 정말 복지가 좋은지, 간호사로 살면 어떨지 궁금했다. 소문으로는 뉴질랜드 사람들이 친절하다던데, 정말 그럴까?

뉴질랜드 간호사를 찾던 중, 어느 블로그에서 활짝 웃는 선생님을 볼 수 있었다. 보는 것만으로 기분 좋아지는 미소의 장예지 선생님이었다. 서둘러 메일을 보내 취지를 설명하니, 선생님께서는 선뜻 도와주겠다고 말씀하셨다. 어찌나 고맙던지! 한국에서 뉴질랜드로 간 선생님의 이야기를 들어보자!

» 반가워요, 선생님! 자기 소개 부탁드려요.

안녕하세요! 저는 뉴질랜드 웰링턴 병원의 회복실 간호사 장예지라고 합니다. 면허는 2008년도에 받았고 서울대학교 병원 신경외과에서 2년 일하고 뉴질랜드에 오게 되었어요. 한국에서 3년제를 졸업해서 학사가 없었기 때문에 뉴질랜드 UCOLUniversal College Of Learning에서 1년간 학사 과정을 하고 학사를 취득했어요. 그러고 나서 외국인 간호사 실습 코스인 CAPCompetency Assessment Programme을 한 후, 2011년도에 뉴질랜드 면허를 받았습니다. 운이 좋게도 CAP 과정 중 뉴질랜드의 수도 웰링턴 병원 신경외과, 신경과 병동에 취업이 되어 면허를 받자마자 바로 일을 시작했어요. 병동에서는 약 5년을 일했고 그 후에 회복실로 옮겼습니다.

» 현재 하시는 일에 대해 설명 부탁드려요.

회복실 근무라 시작 시간이 병동이랑 좀 달라요. 7:30, 9:00, 10:00, 12:00, 13:30, 21:30 이렇게 시프트가 있고 10시간 근무를 해요. 수술 환자가 회복실로 오면 마취의와 수술방 간호사에게 직접 인계를 듣고 환자를 회복시켜요. 수술 직후에는 환자 상태를 잘 봐야 하기에 5분 바이탈을 해요. 에어웨이(airway; 기도)를 사정하고 확보하는 게 제일 중요해요. 그리고 혈압이 올라가거나 내려가면 마취의에게 노티하고 그에 맞는 약을 써요. 필요하면 심전도 모니터링도 하고요. 아무래도 수술 직후다 보니, 통증 간호를 많이 해요. 그밖에도 수술 부위, 배액관 사정 등을 합니다. 병동보다 환자를 적게 보긴 하는데 아무래도 병동보다 응급 상황이 많기도 하고 모든 외과 부서의 질환, 수술, 증상 등을 알고 있어야 해서 긴장감을 늦출 수 없어요. 그리고 보통은 환자를 오래 돌보지 않고 곧 병동으로 보내야 하기에 환자 파악도 빨리해야 하는 편이에요. 저는 신경외과 경력이 있어서 회복실에서 간호사 신경외과 교육도 담당하고 있어요.

담당 환자는 병동의 경우 4~6명이고 회복실은 1~2명이에요. 간호 물품도 한국보다 좋고 많은 것 같아요. 한국 병원은 예산이 의사 중심으로 집행되지만, 여기는 국립이라 재정이 간호 물품에도 돌아오는 듯해요. 그리고 병원 정책대로 투약, 처치도 일괄되게 되어 있어서 간호를 더 안전하게 수행할 수 있어요. 1년에 스터디데이(교육을 듣는 날)가 4~5개 정도인데 돈을 받으면서 교육을 들을 수 있고, 교육도 본인이 원하는 걸 선택해서 들을 수 있어요. 교육은 주로 실무와 직접 관련 있는 과정이 많아요.

》 회복실에서 일하게 된 계기가 있었나요?

병원은 계속 같은 곳이지만 부서는 바뀌었어요. 신경외과 쪽에서만 약 7년을 근무해서 부서를 바꾸고 싶었어요. 일이 한동안 참 재밌었는데 어느 순간 확 질리더라고요. 요즘 뉴질랜드 정부에서 헬스케어 관련 예산을 줄여서 병동 쪽 근무가 힘들어진 것도 있고요. 그래서 회복실로 지원해서 근무하게 되었는데 부서를 바꾸니 다시 자극도 되고, 몰랐던 것도 많이 배워서 좋았어요.

오티는 한 달간 받았는데 한국에서의 경험이 있어서 충분했어요. 영어가 좀 딸린다고 해도 어차피 일은 비슷비슷 하거든요. 제 프리셉터는 중국인 간호사였는데 비슷한 문화권 출신이라 그런지 제가 필요한 부분을 잘 보완하면서 가르쳐 줬어요. 어차피 독립을 해도 다들 새로 온 사람을 배려해 주는 분위기예요. 물어보면 잘 가르쳐 주는 분위기고 중환자들은 갓 독립한 간호사가 편하게 느낄 때까지 배정하지 않고요. 그리고 체크 리스트 같은 게 있는데 간호 행위를 할 때 각각 체크 리스트를 통과해야 그 간호 행위를 할 수 있어요. 예를 들면 정맥 주사를 놓는 것도 교육을 듣고, 시험을 통과하고, 실기를 통과해야 혼자 할 수 있어요.

» 뉴질랜드 간호사의 장단점이라면 어떤 게 있을까요?

뉴질랜드의 장점이라면 인구가 적어서 일을 적당히 잘하면 개인의 가치를 인정해 준다는 점이에요. 한국처럼 제가 대체 가능한 부속품이라기보다는 대체가 힘든 좋은 직원으로 보일 수 있는 게 좋아요. 가족 중심 문화라서 가족이 아프거나 하면, 병가를 내기가 쉽고, 직장에서 그런 서포트를 잘 해 줘요. 일을 제일 우선순위로 둬야 하는 한국과는 많이 다른 것 같아요.

의사, 간호사 간의 커뮤니케이션도 쉽고요. 물론 여기도 의사 권위주의가 약간 있긴 하지만 다른 나라에 비하면 정말 덜해요. 제가 제일 좋아하는 점은 다른 영미권에 비해서 사람 스트레스가 적다는 거예요. 일단 간호사의 이미지가 좋아서 환자들이 대부분 간호사를 좋아하고 고마워해요. 그리고 뉴질랜드 사람들 자체가 다른 나라 사람들보다 정말 순박하고 착하고 예의가 발라서 뉴질랜드 사람들을 간호하는데 정말 보람 있고 좋아요. 매니저나 동료들로부터 받는 스트레스도 거의 없어서 근무를 하면 딱 근무 스트레스만 받고 사람 스트레스가 없어서 좋아요. 원한다면 진짜 교과서처럼 간호를 하고 나이팅게일이 되실 수 있는 곳이 이곳 같아요. 사실은 한국과 이곳은 비교 불가예요. 근무 환경으로 따지자면 비교가 안 되게 이곳이 월등히 좋거든요.

장점을 정말 나열하면 끝이 없을 듯해요, 하하하. 시스템도 합리적이고 유급 휴가도 풀 타임의 경우에는 1년에 6~7주이고 병가는 1년에 10개인데 아플 때 써도 전혀 눈치 주지 않아요. 그리고 오후, 나이트, 공휴일 근무를 하면 돈이 더 많이 나오고, 휴가도 더 쌓여요! 휴식 시간은 아예 부서를 나와서 가지기 때문에 허겁지겁 밥을 먹지 않아도 되고 환자는 동료들이 커버해 줘요. 인력이 그만큼 충분하니까 가능한 일인 것 같아요. 혹시나 휴식 시간을 가지지 못하면 돈으로 쳐주고요.

단점으로는, 연봉이 다른 영미권에 비해 많이 떨어지는 것 같아요! 저는 개인적으로 제 연봉에 만족하는데 다른 영미권을 보면 더 많이 받으시더라고요. 그런데 저는 이곳 생활이 너무 여유롭고 좋아서 돈을 덜 받고, 스트레스 덜 받고 사는 게 좋아요. 그리고 국립 병원이다 보니 아직 한국처럼 병원이 투자를 잘 못해요. 그래서 아직도 수기 차팅이에요.

또 다른 단점으로는 전문 간호사로 뻗어나갈 수 있는 기회가 미국보다 좁다는 거예요. 물론 여기에도 전문 간호사가 있긴 하지만 미국보다 연봉도 열악하고요. 미국보다 다양한 대학원 과정도 많이 없는 게 좀 아쉬워요.

》 그런데 선생님은 어떻게 뉴질랜드로 오게 되셨나요?

이야기하면 긴데요. 저는 고등학교 때부터 이민을 가고 싶었어요. 주입식이고 보수적인 한국식 교육이 저랑 맞지 않은 부분도 있었고, 좀 더 자유로운 곳에서 살고 싶었어요. 막상 간호사가 되어서 일해 보니, 더 이민을 가고 싶었어요. 일하면서 느낀 건데, 제 삶이 마치 거대한 단체의 작은 부속품 같았거든요. 하나뿐인 인생인데, 이렇게 일하면서 받는 스트레스로 하루하루 살고 싶진 않았어요. 그래서 이민을 결심하게 됐어요.

》 그러셨군요. 지금은 선생님이 행복해 보여서 기뻐요. 병원에서 일하면서 기억에 남는 환자분이 있을까요?

뇌농양으로 온 실어증 환자분이 계셨어요. 기관지 절개술을 하셨고, 편측 마비도 있었어요. 상태가 처음에 많이 안 좋았다가 호전되고 있었어요. 그런데 하루는 환자분이 자신의 상태를 처음으로 인지하면서 우시더라고요. 그래서 환자분에게 "이건 암도 아니고, 감염이니까 항생제 쓰고 하면 좋아질 거예요. 환자분은 처음과 비교하면 벌써 엄청 많이 좋아지고 있어요. 그러니 재활치료 받고 하면 좋아질 거예요." 하고 위로를 해 드렸어요. 그리고 1년이 지나서 병동에 누가 찾아와서 나가 봤더니, 그 환자분이 저를 기억하고 오셨더라고요. 혼자 걸어 다니고 말도 잘하고 직장으로 곧 복귀한다고 하시더라고요. 그때 많이 힘들었는데, 제 위로가 정말 도움이 되었다며 고맙다고 하시는데 너무 감동 받았어요. 그 후, 저는 매일 일상처럼 하는 간호직이 누군가의 인생에는 정말 큰 영향을 끼칠 수 있는 일이구나 하고 느꼈어요. 제가 하는 말 한 마디 한 마디가 환자에게는 정말 크게 다가갈 수 있구나 하고 생각하는 계기가 되었지요. 그냥 직업상 하는 제 위로가 환자분에게는 저렇게 큰 위로가 되었다는데…. 간호사로서 다시 한 번 사명감을 느꼈어요.

» 뉴질랜드 간호사가 되고 싶은 분들에게 한 말씀 부탁합니다.

이민 정책은 계속 조금씩 바뀌기에 일단 영어 공부를 해 놓는 게 중요해요. 어느 영미권을 가시더라고 제일 큰 고비가 영어예요. 영어 점수(OET 혹은 IELTS)가 나온다면 이민 준비는 거의 끝났다고 보시면 되요.

두 번째는 자금 확보예요. 어디를 가든지 자금이 필요하니까요.

그리고 마지막이 각 나라의 정책에 맞게 서류를 준비하는 건데, 영어+자금 확보가 되신다면 이민 준비의 90%는 다 된 거라고 보시면 됩니다.

영어 준비는 평소 공부를 하지 않으시다가 단기간에 점수 내기가 불가능해요. 저는 학생 때부터 외국 문화를 좋아해서 영어 회화 공부를 계속 했었어요. 처음에는 IELTS 공부를 했는데 라이팅 점수가 정말 안 나와서 OET로 옮겼어요. 본격적으로 OET 공부를 하고서

도 9개월 정도 걸려서 점수를 받았던 것 같아요

뉴질랜드간호협회 홈페이지(www.nursingcouncil.org.nz)를 직접 방문해서 간호사 되는 방법을 찾아보는 게 제일 정확해요. 뉴질랜드간호협회 홈페이지에 들어가 'international registration'으로 들어가면 돼요. 뉴질랜드 간호사 면허를 변환하는 방법(CAP)도 나와 있어요. 제가 간호대를 다닐 때 선배들이 해 준 이야기가 "어차피 병원을 가면 다시 공부해야 하고 간호대에서 배운 지식은 별로 소용이 없다." 였어요. 저는 반대의 조언을 해 드리고 싶어요. 물론 취업을 하시면 전공에 맞는 공부를 많이 해야 하긴 하지만, 전반적인 간호 지식은 간호대에서 배운 걸 쓰게 되요. 간호대를 다닐 때 열심히 공부하지 않으면 전반적인 간호 상식이 부족하실 수 있어요. 그리고 지금 배운 지식과 신규 간호사 때 열심히 공부한 지식이 평생 가요. 저는 그렇더라고요. 환자들이 입원하면 그 입원 분야의 질병만 가지고 있지 않기 때문에 환자분의 과거력이 무엇을 뜻하는지 정도는 알고 있어야 하는데, 간호대에서 배운 전반적인 지식이 이럴 때 힘을 발휘하게 돼요. 그리고 부서를 옮겼을 때도 간호대에서 어렴풋이 배웠던 지식을 기억한다면 다시 공부할 때도 좀 더 쉽고요. 결론은 열공하세요!

» **앞으로의 계획도 궁금해요.**

저는 환자를 직접 돌보는 게 더 좋아요. 꿈이 있다면 간호사로 70세 80세가 될 때까지 오래오래 일하는 거예요. 예전에 80대 간호사의 영상을 본적이 있는데 너무 감동적이더라고요. 저도 힘이 닿는 한 계속 하고 싶어요.

선생님은 긍정의 에너지가 넘친다! 블로그에, 여행 가이드에, 유튜브까지 하신다! 열정적인 모습에 엄지가 절로 척, 나올 정도다!

가끔 일상이 지친다 느낄 때 선생님의 블로그를 보는데, 사진만으로도 힐링이 된다. 뉴질랜드의 신선한 공기와 상쾌한 날씨가 전해지기 때문이다. 뉴질랜드에 놀러 가면 꼭 한 번 만나고 싶어요, 제 가이드를 부탁드려도 될까요? 하하하!

즐거운 여름의 매력을 지닌 선생님, 언제나 건강하고 행복하시길.

장예지 선생님의 블로그 주소: https://blog.naver.com/mycutechris
뉴질랜드 간호사에 참고할 만한 책: 《뉴질랜드 간호사 되기》(장수향 지음, 포널스출판사 펴냄)

“학교 다니면서 최대한 여러 일을 해 보세요.”

*

한국 간호 학생들을
응원하는, 캐나다 간호사
박도연 선생님

"제 답변이 현실적인데 괜찮을까요?"

인터뷰를 요청하는 내게 선생님은 걱정스레 물어왔다. 나는 흔쾌히 괜찮다고, 인터뷰만으로도 감사하다고 답을 드렸다. 캐나다 간호사의 진솔한 경험을 들을 수 있는 기회였으니까.

NCLEX 간호사 면허를 가지고 있는 내게, 캐나다 간호사 역시 관심 분야였다. NCLEX 면허가 캐나다에서도 통용된다고 들었기 때문이다. 그러나 캐나다 간호사로 가는 길은 어렵다고 했다. 정말 그럴까? 미국은 3일 일하고 4일 쉰다는데, 캐나다는 어떨까?

캐나다에서 일하는 박도연 선생님의 솔직한 이야기를 들어보았다.

》 **자기 소개 부탁드려요.**

안녕하세요. 저는 캐나다 메트로 밴쿠버에 사는, 한국 나이로 29세, 만으로 28세인 박도연이라고 합니다. 저는 성인과 노인 내과 RN 3년 차로 병원에서 일하고 있습니다. 한국에서 일해 본 적은 없고 미국 요양원에서 8개월 정도 일했고, 캐나다에선 요양원에서 RN으로 2013~2015년까지 2년 일했습니다. 그 후 병원에서 일했습니다.

》 **캐나다 간호사의 일과를 소개해 주세요.**

많은 사람들이 간호사의 일은 바이탈 사인(혈압 맥박 등) 재는 것으로 알지만, 캐나다에선 간호사들이 하는 일이 많습니다. 포괄 간호케어라고 병원에서 간병인 일을 맡아서 합니다. 보통 재정 상황이 좋은 병원이나 지방 병원은 병동당 1명, 좋은 곳은 2~3명의 간병인이 있지만 제 병동에선 아예 없습니다.

일과는 복잡하지만, 데이는 오전 6시 45분에 인계하고 7시에 일을 시작합니다.

7시	바이탈을 재고 아침 준비(간단한 구강 케어, 틀니 닦기, 몸 못 가누는 환자 침대에서 낙상되지 않게 사이드 레일 올려 주기 등)
8시	오전 약 투약, 거동이 불편한 환자 식사 보조(커피, 음료 타 주기, 우유 곽이나 주스 통 열어 주기, 음식 못 자르는 분들 잘라 주기, 빵에 버터 발라 주기 등)
9~12시	9~10시엔 수간호사가 리드하는 헬스케어 라운드 모임에 참석-물리치료사, 홈헬스 간호사, 사회복지사도 참여 10시 링거 약 주기-그 후 점심 준비 및 모든 환자 씻기기(몸 못 가누는 환자 침대에서 씻기기, 스스로 할 수 있는 환자에겐 씻는 물과 타월, 가운/옷 준비), 몸 못 가누는 환자는 기계를 이용해 휠체어에 앉히기. 차팅하기, 혈액 수치 확인 및 의사들에게 문의하고 오더받기. 상처 드레싱하기. 9시~12시 사이에 오전 휴식(30분) 가지기
12시	점심 약 투여, 식사 보조.
12~14시	점심 휴식(30분). 보통 퇴원은 점심시간 전과 후에 많이 일어나서 퇴원 도와주기. 14시에 링거 약이나 약 투여.
14~17시	17시까진 환자들의 케어 플랜 리뷰하고 수간호사들에게 리포트 받기. 이 시간에 슬슬 입원 환자들이 오기 시작해서 입원 수속 돕기. 휠체어에서 침대로 옮겨야 하는 환자 옮겨 주기. 2시간마다 포지션 바꿔야 하는 환자 있으면 포지션 바꿔 주기. 1인실이 부족해서 방이 필요한 환자가 있으면 침대를 옮기고 환자 짐을 옮겨야 함. 대부분의 의사는 점심 후 병동을 떠나기에, 문의할 게 있으면 전화를 해서 오더를 받음.
17~18시	17시 반-저녁 준비와 저녁 약 투여. 18시-근무 끝나기 전 기저귀 갈기, 환자 체크 및 차팅 끝내기. 환자의 소변이나 배액관 등을 비우고 I/O(섭취량/배설량) 마지막으로 계산하기.
18시 45분	인계
19시	퇴근

근무 중간에 계속하는 일은 콜벨이 울리면 답해 주기, 화장실 가고 싶은 분 화장실을 데려다 주기, 식후 구강 케어 해 주기, 기저귀 갈기, 혈액 수치에 따른 응급 약 처방과 수혈 등 여러 상황에 필요한

치료(상처 드레싱 갈기 등)를 해야 합니다. 그리고 LPN이랑 같이 일하면 LPN이 할 수 없는 것(링거 약 투여, PICC/CVC 라인 케어 등)을 해줘야 합니다.(주마다 LPN이 할 수 있는 일이 다릅니다.)

나이트는 보통 6시 45분 인계하고 오후 7시에 시작합니다.

오후 7시	본격적인 취침 전 케어- 바이탈 재기, 보통 기저귀 갈고 씻기고 구강 케어한 후 포지션 바꾸기. 그 사이사이 차팅을 남깁니다.
10~11시	30분 저녁 휴식 가지기.
12시	종이 MAR★이 약국에서 병동 프린터로 전송되어 프린트됨- 새로 MAR을 넣기 전, 오더 다시 체크하고 올드 MAR을 차트에 넣음. 그날 오더 체크하고, 체크했다는 것을 사인하기. 종이 차팅 서류(바이탈 사인 종이 등) 부족하면 프린트 하기.
1~5시	간호사들 나이트 휴식(한 번에 1시간 30분에서 2시간까지 몰아서 할 수 있습니다. 응급실이나 중환자실은 몰아서 보지 못하고 데이처럼 여러번 휴식 가짐. 일하는 곳마다 다름)
그 사이 나이트 듀티	처치 카트에서 필요한 주사 등 물품 채우기, 병실마다 장갑, 마스크, 청결 와이프 등 부족한 것 채우기, IV 물품 들어간 것 채우기, 복도 정리, 기계나 기구 정리, 쓰레기 병실 밖으로 모으기(특정 병원은 빨래 수거함으로 다 찬 리넨 봉지를 직접 넣어야 합니다) 등을 해야 합니다. 그 사이 브레이크 간 다른 간호사 환자 기저귀 갈아 주기, 화장실 데려다 주기, 콜벨 답해 주기, 환자가 약 필요하면 주기 등. 보통 약 투여 시간은 수액 주사의 경우 오전 12시, 2시, 4시 그리고 오전 6시(환자마다 다름) 입니다.
오전 6시	약 투여, 기저귀 마지막으로 갈기, 환자의 소변이나 배액관 등을 비우고 I/O(섭취량/배설량) 마지막으로 계산하기, 튜브 피딩 시작하기, 환자 몸무게 재기.

★ MAR: 환자 약 기록, 환자 약 확인하고 환자에게 약을 줄 때 기록하는 시스템

》 캐나다 간호사의 근무 환경은 어떤가요?

태움이 없어 좋다고들 합니다. 저도 그 부분에 동의해요. 캐나다는 간호사로 일하기 좋은 곳이지만, 많은 사람들이 생각하는 것만큼 근

무가 쉽지는 않습니다.

여기 간호사들은 우리나라랑 다르게 태움 때문에 그만두기보단 건강이 악화되어 더는 못 견딜 때 그만둔다고 합니다. 캐나다에서 근무하는 한국 선배님들 중 어떤 분은 거의 10년 연차가 있으신데, 안타깝게도 무릎과 허리에 벌써 진통이 있어 몇 달마다 스테로이드 주사를 맞는다고 합니다. 그런 간호사들을 위해 직장에서 단기간 장애 치료 비용과 쉬는 날, 짧게 근무해서 직장에 다시 적응하는 제도를 도입했습니다. 그러나 더는 견딜 수 없어서 장기간 장애 판정을 받는 분들, 무릎이나 고관절 수술해야 하는 분들을 일하면서 많이 봤습니다. 사무직으로 빠지고 싶지만, 여기서는 우리나라처럼 간호 공무원 같은 직업이 많지 않고 사무직으로 빠지는 것이 어렵습니다. 게다가 석사 간호사들이 일할 수 있는 자리가 미국에 비해 많지 않습니다. 또한, 연구 간호사 혹은 임상 이외의 간호직이 다양하거나 자리가 많진 않습니다. 그런 자리를 얻으려면 연차가 많거나, 혹은 관련 경력이 있거나, 현지 교육 과정을 밟은 사람, 인맥 가진 사람이 유리하고요. 저도 몸이 못 버틸 때까지는 근무하고 싶은데, 간호 학생 때 미국에서 간병인으로 일해서 허리가 좋지 않습니다.

캐나다에선 미국과 달리, 낮밤 교대 근무가 큰 단점입니다. 주마다 다르지만, 여러 주에서 12시간의 데이 근무 혹은 나이트 근무를 교대로 4시프트 하고 4일을 쉽니다. 풀 타임 간호사는 한 주에 48시간을 일한다고 보면 됩니다. 그중 무급 점심시간 혹은 휴식을 빼면 하루 11시간, 즉 주 44시간 페이를 받지요.

캐나다는 2주마다 급여를 받는데, 보통 7시프트(77시간) 정도의 급여를 받습니다.

보통 그 쉬는 날 중 2일은 데이 근무를 하려는 수면 적응 기간이라고 보면 됩니다. 한두 달에 몇 번 5일 연속 쉴 때도 있지만 드문 경우입니다. 제가 사는 BC(브리티시 콜롬비아) 주의 경우, 경력 10년 이내의 간호사는 최대 14일의 유급 휴가를 받을 수 있습니다. 그러면 한 달 근무가 14~16일 정도 됩니다.

복지 자체는 미국보단 낫지만, 뉴질랜드나 호주에 비하면 휴가가 적고 인력이 부족한 편입니다. 때문에, 작은 병원의 경우 다음번 일할 사람을 찾지 못하면, 오버타임은 거의 반강제로 해야 하거나 병동 자체가 쇼트한 상태로 일하는 것이 흔합니다. 물론 오버타임 비용은 받습니다.

한 간호사당 환자 4~5명을 맡지만, 하루는 나이트 근무 때 사람이 부족해서 학생 간호사 인턴과 제가 8명을 본 적이 있습니다. 학생 인턴이 맡을 수 있는 환자 제한이 2명이라, 제가 6명을 케어해야 했습니다. 그중 호스피스 환자도 있었죠.

복지는 캐나다가 미국보다 좋습니다. 많은 분이 미국과 캐나다가 붙어 있어서 복지가 비슷할 거라 생각하셔서 말씀드립니다. 보통 캐나다는 주정부 보험은 있지만, 치과나 안과, 안경, 약값이 주정부 의료 보험에 포함되지 않아 어마어마하게 비쌉니다. 그래서 사보험을 드는데, 간호사의 경우 직장에서 4대 보험 혜택을 받아 괜찮습니다.

요즘 정부가 주는 연금으로는 은퇴하기 부족하다는데, 캐나다 간호사의 경우 나중에 은퇴 연금을 따로 줍니다. 캐나다 간호사는 노조 가입 직업으로 월급 중 일부를 떼어 가서 나중에 연금으로 주기 때문입니다.

가장 큰 장점은 정부에서 주는 1년 유급 출산 휴가 제도입니다. 그러나 1년 동안 받는 돈이 한정돼서 간호사들에겐 돈을 많이 잃는 단점이 있습니다. 제 직장의 경우 출산 휴가 6개월 동안 직장에서 보너스를 줘서 정부가 주는 비용을 합해 간호사 한 달 임금에 맞춰줍니다. 물론 정규직 풀 타임 간호사들에게만 해당됩니다.

급여와 직장 복지는 주마다 다릅니다. BC 주 경우 연휴 때 일하면 무조건 시급 2배를 받지만, 온타리오는 1.5배 받는 곳이 많습니다. 그리고 저의 경우 4시간 연장 근무(총 16시간 근무 경우)의 첫 2시간은 2배의 시급을 받고, 나머지 2시간은 1.5배를 받습니다. 인력 부족이 심해 오버타임하며 일하는 사람이 엄청 많습니다. 저도 16시간 일한 적이 꽤 있습니다. BC 주에선 하루 최대 16시간 근무 제한이 있습니다.

》 **어떻게 캐나다 간호사가 되신 건지 궁금해요.**

원래 꿈은 의사였습니다. 하지만 캐나다나 미국은 영주권자가 아니면, 의대를 가는 것이 거의 불가능했어요. 학비가 비싸기도 했습니다. 영주권을 생각하던 부모님은 저에게 간호 학교를 추천했습니다. 영주권부터 따는 걸 목표로 들어갔지만, 현실적으로 전 간호사가 무엇을 하는지도 전혀 모르는 상태에서 시작했어요.

1~2학년 때 학교 주변에 있던 사립 병원 중환자실에서 봉사 활동을 한 게 큰 도움이 됐습니다. 하지만 막상 실습할 때는 당황스럽더라고요. 병실에 들어가는 게 무서워서 주변에 서성거렸고, 많이 소심해서 해야 하는 말도 잘 못했죠.

제가 가장 힘들었던 건 소아과 실습이었어요. 두개 안면 기형이라고 얼굴이 다르게 생긴 아기 환자를 돌봤을 때예요. 아기와 보호자인 엄마가 모두 청각장애가 있었어요. 청각 장애를 가진 어머니랑 커뮤니케이션 에러가 있었죠. 아기가 미열이 있던 걸 캐치하지 못해서 주의를 받은 적 있어요. 또 한 번은 아기가 한창 뭔가를 짚으려던 시기였는데, 침대 옆 사이드 레일을 올리지 않은 거예요. 그 아기의 엄마가 제게 뭐라고 했는데, 말을 하지 못하니 알아듣지 못했어요. 그때 그 아기 엄마가 엄청나게 열 받아서 제 얼굴 앞에서 소리 없는 소리를 지르는 걸 보고 놀랐었어요. 노트에는 자신의 아기를 위험에 처할 뻔하게 했다고 쓰여 있었어요. 그 후 실습 선생님에게 경고 카드를 받고, 실습 담당 교수님이랑 따로 면담을 해야 했습니다. 간호 실습을 낙제할 뻔했죠.

그 이후로 저는 무조건 환자들 처음 보거나 병실을 떠나기 전에 침대 높이를 낮추고 낙상 방지, 안전을 신경 쓰는 간호사가 됐어요. 그리고 말을 못하거나 청각 장애가 있는 분들이랑 대화를 하는 데에 더 신경 쓰게 됐어요.

미국이나 캐나다에선 간호학과 마지막 학기 때 취업에 결정적인 프리셉터십 실습을 합니다. 제가 다니던 학교의 경우 실습을 랜덤으로 추첨해 진행했기에, 전 원하지 않았던 노인 정신과 병동으로 배정받게 됐어요. 바꿔 달라고 부탁해도 소용이 없더라고요.

사실 전 중환자실 간호에 관심이 많아서 내외과/중환자실로 들어가고 싶었거든요. 결국 마지막 실습은 노인 정신과 병동으로 배치됐고, 저는 차라리 이 경력을 살려 널싱홈이나 노인 간호 쪽에 도전해 보자고 생각했어요. 결국 이 경력은 나중에 캐나다 널싱홈에 취직하는 데 도움이 많이 됐지요. 또한 지금 돌보는 노인 환자들 케어에도 도움이 되고 있어요. 캐나다 내과 병동 환자는 대부분 60대 이상이거든요. 그때 배웠던 커뮤니케이션 스킬이 아직도 도움이 돼요.

» **그때 널싱홈 쪽으로 방향을 잡으신 거군요?**

전 원래 병원에서 일하고 싶었어요. 하지만 대학 졸업 후, 인생은 제가 원하는 대로 되지 않았어요. 미국 유학 후에 가능한 취업 비자 기간도 1년밖에 안 남아서 유학생이 취직하기 쉬운 널싱홈(요양원)을 알아봤어요.

요양원에서 일하면서 캐나다 비자 준비도 하고, 호주나 캐나다, 그리고 한국 간호사 면허 이전 정보를 다 알아봤어요. 결국 캐나다로 결정하고 면허 이전 준비를 하기 시작했어요. 캐나다로 온 후, 첫 직장은 역시 널싱홈이었어요. 미국에서 병원 경험이 없다 보니, 캐나다 병원도 저를 잘 안 받아 주더라고요. 노력 끝에 영주권을 받는 풀타임 잡을 구했고, 널싱홈에서 2013~2015년 즉 영주권 받을 때까지 일했습니다. 그 후에야 일하고 싶던 병원에 도전했죠.

캐나다에서 병원 지원할 땐 구글맵에서 병원을 검색했던 게 많은 도움이 됐습니다. 지역마다 정부 시설 병원이 있다는 걸 알게 됐고, 'Health Authority'(BC 주, 알버타 주 등 정부가 지역별로 관리하는 병원/클리닉/요양원 시스템이라고 보면 됩니다.) 검색을 해서 정부 지원 시설을 알아봤습니다. 간호사로 일을 구할 때 이 사이트에서 직접 지원할 수 있습니다.

» **미국과 캐나다에서 일하시면서 힘들었던 점은 뭔가요?**

신규 때 미국 널싱홈에서 처음 일하면서 참 힘들었어요. 전쟁터에 아무 준비도 못하고 던져진 것 같은 기분이었죠. 30명쯤 되는 환자를 봐야 했는데, 동시다발적으로 일해야 했고 오버타임으로 일했어요. 가장 많이 일한 건 주 90시간이었어요. 이때 미국 비자 유효 기간이 얼마 안 남은 상태에서 이민 스폰서를 못 받지 못했어요. 게다가 캐나다 면허와 비자, 한국 면허까지 준비하느라 스트레스를 많이 받았어요. 그렇게 열심히 일했지만, 이상하게도 생활고 신세였어요. 시애틀 물가가 비싸서 겨우 월세 내고 음식 사면 남는 것이 별로 없는 수준이었어요.

이때 미국 직장에선 비정규직과 계약직으로 일해서 보험 혜택을 못 받았고, 하혈을 하고 허리가 많이 아팠을 때 병원에 가지 못 했었어요. 침대에서 아무것도 안 하고 누워 있으면서 참 무서웠죠. 거의 60킬로그램에서 45킬로그램까지 살이 빠지기도 했어요.

처음엔 직장 동료들이 다 30~40대였고, 이민자 1세들이 많았어요. 대부분 간병인은 아프리카에서 이민 왔고, 간호사들은 대부분이 필리핀과 아프리카 이민자들이었어요. 그 사이에서 한국 나이로 23세였던 전 어울리기가 쉽지 않았어요. 하지만 좋은 분들을 많이 만났어요. 특히 필리핀 간호사 샬롬이란 분은 제 니낭(ninang=godmother; 가족같이 돌봐 주는 존재)가 돼서 미국 떠나기 전, 2주 동안 본인 집에 저를 초대해서 재워 주고 밥도 먹여 줬어요.

3개월 이후, 적응해서 손이 빠른 사람 중 한 명이 됐어요. 이때 널싱홈에서 온라인 차팅과 MAR을 도입했는데, 다른 간호사보다 컴퓨터를 잘 다뤄서 일을 더 빨리했던 듯해요. 겨우 적응한 후 직장 친구도 만들었는데… 가족 사정 때문에 비자 만료되기 2개월 전에 캐나다로 와서 간호사 면허 시험을 치르고 한국으로 갔어요.

캐나다로 다시 오기 전, 한국에서 6개월 동안 공백 기간이 있었어요. 제 신규 생활은 참 이상하게 시작하고 끝났다고 볼 수 있겠네요.

》 **캐나다로 온 이후에는 어땠나요?**

저의 첫 캐나다 직장은 널싱홈이었습니다. 널싱홈에서 4시프트 오리엔테이션을 받았습니다. 널싱홈은 보통 8시간 근무로 데이 2개, 이브닝 하나 그리고 나이트 하나를 받았죠. 널싱홈의 프리셉터는 너무 착하고 많이 가르쳐 주는 좋은 올드 간호사분들이었습니다. 그중 '테레사'라는 은빛 머리의 간호사 선배분은 오티 후에도 언제나 전화해서 고민 상담을 하거나 물어보고 싶은 것을 물어볼 수 있었죠. 미국에서도 널싱홈에서 일한 적이 있어서 일을 빨리 배울 수 있었습니다. 하지만 공백 기간 6개월 후에 간호사를 하려니 처음 적응하는 데에는 어려움도 있었습니다.

오리엔테이션은 병원마다 다르지만, 제가 있는 BC 주는 병원 트레이닝 기간이 짧습니다.

캐나다에서 학교를 졸업한 신입 간호사는 12시프트 유닛 오리엔테이션을 받습니다. 경력직 간호사 한 명과 파트너가 되어 처음은 관찰하고 그 후엔 언제든지 물어보면서 스스로 일할 준비를 하게 합니다. 하지만 해외 간호사는 보통 새 병동마다 4일 정도 오리엔테이션을 받습니다. 그 이외에 2일은 일반적인 오리엔테이션을 받고 CVC/PICC 라인, 링거 삽입 등 짧은 교육을 더 받을 수 있어요.

두 번째 병원은 300베드의 중간 규모 병원이었습니다. 암 센터와 MRI 시설이 있고 투석 환자를 받아주는 곳이었어요. 오리엔테이션이 좋았지만, 제 프리셉터는 학교 졸업한 지 1년도 안 된 신입 간호사였어요. 신입 간호사도 일을 버거워하는데, 저도 일을 따라잡느라 힘들었고, 병동 간호사들 텃세가 셌습니다. 한번은 물품이 어디 있는지 물어봤는데, 병동 간호사가 "그것도 모르냐."고 한소리 하더군요. 적응이 힘들었습니다. 어떨 땐 신경이 예민해진 탓인지, 스트레스로 잠이 오지 않았습니다.

그 이후, 노력하는 모습을 보여 다른 간호사들에게 인정받았습니다. 1년 후에야 일이 적응됐고, 총체적인 적응은 2년쯤 걸린 듯합니다. 병동 텃세는 일하는 곳마다 다 경험했습니다. 캐나다 사람들은 겉으로 속마음을 잘 표현하지 않고 태도랑 말에서 티가 납니다. 직접 불만을 표현하기보다 뒤에서 이야기하고, 소문을 퍼트리기도 합니다. 지금 일하는 병원은 세 번째 병원이고, 600베드 쯤 됩니다. 이 병원의 내과 병동 간호사 중 99%가 필리핀이나 인도 등의 1세대 이민자라 영어 액센트를 알아듣는 데도 적응이 필요했습니다. 병동 사람들을 알고 적응하려 노력하고 인정받기까지, 병동마다 3개월은 걸린 듯합니다.

» **그동안 간호사로 근무하면서 즐거웠던 점과 어려웠던 점이 있다면 어떤 걸까요?**

미국에서 일하면서 어느 정도 텃세를 견딘 후, 직장 동료들에게 인정받았을 때가 기억납니다. 미국이나 캐나다나 텃세가 존재하는 곳은 많지만, 팀의 일원으로 인정받으면 일하기가 훨씬 편해져요.

몇 달 전, 제가 돌봤던 환자가 매니저에게 자신을 잘 돌본 간호사들을 이메일에 써서 보냈어요. 그 이메일을 매니저가 공유했는데 환자가 쓴 간호사 이름 중에 제 이름도 있었어요. 가장 행복했던 날이죠. 간호사로 일하면서 여러 환자들이랑 일했지만 제 환자들이 대부분 노인이고 치매 환자도 많아서, 평상시 "땡큐"라는 말을 많이 듣진 않는 편이에요. 환자의 감사 편지를 읽으면서 간호사란 직업의 가치와 보람을 느꼈어요. 간호사로서 환자들에게 고맙다는 말을 들으면 행복해요.

한번은 널싱홈에서 일하면서 여러 할머니, 할아버지 들과 친해졌습니다. 그중 100세 가까이 된 할머니가 생각나요. 늘 저에게 언제 결혼하냐고 물어보시고, 제 연애 이야기를 들으면 행복해하셨어요. 제가 널싱홈을 그만둔 후, 할머니는 돌아가셨습니다. 하지만 널싱홈에 계시던 할머니 할아버지 들은 제 마음속에 평생 기억하게 될 것 같아요.

어려웠던 점은 위험에 노출되어 있다는 거예요. 병원에서 일하면서 치매 환자에게 주먹으로 맞아 입술이 터진 적이 있어요. 그때 정신적으로 엄청나게 힘들었어요. 제 병동엔 노숙자, 술이나 마약 중독 환자가 많고, 그중에 난폭한 분들이 많습니다. 이런 긴급 상황엔 경비원을 부를 수 있지만, 저런 환자들을 계속 케어할 땐 인내심이 바닥날 때가 있어요.

» 캐나다 간호사가 되려면 어떤 준비가 필요할까요?

캐나다는 선진국 중 RN 면허 이전이 가장 어려운 나라에 속합니다. 한국 간호사가 캐나다 간호사가 되기란 많이 어렵습니다. 예전엔 해당 주의 간호협회College of Nursing에 따로 지원해야 했지만, 이젠 NNASNational Nursing Assessment Service란 기관을 거쳐야 합니다. 이때 교육 인증 받고, 교육 서류 패스를 받긴 상당히 어렵습니다. 직장 서류도 보내야 하고 교육 서류 평가 결과가 나오면, 지원하고 싶은 각 주의 간호협회로 서류랑 정보를 보내야 합니다.

그 후 주마다 다른 교육 인증 시험을 봐야 합니다. BC 주는 NCAS, 중부는 SEC, 온타리오 주는 OSCE입니다. 시험은 100% 패스하기

상당히 어려운 시험이고, 필기, 컴퓨터, 인터뷰 그리고 실습 시험이 포함되어 있습니다. 실습시험은 간호 사정과 치료에 필요한 커뮤니케이션을 어떻게 하는지 평가받는 시험이고, 마네킹이나 연기자가 환자 배역을 맡습니다. 그 후 시험 결과로 재교육 판정이 납니다.
재교육 과정은 돈이 들고 번거롭습니다. 캐나다에서 교육받지 않았고, 고국에서 임상이나 특수 병동 경력이 없는 해외 간호사가 취직하긴 어렵습니다. 또한 병원 고용주의 편견도 있을 듯합니다.
저도 미국에서 졸업했지만, 운 좋게 서류 검토가 잘 돼서 따로 교육 인증 시험을 보지 않았습니다. 하지만 제가 처음 입사한 병원에선 이 문제로 저를 안 좋게 보았습니다. 네가 이래서 캐나다 간호사만큼 일할 수 있겠냐며 대놓고 무시하고 차별했습니다. 재교육은 주마다 다르지만, 1년~2년 반 정도로 길고, 이론과 실습을 다 포함합니다. 실습 레벨은 여기 4학년 실습 과정이라고 보면 되겠네요. 주사, 링거 약 투여가 가능해야 합니다.
그 후 NCLEX를 본 분들은 정식 면허 취득이 가능하고, NCLEX 보지 않은 분들은 따로 보셔야 합니다. 영어 점수는 보통 NNAS 지원 후 1년 안에 내야 하고, 점수는 평균 IELTS 아카데믹 7점입니다. 온타리오 주는 영어 면제가 가능하지만(제출 기간 늘리기랑 특정 케이스에 따른 100% 면제), 타 주로 면허 이전하려면 영어 점수 제출을 다시 해야 합니다.
즉 한국에서 NCLEX 봤다고 바로 캐나다 간호사 된다는 유학원 말은 절대로 믿으면 안 됩니다. 제 주변에 면허 이전 과정만 5년 넘게 걸리는 분도 봤고, 그사이 포기해서 다시 전문대나 4년제 간호 학교 다니는 분들도 많습니다. 미국과 달리 캐나다 간호사가 되려면 상당한 인내가 필요합니다. 처음부터 다시 시작하는 마음으로 각오를 하고 오셔야 합니다. 일하기까지 시간이 걸려서 이민 시 재정 플래닝도 해야 합니다.

LPN은 좀 다릅니다. 웬만하면 재교육도 필요 없고 면허가 쉽게 나오는 편입니다. 하지만 RN과 다르게 지원할 수 있는 병동에 제한이 있다 보니 한국 경력이 인정 안 되는 케이스가 많습니다. 오히려 현지 학력 가진 신입 LPN에 밀려 병원 취직이 쉽지 않습니다. 요양원 취직은 그나마 순조롭지만, 지역마다 다릅니다.

한국에서 간호사로 일하는 것과 여기 LPN은 차이가 많아서, 커리어 욕심이 있는 분 중엔 언젠가 RN 면허 취득이란 목표를 갖는 분도 있습니다. LPN 면허 받고 취직이 잘 안 돼서 RN 면허 이전을 다시 시도하는 분들도 계십니다.

» **마지막으로, 선생님처럼 되기를 꿈꾸는 간호사들 혹은 간호 학생들에게 한 말씀 부탁드려요.**

캐나다나 미국도 여러모로 태움이 존재합니다. 조무사-간호사 갈등이 존재하기도 하고요. 다양성을 존중하고, 아랫사람들을 존중하세요. 서로 존중하는 마음을 갖는 간호사가 되길 바라요. 병원은 보건직뿐 아니라 청소부, 영양사 등 다른 분들과도 함께 만들어 가는 공간입니다.

학교를 다니면서 공부만 하지 않는 걸 추천합니다. 저는 학생 때 일하고 싶었는데, 못했던 게 아쉬워요. 졸업 후, 모든 간호사들이 졸업하자마자 뚝딱 일을 잘하진 않아요. 특히 내성적인 성격이면, 끝없는 커뮤니케이션 연습이 필요합니다. 학생 때부터 많이 연습하려면 병원이나 요양원 봉사 활동, 조무사, 간병인 아르바이트 등을 해 보세요. 환자나 다른 보건직과 최대한 대화하는 환경에 노출되길 바라요. 학교 졸업은 끝이 아니라 새 시작입니다. 학생 때부터 여러 멘토를 만나서 조언을 구하길 바랍니다. 경력 쌓은 후에는 학생들과 신입 간호사들을 위해 좋은 멘토가 돼 주세요. 꿈을 위해 달리고, 포기하지 마세요.

내가 찾아본 사람들 중 캐나다 간호사로 가는 사람들은 다음과 같았다. 캐나다 간호대로 유학을 가서 이민 가는 경우, 한국 간호사 면허증을 캐나다 간호사 면허로 바꾸려는 경우(드문 경우), LPN이나 PN으로 유학 가서 나중에 RN으로 변경하는 경우 등이 있었다. 많은 어려움이 있겠지만, 캐나다 간호사가 전혀 불가능한 일은 아니다.

선생님은 캐나다 간호사를 꿈꾸는 이들에게 이러이러한 난관이 있으니 미리 조심하라고, 현실적으로 짚어 주셨다. 오히려 솔직한 부분이여서 좋았다.

너무 걱정 마세요, 선생님. 정말 간절한 사람은 이러한 난관에도 끝까지 해내는 사람일 테니. 선생님의 조언도 경험치로 흡수할 겁니다, 하하하.

나는 절실한 노력은 꿈을 이루게 한다고 믿는다. 그래서 도전하는 당신도, 나 자신도 응원한다. 우리는 잘 될 거고, 해낼 거다. 모두 아름다운 인생이 되길!

“미국에 대한 환상이
너무 크지 않았으면 해요.”

*

현실을 짚어 준, 미국 간호사
김지혜 선생님

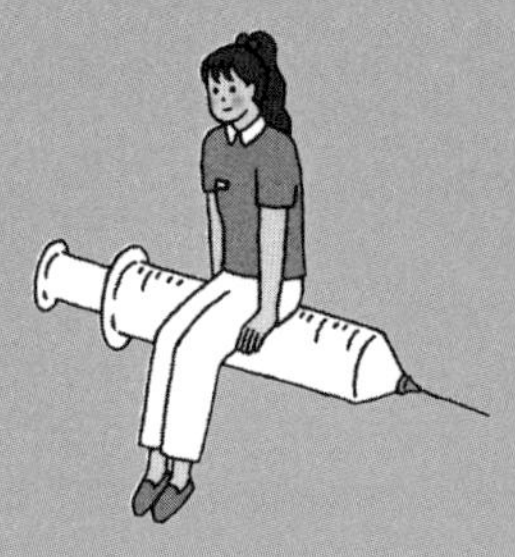

"미국 간호사를 어떻게 찾지?"

미국에 친구 1도 없던 나는 앞길이 막막했다. 뉴스에선 수많은 간호사가 미국으로 갔다는데, 정작 내 주변엔 없었다. 그렇다고 미국 간호사를 제외하자니 아쉬웠다. 여전히 많은 간호사들이 다른 해외 간호사보다 미국 간호사를 꿈꾸기 때문이다. 나는 사방으로 찾아보기 시작했다. 여러 미국 간호사 선생님을 찾던 중, 눈에 띄는 이름이 있었다.

'지혜.'

중학교 때 나랑 친한 교회 친구 이름이 지혜였다. 그래, 혹시 이분이라면 나를 도와줄지도 몰라. 지금 생각해 보면 근거 없는 믿음이었지만, 그땐 절박하기도 했고, 그런 느낌이 들었다. 용기를 내서 메일을 드렸고, 이렇게 알게 된 미국 간호사 선생님이 지혜 선생님이다. 선생님은 흔쾌히 인터뷰 요청에 응해 주셨고, 우리는 야심한 밤 11시(한국 시간)에 스카이프로 만나게 됐다.

참! 나 역시 한때 미국 간호사를 꿈꿨다. 그 당시 NCLEX 학원에 올렸던 '나의 미국 간호사 도전기'와 도움이 될 자료들도 이 인터뷰에 이어 소개한다. 많은 분들에게 도움이 되길 바라며, 지혜 선생님의 미국 간호사 이야기를 시작해 본다.

» **안녕하세요! 선생님의 소개를 부탁드립니다.**

저는 미국 노스캐롤라이나에서 일하는 김지혜 간호사예요.

현재 산모 케어Postpartum care와 신생아 케어Newborn care 일을 하고, 연구원으로도 일하고 있어요. 제가 일하는 부서의 이름은 'Mother baby unit'이고 36베드예요.

저는 주말에 일하는 위캔더weekender로 일하는데, 주말에는 간호사가 15명 정도 일해요. 36베드를 15명의 간호사가 보는 거죠. 엄마와 아기를 한 팀으로 묶어서 본다면 한 간호사당 최소 3팀(모자 합해 6명)을 케어하고, 보통 입원으로 한 팀을 받습니다. 즉, 한 간호사당 8명 정도(4팀) 케어한다고 보시면 됩니다. 신생아실 입원은 따로 받고 있습니다. 저희 부서가 'Mother baby unit'이다 보니, 환자 한 명을 받아도 엄마랑 아기까지 기본적으로 두 명을 받아서 케어하게 돼요. 이외에도 저는 연구원으로도 일하고 있어요. 연구원은 따로 큰 급여를 받는 게 아니라, 제 개인적인 시간에 연구를 한다고 보면 됩니다. 1년 프로그램이며, 연구 주제를 정하고 그 주제의 연구를 하는 거예요.

» 미국 간호사의 하루 일과는 어떻게 되나요?

저는 아침 7시부터 저녁 7시까지 근무해요. 저희 병원 간호사는 모두 12시간씩 근무하는 2교대고요. 옷은 병원에서 갈아입지 않고 집에서 입고 옵니다. 따로 의사와 같이 라운딩하는 타임은 없어요. 보통 오전 6시 45분까지 출근해서 7시 15분 정도까지 30분가량 인계를 받고요. 30분 정도 차트 리뷰를 합니다. 8시부터 10시까지 환자들을 건강 사정을 하고 아침 약을 돌립니다. 그리고 보통 11시~1시에 퇴원 환자를 수속하고요. 물론 중간에 입원 환자도 들어옵니다. 최소 2시간마다 간호사로 환자 라운딩을 해야 하고요. 그 때 4P's(pain, potty, position, possession) 체크를 합니다. 산모 케어에서 가장 중요한 건 아무래도 통증 조절, 모유 수유, 출혈과 연관된 케어이고요. 신생아 케어에서 가장 중요한 것은 신생아 먹이기와 바이탈 체크입니다.

엄마와 아기를 모두 돌봐야 하니, 성인과 신생아에 대한 지식이 있어야 해요. 중증도가 낮은 대신, 입퇴원이 많다 보니 바쁘고, 봐야 하는 환자가 많아서 차팅이 많아요.

그렇게 일하다 보면 퇴근 시간이 다가오지요. 저녁 6시 45분쯤 인계를 시작합니다. 칼퇴근하면 7시 15분 정도이지만, 평균적으로 7시 30분쯤 퇴근하는 듯합니다. 늦으면 8시에도 퇴근합니다.

》 선생님의 블로그에도 써 놓으셨지만, 한국에서는 간호사가 아니셨다고 들었어요. 어떻게 간호사가 되게 됐나요?

저는 한국에서는 사범대를 졸업했어요. 이후 3년 반 정도 영어 강사로 일했지요. 중학교에서 1년 반, 초등학교에서 2년 정도 일했어요. 영어 강사로 일할 땐, 이민 생각은 없었어요.

하지만 현재의 남편을 만나 결혼하면서 미국 이민을 결정하게 됐어요. 신랑이 미국인이거든요. 미국에서 간호사는 이민자가 하기에 좋은 직업이었고, 제가 할 수 있을 거 같아서 선택했어요.

저는 영어를 전공했기에 영어가 어려운 적은 없었어요. 사실, 한국에 있을 때부터 영어를 잘 했어요, 하하하. 어학 연수요? 캐나다로 어학 연수 10개월 정도 갔다 온 적 있어요.

》 그렇게 이민을 오게 되셨군요. 첫 미국 신규 간호사 생활은 어땠나요?

저는 2년제 보건대를 나왔는데, 그 후에 RN-BSN으로 편입을 해서 간호사가 된 케이스예요.

학생 간호사로 병원 실습할 때, 학교랑 협력된 병원에서 실습을 해요. 그 당시, 지금 근무하는 병원에서 병원 실습을 했기에 입사했을 때 크게 떨린 건 없었어요. 이미 익숙한 환경이었거든요.

더 자세히 말하자면, 학교에서 마지막 학기에 '시니어 프리셉터'라는 실습을 매칭해 줘요. 제가 가고 싶은 부서에서 일하는 간호사와 약 140시간 동안 실습하는 거예요. 그 간호사가 12시간씩 일하니까 일할 때마다 같이 붙어서 실습을 하는 거죠. 그래서 이 병원에서 일을 시작했을 때도 이미 많은 사람들을 알고 있어서 좋았어요. 지금 직장이 첫 직장이에요. 일한 지 벌써 3년 정도 됐네요.

》 현재 부서가 'Mother baby unit'이잖아요. 여기를 선택한 이유가 있나요?

대부분 졸업 후 성인 파트로 가잖아요. 예를 들면 일반 병동이나, 중환자실 등 말이지요. 그런데 저는 실습하면서 성인 파트는 잘 안 맞았고, 못할 거 같았어요. 소아과도 생각해 봤는데, 그 부서의 분위기를 보면 알잖아요. 소아과 부서의 간호사들을 보면 일이 너무 많아 힘들어 보였어요.

그래서 지금 일하는 산부인과 부서를 살펴봤는데, 바빠도 행복한 느낌이었어요. 이 분야가 좋았고, 안정감이 있었어요.

제가 근무하는 부서의 경우, 중증도는 낮지만 바쁘게 뛰어다닐 사람들이나 아기를 좋아하는 사람들이 맞을 듯해요. 환자 교육이 엄청 많으니까, 환자 교육을 좋아하는 사람들도 좋고요. 병원에서 아무래도 제일 행복한 부서가 저희 부서가 아닐까 싶어요. 슬픈 곳보다 행복한 곳에서 일하고 싶은 분들이 잘 맞을 거예요. 저도 그래서 이 부서를 선택하게 됐어요.

힘든 거라면 육체적으로 힘들어요. 12시간씩 3일 연속 일하면 힘드니까요. 출퇴근 시간까지 더하면, 거의 14시간씩 일하는 거예요. 게다가 계속 가만히 앉아 있는 게 아니라 움직이면서 일하잖아요. 체력적으로 힘들죠. 그래도 저희 부서는 분위기가 좋아요. 동료들이랑 수다 떨고 가족 같은 분위기인데, 이런 게 힘든 걸 이겨내는 원동력이 됐어요. 서로서로 도와서 일하는 분위기이지요.

》 미국 간호사도 오버타임이 있나요?

어느 정도 연차가 쌓이면 오버타임이 많진 않아요. 간혹가다 하긴 하죠. 거의 칼퇴해요. 처음 들어와서 일이 손에 안 익으면 오버타임이 있을 순 있어요. 하지만 지금은 3년 됐으니까, 거의 웬만하면 칼퇴근을 해요. 오버타임은 하고 싶다고 무조건 할 수 있는 게 아니에요. 주 40시간 이상의 시간은 1.5배의 페이를 지급해야 되서 매니저한테 미리 승인을 받아야 해요. 남아서 차팅을 너무 오랫동안 한다거나 하면, 매니저에게 면담 요청을 받을 수 있어요. 병원의 입장에서는 정해진 예산이 있는데 사람들이 제 시간에 본인의 할 일을 끝내지 못하고 계속 남아서 일을 하면 그 사람에게 계속 더 큰 돈을 지급해야 하니까요.

》 요즘 뉴스나 미디어에서 '간호사들의 태움'을 다루는 기사가 많았어요. 미국에도 태움이 있나요?

한국 같이 태움이 심하지는 않지만 'workplace bullying', 'nurses eat their young' 이런 말이 있어요. 결국 못된 사람은 나라나 문화를 초월해서 어딜 가나 있는 것 같아요.

》 미국 간호사의 월급은 어떤가요? 신문이나 뉴스에서 미국 간호사 1억을 번다고 하는데 진짜인가요? 실상이 궁금합니다!

우선, 제가 있는 부서는 안 그래요. 절대로! 통계적으로 보면 캘리포니아 쪽은 그런다고 하는데, 연봉 1억이 넘는 곳은 없을 거예요. 미국은 주마다 차이가 나서 어떻다고 말하기는 힘들지만요.

많이 주는 곳은 시간당 30달러인 곳도 있고, 시간당 21달러도 있어요. 각각의 주가 다르니까, 자기가 가려는 곳을 봐야 해요. 지역마다 차이가 나요.

연봉을 많이 주는 곳은 물가를 고려해서 돈을 많이 주는 곳이잖아요. 예를 들어 캘리포니아는 집 한 채가 평균 5억에서 10억이니까요. 뉴욕에서 집 한 채 사려면 맞벌이해야 해요.

요새는 블로그가 잘 되어 있어서 미국 간호사 연봉, 월급의 실상을 말하는 블로그들이 많아요. 대부분 블로그들이 연봉 1억은 허위라고 말하죠. 그리고 요새 미국 간호사로 오는 분들은 돈 생각을 안 하고 오시더라고요. 돈 많이 벌려고 오는 분들은 없어요. 대부분 한국의 간호사 처우 개선이 안 돼서 오는 분들이 많아요. 정신과 간호사가 되고 싶어서 오는 분들도 많고요. 간호사의 사회적 인식이 나은 곳에서 일하고 싶거나 환경 때문에 오는 분들이 많지요. 저희 병원에서 작년 말부터 올해까지 한국 간호사 선생님이 2명 왔어요. 하지만 대부분은 필리핀에서 많이 와요. 에이전시를 통해서 말이죠.

》 미국 간호사 근무 시간표(듀티표)는 어떤가요?

저희는 근무표를 인터넷으로 신청하는데, 일하고 싶은 날을 신청해요. 종이로 나눠 주진 않아요. 근무표에는 같이 일하는 사람이 누구인지 나와 있지요. 하지만 내가 일하는 날만 알면 되니까, 그런 건 상관없어요.

근무표를 짜는 사람들은 'Clinical supervisor' 예요. 부서마다 일해야 하는 날을 정하는데, 저희 부서는 6주씩 스케줄을 짜요. 예를 들어 6주 동안에는 금요일에 세 번은 꼭 일해야 한다는 등의 규칙이 있어요. 물론 이것도 부서마다 달라요. 꼭 자신이 일해야 하는 날은 일하고, 그렇지 않은 날은 일하고 싶은 날을 선택해 넣을 수 있어요.

저는 위캔더라고 주말만 일해요. 토요일, 일요일은 무조건 일하는 거죠. 금요일은 일하고 싶은 날 일해요. 저희 부서는 위캔더들이 고정 멤버거든요. 그래서 제가 일할 땐 항상 보는 사람들(위캔더들)만 계속 보는 거예요. 주말에 시간을 보내는 사람들은 싫어할 수도 있어요. 대부분 주말에 가족이랑 보내길 바라니까요. 주말에 일하는 사람들은 아직 애가 어린데 데이케어를 보내기 싫어서 일하는 경우가 많아요.

참, 미국 사람들이라고 해서 무조건 위캔더 근무를 하는 건 아니에요. 데이 근무랑 나이트 근무를 번갈아 하는 2교대도 있어요. 물론 이것도 지역마다 달라요.

》 얼마 전, 한국에 오셔서 한국 간호사 국가시험을 보셨다고요?

네, 합격했어요! 붙은 거 보니까, 그렇게 어렵진 않았어요. 대부분 합격한다니깐요, 하하. 한국 간호사 국시는 지식 수준으로 나와요. 반면에 미국 간호사 면허 시험인 NCLEX는 적용 문제가 많이 나와요. 간호 지식을 알고 환자에 적용하는 문제가 나오지요.

교수가 되고 싶은 꿈이 있어요. 혹시라도 한국에 가서 비지팅 교수를 해도 대학마다 한국 면허가 있어야 한다고 해서 한국 간호사 국시를 보게 됐어요. 다른 이유로는 제 정체성이 있었으면 좋겠단 생각이 들어서 한국 면허를 딴 것도 있어요. 미국에 온 한국 간호사들은 한국 면허, 미국 면허 둘다 갖고 있잖아요.

》 **대부분의 미국 간호사 이야기들은 장점만 나와서요. 선생님께서 미국 간호사를 꿈꾸는 분들이 각오해야 할 현실을 짚어주시면 어떨까요?**

임상 쪽만 보면 미국 간호사의 환경이 한국보다는 나을 거예요. 하지만 일이 쉬울 거라 생각하지 마세요. 미국은 전인 간호이기에 환자의 대소변 치우는 건 감수하고 와야 해요.

게다가 12시간씩 일하면 발바닥이 아플 정도로 걸어다녀야 해요. 물론 여유로운 부서도 있겠지만, 대부분은 바쁘고, 앉을 시간도 없어요. 여기도 바쁠 땐 화장실 갈 시간도 없는 건 비슷해요.

밤 근무를 안 해 본 분들은 밤 근무가 힘들다는 걸 각오했으면 해요. 미국에 와서 신규 간호사로 첫 근무 시작할 땐 거의 대부분 나이트 근무로 시작해요. 물론 투석실은 오피스 아워가 많죠. 12시간씩 일 안 하니까요. 하지만 보통 병동에 입사하면 나이트 근무부터 시작해요. 간호사 에이전시는 대부분의 사람들이 안 하고 싶은 곳으로 보내잖아요. 지역도 그렇고, 부서도 대부분의 사람들이 가지 않는 곳에 간호사를 보내는 경우가 많아요.

제가 늘 하는 말이지만, 미국에 대한 환상은 갖지 않았으면 해요. 미국에만 오면 인생이 바뀔 것이라는, 모든 것이 행복해지고 돈도 엄청 많이 벌 것이라는 생각은 너무 높은 기대치예요. 그보다는 한국 간호사로 일하는 것보다 전문적으로 일하고, 안전하고 인간답게 일할 거라고 생각하는 게 좋아요. 현실적인 기대를 갖는 분들이 대부분 만족하는 듯해요.

또한 영어는 편할 때까지 연습 많이 하고 오라고 말씀 드리고 싶어요. 많은 분들이 영어 때문에 힘들어 하더라고요. 지금 하는 일을 영어로 할 정도면 돼요. 영어 공부를 열심히 하시고 미국에서 합법적으로 일할 수 있는 비자를 준비하라는 말씀이 가장 현실적인 거겠죠. 그리고 어느 정도의 초기 정착금이 필요해요. 일이 바로 시작이 안 될 수도 있거든요. 면허에 문제가 있다든지 하는 문제가 생길 수 있어요.

» **선생님이 2013년에 이민을 왔고, 벌써 2019년이에요. 지금과 이전을 돌아본다면 어떻게 달라진 거 같나요?**

제일 달라진 건 나이가 들었다는 거? 하하하. 처음엔 젊으니까 비행기를 타도 피로하지 않았는데, 지금은 시차 적응이도 힘들고 비행기 타는 것도 힘들고 그래요.

그리고 한국에 갈 때마다 부모님이 나이 든 모습을 보게 되니까… 생각이 많아지고요.

부모님이 더 나이가 드시면 곁에서 돌봐 드리고 싶어요. 그땐 한국에서 최소 5년 정도는 살고 싶고요. 친정 언니가 있으니까, 보고 싶은 마음이 커요. 한국에 그리운 마음이 있어요.

성격상 더 달라진 건 이젠 "No"라고 말하는 걸 잘해요, 하하하. 한국에는 신데렐라 컴플렉스가 있잖아요. 다른 사람들 눈치 보며 행동하고, 다른 사람들의 호감을 꼭 받아야 하고, 거절하는 건 안 되고요. 대부분의 한국 사람들은 거절하기 힘들어할 거예요.

그런데 미국 사람들은 "No"라고 잘 말해요. 그런 게 저한테 잘 스며들었어요. 안 하고 싶으면 "No"라고 말해요. 그런 점에서 변했어요.

» **마지막으로 하고 싶은 말이 있다면 한 말씀 부탁드립니다.**

저는 많은 간호사 선생님들이 하는 루트로 온 게 아니에요. 영주권을 딴 후 간호 대학에 가서 간호사가 된 거라서 에이전시나 학위 인증 받는 건 아는 부분이 없어요. 그래서 조언을 드리기도 조심스러워요. 어떻게 보면 영주권이 있는 상태에서 간호사를 한 거니까요. 영주권이 없는 상태에서 시작하는 게 진짜 힘든 거죠. 그래서 홀홀단신으로 미국에 오는 분들을 보면 대단하다고 생각해요. 미국에 남편이 있는 것도 아니고, 가족이 있는 것도 아니니까요. 이민 생활도 힘든데, 그걸 혼자 한다는 건 정말 대단한 일이에요.

이민을 오게 되면 외로울 수 있어요. 그러니까 네트워크를 하고 오길 바라요. 대도시에 가면 한국인들 많지만, 제가 사는 곳처럼 한국인이 적은 곳에 있으면 많이 외로울 거예요. 사람들도 많이 만나고, 많은 네트워크를 만드세요. 외향적인 분들은 최대한 대도시로 가는 게 좋아요.

임상에서 더 전문적으로 일하고 싶은 분들은 미국 간호사로 오시는 걸 추천해요. 오시는 분들을 보면, 한국의 임상이 열악해서 오는 분들이 많아요. 돈을 많이 벌려고 오는 분들은 적어요. 미국 간호사로 돈 벌기는 쉬운데, 모으기는 어려워요. 미국은 세금도 많고, 숨만 쉬어도 돈이 나가니까요. 유지비도 많이 들어요.

그래도 간호사를 하면 이민자로서 다른 직업보단 나으니까요. 오래 일할 수 있단 장점이 있죠. 60살인데도 간호사로 일하는 사람들이 많아요. 간호사로서 더 전문적으로 일하고 싶고, 좀 더 나은 임상 환경에서 일하고 싶다면 미국 간호사로 오는 걸 추천해요.

선생님은 다른 간호사에 비해 쉽게 미국 간호사를 한 경우라며 겸연쩍어했다. 하지만 선의를 베풀어 미국 간호사 경험을 나눈 것만으로도 다른 간호사들에게 빛을 전해 준 게 아닐까? 물론 광활한 미국 땅에서 단 한 명으로 대표성을 나타내긴 무리지만, 한 사람의 경험이 다른 사람들에겐 용기를, 희망과 도전을 키울 거라고 믿는다. 미국 간호사가 될 순 있어도 타인에게 경험을 나눠 준다는 건 쉬운 일이 아니기에 더욱 감사했다.

선생님은 2년에 한 번 부모님을 뵈러 만나러 한국에 온다고 한다. 올 때마다 부모님의 늙어가는 모습에 마음이 아파, 가족과 시간을 더 갖는다고. 그 시간이 얼마나 귀하고 애틋한 시간인지 알기에 마음이 짠했다. 사랑하는 남편분이 곁에 있더라도, 한국에 있는 가족들이 생각날 텐데…. 부모님을 그리워하는 마음은 같았기에, 선생님의 타지의 삶을 응원하고 싶다.

늘 건강하고 행복하시길!

Special page

나의 미국 간호사 도전기

*

"미국 간호사가 되겠어!"
열아홉, 나는 3일 일하고 4일 쉬며 글쓰는 미국 간호사를 꿈꿨다. 그렇게 간호대에 들어갔다. 주변에서는 미국 간호사는 3개월만 공부하면 딴다고 했고, 정말 쉬울 줄 알았다. 졸업만 하면 NCLEX를 따겠다며 벼르고 별렀다.
2010년 학교 졸업 후, 미국 간호사 면허인 NCLEX를 따러 처음 찾아간 곳은 강동학원이었다. 그러나 병원 근무하면서 미국 간호사 준비는 쉽지 않았다. 일만 끝나면 어찌나 졸리고 힘들던지…. 일의 강도는 세고, 정말 힘들었다. 무엇보다 태움으로 힘들었을 때, 학원에 연락한 적이 있다.
그때 난 구석진 골방에서 울며 강동학원 원장 선생님께 전화했다. 무섭고, 힘들다고. 다 때려치우고 싶다고. 초면임에도 선생님은 이유 없이 들어주고 다독여 줬다. 살아야 한다고, 이겨내고 버텨내야 한다고. 아름 선생님은 할 수 있다고. 그때, 마음의 상처는 마음으로 치유할 수 있다고 느꼈고 배웠다.
"조각 경력도 괜찮아요. 그만두고, 미국 가세요."
그래서 나는 그만두고, NCLEX를 땄다. 물론 선생님 학원 말고 다른 학원의 도움도 빌려 겨우 합격했다. 그러나 아직 미국에 가지 않았다. 하지만 그 후에도 지금까지 연을 잇고 있다. 지금도 전화하면, "선생님, 프랭클린 대학교 다녀서 영어 점수 면제받고 얼른 미국 가요. 언제든 놀러 오고."라고 웃으며 말씀하신다. 그때가 벌써 약 10년 전인데, 언제나 웃으며 전화 받는 선생님. 나 역시 그런 멋진 사람으로 크고 싶다. 어쩌면 간호사의 마음은 간호사가 치유할 수 있다고 느낀다. 가장 가까이 있기에 무섭기도 하지만, 그만큼 가장 가깝게 손을 내밀 수 있는 게 간호사 아닐까.

NCELX-RN이란 미국 간호사 면허를 말한다. 한국의 간호 대학을 졸업하고 간호사 면허가 있는 사람들은 누구나 응시할 수 있다. 그렇다면 미국 간호사 면허를 따면 어떤 장점이 있을까? 이 부분은 신문 기사나 미국 간호사 블로그에서 쉽게 찾을 수 있다. 간략히 말하면 한국보다 높은 연봉과 매력적인 근무 환경이 있다. 미국 간호사는 12시간/주 3일 일하거나 10시간/주 4일을 일하는 등 여러 근무 형태가 있고, 오버타임 시 1.5배의 수당을 받기도 한다. 주마다 다르지만, 어느 주는 신규 간호사가 시급 35달러를 받기도 한다. 육아 문제로 고민할 부분도 한국보다 적고, 오버타임 수당도 제대로 지급된다. 미국 간호사 면허를 따 두면 여러모로 장점이 많다. 미국 내 어느 병원에든 취업 가능성이 있고, 캐나다에서도 NCLEX가 통용된다. 물론 캐나다 간호사 시험 절차를 거쳐야겠지만. 훗날 해외 유명 병원이 국내에 개원하게 된다면 도움이 될 수 있고, 글로벌 시대에 걸맞게 간호사 커리어에 도움을 준다.

그렇다면 미국 간호사는 어떻게 준비할 수 있을까? 첫째로 CGFNS (Commission on Graduates of Foreign Nursing Schools; 외국 간호 대학 졸업생 위원회)에 응시 원서와 뉴욕 보드에 응시 원서를 넣어 미국 간호사 면허 시험을 칠 자격이 되는지 확인한다. 그 후, 서류를 작성해 접수 및 공증을 하고, 송금 수표까지 발송해 기다린다. 심사가 끝나고 응시 자격이 되면 시험에 지원한다. 대개 시험 신청이 복잡하지 않은, 뉴욕 주 간호사로 많이 신청한다. 나의 경우, 간호사 국시를 보자마자 NCLEX 학원에 가서 상담을 신청했고, 바로 대행으로 접수했다. 서류를 직접 준비하는 경우도 있지만, 혼자하기엔 복잡해 보였기 때문이다. 대학 영문 졸업 증명서, 송금 수표, 영문 공증 등의 절차를 거쳤고, 서류 진행이 끝날 때까지 약 7개월 정도는 걸렸던 듯하다.

미국 간호사 시험은 컴퓨터로 보는데, 최소 75문제에서 최대 265문제를 최대 6시간 동안 풀게 된다. 시험장은 일본, 홍콩, 사이판, 미국, 필리핀 등 세계 여러 나라에 있다. 그러나 우리나라에는 없다.

그럼 더 자세히 준비 과정을 들여다 볼까? 나는 강동학원과 이화엔클렉스 두 군데에서 NCLEX 준비를 했다. 나의 경험담이 도움이 됐으면 좋겠다. 다음은 NCLEX 합격 후 학원 사이트에 올린 후기이다.

2014년 6월 9일 홍콩 완차이.

나는 오전 9시 시험을 봤고 합격했다. 시험은 4시간 75문제였고, 시험 보고 난 3일 후 새벽, 결과를 확인했다. 새벽에 좋아서 호스텔 스태프 외국인과 함께 춤까지 췄다, 하하하!

[시험 준비 과정]

1 ~ 3월: 총정리 과정 & 정리 복습

3 ~ 5월: 기출 문제 풀이

6월: 마무리 복습 & 50달러 3주 과정 NCBSN 문제 풀이

나는 처음부터 동영상으로 공부했고, 기출 정리가 많이 도움이 됐다. 처음엔 3개월 총정리를 할지, 정규 과정을 밟을지 고민했는데, 지금 생각해 보면 총정리를 듣길 잘했다. 정규 과정은 너무 길어서 끝까지 들을 수 없을 듯했다.

나는 그 당시 내시경실을 다니고 있었는데, 4월 말까지 병원 다녔고 진짜 공부

는 1~2개월 정도 한 듯하다. 병원 다니면서도 엔클렉스 공부를 할 수 있다고 하는데, 글쎄…. 나의 경우 일하고 나면 하루하루가 지쳤고, 그러다 잠들고 일어나면 허무했다.

4월 말에 사직서를 내고 5월부터 도서관에 다니기 시작했다. 사물함도 빌리고, 도시락도 싸 갔다. 원래는 5월 26일 시험이었는데, 6월 9일로 최대한 미뤘다.

사실 전년도에 일본 오사카에서 NCLEX 시험에 도전한 적 있다. 그러나 결과는 실패! 정말 공부를 안 하고 갔기에 떨어진 건 당연했다. 시험 전날에는 오사카 유니버셜스튜디오에 가서 아침부터 밤늦게까지 놀이기구를 열심히 탔다. 게다가 그 당시에는 precaution(예방 지침, 주의)이 뭔지도 모르고 시험장에 갔고, 시험 보고 나서야 그 단어를 알았으니, 할 말 다했다.

이번엔 사직까지 하고 공부했는데, 떨어질까 봐 걱정이었다. 남들은 다 쉽다는 NCLEX 여러 번 떨어졌는데 붙을 수 있을까? 게다가 가장 결정적인 이유는 NCLEX를 올해까지 따지 않으면 신청한지 5년이 넘어서 다시 서류 업데이트를 해야 한다는 사실! 으악, 그것만은 제발…. 서류 지연으로 꽤 힘들었던 걸 기억한 터라 진절머리가 났다. 다른 일을 하더라도 반드시 NCLEX는 따야겠단 결심이 강했다.

그렇게 아침부터 저녁까지 도서관에서의 공부가 시작됐다. 시행 착오도 많았다. 총정리 과정을 다 듣고 따로 정리하려 했는데, 아예 베껴 쓰기가 되었다. 시간도 오래 걸리고, 팔만 아팠다. 외워지는 건 없었다. 기출 문제로 얼른 넘어갔고, 삼공노트를 사서 질환별로 차곡차곡 정리해 나갔다. 정말 중요하거나 안 외워지는 건 따로 메모해서 계속 보고 또 봤다. 새삼 느낀 거지만, 중요한 건 정리가 아니라 외우는 거였다. 내 것으로 만드는 게 가장 중요한 듯하다.

약물의 경우, 인터넷 검색을 했다. 블로그에 올라온 약물 정리를 참고해서 보는 게 좋았다. 총정리나 기출 문제만으로는 모든 약을 정리해서 알 수가 없었기 때문이다. 약물은 재밌게 외우려고 노력했다. 각종 유튜브와 해외 사이트를 활용하여 외웠는데, 시간 날 때마다 단어 카드처럼 만들어 외웠다.

예를 들면 Carafate 는 '카라'라는 걸그룹을 생각하면서 '카라는 걸그룹이니까 공복에 복용해야 해.'라고 외웠다. Digoxin은 'D->go->신, D가 신이 되고 싶어서 Ca과 협상을 했어. Ca를 올려주고 대신 Ca과 닮은 K는 내리기로 했지. 금은보화인 Mg도 필요 없다고 해서 내려가지.'라고 외웠다. Glucophage의 경우 '코를 팠더니 은색 코딱지가 나옴. 먹었더니 metallic taste(side effect; 부작용)임. 코딱지는 밥과 함께 복용(with meal). 그걸 본 간이 놀래서 glucose 생산을 억제함.' 이런 식으로 외웠다. 그냥 무턱대고 외우기엔 지루했기 때문이다.

시험 보기 마지막 일주일은 3주 50달러를 내고 NCBSN의 기출 문제를 풀어봤다. 35~75% 사이를 왔다 갔다 했다. 실제 모의고사처럼 풀 수 있어서 좋았지만, 다 풀진 못했다. 문제를 다 맞히지 못했을 땐, 떨어질까 봐 긴장이 됐다.

드디어 약 30만 원의 왕복 비행기 티켓을 끊고 홍콩으로 출국했다. 숙소는 예스인 코즈웨이 베이점이었고, 4박 5일에 11만 원이었다. 9인실 여자룸을 썼는데, 생각보다 깔끔했다! 게다가 전철역과도 가깝고 시험장에서도 10분 정도 거리였다. 시험 전날 공부해야 해서 시끄러울까 봐 걱정했는데, 웬걸 조용했고 괜찮았다. 나이 들어서 좋은 호텔에서 자고, 젊을 땐 여러 나라 친구들을 만나 놀기로 했기에 결정했는데, 좋은 선택이었다. 시험 후에 마카오까지 다녀왔건만, 총 경비는 약 50만 원 전후로 들었다. 쇼핑을 안 좋아한 것도 경비를 줄인데 도움이 됐다.

시험날!

주머니에 초콜릿 하나를 들고 시험장으로 향했다. 막상 시험장에 도착하니, 심장이 두근거렸다. 시험장 스태프는 시험장에서 핸드폰, 전자기기, 책 이런 걸 보는 걸 철저히 금지했다. 떨리는 마음으로 컴퓨터 앞에 앉아 시험 문제를 풀기 시작했다.

TIP 홍콩 NCLEX 시험장: 완차이 역 A2 출구로 나와서 바로 오른쪽을 보면 'circle K' 라는 편의점 있다. 그쪽으로 쭉 가다 보면 베이커리 같이 보이는 가게 두 개 지나서 은색 간판으로 된, 번쩍거리는 'china construction bank(asia)' 건물을 지나간다. 그 건물 바로 옆에 'china overseas building'이라고 나오는데, 이 건물의 18층에 피어슨 센터가 있다.

처음 화면에 뜨는 10문제를 잘 봐야 한다고 해서 눈 튀어나오게 읽고 읽었다. 30문제 정도 풀고 나니, 2시간이 되었다. 그때 컴퓨터에서 '너 쉴래?'라고 물었다. 그래서 쉰다고 하고 물 한 잔을 먹고 들어갔다. 막상 긴장이 돼서 준비해 간 초콜릿은 먹지도 못했다. 나머지 60문제쯤 풀고 나니, 4시간쯤이 됐다. 그때 컴퓨터에서 또 '너 쉴래?'라고 물었다. 그런데 이번엔 못 쉴 듯했다. 4시간에 60문제를 풀었는데, 남은 2시간 안에 75문제 이상을 풀 수 있을까 싶었기 때문이다. 기출 문제에서도 나왔고, 그림 문제, 우선 순위 문제도 많이 나왔다. 나머지 50%의 문제는 처음 보는 문제들이었다. 나는 사실 성인 간호만 거의 봐서인지, 모성과 정신 간호에서 문제가 정신없이 나왔다. 어찌나 당황스럽던지…. 기출 문제만 보지 않고 가길 잘했다고 생각했다. 시험 후에는 홍콩에 다시 안 올 사람처럼 열심히 다녔다. 마지막 출국날 새벽 1시쯤, 결과를 확인했다.
결과는 Pass! 확인하자마자 호스텔 스태프와 춤까지 덩실덩실 췄다! 하하하, 그때 기억은 동영상으로도 남겼다.

그 후 약 4년이 지났다. 그때를 생각하면 아직도 가슴이 두근거린다. 아주 오랜 꿈을 이뤘던 날이었으니까. 물론 아직도 내 가슴 한켠에는 미국 간호사의 꿈이 있다.

미국 간호사로 간 사람들은 정말 많다. 해가 갈수록 더욱 많아지고 주변에서도 심심치 않게 미국 간호사로 떠난 이야기가 들려온다. 물론 미국 간호사 면허를 딴다고 바로 갈 수 있는 건 아니다. 우선 비자 스크린Visa Screen Certificate을 통과해야 한다. 비자 스크린은 간단히 말하자면 미국에 취업하거나 영주권을 받으려는 보건 의료 종사자들의 필수 취득 서류이다.

비자 스크린에는 간호사 취업 이민 시 요구되는 영어 점수도 있는데, 아이엘츠IELTS 또는 토플TOEFL로 내야 한다. 한편, CGFNS가 인정한 대학 프로그램(CCNE 또는 NLN 교육 인증)을 졸업했을 때에는 이러한 영어 점수를 대체할 수도 있다. 미국 병원 고용주와의 인터뷰도 패스해야 한다. 대부분의 간호사들이 미국 병원 취업을 위해 국내 또는 해외 에이전시와 계약을 하기도 한다. 더 자세한 사항은 미국 간호사 관련 책들을 참고하길 바란다.

한국 병원에서는 간호사를 뽑을 때, 간호사들 나이를 보는 경우를 종종 봐왔다. 좋은 경력을 갖고 있어도 나이가 많다는 이유로 취업 서류에서 밀리는 경우도 있었다.

미국은 나이보다는 능력을 우선시하는 나라다. 만 47세에 미국 간호사로 도전한 분도 있다고 한다. 간호사들에게는 기회의 나라이다. 그러니 당신도 도전해 보길 바란다! 도전과 끈기만 있으면 충분히 미국 간호사 면허를 딸 수 있다. 나도 했는데, 당신은 왜 못하겠는가?

미국 간호사 관련 책

《간호사는 고마워요》(잭 캔필드 외, 원더박스)

《간호사라서 다행이야》(김리연, 원더박스)

《간호사, 프로를 꿈꿔라》(도나 윌크 카르딜로, 한언)

《국제간호사 길라잡이》(김미연, 포널스출판사)

《꿈에게 기회를 주지 않는다면 꿈도 당신에게 기회를 주지 않는다》(박명숙, 시너지북)

《나는 꿈꾸는 간호사입니다》(김리연, 허밍버드)

《7년의 기록, 남자 간호사 데이비드 이야기》(유현민, 인간사랑)

간호사 관련 책

《간호사가 말하는 간호사》(권혜림 외, 부키)

《간호사가 사는 세상》(정현선, 포널스출판사)

《간호사 어떻게 되었을까?》 (편집부, 캠퍼스멘토)

《간호사, 너 자신이 되어라》 (한화순, 메디캠퍼스)

《간호사, 대학원 가기》 (최영림, 포널스출판사)

《관계자외 출입금지》 (엄지, 포널스출판사)

《나는 간호사, 사람입니다》 (김현아, 쌤앤파커스)

《나는 파독 간호사입니다》 (박경란, 정한책방)

《미스터. 나이팅게일》 (문광기, 김영사)

《신규 간호사 안내서》 (노은지, 포널스출판사)

《안녕, 간호사》 (류민지, 랄라북스)

《영혼을 위로하는 나이팅게일 메시지》 (김여옥, 행복에너지)

《정신병동에도 아침이 와요!》 (이라하, 위즈덤하우스)

《JOB 간호사》 (고정민 외, 꿈결)

미국 간호사 준비 관련 사이트

강동학원 http://www.kdnclex.com/

이화엔클렉스 http://www.ewhanclex.co.kr/en/

미국 간호사 블로그

김리연 선생님 https://blog.naver.com/cutehare18

김지혜 선생님 https://blog.naver.com/jihyeks705

데이비드 선생님 https://blog.naver.com/gemini1250

네이버 카페

국제 간호사 https://cafe.naver.com/usanurses/

Mindy's nursing story https://cafe.naver.com/nurseworld/9655

간호사 관련 사이트

너스케입 https://www.nurscape.net/

널스스토리 https://www.nursestory.co.kr/

"배우고, 경험하고,

도전하세요!"

*

3개국 간호사 면허를 가진,
영국 & 두바이 간호사
차미나 선생님

대륙을 넘나들며 자유롭게 간호할 수 있다면?

3개국의 간호사 면허증이 있고, 그 경험과 정보들을 아낌없이 오픈하는 간호사가 있다면?

처음 떠오른 건, 차미나 선생님이었다.

한국 간호사는 물론, 두바이, 영국 간호사 면허까지! 무려 세 나라의 면허를 가졌고, ICU를 경험했다! 매우 드물고 특별한 케이스였다!

나는 이 책을 쓰기 전부터 선생님의 블로그를 들락날락 거렸다. 유용한 정보들도 많거니와, 다른 나라의 간호사 이야기, 병원 이야기도 엿볼 수 있었다.

인터뷰를 요청할 당시 선생님은 영국 간호사 시험을 보며 한창 공부 중이셨다. 바빠서 인터뷰를 못 해 주시면 어쩌지? 처음 보는 나를 믿고 인터뷰해 주실까? 가슴이 쿵쾅거렸다. 평소 연락하고 싶었던 분이어서 더 떨렸고, 거절당할까 봐 걱정되기도 했다. 그러나 그건 기우였다.

"부족한 부분 있으면 말해 주세요."

선생님은 친절히 답해 주셨다. 머나먼 타국에 있어도 간호 학생들과 간호사들을 응원했다.

"테드Ted.com에서 알랭 드 보통의 인생 강연이나 헬렌 피셔의 사랑 강연을 들어봤으면 좋겠어요. 인생에 대해 생각해 볼 수 있는 기회가 되거든요."

간호사들이 잘 되길 바라는 마음으로 진심어린 조언도 아끼지 않았다. 마음씨 고운 선생님의 선의가 널리 퍼지길 바라며 인터뷰를 시작해 본다.

》 **자기 소개 부탁드려요.**

안녕하세요. 저는 영국 런던에서 일하는 차미나 간호사입니다. 짧게 경력을 소개하자면, 서울에 있을 땐 대학 병원의 내과계 중환자실에서 14개월 근무했습니다. 그 후, 두바이로 건너가 ICU/CCU에서 18개월 있었고, 현재 영국에서 신장 병동의 신장 이식 환자, 투석 환자를 보고 있습니다. 운이 좋게도 해외 나오면서 남자친구와 결혼을 하게 되어서 외롭지 않았어요.

》 **영국 간호사가 되려면 어떤 준비를 해야 하나요?**

영국에서 일하려면 1년 이상의 경력과 IELTS(아카데미) 모든 영역 7.0의 점수가 있어야 하고, 그 뒤에도 'Nursing and Midwifery CouncilNMC UK'에 등록하는 절차가 필요합니다. 등록을 위해서는 CBT OSCE라는 실기시험에 통과해야 합니다.

NMC 웹사이트에 많은 정보가 올라와 있습니다. 또한 실기시험을 위해서는 매뉴얼《Royal Marsden Manual of Clinical Nursing》을 잘 숙지해야 합니다. 실기시험에 등록하면 전자책 접근 권한이 주어지니 따로 구매할 필요는 없습니다. IELTS에서 7.0 받을 수 있는 실력이라면, 영국 간호사에 도전해 볼 수 있을지 않을까 생각이 듭니다. 영국 간호사의 나이 제한은 없습니다.

》 **영국의 의료 시스템을 간단히 소개해 주세요.**

국립(NHS, National Health Service)과 사립으로 이원화 되어 있다는 점이 가장 눈에 띕니다. 또 한국보다 환자 안전에 더욱 신경을 쓴다는 인상을 받습니다. 예를 들면, 항생제 내성균 스크리닝을 한국보다 더욱 철저히 하고, 발견되면 즉시 1인실로 분리합니다. 격리 병실로 한 번 들어간 물건은 안에서 즉시 폐기하거나 폐기할 수 없는 경우 절차에 따라 반드시 청소 후 나와야 합니다.

» **서울에서 간호사를 시작하셔서 두바이를 거쳐 런던까지 가셨어요.**

첫 직장은 서울에 있는 대학 병원 내과계 중환자실이었습니다. 그곳에서 간호사로 알아야 하는 기본적인 것들부터 중환자 간호까지 많은 것을 배워서 해외까지 나올 수 있었다고 생각합니다.

대학생 때 호주로 워킹 홀리데이에 갔는데, 그때 영어가 조금 늘었던 것 같고, 한국에서 참여했던 언어 교환 프로그램도 많이 도움이 되었습니다. 그 이후로 두바이에서 근무했던 것도 실무 영어 향상에 많은 도움이 됐습니다.

두바이 간호사는 2년의 경력을 가지고 있으면 면허를 신청할 수 있습니다. 면허를 신청하기 위해서는 CBT에 합격해야 합니다. Dubai Health Authority 웹사이트를 참고하시면 좋겠습니다.

데이 근무는 오전 7시 출근해서 인계를 30분 정도 받는 것으로 시작합니다. 오전 9시쯤 의사 회진이 있고 오후 5시까지 대부분의 시술과 수술 등이 끝납니다. 병동 내 시술도 흔하게 있습니다. 오후 7시에 인계를 주고 7시 30분에 근무가 끝납니다. 나이트 근무는 저녁 7시부터 오전 7시 30분까지입니다. 두바이 간호사는 보통 1~2개월 프리셉터십을 갖는데, 처음부터 독립적으로 일을 합니다. 왜냐하면 신규 간호사가 아닌 경력직만 선발하기 때문입니다.

» **두바이 간호사의 매력이라면 어떤 점이 있을까요?**

https://www.ahdubai.com/en/careers-at-ahd/ 이 사이트에 직원 복

지가 잘 나와 있어요. 세금이 없는 급여, 무료 의료 보험, 아이들 교육 지원 등이 있습니다. 급여는 주택 보조금(주택 수당), 교통비 수당, 중환자실 특별 수당까지 다 합해서 450만 원/월 정도였어요. 기숙사에서 지내는 경우 100만 원 정도 줄어든다고 생각하면 되겠습니다. 고정 급여로 오버타임을 하지 않는 이상 급여가 똑같습니다.

» 두바이도 매력적일 텐데, 영국으로 옮기셨어요.

런던 대학University College London 석사 과정에 입학 허가를 받아서 런던으로 이직을 결심했습니다.

기계적으로 일을 하고 있다고, 배우거나 성장하지 못하고 있다고 생각이 들 때가 가장 힘든 것 같아요. 두바이에 있을 때 침체기가 찾아왔는데 극복 전에 결국 그만두게 되었네요. 하지만 지금 영국에서 많은 것을 배우고 있습니다. 다양한 케이스를 보게 되어서 기쁩니다.

» 그동안 간호사로 일하면서 기억에 남았던 에피소드는 뭔가요?

중환자실에서 일할 때예요. 유명한 큰 건물을 올린, 위키피디아에도 나오는 유명한 건축가가 아픈 엄마를 데리고 왔어요. 나이도 지긋하고 기저 질환이 많은 할머니는 벌써 세 달째 병원 신세를 지고 있었습니다.

빌딩 지어 올릴 때는 멋진 카리스마 뿜으며 일을 했을 건축가의 모습이 상상되는데, 병원에서 보니 늙은 어머니를 걱정하는 영락없는 딸이었습니다. 그 건축가분은 자기 어머니가 무지 걱정되는지 매일 할머니의 피검사 결과를 적으면서 수치가 오르는지 내려가는지 확인했습니다. 또한 소변이 얼마나 나왔는지 매시간 들여다 보기도 보고, 무슨 약이 들어가는지도 노트에 적어뒀습니다.

그분이 하루는 저에게 할머니 사진을 보여줬습니다. 작년 여름, 그러니까 6개월 조금 지난 사진이라며, 매일 일을 마치고 할머니랑 맛있는 것을 사 먹으러 가는 게 자기 삶의 전부였다고 말했습니다. 수많은 건축가들이 부러워하는 위치이며, 세계에서 손에 꼽는 멋진 빌딩을 지은 건축가가, 할머니랑 보내는 저녁 시간이 자기 삶의 전부였다고 말하는 게 조금은 이해가 안 가면서도 안타까운 마음이 들었습니다. 제 눈에는 할머니가 자꾸만 멀어져 가는데, 딸은 준비가 하나도 되지 않았다는 생각도 문득 함께 들었습니다.

중환자실에 있으면서 종종 멀리 가는 환자보다 뒤에 남겨질 사람들이 안타깝고 걱정되는 경우가 많습니다. 젊은 나이에 뇌종양으로 숨진 환자보다도 그 환자의 부인과 12살 난 쌍둥이들이 더 걱정되고, 나이 지긋하게 드신 할머니보다 그런 할머니에게 모든 것을 기대던 딸이 더욱 걱정이 되기 마련입니다. 환자에게 많은 것을 해 줄 수 없는 상황일 때, 그 가족들에게 어떤 말을 해 주어야 하는지 누군가 가르쳐 줬다면 이렇게 어렵지 않았을까 하는 생각이 듭니다.

》 그런데, 혹시 외국에도 '태움'이라는 게 있나요?

영국에서는 'Bullying'이라고 불리는데 직원들 사이의 'bullying'에 대해서 병원 규정이 확실하게 있을 만큼 방지하기 위해 노력하고 있습니다. 개인적으로는 한 번도 경험해 보지 못했습니다.

》 많은 분들이 궁금해하실 듯해요. 영국 간호사의 급여는 어떻게 되나요?

영국에는 NHS 병원(국가의 세금으로 운영하는 병원)도 있고 사립 병원도 있어서, 급여는 사립 쪽에 있는 병원들이 더 높은 것으로 보여요. 먼저, NHS 병원 간호사의 급여에 대해서 이야기해 보겠습니다. 영국은 미국에 비해 간호사 급여가 높은 편은 아니에요. 급여만이 직장을 선택하는 기준은 아니지만 중요한 요소로 작용하니 영국을 고려하시는 간호사 선생님들은 참고하시면 좋겠습니다.

먼저 해외 간호사로 취업하여 OSCE(영국 간호사 실기시험)를 치르기 전에는 밴드 3 또는 밴드 4에 속하며, 간호사의 보조급으로 일을 하게 되고, 급여도 그 정도 수준으로 받게 됩니다.(OSCE나 해외 간호사 관련 정보는 차미나 선생님 블로그에 들어가셔서 참고해 주세요. https://blog.naver.com/cmn0422) OSCE를 성공적으로 치르면 밴드 5, RN으로 승격하게 되며, 이후 밴드 6(차지 간호사), 밴드 7(매니저) 등으로도 승급할 수 있습니다.

기본급에 더해서 또 고려할 것이 있어요. 런던 시내에 가까울수록 물가 및 생활비가 비싸기 때문에 도심으로 가면 주는 주택 수당(보조금)을 기본 월급 위에 더 얹어 줍니다. 한마디로 도심에 가깝게 살수록 보조금을 준다는 거예요.

다음은 실제 예입니다.

밴드 3 급여(런던 2존)

연봉 16,968파운드 + 보조금 4,200파운드/연 = 21,168파운드/연

(약 2,513만 원 + 약 622만 원 = 약 3,135만 원)

밴드 4 급여(런던 근처 위성 도시)

연봉 22,458파운드 + 보조금 1,122파운드/연 = 23,580파운드/연
(약 3,326만원 + 약 166만 원 = 약 3,492만 원)

밴드 차이가 나도 보조금 때문에 실제 받는 월급은 크게 차이가 나지 않는 것 같아요. 그럼 밴드 5 간호사의 월급은 얼마일까요?

연봉 22,128~28,746파운드 + 보조금
(약 3,277~4,257만원 + 보조금)

참고로 두바이와 달리 영국에서는 기숙사 제공하는 병원을 보지 못했어요. 단, 병원에 주거 지원housing service 담당 부서가 있어서 합리적인 가격의 집을 구하는 것을 도와주고 있습니다. 하지만 기본적으로는 본인의 급여에서 렌트비까지 부담해야 한다는 말씀!
아직 나이트 수당이나 특수 부서에서 일할 때 발생하는 특수 수당에 대해서는 저도 정보가 없어요. 여기는 휴일/밤 근무 여부에 따라 급여가 상이해요. 저는 연봉 22,128파운드(약 3,370만 원) + 보조금 4,426파운드(약 674만 원) 받았어요. 얼마 전, 알게 된 사립 병원의 급여는 기본급 31,185파운드 + 교대 수당 2,806.65파운드였어요.

》 영국 간호사로서의 근무는 한국 간호사와 어떻게 다른가요?
첫째로 트레이닝이 달라요. 한국은 우선 근무 현장에 집어넣고 가르쳐 주잖아요. 일하면서 프리셉터에게 배우는 한국과 달리, 영국 NHS에서는 선 트레이닝, 후 실습을 강조해요. 트레이닝 없이는 IV도 못 주도록 하는데, 그 트레이닝을 입사 후 6개월 뒤에 시켜준다

고 해서 저는 지금 공식적으로는 IV도 못 하는 간호사랍니다. 중환자실에서 경구약보다 더 많이 줘본 정맥 주사를 트레이닝 안 받았다고 줄 수 없다니…. 그래도 다행히 여기서 받은 정맥 주사 트레이닝은 다른 NHS 병원에 가도 인정해준다고 하네요.

두 번째로 약을 주는 게 달라요. 약국에서 약이 다 정리가 되어서 올라오는 한국과 두바이와 달리, 엄청난 양의 병동 재고 약물이 있어서 대부분의 약을 병동에서 직접 분배해요. 병동이 약국 같답니다, 하하하.

셋째로 병동에 간병인이 거의 없어요. 간호사 대 환자의 비율이 1:5~1:6이고, 간호조무사 대 환자의 비율은 1:8이에요. 간병인이 허용되는 병동인데도 간병인이 보호자 옆에 있는 경우가 거의 없어요. 침상 목욕도 많고 침대 만드는 것도 피딩도 모두 병원 스테프들이 1차적으로 담당해요. 홍차를 사랑하는 영국 사람들인만큼 홍차 심부름을 많이 받는데요, 가끔은 이것 때문에 일이 밀려버리는 사태가 발생하기도 한답니다.

네 번째로 환자 퇴원 후 관리가 달라요. 영국은 환자 퇴원 계획을 환자의 입원과 동시에 시작해요. 이건 한국과 아주 큰 차이점이에요. 작업치료사가 환자를 직접 만나서 환자의 집 구조는 어떠한지, 환자의 움직임이 어느 정도 가능한지 확인해요. 환자를 집에 보냈을 때 안전할지도 전반적으로 사정해서 만일 도움이 필요할 것 같으면 퇴원 후 간병인을 하루에 네 번까지 집에 보내 줘요! 혼자 귀가가 어려운 환자가 있는데, 보호자도 올 수 없는 상황이면 앰뷸런스를 불러서 집까지 데려다 줍니다. 물론 세금으로 말이지요. 그리고 마지막으로는 한국과 달리, 보험 서류를 안내할 일이 없어요! 원무과도 없답니다.

》 선생님의 간호 생활을 대표할 만한 혹은 기억나게 할 물건들이 있다면 무엇인가요?

영국에서는 간호사들이 간호사 시계fob watch를 가지고 다닙니다. 한국에서 간호사로 시작했을 때, 영국인 친구가 이 간호사 시계에 "proud of you"라고 적어 선물로 줬어요. 한국에서는 차고 다니지 못했지만 이제 가지고 다닐 수 있겠네요.

》 마지막으로, 간호 학생들에게 하고 싶은 말이 있다면 해 주세요.

외국에 나가지 않는다고 해도 외국어를 배우는 것은 매우 중요한 일입니다. 외국에 나가는 것도 좋지만, 한국에 온 외국인과 이야기를 나눠 보세요. 그분들은 한국이 좋아서 온 사람들인데 한국인 친구들을 만들고 싶지 않겠어요?

'Language exchange'이나 'meetup.com'에서, 아니면 본교에 교환 학생으로 온 친구들을 만나 한국에 왜 왔는지, 그 사람들이 얼마나 용감하게 집을 나와 이 낯선 곳에 왔는지, 외롭지는 않은지, 또 나와는 어떻게 다른 사고를 하고 있는지도 알아보세요. 코세라Coursera나 칸 아카데미Khan Academy에 들어가서 무료로 여러분과 지식을 나누고 싶어 하는 사람들이 얼마나 많은지 체험해 보세요. 테드에서 알랭 드 보통의 인생 강연이나 헬렌 피셔의 사랑 강연을 들어보고 인생이 무엇인지 생각해 보세요.

선생님은 내게 매리 슈미츠Mary Schmich라는 칼럼니스트가 학위 수여식에서 하고 싶었던 말을 쓴 'Everybody's free to wear sunscreen'라는 글을 전해 주고 싶다고 했다. 그 내용을 요약해 보면 아래와 같다.

"당신의 젊음과 능력을 즐기세요. 20년 뒤, 당신은 옛 사진을 돌아보며 회상할 거예요. 지금의 당신이 얼마나 멋지고 가능성이 많았는지. 매일 당신이 두려워하는 한 가지를 해 보세요. 인생에서 뭘 해야 할지 모르겠다고 자책하지 마세요."

선생님은 많은 사람들에게 넓은 날개를 펴고 도전하라고 말한다.

나 역시 매우 공감한다. 인생은 길고 세상을 넓다. 답은 정해지지 않았고, 처음부터 인생의 정답은 없었으니까.

"패배자 같아요."

사직을 하고 난 뒤 간호사들이 올린 글을 보았다. 뭘 해야 될지 모르겠다고, 어떻게 살아야 할지 모르겠다고 말한다. 그 심정을 알기에 안타까웠다. 나 역시 그럴 때가 있었다. 일하다가 자꾸 울음이 나고 주저앉고 싶을 땐, 그냥 떠났으면 좋겠다. 바다도 좋고, 산도 좋다. 내일 당장 비행기 표를 끊고 가도 좋다. 당신에게 돌을 던질 사람은 오직 당신뿐이다.

어디로 떠나든 당신이 꼭 얻어 와야 할 단 한 가지가 있다. 바로 '당신은 소중하고 특별한 사람' 이라는 거. 그 강력한 해답을 꼭 찾아오길 바란다.

“스웨덴의 근무 환경이나
복지는 정말 좋아요.”

*

북유럽 간호사의 일상을
엿보게 해 준, 스웨덴 보조 간호사
유진희 선생님

'북유럽의 간호사는 어떨까?'

나는 북유럽에 관심이 많았다. 복지 국가이자 자연 친화적 국가여서 마음에 들었고, 어린이와 여성을 배려해 주는 것도 마음에 들었다. 특히 이민자가 살기 좋은 나라가 스웨덴이라고 들어서 더 관심이 갔다.

그러던 중, 스웨덴 관련 카페에서 스웨덴 병원에서 일한다는 선생님을 만났다. 나는 재빨리 쪽지를 보냈고, 바로 그렇게 우리는 만났다! 선생님은 나와 같은 나이였다! 세상에! 나는 이제 시작하려는데…!

선생님은 스웨덴인 남자친구를 만나 스웨덴에서 7년 동안 살았다고 한다. 나는 한국에서 열심히 7년을 살았는데! 같은 나이와 생일이 비슷함에도 서로 다른 인생을 살아 신기했다.

내가 스웨덴 병원을 궁금해하는 동안, 선생님은 오히려 한국 간호사 생활을 궁금해했다. 한국 병원은 어떤지, 어떻게 일하는지 궁금해했다. 간혹 내가 한국 병원에서 일어난 일들을 들려주곤 했는데, 선생님은 깜짝 놀라곤 했다. 내가 맡던 환자 숫자에 놀라기도 했고, 병원 문화에도 놀라기도 했다. 스웨덴에서 열심히 일하는 선생님에게 스웨덴 병원 이야기를 들어 보자.

》 자기 소개 부탁드려요.

안녕하세요. 저는 스웨덴에서는 7년째 살고 있는 스웨덴 보조 간호사(준간호사)입니다.

한국에서는 22살까지 살았고, 23살에 영국으로 어학 연수를 갔어요. 그 당시 전공이었던 메이크업을 공부하러 영국으로 떠났습니다. 영국에서 1년 동안 거주했고, 공부하던 중 지금의 배우자를 만나 스웨덴의 작은 도시로 왔어요. 그 후, 스웨덴어를 배우며 여러 가지 일들을 하다가, 3년 전 보조 간호사 1.5년(3학기) 과정을 시작했어요. 공부를 마친 후, 요양원 두 곳에서 파트타임으로 동시에 근무했어요. 현재는 스웨덴 제2의 도시인 예테보리에 있는 대학 병원 심장내과에서 근무하고 있습니다.

》 스웨덴 병원에서 일하면서 인상적인 게 있다면 말씀해 주세요.

앞서 말했듯, 저는 처음에 요양 병원에서 근무했어요. 요양 병원에서 근무할 때, 대부분의 직장 동료들은 경력이 10년 이상이었고, 그 중 몇 분은 경력이 몇 십 년 된 분들도 있었어요.

어느 날, 곧 정년 퇴임할 직장 동료와 일을 하는데, 노인 환자가 우리를 보다가 직장 동료에게 물었어요.

"둘 중 누가 직급이 높은 사람인가? 당신이지?"

그러자 직장 동료가 웃으며 "우린 둘 다 똑같은 직장 동료예요. 누가 더 높거나 낮거나 하지 않아요."라고 대답했어요. 그 순간 정말 많이 놀랐어요. 저는 이제 막 입사했고, 갓 일을 시작했거든요. 그분도 그렇고, 수십 년의 경력자분들도 모두 나를 동등한 동료로 인정해 주고, 일 할 때도 "우린 같이 일하는 팀이니, 도움이 필요하면 언제든지 말하라."고 얘기해 줬어요.

지금 일하는 대학 병원의 병동에서도 마찬가지예요. 처음 입사하여 2주 동안 경력 많은 60대의 사수분에게 교육을 받았는데, 그분과 그곳에서 일하는 모든 분들이 환영해 주셨어요. 서로 웃으며 자기 소개도 하며 친절하게 대해 줬어요. 일은 괜찮은지, 잘 되어 가는지 묻기도 하고, 혹시 잘 모르는 것이나 이해 가지 않는 게 있으면 언제든지 물어보라고 했어요. "누구나 처음에는 다 어렵고 힘든 게 당연한 거야."라며 다들 용기를 북돋아 줬어요.

한국에서 온 저로선 조금 놀라지 않을 수가 없었어요. 한국의 직장문화로 선배, 나이, 경력으로 위아래 계급이 있고 차별이 있잖아요. 그러다가 이곳의 직장 문화를 느껴보니 정말 달라서 놀랐어요. 저희 병동도 그렇고 다른 병동들도 한 달에 한 번 병동 회의가 있어요. 그 회의에서는 병동의 상황, 계획, 건의 사항 등을 다루는데, 간호사, 보조 간호사, 병동 책임자가 함께 회의를 해요. 의견이 있다면 직급이나 경력에 상관없이 누구나 동등하게 건의하고 그에 따라 회의를 할 수가 있어요.

한국의 회식 문화와 비슷한 것으로는 저희는 '에프터 워크Efter work' 문화가 있어요. 원하는 사람이 직접 날짜와 장소 계획을 짜서, 직원 휴게실에 공지를 붙여 놓아요. 가고 싶은 직원들은 직접 이름을 써 놓고, 회식에 가요. 정말 말 그대로 누구도 강요를 하지 않고 자신의 결정이라서 다들 시간이 된다면 참여하고 싶어해요. 그리고 매년 5월에는 '클리니크페스텐Klinikfesten'이 열려요. 병동에서 일하는 분들이라면 누구나 참여할 수 있는 파티인데, 의사, 간호사, 보조 간호사 등 다들 어울려 하루 동안 즐거운 파티를 해요. 제게 직장이란 정말 일만 하는 곳이 아니라, 동료들과 함께 즐길 수 있는 곳이에요. 그래서인지 지금까지 스웨덴 보조 간호사로 일하면서 자부심 있게 말할 수 있어요.

스웨덴에서 일하면서 직장 스트레스를 받아 본 적은 한 번도 없다고.

》 스웨덴의 병원 일과는 어떤가요?

스웨덴 간호사 근무 형태는 3교대예요. 한국과 비슷해요. 오전/오후/

야간으로 돼 있어요. 오전 근무는 06:45~15:30, 오후 근무 15:30~21:30, 야간 근무 21:30~07:00예요. 하지만 본인이 원하면 지원해서 야간 근무 혹은 낮 근무를 선택할 수도 있어요. 낮 근무, 야간 근무 각각 전담이 따로 있거든요.

스웨덴은 일할 때, 간호사 1명, 보조 간호사 1명이 한 팀으로 일해요. 저희 병동은 한 팀에 최소 4명에서 최대 7명씩 배정되는데, 환자의 중증도에 따라 3개의 그룹으로 나누어 배정돼요. 그룹 1은 경증의 심장 질환 환자들을 받는데 최대 7명까지 배정해요. 그룹 2는 그룹1보다 조금 더 간호가 필요한 환자들 위주로 받는데, 최소 5명~최대 7명까지 받아요. 그룹 3은 중환자들 위주로 최대 4명의 환자를 받지만, 그중 중환자는 최상의 간호를 위해 딱 2명만 받을 수 있어요.

그럼, 병원에 출근해서 하는 일을 세세히 말씀드려 볼게요.

오전 6:45~7:30 출근 후, 야간 근무자에게 인수인계를 받아요. 그 후 각자 컴퓨터에 앉아서 환자 정보, 주의 사항, 오늘 할 일을 차트에 적어요. 본격적으로 일이 시작되기 전에 간호사들과 보조 간호사들은 중요한 점, 알아야 할 점 등을 서로 얘기 나눠요. 간호사들은 약물실에 가서 환자들 약을 배분하고, 보조 간호사는 환자들 바이탈 체크해서 간호사에게 바이탈 수치를 보고 한 후, 도움이 필요한 환자들 케어하지요.

8:00 환자들을 병동의 식당으로 안내해요. 거동이 불편한 환자들은 저희가 직접 아침 식사를 가져다 줘요.

9:00 병실 정리하며, 필요한 환자를 돕거나, 병원 컴퓨터에 바이탈을 입력해요. 이후 병동 의사들이 오면, 각각 그룹의 간호사와 보조 간호사들은 담당 의사와 함께 자신의 환자들을 상의하고, 오늘의

할 일을 계획해요. 예를 들어, 의사가 "A 환자는 상태가 어떤가요?" 라고 질문하면, 간호사와 보조 간호사는 그에 따른 답을 하고, 의사의 오더를 받게 됩니다.

9:30 ~10:00 바쁘지 않다면, 아침 시간(혹은 티타임 시간)을 가져요. 아침은 각자 직접 준비하는데, 주로 샌드위치류예요.

혹은 병동에서 샌드위치를 만들어 먹게 도와줘요. 돈을 지불한 사람에 한해 (대략 하루에 2,500원 혹은 한달에 25,000원 정도) 병동 식당에서 샌드위치 재료들을 직원 휴게실에 뷔페처럼 매일 준비해 줍니다. 그럼 각자 자신이 원하는 샌드위치 만들어 먹지요. 또한 커피 마시는 걸 중요하게 생각하는 스웨덴답게 시간 날 때 커피를 자주 마셔요.

10:00 ~12:00 오전에 계획한 일들을 해요. 저희 병동의 보조 간호사는 주로 환자 채혈, 상처 드레싱, 심전도 검사/운동 부하 심전도 검사, 환자 퇴원 준비 혹은 새 환자 입원 준비를 해요.

간호사들은 대부분 환자 차트 정리, 약 배분, 수액 연결, 필요한 환자 보호자들과 상담, 환자 인수인계 등 여러 일을 하게 됩니다.

12:00 환자들 점심을 배급해요. 병실로 가져다 주거나 식당으로 안내해요.

12:30 ~13:15 45분간 점심시간이에요. 각자 그룹마다 일찍 점심 먹을 간호사 혹은 보조 간호사를 한 명씩 정해 서로 점심시간을 교대로 가집니다. 점심은 자신이 직접 준비해 와요.

13:15 ~14:00 각자 맡은 일을 해요. 13:30쯤에는 오후 근무 간호사들이 출근해요.

14:00 ~14:30 오후 근무자들에게 인수인계를 하고, 마무리 준비 후 퇴근해요.

》 **스웨덴 간호사의 월급은 어떤가요?**

병원이나 기관마다 기본 급여는 다 다른 편이에요. 스웨덴 뉴스 및 통계를 찾아보니, 예를 들어 보조 간호사가 100% 풀 타임으로 일할 경우 기본급과 수당을 합쳐 월급 24,000SEK 정도(한화 약 300만 원)이고, 경력이 많을 경우 32,000SEK 정도(한화 약 400만 원) 받는다고 나와있어요.

스웨덴의 일반 간호사 월급의 경우 평균적으로 30,500SEK 정도(한화 약 382만 원)이며, 20년의 경력이 있는 간호사는 43,000SEK 정도(한화 약 538만 원) 받는다고 나와 있어요.

기본급과 함께 공휴일, 저녁, 야간, 주말에는 시간당 수당이 붙어요. 스웨덴은 복지가 좋으면서 세금을 많이 내는 나라로 유명해요. 세금 비율은 사는 도시나 월급에 따라 다르지만, 대부분 중 소득층은 32~35%의 세금을 제외하고 월급이 들어와요. 월급이 높으면 높을수록 세율은 더 높아져요. 하지만 매년 봄에 세금을 환급받아요.

》 **스웨덴 간호사의 근무량은 어떤가요?**

병원이나 기관마다 다르지만, 야간을 제외한 오전/오후 근무는 대부분 일주일에 37~40시간 일을 해요. 스웨덴 간호사들은 정규직이어도 대부분 일하는 할당량이 달라요. 예를 들어 100% 혹은 85%처럼 자기가 원하는 근무량을 정할 수 있어요. 병동 책임자와 함께 상의해서 한 달에 얼마나 일할 지를 정할 수 있거든요. 혹은 채용할 때 미리 적어놓기에 자신에게 맞는 할당량을 찾아 지원하면 돼요.

저는 처음에 100%로 일을 시작했는데, 조금 더 개인 시간을 보내고 싶어서 병동 책임자와 상의 후 90%로 일하게 되었어요. 그래서 제 경우, 한 달에 20~21일 정도 일하고 있어요. 근무 스케줄은 병원 시스템에서 원하는 휴일이나 근무하고 싶은 날짜를 입력해 놓으면, 자동으로 병원 스케줄 담당 관리자에게 넘어가요. 그 관리자는 개별 스케줄과 날짜, 사람 수 등을 고려해 스케줄을 조정하고 마무리하지요. 그 후 마무리된 최종 스케줄을 우리가 받게 돼요.

» **스웨덴의 휴가는 어때요?**

여름휴가는 법적으로 26일까지 얻을 수 있어요. 직장에 따라 다르지만, 최대 5주까지 유급 휴가로 분류돼요. 또한 경력에 따라 쓸 수 있는 휴무일도 늘어나요.

스웨덴의 육아 휴직은 480일이 주어져요. 이건 모든 스웨덴 국민들에게 법적으로 정해져 있고, 당연한 권리이기에 당연히 간호사들에게도 주어지고요. 당연히 육아 휴직에 따른 차별이 없고요. 그리고 아이가 아파서 같이 있어 줘야할 경우는 바로 당일에 휴일 신청을 할 수 있어요.

» **선생님이 일했던 스웨덴 요양원도 소개해 주세요.**

제가 일한 요양원에는 노인분들이 총 20명이었어요. 대부분 치매, 여러 가지 병, 뇌졸중 등을 갖고 있었고, 혼자 거동이 불편하거나 집에서 생활하는 데 어려움이 있는 분들이 생활하고 있었어요.

요양원에는 간호사 1명, 보조 간호사 6명 혹은 4명이 일하고 있었어요. 보조 간호사는 두 그룹으로 나누어서 그룹마다 10명의 노인들을 돌봐요. 간호사 한 명이 환자 20명을 다 맡았고, 개인 사무실이 따로 있으며, 전산 시스템이나 전문적인 지식이 필요한 일들을 도맡고 있어요. 그 외에는 보조 간호사에게 직접 맡기는 형태예요.

월요일부터 금요일까지는 오전 근무자 총 6명, 오후 근무자 총 4명이었고, 주말에는 4명이 근무했어요. 대부분의 하루 일과는 앞서 말한 대학 병원 일과와 거의 비슷해요. 약 챙기고, 케어해 주고, 여러 가지 활동인 산책, 재활 훈련, 베이킹 등을 도와줘요.

일하면서 매번 감사하게 느끼는 건 환자들이 간호사를 존중하는 마음이에요. 요양원에서 치매 환자분들 도와드릴 때도 항상 고맙다는 말을 들었어요. 물론 치매가 있으신 환자분들인 만큼 가끔 안 좋은 일들도 있었지만, '늙고 병들었지만, 돌봐주는 간호사들이 있어 다행'이라며 고맙다는 칭찬을 듣기도 했어요.

또한 지금 일하는 병동의 환자들도 항상 고맙다고 말해 줘요. 간호사들이 해 주는 것 하나하나에도 고맙다고 말하며 간호사들을 존중해 줘요. 그래서 더욱 기쁜 마음으로 일을 할 수 있어요.

》 **마지막으로 스웨덴 간호사를 꿈꾸는 분들에게 한 말씀 부탁드려요.**

제가 스웨덴 병원에서 일하며 느낀 건, 직장 생활의 질은 정말 좋다는 거예요! 누구나 동등한 권리가 있으며, 뉴스에서 보던 태움이나 차별 등의 일들은 있을 수가 없어요. 또한 정당한 이유 없이 정직원을 함부로 해고할 수 없고요.

스웨덴은 한국보다 물가나 세율도 높지만, 일하는 환경이나 복지는 정말 잘 되어 있어요. 만약 한국 간호사분들 중에 스웨덴에서 일할까 고민하는 분이 계시다면, 저는 오시는 걸 추천드려요! 스웨덴에 오실 계획이라면, 먼저 스웨덴어를 공부하길 추천합니다. 병원에서 환자와의 의사 소통이 중요하거든요.

> 제 경험이 이 글을 읽는 간호사분들에게 도움이 되길 바라요. 저는 아직 보조 간호사이지만, 미래에는 간호사가 되려 공부할 계획이에요. 이 세상의 모든 간호사분들이 행복하길 바라며, 오시는 모든 분께 행운을 빌어요!

다음 달이면 벌써 대학 병원에서 일한 지 1년이 된다는 선생님. 열심히 살아가는 모습이 진심으로 보기 좋았다. 선생님이 아니었다면 스웨덴 병원 이야기는 영영 듣지 못했을 거다. 고마워요, 선생님! 어디서나 잘 되길 응원할게요! 나 말고도 궁금해하는 사람들에게 큰 도움이 됐길 바란다.

“확인하고 싶었어요.
내 생각이 잘못된 것인지, 아닌지.”

*

인생의 답을 찾으러,
아프리카로 떠난 간호사
황석환 선생님

"아프리카로 떠난 간호사가 있다고?"

내 눈이 잘못된 줄 알았다. 세상에, 아프리카까지 간 간호사가 있다니! 당신의 패기와 열정이란!

그분에게 힘껏 박수를 치고 싶었다! 어떻게 그곳까지 가게 됐을까? 쉽지 않은 결정일 텐데…. 아프리카 사자는 보셨을까…? 엉뚱한 생각도 잠시, 선생님께 서둘러 메일을 보냈다. 낯선 분께 용기 내어 메일을 보내는 게, 이제는 익숙해질 만도 하건만, 여전히 거절이 두렵고 무서웠다. 제게 선생님의 귀한 시간을 내어 주실 수 있나요?

"별말씀을요. 현재보다 더 많은 간호사들이 간호사가 누구인지, 무엇을 하는지 알려야 한다고 생각해요."

선생님은 흔쾌히 인터뷰를 승낙했다. 간호사들을 위하는 선생님의 마음이 느껴져서 기뻤다. 초면임에도 선생님과의 대화는 유쾌하고 즐거웠고, 이야기를 나눌수록 인생에 대한 진지한 탐구와 깊은 철학이 느껴졌다.

» 반가워요, 선생님! 자기 소개 부탁드려요.

안녕하세요. 한국에서 6년 차에 병원을 그만두고, 여기저기 떠돌아다니고 있는, 만 32살 간호사 황석환입니다. 고향은 경상북도 경주시이고, 현재는 아프리카 르완다의 수도 키갈리에 살고 있습니다. 한국에서 제 경력은 응급실 2년, 흉부외과 PA로 4년입니다.

» 선생님, 제가 아프리카로 간 간호사는 평생에 처음 봤어요, 하하하! 아프리카 르완다는 어떤 곳인가요?

르완다는 한국인들에게는 정말 생소한 나라인데요. 아프리카 대륙의 중앙에 위치하는, 평균 해발 1,500미터의 고산 지대에 있는 나라입니다. 아프리카에서도 유독 작은 나라로 경상도 정도의 크기를 가졌고, 동쪽엔 탄자니아, 서쪽엔 콩고민주공화국, 남쪽엔 브룬디, 북쪽엔 우간다를 접하고 있습니다. 적도 부근에 위치함에도 고산 지대라서, 연평균 기온이 15~30도 정도입니다. 이곳 사람들은 르완다를 '영원한 봄의 나라'라고 합니다. 대략 늦은 봄 같은 날씨를 유지하고 있지요.

르완다는 국토가 좁고, 지하자원이 거의 없습니다. 2차 산업 역시 발달하지 않은 나라라 이곳 국민들은 일을 할 곳이 마땅히 없습니다. 그래서 병원에서 일하는 게 그나마 중상층 이상에 속하게 됩니다. 물론 그렇다고 병원이 월급을 많이 주지도 않습니다. 다른 곳은 모르나, 실습 지도 가는 병원 중에 르완다 최고 병원인 킹 파이잘 호스피탈King Faisal Hospital에서는 최고 1,000달러(월급)까지도 임금을 받는 간호사가 있는 것 같더군요. 하지만 이는 극히 드문 케이스이고, 이 나라 사람들은 하루 평균 1달러를 벌지 못한다고 생각하시면 됩니다. 실제 인구의 절반이 넘는 사람들이 하루 한화로 약 500원 정도를 소비하지 못하는 사람들입니다.

》 르완다에서 무슨 일을 하고 계신 건가요?

저는 현재 르완다 대학교 보건 대학University of Rwanda, College of Medicine & Health Sciences에서 간호 학생들 수업을 진행하고 있습니다. 여기도 간호학과는 4년제와 3년제로 나뉘어 있어서, 저는 3년제 학생들의 수업을 맡고 있답니다.

이곳은 3학기제로 학사 과정을 굉장히 빽빽하게 짜 놓았습니다. 성인 간호학을 수업하는데 호흡기계, 순환기계 등 각각의 파트를 단 4시간 만에 끝내야 합니다. 그러다 보니 실제 교실에서 수업하는 시간이 꽤 적고, 하루 일과가 일정하지 않습니다. 수업이 있는 날은 오전 7시에 출근하여 저녁 6시까지 수업하고, 그 외에 실습 지도 하는 날에는 오전 9시쯤 가서 오후 3시쯤에 일을 마치게 됩니다. 주로 수업이 끝나면 실습지에 있는 학생들의 실습 지도를 합니다.

》 르완다의 간호 대학 풍경이 궁금하네요.

이곳 르완다에도 한국처럼 간호사 면허 시험이 있는데, 평균 합격률이 25% 이하입니다. 이유는 당연히 공부를 안 해서겠지요? 하하! 여기 르완다는 학교에서 본 중간고사와 기말고사 점수가 A가 되어야 다음 학기로 넘어갈 수 있습니다.

저는 평균적으로 10문제를 출제합니다. 평균 점수는 3점밖에 안 되는데, 그중에 한두 명이 8~9문제를 맞힙니다. 채점을 하다가 그런 학생을 볼 때 가장 보람이 되네요. 하하하! 하지만 아쉽게도 아직 만점 받은 학생은 없습니다. 언젠가는 나오겠지요?

》 일과는 어떻게 되세요?

근무하는 곳이 대학이다 보니 일단 저를 위한 시간이 많습니다. 사실 이 대학에서 봉사단원들을 요청한 것은, 실제로 가르칠 강사가 없어서라기보다는 저희가 오면 물질적 이익이 따라올 가능성이 있어서 요청한 게 아주 큽니다. 아마 제 임기가 끝난 이후에 이 대학은 두 번 다시 코이카KOICA 단원을 받을 수 없을 겁니다. 보고서에 쓸 거거든요, 하하하!

그렇지만 학생들과 시간을 보내는 건 즐거운 일입니다. 수업하는 것도 즐겁지만 병원에 실습 지도 나가서 학생들이 만든 간호 과정을 고쳐 주는 게 즐거운 시간입니다.

》 어려운 점은 없으셨나요?

어려운 점은 언어입니다. 이 나라의 공식 언어는 영어이지만, 대부분의 국민들은 키냐르완다라는 르완다어를 사용합니다. 게다가 벨기에의 식민지 지배를 받았던 중년층 이상은 불어를 사용합니다. 그래서 아직 많은 중등학교에서 불어로만 수업을 진행합니다. 실제 제가 수업할 때도 학생의 절반은 영어를 잘하지만, 나머지는 영어를 잘하지 못해서 의사 소통에 장애가 있습니다.
보통 르완다와 같은 나라를 '제3 세계'라고 합니다. 이런 제3 세계에 있으면 거의 매일 매일이 위기의 순간입니다. 여자 단원들은 하루가 멀다하고 성희롱을 당하기도 하고, 시장이 아닌 정상적인 상점에도 가격표가 없으니 거의 매일 사기(?)치려는 사람들을 만나게 됩니다. 하루하루가 실망과 분노의 연속이지요.
그중 가장 화가 났던 건 성적이 너무 나쁘다 보니, 하루는 "너희는 도대체 하루에 몇 시간을 공부하냐?" 물어봤을 때였습니다. 그때 학생들이 너무도 당당하게 "우리가 왜 공부를 해야 하냐?"라고 답을 하는 겁니다. 정말 화도 나고, 허탈했습니다. 학생에게 공부를 왜 해야 되는지 설명해야 하다니…. 한국이라면 상상조차 불가능하지요.
학생들이 공부할 이유를 설명할 방법을 하나 찾기는 했네요. 이 나라의 대부분이 개신교와 천주교이기에, 이들에게 직업의식과 소명을 말해 주기로 했습니다. "우리는 생명을 살리는 직업이라 신이 주신 너희의 임무를 완수하기 위해서는 열심히 공부해야 한다."라고 말하는데 공부는 여전히 안 하네요, 하하하.(참고로 전 불교입니다. 흠… 그래서 내 말을 안 듣는 건가요?)

» 아프리카로 가기 전의 모습도 궁금해요! 선생님은 어떻게 간호사의 길로 오게 되셨나요?

학생 때 모범생은 아니었어요. 게임방을 좋아하던 학생이었네요, 하하하. 고등학교 때까지만 해도 간호사가 목표였던 건 아니었던 것 같아요. 어찌어찌 살다 보니 간호사가 되어버렸지요. 사실 입학할 때까지만 해도 간호사라는 직업에 대해 아는 건 아무것도 없었어요. 그러다 1학년 때 '간호사란 이러한 직업이다'라는 걸 아주 조금 알게 되었고, 군대를 갔다 온 후 복학에 대해 고민을 했지요. 복학을 해야 하나 말아야 하나. 그러다 정치에 관심이 생기게 되고 '나중에 간호사가 되면 정우회에 가입해서 정치 활동을 해야겠다'라고 생각을 하고 복학을 했는데… 르완다네요. 하하하!

간호 학생으로 실습할 때 가장 기억나는 건 울산 지역에 있는 병원 응급실에서 실습할 때예요. 그날은 이브닝 근무로 출근했어요. 출근하자마자 CPR 한 분이 들어오고 그날 퇴근할 때까지 CPR이 4번 있었네요. 물론 모두 다른 환자 분이었어요. 그때는 정말 아무 생각도 안 들고 정신이 나가 있었던 거 같아요. 그저, 뭐 달라고 하면 선생님들께 물품 갖다 드리기 바빴지요.

입사 지원서를 넣을 때 아무래도 남자이다 보니, 전부 응급실 수술실 중환자실 위주로 지원했어요. 그때까지만 해도 '남자 간호사는 일반 병동에 가지 못한다.'라는 편견이 있었거든요. 요즘은 그렇지 않아요. 많은 남자 간호사들이 일반 병동에서 일을 하지요.

저의 첫 시작은 응급실이었습니다. 2010년이었죠. 서울에 있는 2차 병원이었고, 화상 전문 병원이었기에 항상 탄내와 함께 생활했던 것 같네요.

신규 때를 돌이켜보면 항상 바쁘고 정신없었어요. 응급실이 대부분 그렇잖아요. 2차 병원이다 보니 인력이 정말 부족했었어요. 화상 전문 병원이라 하지만 그렇다고 화상 환자만 있진 않았어요. 특히 나이트 근무 때는 화상 환자보다는 취객 환자만 보았던 듯해요. 술 취한 환자 라인 잡다가 뺨도 맞아 보고… 하하하. CPR에 DI(약물 중독)에 음… 바빴던 기억 밖에는 없네요.

》 어떻게 해외 봉사를 생각하게 되셨나요?

봉사를 결심하게 된 이유라면…. 크다면 크고, 별 볼 일 없는 이유라면 별 볼 일 없는 이유이네요. 일단 전 태어나서 줄곧 한국에서만 살아왔습니다. 서울에서 근무할 때는 영등포 쪽에서 살아 매일 길가의 거지를 만났었지요. 그때는 아무 생각이 없었어요. 그저 '거지니까 고개를 숙이고, 일하지 않고 돈을 얻으려 남에게 비굴하게 사는구나.' 혹은 '그런가 보다.'라고 생각을 해 왔지요.

그러다 한국을 떠나 워킹 홀리데이로 캐나다 몬트리올에서 살 때였어요. 그곳에도 당연히 거지는 많습니다. 심지어 상당수의 거지는 개를 키우지요. 개 키우면 정부에서 개 사료 사 먹이라고 지원금을 준다더군요. 물론 사료는 안 사고 피자 사서 개랑 같이 먹습니다만. 아무튼 몬트리올 생활 중에 어느 순간 그런 생각이 들더라고요. 왜 이곳의 거지들은 이렇게 당당하지? 물론 전부라고 할 수는 없겠지만 상당수의 거지들은 행복하고 당당한 모습이었습니다. 마치 그들 스스로 선택했다는 듯 말이죠. 그러다 그런 생각이 들더군요. 나는 왜 '거지는 항상 우울하고 고개를 숙인 채 비굴해야 한다'라고 규정을 지은 거지? 그들이 어떤 사연이 있는지, 예전에 어떤 사람이었는지, 왜 이런 삶을 살고 있는지, 혹은 현재 불행하거나 행복한지, 그런 것 하나 알지 못하면서 어떻게 단정을 짓지? 거지니까 불행한 삶을 사는 거라는, 그 생각이 옳은 건가?

이때 처음 거지에 대해 생각이란 걸 했어요. 그리고 어느 순간 코이카에 지원을 해 놓았더군요. 확인하고 싶었어요. 내 생각이 잘못 된 것인지, 아닌지.

» **코이카를 꿈꾸는 간호사들에게 한 말씀 부탁드려요.**

저는 코이카 봉사단원으로 파견이 되어서 따로 급여를 받진 않습니다. 코이카에서 소량 지급해 주는 생활비로 살아가고 있습니다. 물론 코이카에서 주거비도 지급해 줍니다. 코이카 단원이다 보니 복지는 딱히 없습니다. 2년 동안 21일을 사용할 수 있는 국외 휴가 정도랄까요? 아, 물론 휴가비는 없습니다. 르완다를 벗어난 나라로 휴가를 가려면 제 돈을 지불해야만 하지요. 하하하.

근무할 때 딱히 트레이닝은 없었습니다. 첫 몇 주간 수업을 맡지 않고 현지 선생님들의 수업에 참관하여 수업 진행 방식을 본 것이 전부입니다.

준비와 절차보다는 용기와 도전이랄까? 그게 더 필요할 듯합니다. 한국에서는 봉사 활동이라고 하지만, 정식으로는 국제 개발이라는 표현이 맞을 듯합니다. 이 국제 개발에서 간호사는 그 자체로 아주 필요한 인력이기에 영어를 잘한다면 아주 큰 도움이 될 것이고, 그게 아니더라도 활동하는 데는 큰 문제는 없습니다. 예를 들어 시니어 단원분들의 경우에는 영어를 잘하지 못해도 저희보다 현지인들과 소통이 훨씬 자유롭습니다. 바디랭귀지의 능력이란…. 정말 대단하더군요, 하하하!(물론 저도 아직 영어를 잘하지는 못합니다.)
코이카 활동 이후 책을 내는 단원들도 많으니 그러한 책들을 찾아보는 게 도움이 될 가능성은 있지만, 전 그런 거 본 적은 없습니다. 코이카 사이트를 들어가면 필요한 정보가 다 있습니다. 지원하시려면 병원 경력은 필수입니다. 가능하면 3년 이상 경력은 있어야 도움이 됩니다.
그러나 제일 필요한 건 본인이 왜 국제 개발을 도우려는지, 스스로의 고찰이 제일 중요할 듯합니다. 국제 개발이 무엇인지, 우리가 왜 해야 하는지, 내가 왜 하고 싶은지도 모르고 뛰어든다면 절대로 말리고 싶네요. 앞서 말했듯이 제3 세계에서의 삶은 그 자체로도 실망과 분노, 피로의 연속입니다. 확고한 의지가 없다면 오지 않는 것이 맞습니다.

» 마지막으로, 한국의 간호사들 혹은 간호 학생들에게 하고 싶은 말 부탁드려요.

모두 아시다시피 한국에서 간호사의 인식은 아직도 낮습니다. 급여나 근무 환경도 좋지 못합니다. 그렇다고 해서 그런 불합리함들을 받아들이지 마세요. 아직 한국에선 그 연구가 부족하나, 다른 나라의 연구에서 이미 확인되었듯 간호사에 대한 복지나 근무 환경의 개선은 간호사만 좋게 되고 끝이 나는 것이 아닙니다. 복지와 근무 환경이 좋아지는 건 바로 환자에게 영향을 미치게 됩니다.

아마 한국 사회에서의 편견과 싸워, 복지와 근무 환경들이 개선되는 일은 아주 오래 걸릴 것입니다. 하지만 그 변화가 이제 막 시작했다고 생각합니다. 이유 없는 싸움이 아닙니다. 그저 우리를 위한 싸움도 아니고요. 진정으로 환자를 위해서 멈추지 말고 싸워 주세요. 사람들에게 알려 주세요. '간호사란 이런 사람이다. 이런 일을 하는 사람이다.'라고요.

제가 병원에서 생활을 하면서, 그리고 병원 밖에서 느낀 것을 정리하면 의사는 질병과 싸우는 사람입니다. 간호사는 그 질병에 따른 증상과 싸우는 사람이고요. 요즘 주변에 누가 저에게 '간호사는 뭐하는 사람이냐' 물으면 이렇게 알려주고 있습니다.

아주 당연한 소리일 수도 있으나, 아직 많은 선생님들이 누군가가 간호사는 뭐하는 사람이냐 라고 물을 때 대답을 못하는 경우를 많이 보아 왔습니다. 선생님들이 간호사 생활을 하면서 느낀 간호사란 누구인가에 대해 먼저 고민을 해 보시고, 그것을 실천하고, 제대로 이룰 수 있도록 필요하다면 세상과 싸우십시오. 한국에 돌아가게 되면 저도 함께하겠습니다.

마음이 맞는 사람을 만나면 기쁘고 즐겁다. 아프리카에서 가져온 귀한 경험과 도전 정신은 선생님의 인생에서 잊지 못할 추억이 될 것이다.

선생님처럼 떠날 용기, 내 자신을 확인해 볼 수 있는 담대한 용기가 나와 여러분에게도 함께하기를!

Special page

독일, 스웨덴, 덴마크 등 유럽 간호사가 되려면 어떻게 해야 할까?

*

파독 간호사.
우리 간호사들의 역사를 되짚어 보면 가장 큰 맥의 단어 아닐까?
나는 독일 간호사를 인터뷰하고 싶었다.

교육비, 의료비가 거의 무료인 나라, 독일.
미세 먼지 하나 없고, 자연적인 나라.
전문적인 기술이 일본만큼 앞서는 나라.

독일은 매력적인 나라였다. 나 역시 초기 정착으로 독일 간호사를 꿈꿨다. 내가 아니더라도 내 아이에게 기회를 주고 싶었다. 독일에선 대학교가 거의 무료니까. 답답한 수능 제도, 사교육이 들어가지 않아도 됐고, 적어도 대학교 선택에 자유로운 기회를 주고 싶었다.

그러나 인터뷰는 쉽지 않았다. 분명 독일로 간호사들이 많이 갔는데, 도대체 어디에 살고 있단 말인가?
한국도 아닌 독일에 계신 분을 찾기란, 절벽에서 바늘 찾기 같았다. 그러다 문득 국제간호사협회가 있다는 얘길 들었다! 이메일을 보내 처음엔 협회장님께 부탁을 드렸고, 건너 건너서 드디어 파독 간호사를 만났다! 현재 독일 문인 협회장을 맡으며, 작가를 하고 계신 독일 간호사, 정안야 선생님이었다. 글을 쓰는 분이라 그런지 더욱 반가웠다.

"반가워요. 나는 파독 간호사예요. 지금은 75세라서 일하고 있진 않아요. 그래도 내 경험이 도움이 됐으면 좋겠어요."

나는 그동안 궁금했던 독일 간호사의 모습과 근무 환경들을 여쭤봤다. 독일 간호사는 어떤가요?

"여기 독일은 근무 환경이 한국과는 많이 달라요. 요즘은 컴퓨터로 서류 처리를 많이 하고, 한국에서 근무하던 걸 생각하면 아마 실망할 거예요. 궂은일도 다 같이 하거든요. 가장 중요한 건 언어예요. 언어가 통하지 않으면 일이 무척 힘들거든요.

간호사들이 한국처럼 생각하면 힘들어요. 여기는 환자를 직접 돌봐야 해요. 수간호사가 돼도 서류 정리만 하는 게 아니라, 평간호사랑 똑같이 일해요.

독일 간호사들의 월급은 약 3,000유로(약 402만 원) 정도 돼요. 그런데 세금을 많이 떼서 실제로 손에 들어오는 건 1,500~1,600유로 될 거예요. 월급이 2,000유로도 안 돼요. 페이가 많지 않지요. 특히 함부르크 같은 도시는 방세가 비싸서 얼마 남지 않아요. 방세만 해도 500유로 이상은 줘야 하니까요.

그렇지만 혼자 먹고 살기에는 괜찮을 거예요. 적어도 1,000유로는 손에 들어오니까요. 휴가도 한 달 받아요. 휴가 쓰면서 쉴 수 있어요. 힘은 들어도 살맛 나고, 일한 보람이 있지요.

허영에 들뜨지만 않고, 검소하게 살면 독일은 참 살기 좋은 나라예요. 물가가 한국보다 싸요. 고기, 채소, 과일이 한국보다는 싸요. 특히 고기는 질리도록 먹을 수 있어요. 생활 비용이나 음식 비용, 먹고 사는 돈은 많이 안 들어요.

또한 독일은 사회 보장 제도가 잘 되어 있어요. 병원도 거의 무료로 갈 수 있고, 젊어서 일한 만큼 연금도 나와요. 저는 한 달에 1,400유로쯤 받아요. 전에는 독일 내의 체류가 힘들었지만, 지금은 독일에서 학교 졸업하거나 취직 자리가 있으면 이전보다 체류하기도 쉬운 편이에요.
독일에 오면 처음엔 무척 힘들어요. 한국에서 하던 간호사 생각을 버리고, 어떤 일이라도 해내겠다는 각오로 와야 해요. 앞서 말했지만, 언어가 매우 중요해요. 말을 못하면 일하기 힘들어요. 어떤 내용인지 잘 모르고, 인수인계할 때도 힘들어요. 꼭 어학을 잘 배워야 해요. 한국 사람은 눈치가 빠르고 일도 잘 하니까, 어학만 잘 배운다면 할 수 있어요."

얼마 전, 타향살이의 아픔을 담은 시집 《영원한 그 집》을 내셨다는 선생님. 늘 건강하고 행복하시길 빈다. 자, 그렇다면 독일 간호사는 어떻게 준비해야 할까? 나는 여러 방면으로 찾기 시작했다. 과거의 나처럼 독일 간호사를 꿈꾸는 누군가를 위해서.
그렇게 찾다 보니 독일뿐 아니라, 북유럽 나라들, 일본과 싱가포르 정보까지 찾게 되었다. 의외로 미국이나 호주 등을 제외하곤 다른 해외 간호사가 되는 정보를 다룬 책이 많지 않다. 10년 후의 미래를 생각하는 간호사들에게 도움이 되길 바라며 내가 찾은 정보들을 공유하고자 한다. 정보가 계속해서 바뀔 수 있어, 여기에는 가장 기본적인 정보만 적는다. 구체적인 팁 등은 나의 블로그나 유튜브에서 참고하길 바란다.

● 독일

독일 간호사가 되려면 구글에서 'Anerkennung in Deutschland'라는 사이트부터 검색해 보자. 바로 이 사이트가 독일 간호사로 가는 첫 번째 단추다. 이 사이트에서 관련 직군을 선택하고, 일할 도시를 선택해 관할 기관을 선택해야 하면, 관할 기관에서 지원서 및 서류 등 간호사 면허 변환 과정을 안내받을 수 있다.
독일 면허와 외국의 면허가 다른 점이 있기에, 면허 변환을 위해서는 지식이 같은지 확인하는 시험을 보거나 적응 기간을 가져야 한다. 특히 EU 밖의 나라에서 온 사람의 경우, 지식 시험을 볼 건지 아니면 최대 3년까지 지속되는 '적응 기간'을 가질 것인지 고르게 된다. 적응 기간을 선택한 경우, 마지막에 지식을 증명하는 시험을 보게 된다. 면허는 시험을 통과하고, 실습을 성공적으로 끝내야 승인된다.
지원 시 필요한 서류로는 여권, 이력서(표로 만든 형식의 이력서), 면허증 사본, 경력 증명서, 범죄 경력 증명서, 건강 증명서가 필요하다. 서류는 독일어가 아니어도 되지만, 반드시 공증을 받아야 한다.
독일어는 최소 B2가 필요하다. 참고로 독일어의 어학시험은 A1, A2, B1, B2, C1, C2로 나누어진다. A에서 C로 갈수록 난이도가 높다.
만약 독일 간호사 에이전시를 알고 싶다면, 구글에서 'German nurse recruitment' 혹은 'Nurse agency in Germany'를 검색해 보자.
PCR(Primay care recruitmet, http://primarycarerecruitment.ie/)이나 카피탈렌트 메디칼(Capitalent medical, https://www.capitalent-medical.com/de/)과 같은 에이전시도 있다.

● 스웨덴

스웨덴 보건복지부 사이트(http://www.socialstyrelsen.se/english)에 들어가면 스웨덴 간호사 면허 얻는 방법을 과정별로 잘 설명해 놓았다. 크게 다음과 같은 3가지 방법이 있다.

1. 스웨덴 보건복지부를 통해 간호사 면허를 변환하는 것
2. 대학교나 대학에서 추가적인 트레이닝을 받는 것
3. 스웨덴에서 학위를 받는 것

3번은 아예 학교를 다시 다녀야 하는 것이고, 1번의 경우도 지식이나 법률 등에 대한 테스트 날짜들을 각각 잡고 모두 통과해야 하기 때문에 무

척 번거롭다. 따라서 2번의 추가적인 트레이닝이 가장 현실적인 방법이 아닌가 한다.

이 추가적인 트레이닝은 1년간 풀 타임으로 진행되며 학습과 시험을 포함한다. 모든 수업이 스웨덴어로 강의되기에, 입학 조건으로는 스웨덴 보건복지부에서 인정받은 타국 면허증 말고도 Svenska B 혹은 Svenska 3의 언어 능력이 필요하다. 이는 고등학교 수준 이상의 스웨덴어라고 보면 되겠다.

국내에서 스웨덴어를 배울 수 있는 곳은 '조선닷컴 교육센터'(https://academy.chosun.com/)와 '스웨덴어 강좌'(www.svenska.co.kr)가 있다.

스웨덴에서는 PN(우리의 주민등록번호와 비슷한 개념으로 1년 이상 거주하는 이에게 부여된다.)만 있다면, 스웨덴어를 무료로 배울 수 있다. 스웨덴어를 가르쳐 주는 수업인 SFI에 등록할 수 있는데, 간호사의 경우 SFA에 지원하면 된다. SFA는 의료계 종사자를 위한 코스로 SFI에서 가르치는 스웨덴어 수업 이외에 약물, 의학 관련 수업도 한다.

● 노르웨이

노르웨이는 요즘 난민 유입 증가로 간호사 면허 변환 과정이 이전보다 까다로워졌다. EU 국가 외의 나라에서 지원한 경우, 서류 심사 기간이 약 7개월 걸린다. 비용은 1,665NOK(노르웨이크로네)(약 22만 원)이다. 지원서는 노르웨이간호협회 홈페이지에 접속해 PDF(User guide Altin) 파일을 내려 받아 참고하길 바란다.(노르웨이간호협회 정보 사이트 https://helsedirektoratet.no/english/authorisation-and-licensefor-health-personnel)

● 덴마크

덴마크 간호사 승인 과정은 크게 3단계다.

1. 지원서를 보내 자격이 되는지 승인받는다.(온라인 업로드할 것과 우편으로 보낼 것이 있음)
2. 언어 시험을 본다.(Danish 3 exam, 최소 성적 기준이 있으니, 참고할 것!)
3. 병원 고용(실습)을 한다.(병원 적응과 트레이닝 목적)

지원서를 보낸 후 승인이 되면 3년 이내에 덴마크 간호사 돼야 하며, 언어 시험에 통과한 후 12개월 이내에 실습을 끝마쳐야 한다.

* 덴마크 간호사 정보 사이트 https://stps.dk/en/health-professionals-and-authorities/registration-of-healthcare-professionals/application-for-registration/nurse/

● 일본

JLPT N1급을 딴 후, 일본 후생성에 국시 시험 자격 인정 서류를 제출해, 응시 자격이 인정되면, 일본 국시를 본다. 국시를 통과하면 간호사 면허를 신청하고 구직해서 의료 비자 신청을 준비한다. 그 후 일본 간호사로 일할 수 있다. 한국에 일본 병원과 연결해 주는 에이전시도 있다. ㈜휴넷글로벌, 제이커리어 등의 사이트를 참고하기 바란다.

● 싱가포르

싱가포르에서 일하고 싶은 간호사는 반드시 싱가포르간호협회SNB에 등록을 해야 한다. 또한 싱가포르간호협회에서 지원서를 검토하기 전에 싱가포르 병원의 고용 제안offer of employment을 갖고 있어야 한다.
간호협회에서 요구하는 서류를 제출한 후 결과에 따라 시험을 볼 수도 있고, 능력 평가를 볼 수도 있다. 싱가포르에서 일하려면 영어나 중국어로 의사소통이 가능해야 한다.

* 싱가포르간호협회 사이트 http://www.healthprofessionals.gov.sg/snb/

이외에도 여러 해외 간호사 모집 공고는 월드잡플러스(http://www.worldjob.or.kr/)를 통해서도 확인할 수 있다. 각국의 정보는 매년 업데이트 되니, 관심이 있다면 해당 사이트를 예의주시하길 바란다.
여러분의 항해에 순풍이 함께하기를 빈다!

"당신은 혼자가 아니에요. 당신을 응원하겠습니다."

서른네 명의 보석들을 만난 후

인터뷰하며 간호사들의 공통점을 찾았다. 그들은 간호사이기 전에, 인간을 사랑하는 마음을 갖고 있었다. 병든 자를 불쌍히 여기고, 사랑하며 낫게 해 주고, 웃게 해 주고 싶어 했다.
간호하던 환자가 죽으면 진심으로 슬퍼하고 가슴에 묻었다.
그 사람이 누군가의 가족이든, 아니면 연고가 없는 노숙자이든.
간호사라면 공감할 것이다. 환자를 가슴에 묻는 게 어떤 의미인지.
모든 간호는 가슴 깊이 사랑이 있기에 가능한 일이었다.

인터뷰 후, 나는 혼자가 아니라는 걸 느꼈다. 마치 누군가 길을 인도하듯, 막막했던 길에도 문이 열렸다. 조건 없는 선의로 도움을 준 간호사들이 있었다. 그들은 내가 간호사라는 이유만으로 각자의 분야에서 최선의 도움을 주었다.
'나를 도와주려는 사람이 있구나!'
어린 시절부터 도움을 믿지 않던 내게 큰 놀람과 충격이었다. 이후 나도 누군가를 도와야겠다는 소명을 강하게 느꼈다. 그들이 내게 보여 준 따뜻함과 선한 의지를 세상에 전하고 싶었다. 이들의 따스한 마음을 전하려 했기에, 힘들지 않았고, 더 재밌게 인터뷰와 글을 마무리할 수 있었다.

간호사 한 명 한 명을 만날 때마다 빛나는 보석을 만나는 듯했다. 아름다운 영혼의 빛나는 보석이. 기대하지 않은 만남이었음에도 그들은 순순히 자신의 인생 조언을 해 주었다. 때론 웃겼고, 때론 슬펐고, 때론 가슴이 먹먹했다. 그들을 만난 건, 세상 어떠한 것으로도 살수 없는 값진 보석이었다.
나는 이 보석들을 당신과 함께 나누고 싶다. 그들이 준 지혜를 나누어 당신이 더 잘 되게 밀어주고 싶다. 내가 간 길을 알려 주며 이렇게 가지 말고, 이리로 가라고. 그들이 빌려준 지혜로 돕고 싶다.

나는 이 땅의 모든 간호사들을 응원한다.
간호사들은 돈도 더 많이 받았으면 좋겠고, 더 잘 됐으면 좋겠다. 당신의 노고를 누구보다 알기에, 그 눈물을 알기에, 당신의 앞날에 힘차게 박수친다. 잘한다고, 잘하고 있다며 힘껏 격려하고 싶다.

간호사라서 완벽해야 하지만,
우리는 완벽하지 않아서 더 아름다운 간호사이다.

생명을 살리려 철저히 완벽해야 하지만,
환자를 가슴에 품는 우리는 비완벽하기도 하니까.

완벽과 비완벽을 가진 우리는 죽음과 맞서 싸우는 간호사이다.

나는 믿는다.
대한민국 간호사는 세상에서 가장 숭고한 직업이며, 가장 아름다운 직업이라고.

이제는 간호사들의 눈물을 닦아야 할 차례이다. 수많은 간호사들을 만나며, 그들이 가진 고충을 들었다. 매우 안타깝게도 이전과 지금의 간호 상황은 많이 바뀌지 않았다.

그렇기에 진심으로 바란다.
10년 후, 누군가 다시 10년 후 간호사를 써 주길.
"선배님, 지금은 많이 나아졌어요!"라고 활짝 웃으며 이 책의 후속이 나올 날이 오길 말이다.

대한민국 간호사, 파이팅!

처음부터 간호사가 꿈이었나요

2019년 9월 5일 초판 1쇄 발행
2023년 9월 14일 초판 6쇄 발행

지은이 안아름
펴낸이 류지호
편집 이기선, 김희중, 곽명진
디자인 firstrow
일러스트 조이
펴낸 곳 원더박스 (03169) 서울시 종로구 사직로10길 17, 301호
대표전화 02-720-1202
팩시밀리 0303-3448-1202
출판등록 제2022-000212호(2012. 6. 27.)

ISBN 978-89-98602-98-7 (03810)

• 잘못된 책은 구입하신 서점에서 바꾸어 드립니다.
• 독자 여러분의 의견과 참여를 기다립니다.
블로그 blog.naver.com/wonderbox13 · 이메일 wonderbox13@naver.com